Vladimir Vertlib · Zwischenstationen

Vladimir Vertlib

Zwischenstationen

Roman

Deuticke

I. Petersburger Interieur

Meine Lieben!
Ich schreibe diesen Brief, doch hoffe ich, daß Ihr zum Zeitpunkt seines Eintreffens die Nachricht vom Ableben Rahil Solomonownas schon erhalten haben werdet. Nehmt hiermit auch unser Beileid entgegen und das aller Verwandten und Freunde, von denen nunmehr nur noch sehr wenige geblieben sind …

Meine Großmutter wurde vierundachtzig Jahre alt. Sie starb im Herbst 1993 nach langer Krankheit und unter großen Schmerzen. Vor ihrem Tod sah ich sie noch ein letztes Mal. Es war die erste Reise in meine Geburtsstadt, seit ich sie in frühester Kindheit verlassen hatte.

St. Petersburg, Finnländischer Bahnhof. Der aus dem Ausland kommende Zug wird auf ein Seitengleis dirigiert und bleibt neben einem länglichen, barackenähnlichen Gebäude und einigen verschlagartigen Kiosken stehen. Nur wenige Menschen warten auf dem Bahnsteig. Als ich aussteige, erkenne ich im Augenwinkel den Bahnhof – eine Betonbausünde, die aussieht wie eine riesengroße Schuhschachtel –, kurz bevor zwei leibhaftig gewordene Bilder, eigentlich Photos, vor mir erscheinen: das eine mein Onkel Aaron, eingehüllt in einen dunklen, abgewetzten Regenmantel Marke Nachkriegszeit und mit einem Käppi, das seinen kahlen Kopf bedeckt. Er lächelt verlegen, erkennt mich sofort – auch ich ein lebendes Photo – und greift nach meinem Koffer. Das andere mein Cousin Robert, dessen Entwicklung ich verfolgen konnte – junger Pionier mit falsch gebundener Krawatte, linkischer Studienanfänger im Kreise seiner Kollegen, finster und abwehrend dreinschauend, dann, später, mit Vater und Großmutter vor einem monumentalen Bauwerk stehend, schließlich auf dem ersten Farbphoto – alternder

Junggeselle mit fortschreitender Glatze und früh ergrauten Schläfen.

Übliche Verlegenheitsfragen nach der Fahrt. Dann werde ich am Bahnhof vorbei zur Metrostation geschleust. Das Begrüßungsmahl stehe bereit, und Großmutter sei schon so aufgeregt, daß sie, nach drei durchwachten Nächten, Anspruch habe, sofort angerufen zu werden. Die Telephonzellen wecken Erinnerungen. Ich denke an die Serie »Zum Wiedersehen« am Samstagnachmittag im österreichischen Fernsehen, die alten Filme, die ich mir als Kind angeschaut habe. Die Verbindung klappt erst beim fünften Mal und bricht ab, noch ehe ich etwas krampfhaft Fröhliches von mir geben kann. Ich verstehe nicht, was Großmutter sagt. Besorgtes Murmeln am anderen Ende der Leitung. Versuche, meiner Stimme trotz steigender Nervosität einen selbstsicheren und lockeren Ton zu geben. Zu spät.

Ich schaue mich nochmals um. Als die DDR ihrem Ende zuging, schrieb ein scharfsinniger Journalist, daß dort jedes zweite Jahrzehnt ausgefallen wäre, eigentlich ausgefallen wurde. Auf die fünfziger Jahre folgten die siebziger, dann kam die Wende. Die Sowjetunion übersprang gleich drei Jahrzehnte, das war billiger. Die fünfziger Jahre gingen über in die neunziger.

Plakate werben für die Computerisierung von Kleinbetrieben, für Videorecorder und Haushaltsgeräte der Firma Siemens, während sich die Menschenmenge unter einem Plakat, das eine halbe Häuserfront in Anspruch nimmt, mürrisch in einen klapprigen Bus drängt, der auf die Seite zu kippen droht, sich dann aber doch in Bewegung setzt.

Ich muß mich beeilen, denn die Menschen mit ihren verbitterten Gesichtern verstehen keinen Spaß, und ich lerne, daß Freundlichkeit ein Hohn ist. Die muß man sich erst leisten können. Auf die höfliche Entschuldigung für das Betreten eines fremden Fußes folgt ein Stoß, dann ein Schlag mit der Wipptüre, nach der irrtümlichen Annahme, daß diese für den Nachkommenden aufgehalten wird. Ohrenbetäubendes Knattern der hölzernen Rolltreppen, und schon zieht ein überlebensgroßes Leninmosaik an mir vorüber. Der große Führer der Weltrevolution hat glänzende Augen und weist mit seiner ausgestreckten Rechten in die Niederungen der hellen Zukunft – auf die »Marlboro«-Reklame auf der anderen Seite des Tunnels.

Der erbarmungslose Nahkampf vor der viel zu engen Wagentür ist ein gutes Training. Mein Rucksack hilft mir, ich verwende ihn als Rammbock. »Achtung, Türen schließen!« Onkel und Cousin erklären mir, wie man die öffentlichen Verkehrsmittel benützen soll. Bald weiß ich, warum ich schon auf den ersten Blick als Ausländer zu erkennen bin. »Es ist der Respekt vor den anderen und die Selbstsicherheit«, wird mein Cousin später sagen (und lächeln), »jemandem den Vortritt zu lassen, im Bus Abstand halten zu wollen, anstatt nachzurücken, bis man nicht mehr atmen kann.« Man kann sich natürlich nicht darauf ausreden, daß jedes Land seine Sitten hat.

... obwohl ich davon überzeugt bin, daß mein Bericht etwas unklar und verworren ausfallen wird, da ja noch so wenig Zeit vergangen ist. Vieles gerät durcheinander, und im Kopf herrscht (so wie im Leben) ein großes Chaos ...

Seit ich denken kann, war mir das Zugfahren ein besonderes Erlebnis. Und es war nicht nur das Vorbeigleiten der Stationen in der Nacht, die Faszination der in der Ferne auftauchenden Lichter, die immer größer wurden, schließlich die ganze Erde zu überfluten schienen, manchmal das Quietschen der Bremsen, dann das Reibgeräusch von Metall an Metall und der Ruck, der einen zurückschleudert in den Sitz, ein verschlafener Provinzbahnhof mit alten Arkaden und herabgelassenen Rollbalken der Geschäfte und Tabakläden, die den Eindruck erwecken, sie wären schon seit Jahrhunderten geschlossen. Ein vorbeieilender Beamter, meist mit roter (oder blauer oder grüner) Mütze, eine dumpfe Lautsprecheransage, die klingt, als käme sie aus einer weit entfernten, geheimnisvollen Zentrale, deren Durchsagen immer unverständlich bleiben, die paar gähnenden Gestalten mit Koffern und Rucksäcken, die sich unsicheren Schrittes, nach langem Sitzen oder unbequemem Liegen im Abteil, zum Taxistandplatz schleppen und noch nicht begreifen, daß sie zu Hause sind. Schließlich der Pfiff und das Weggleiten des Bahnhofs, das Knattern der verschwindenden Buchstaben auf der automatischen Anzeigetafel am Bahnsteig, so als wäre der Zug auf einer unbekannten Route und die Anzeige des Zielortes nur ein momentan notwendiger Schwindel gewesen.

Obwohl ich, wie mir scheint, schon zwanzig Jahre unterwegs bin, werden die Zielbahnhöfe angeblich erreicht.

Auch meine Heimatstadt Leningrad verließen wir mit dem Zug, damals, als wir aus Rußland emigrierten, meine Eltern und ich.

An jenen Abend erinnere ich mich genau. Man hatte mir, einem Kind von fünf Jahren, nicht gesagt, daß wir auswanderten. Ich ging in den Kindergarten, und jegliches Geplapper hätte gefährlich werden können. Stattdessen hieß es, wir machten eine lange Reise, ein Begriff, den man verwenden konnte, ohne das Kind belügen zu müssen.

»Werde ich dir denn wenigstens ein bißchen abgehen?« fragte die Großmutter.

»Nein, überhaupt nicht!« antwortete das Kind trotzig, sich durchaus der ihm entgegengebrachten Liebe und seiner Macht bewußt.

Die Mundwinkel der Großmutter fielen herab, das lächelnde, faltenreiche Gesicht glättete sich. »Du liebst deine alte Großmutter überhaupt nicht!«

»Doch, Oma! Ich liebe dich über alles, du wirst uns besuchen kommen.«

Zwanzig Jahre später sah ich sie wieder. Fünfmal hatten ihr die sowjetischen Behörden das Touristenvisum verweigert. Sie verdiene es nicht, ihre Tochter wiederzusehen, hieß es. Sie hätte eben die Tochter zu einer guten Sowjetbürgerin erziehen sollen, die ihrer Heimat nicht den Rücken kehrt. Erst unter Gorbatschow gönnte man Großmutter ein paar Wochen in Österreich.

An jenem Abend aber, dem Abend der Abreise, als ich noch ein Kind war, warteten wir lange in der Bahnhofshalle. Freunde und Verwandte kamen, um sich zu verabschieden. Die Schwester meines Vaters, Parteimitglied und darum besonders vorsichtig, rannte auf uns zu, umarmte ihren Bruder, küßte meine Mutter, nahm mich in die Arme, lief mit mir schnell in eine dunkle Ecke des Bahnhofs, um nicht gesehen zu werden, umarmte mich, küßte, weinte. Ich weinte mit und verstand nicht, was vor sich ging. Der Signalpfiff verkündete die Abfahrt.

1971 stand die Existenz der Sowjetunion noch für mindestens zweihundert Jahre fest, und der Eiserne Vorhang trennte für immer. Als ich die Eltern fragte, warum alle weinten, gaben sie keine Antwort, sahen weg oder zu Boden.

Meine Tante begleitete uns nicht auf den Bahnsteig. Ihr Sohn, Cousin Vadim, erzählte mir später, wir seien in seiner Familie totgeschwiegen worden. Seine Eltern waren Parteimitglieder, der Vater Professor. Um den Sohn zu schützen, wurde ihm unangenehmes Wissen vorenthalten. Nicht einmal einen eigenen Postkastenschlüssel durfte er haben. Er hätte unsere Briefe finden können. So erfuhr er erst nach dem Tod seiner Eltern, daß er Verwandte im Westen hatte. Zu diesem Zeitpunkt sollte die Sowjetunion nur mehr wenige Monate bestehen. Während meines Aufenthaltes in Petersburg besuchte ich ihn. Über seine Eltern sprach er nicht gern.

... und es kam zu einer Art Trübung des Verstandes (so versuchte sie die Bücherregale am Gang zu zerstören, lief völlig nackt in der Wohnung herum, dann begann sie aus irgendeinem Grund auf das Nachtkästchen zu klettern, auf dem der kleine Fernseher steht). Ich gab ihr alle möglichen Herztabletten und ging in die Küche ...

Als ich nun nach über zwanzig Jahren wieder nach Rußland kam, überhäufte mich Oma mit so vielen wohlgemeinten Ratschlägen, daß nicht nur mir das Atmen schwerfiel. Onkel Aaron beschwerte sich bei ihr in meiner Gegenwart, daß sie seinem Sohn, meinem Cousin Robert, nie so viel Aufmerksamkeit entgegengebracht habe oder jemals entgegenbringen werde wie mir. Dabei sei Robert krank und habe genug Probleme. Großmutter erwiderte etwas Unsinniges, etwa in der Art: »Was braucht der schon für Aufmerksamkeit, ist ja alles halb so schlimm!« Mein Onkel schaute mich an, errötete plötzlich und ging aus dem Zimmer.

Natürlich war Großmutter schon lange nicht mehr die dürre, agile Frau von früher, wie ich sie die ganzen Jahre über in Erinnerung hatte. So stürzte sie in meiner Gegenwart etliche Male, konnte ihren massigen Körper nur mit Mühe vom Bett zum Klo und wieder zurück bewegen. Doch auch im Alter verstand sie sich ausgezeichnet darauf, im Mittelpunkt zu bleiben. Ständig kontrollierte sie ihren über sechzig Jahre alten Sohn. Wenn er in der Arbeit war, rief sie unaufhörlich an, um zu fragen, ob er denn auch tatsächlich dort sei.

Noch am ersten Tag meines Besuchs bin ich plötzlich mit Großmutter allein. Und ich entdecke, daß wir uns nichts zu sagen haben. Die Begrüßungszeremonie ist vorbei, die Sympathiebezeugung auch ... Wir lächeln beide, und ich bekomme ein schlechtes Gewissen. Sie mustert mich ein wenig mißtrauisch. Wem gilt meine Loyalität? Dann wirft sie mir ein Thema entgegen. Ich werde hineingezogen und eingeordnet in einen Grabenkrieg.

Sie habe ihre Schwiegertochter nicht besonders gern, erzählt sie mir »ganz im Vertrauen«. Deren Heirat mit ihrem geliebten Sohn Aaron, im Jahre 1955, habe sie immer noch nicht verkraftet. Schwer atmend und ihren Körper kaum aufrecht haltend, sitzt sie auf dem Bett in ihrem kleinen Zimmer, in dem Fernseher und Radio gleichzeitig laufen und den Raum mit einem Redeschwall füllen, der jegliches Gespräch zur Qual werden läßt. Großmutter, die zudem schlecht hört, muß schreien, doch sie weigert sich hartnäckig, die Geräte auszuschalten; sie brauche ständig menschliche Stimmen um sich, heißt es.

»Fanja ist ein guter Mensch«, schreit sie, »aber sie ist falsch, sie verstellt sich. Was immer sie tut, ist nur Theater. Was hältst du von ihr?«

Ich weiß, daß mich die Tante als Kind sehr gern gehabt hat. So wurde es mir erzählt. »Sie war nett zu mir«, sage ich.

»Ja, ja, zu dir ist sie nett«, sagt Großmutter, »doch nur, weil du aus dem Westen kommst und ihr Geld und andere Sachen mitbringst, ja ... Einmal ging sie am Abend weg, da fragte ich sie, wohin sie denn gehe. Sie antwortete: ›Das kann Ihnen doch egal sein, ich bin Ihnen keine Rechenschaft schuldig!‹ Kann man so antworten? Sie hat keine Kultur, die liebe Frau.«

Und dann beginnt ein lautes Lamento: daß man ihr nie genau sage, wer zu welcher Zeit und wohin weggehe, daß sie nie wisse, wer genau wann heimkomme, daß sie allein und verlassen sei.

Tante Fanja und Onkel Aaron sitzen im Nebenzimmer, und ich höre ihre wütenden Stimmen.

Bald ist das Wichtigste erzählt, und Großmutter ist im Bett eingeschlafen, während Fernseher und Radio weiterlaufen. Ich verstehe die Aufregung und die Ängste dieser alten Frau nur zu gut, glaube in ihnen meine eigene Zukunft zu erkennen.

Manchmal bemerke ich mit Entsetzen, daß alle Neurosen meiner Großmutter bei mir schon im Ansatz vorhanden sind, diese Sicherheitsmanie und die Sucht, alles unter Kontrolle zu halten, die schließlich unweigerlich und folgerichtig in eine wütende Ohnmacht führt. Was wird sein, wenn ich erst achtzig bin? Ich bemerke, wie Großmutter den eigenen Verfall und schließlich wohl auch den Tod wegzutelephonieren versucht und in immer größere Verzweiflung über ihr ständiges Scheitern schlittert.

Wir ließen den Notarzt kommen, doch auch der war nicht in der Lage, die Kranke zu beruhigen. Kurz darauf fiel sie in einen komaartigen Zustand, was keineswegs einen positiven Ausgang versprach. Doch als sie allmählich wieder zu sprechen begann, auch aufzustehen (und das darf man auf keinen Fall tun) – hin und wieder war sie auch etwas gewalttätig –, kamen die Ärzte, und jeder hatte eine andere Meinung. Sie hatte einen guten Appetit, deshalb erholte sie sich bald, und nach drei Wochen begann sie immer mehr in der Wohnung herumzugehen. Alle Versuche, diese Aktivitäten zu unter-

binden, denn sie verausgabte sich sehr, stießen auf Widerstand, meistens mit den Worten: »Ich werde dich nicht um Erlaubnis fragen, ich weiß selber, was ich tun muß!«

Im trauten Heim hält man am Altbewährten und Liebgewonnenen fest, gezwungenermaßen, versuche ich zu glauben. Das geometrische Muster der rosafarbenen Tapeten, die schweren Vorhänge, das hellbraune Sofa, das die Hälfte des Wohnzimmers beherrscht, welches ohnehin verstellt ist mit schweren Möbeln und in der Mitte dem Tisch, der fast an die Wand reicht, so daß man sich mit dem Rücken an die Wand pressen und seitlich gehen muß, um von einer Ecke in die andere zu gelangen. Und über allem ein hellgelber Lampenschirm mit staubigen Fransen. Nicht zu vergessen der dunkelrote Wandteppich, die an der Wand hängenden Zierteller aus Porzellan, das Bild mit dem Segelschiff und der im Meer untergehenden Sonne.

Onkel und Tante haben einen Monatslohn ausgegeben, um dem reichen Gast aus dem Westen ein angemessenes Festessen zu bieten, Pasteten, faschierte Laibchen, Fisch, Gemüse und Obst.

Das Leben sei gefährlich und unberechenbar geworden, wird mir erklärt. Am Abend auszugehen könne geradezu das Leben kosten. Wer die Gefahren mißachte, sei selber schuld. In den folgenden drei Wochen werde ich ständig auf der Hut sein und mich öfters umschauen.

»Der Sohn der Nachbarin, ein junger Mann in deinem Alter«, sagt Großmutter und hält mich am Ärmel fest, »ist vor zwei Wochen verschwunden. Er ist am Morgen zur Arbeit gegangen und nicht mehr wiedergekommen ... Alle glauben, man hat ihn ermordet, so viele werden jetzt umgebracht.«

»Ich habe meine ganzen Ersparnisse für eine neue Tür und ein Sicherheitsschloß ausgegeben«, sagt der Onkel. »Irgendwie habe ich das Geld ja anlegen müssen, sonst hätte die Inflation alles aufgefressen. Noch zwei Monate, und ich hätte nur ein Kilo Bananen dafür bekommen.«

Am Morgen stand sie noch halb im Schlaf auf, verrichtete ihre große und kleine Notdurft auf den Boden, wo wir sie dann auch fanden und wieder aufs Bett zerrten. Diesmal war sie überhaupt nicht gewalttätig, sie war bei vollem Bewußtsein, doch ohne sprechen zu können, was sehr qualvoll war. Langsam lernte ich herauszufinden, was sie wollte. Sie jedoch verstand immer alles.

Ich fahre mit der Metro zum Finnländischen Bahnhof. Dort nehme ich die Schnellbahn Richtung Norden. Fünf Haltestellen später steige ich aus. Ein brüchiger Bahnsteig. An dessen Ende ein Bahnwärterhäuschen aus Holz. Betonstufen führen in den unbeleuchteten Tunnel der Unterführung. Die hat es hier früher nicht gegeben. Ich erinnere mich, wie Mutter mit mir oft unter den am Nebengleis abgestellten Güterwagen durchgekrochen ist. Ich erinnere mich an das leichte Gefühl der Angst, überrollt zu werden, an die Dampflokomotiven, die die Güterzüge gezogen haben und heute nicht mehr im Einsatz sind. Ich weiß noch, wie Mutter mich packte und auf den Bahnsteig hochhob und dann mit gekonnten Bewegungen selbst hinaufkletterte. Jenseits der Bahntrasse standen damals fünf neue Wohnblöcke, die durch eine breite Chaussee mit der Stadt verbunden waren. Eine sumpfige Wiesenlandschaft. Inzwischen ist hier ein neues Viertel mit baumgesäumten Gassen und richtigen Parks entstanden. Verschwunden sind die alten Industrieanlagen auf der anderen Seite der Bahn und die tiefen, unkrautüberwucherten Gräben, die den Frontverlauf der Jahre 1941 bis 1943 markierten.

Unser Haus finde ich nicht gleich. Die weite Fläche zwischen der Nordbahntrasse und der alten Wohnsiedlung ist inzwischen verbaut worden. Ich muß den Stadtplan zu Hilfe nehmen. Schließlich stehe ich vor dem Tor. Das Haus wirkt abgewohnt. Im Flur riecht es nach Katzenpisse. Ich gehe hinauf in den ersten Stock, betrachte das Schild an unserer Tür, auf dem ein fremder Name steht, rechts der rote Knopf der Klingel. Im letzten Augenblick ziehe ich die Hand zurück. Ich gehe wieder hinunter, um das Haus herum in den Hof, suche mit den Augen das Fenster, wo früher das Doppelbett der Eltern, mein Gitterbett und Vaters Schreibtisch gestanden sind. Großmutter hatte im Wohnzimmer geschlafen.

Die Vorhänge sind zugezogen.

Ich schließe die Augen und sehe, wie zwei Männer mein Gitterbett durchsuchen. Einer der beiden hebt die Matratze hoch und wirft sie achtlos auf den Boden. Ein dritter Mann durchwühlt Vaters Schreibtischschublade. Vater steht schweigend daneben. Sein Gesicht wirkt ernst und konzentriert. Er ist damals noch ein schlanker Mann mit dichtem, dunkelbraunem Haar. Großmutter sitzt auf dem Bett der Eltern und ich auf ihrem Schoß. Sie hält mich fest umschlungen, so daß ich mich kaum bewegen kann. Auch Großmutter schweigt. Wo Mutter ist, weiß ich nicht. Ich wundere mich, daß Vater nicht protestiert. Wenn *ich* seine Schublade nur anrühre, schreit er mich an.

Einer der fremden Männer sagt etwas, das ich nicht verstehe. »Ich weigere mich, diese Frage zu beantworten.« Die Stimme des Mannes wird lauter, gehässiger. Jetzt wird etwas Furchtbares geschehen, denke ich, schließe die Augen und vergrabe mein Gesicht in Großmutters Busen. »Ich weigere mich, auch diese Frage zu beantworten«, höre ich Vater sagen. Jetzt reden alle drei Männer durcheinander. In ihren Stimmen schwingt etwas mit, das ich nicht deuten kann, etwas, das mehr ist als nur böse. Ein Satz ist mir in Erinnerung geblieben: »Wir nehmen dich jetzt fest, Arschloch. Und dann sorgen wir schon dafür, daß du nicht wiederkommst, nie mehr wiederkommst. Klar?!«

Vater steht immer noch regungslos neben dem Schreibtisch. Sein Gesicht bleibt unverändert, scheinbar unberührt von den Worten der anderen. »Ist das eine Frage oder eine Feststellung? Wenn es eine Frage ist, weigere ich mich, sie zu beantworten.«

Obwohl ich mit meinen vier Jahren nicht verstanden habe, was vor sich ging, ist mir Vater zu keinem späteren Zeitpunkt jemals so stark vorgekommen wie damals.

Die drei Männer packen Bücher, Briefe, Durchschläge und eine Schreibmaschine in einen Karton. Dann ziehen sie ab und nehmen den Karton mit. Erst da läßt mich Großmutter los. Die Wohnung sieht aus wie nach einem Einbruch. Während

Großmutter aufzuräumen beginnt, sehe ich, wie Vater sich ins Wohnzimmer schleppt, langsam, wie in Zeitlupe, als hätte er kein Gefühl mehr in den Beinen.

Früher, als sie noch sprechen konnte, begann sie manchmal alte Geschichten zu erzählen, die wir alle schon längst kannten. Aber wir taten so, als hörten wir sie zum ersten Mal. Ich glaube, sie war sehr glücklich darüber, daß wir so aufmerksam waren und sogar nachgefragt haben ...

Vater war das, was man später einen Refjusnik nannte. Schon während seines Studiums hatte er einige jüdische Kollegen kennengelernt, die Lebensziel und Daseinsberechtigung eines Juden nur in der Auswanderung nach Israel sahen. Bis Mitte der sechziger Jahre hatten sich die Zionisten in Kleingruppen organisiert, die lose miteinander in Verbindung standen.

»Wenn wir uns in der Wohnung trafen«, erzählte mir Vater später, »schalteten wir das Radio ein und flüsterten uns die Botschaften ins Ohr. Ich nehme an, daß unsere Wohnungen abgehört wurden.«

1968 – ich war damals zweieinhalb Jahre alt – stellten meine Eltern beim OWIR, der zuständigen sowjetischen Behörde, einen Ausreiseantrag. Wenige Monate später erhielten sie einen abschlägigen Bescheid. Sie stellten einen neuen Antrag, der ebenfalls abgelehnt wurde. Erst 1971 durften sie das Land verlassen. 1969 schrieb Vater einen Protestbrief, den er an den Obersten Sowjet adressierte. Er prangerte die Nationalitätenpolitik des Regimes an und forderte die Öffnung der Grenzen für all jene, die ausreisen wollten. Eine Kopie dieses Briefes ließ er durch einen dänischen Journalisten in den Westen schmuggeln. Der Brief wurde in westlichen Zeitungen abgedruckt und im israelischen Radio, das über Kurzwelle auch in russischer Sprache sendete und in der Sowjetunion empfangen werden konnte, verlesen. Viele alte Freunde brachen daraufhin, aus Angst vor Repressalien, den Kontakt zu den Eltern ab.

Zu meinen allerersten Kindheitserinnerungen gehört folgende Szene: Es ist ein warmer Sommertag, und ich bin mit Großmutter in der Stadt unterwegs. Ich bin drei Jahre alt und schleppe einen braunen Teddybären an seinem Ohr mit. Der Bär hat nur ein Auge. Großmutter hat mir versprochen, das fehlende, rechte Auge am Abend anzunähen. Dann kann mich der Bär auch sehen, wenn ich ihn in der Schnellbahn links neben mich setze. Aber meistens weigern sich die anderen Fahrgäste, meinem Bären, er heißt Mischa, einen Sitz zu überlassen.

Ich fühle mich wohl. Soeben habe ich ein Glas Saft getrunken, das mir Großmutter an einem Getränkeautomaten gekauft hat. Ich spüre noch den angenehmen, süßlichen Geschmack im Mund. Die goldene Kuppel einer der großen Leningrader Kathedralen glänzt in der Mittagssonne. Wenn ich hinaufschaue, muß ich die Augen zusammenkneifen. Es ist so warm und sonnig, wie ich es noch nie erlebt habe. Ich hocke mich nieder und befühle den heißen Asphalt. Großmutter sieht das nicht gern. Sie meint, ich mache mir die Hände schmutzig.

Die Menschen haben es an diesem schönen Sonntag nicht eilig. Als wir vor dem Getränkeautomaten Schlange gestanden sind, hat mich eine Frau gefragt, wie ich heiße und wie alt ich sei. Dann hat sie etwas zu Großmutter gesagt, und diese hat lachend erwidert. Wenn Großmutter lacht, hat sie Grübchen in den Wangen, und ihre buschigen Augenbrauen zittern. Vor Menschen habe ich keine Angst. Und wenn mir jemand böse erscheint, verstecke ich mich unter Großmutters Rock, und der böse Mensch ist verschwunden.

Großmutter biegt mit mir in eine Seitengasse ein. An deren Ende ist der Eingang zum Park mit dem Kinderspielplatz. In der Gasse sind nur wenige Menschen unterwegs. Eine Frau kommt uns entgegen. Ich kenne ihr Gesicht, habe sie schon oft gesehen. Wie heißt sie doch schnell? Angestrengt denke ich nach. Mascha? Nein. Dascha. Bald bin ich mir sicher. Das ist Dascha, die uns früher oft besucht hat. Sie hat mir das Feuerwehrauto geschenkt, das sich mit einem kleinen Schlüssel aufziehen läßt und dann mit Sirenengeheul im Kreis herumfährt. Vater mag das nicht, aber Großmutter hat nichts dagegen.

Ich reiße mich von Großmutter los, laufe Dascha entgegen. »Dascha«, schreie ich, »Dascha! Ich habe dich schon so lange nicht mehr gesehen!« Ich erwarte mir, daß sie sich bückt, die Arme öffnet, mich umarmt und aufhebt, so wie es die meisten Erwachsenen tun. Aber Dascha benimmt sich sehr eigenartig. Unfreundlich blickt sie mich an. Ihr Gesicht wird weiß. Plötzlich dreht sie mir den Rücken zu und entfernt sich schnellen Schrittes, wobei sie auch noch die Straßenseite wechselt. Verwirrt bleibe ich stehen. Warum ist Dascha böse auf mich? Habe ich etwas falsch gemacht? Ich war doch immer brav, wenn Dascha uns besucht hat. Ich beginne zu weinen. Großmutter nimmt mich in die Arme. »Du kannst nichts dafür«, sagt sie. »Vergiß es, vergiß es einfach, so als wäre es nie geschehen.« Schnell erzählt sie mir ein Märchen, in dem grüne Schafe, fliegende Zwerge und fahrradfahrende Pferde vorkommen. Etwas so Absurdes hat mir Großmutter noch nie erzählt.

Manchmal machte sie Zeichen mit der rechten Hand, die wir nicht zu deuten verstanden. Aber wer kann schon wirklich verstehen, was in einem Sterbenden vorgeht. Wir werden es früh genug erfahren, denn diese große Prüfung steht uns allen noch bevor.

Ein obligater Besuch für jeden Petersburgreisenden ist Petrodworetz, Schloß und Schloßpark am Meer. Kanäle, Springbrunnen, Lustschlösser, Seen. Alle Verwandten haben von Petrodworetz geschwärmt. Ich sitze mit Cousin Robert im Vorortezug. Uns gegenüber eine dürre Frau mittleren Alters im wattierten Anorak, mit Stiefeln und selbstgestricktem Häubchen. Es ist Herbst; zuerst zieht es nur, dann pfeift der Wind durch die eingeschlagenen Fensterscheiben und undichten Türen. Die Frau hat eine rote Nase und blaue Ringe um die müden Augen. Sie riecht nach Alkohol. Schwielen und Risse an den leicht zittrigen Händen. Ich muß diese Hände anstarren, wie von selbst wandert mein Blick immer wieder dorthin.

»Das ist von der Gartenarbeit«, sagt die Frau plötzlich, was mir unangenehm ist, denn ich möchte nicht reden. »Ich habe da ein kleines Grundstück, wo ich Kartoffeln und Gemüse anbaue, das hilft mir über die Runden.« Mein Cousin kommt mit ihr ins Gespräch, erfährt, daß sie eigentlich Maschinenbauingenieurin ist, aber mit ihrem Gehalt nicht auskommt. Die Frau schimpft, als sie auf ihre Geldprobleme zu sprechen kommt, beschwert sich bitter über die Verhältnisse im Land und verweist auf die Nachbarstaaten, das sogenannte »Nahe Ausland«.

»Schauen Sie doch nach Estland«, sagt sie. »Keine Inflation, die Währung ist stabiler als die Deutsche Mark.«

»Und warum?« ertönt eine männliche Stimme hinter meinem Ohr, so daß ich zusammenzucke. Als ich mich umdrehe, sehe ich einen alten Mann mit hoher Stirn und eingefallenen Wangen. »Weil diese Esten eine Regierung haben, die ihr Volk liebt«, sagt er, »nicht wie unser Präsident, dieser Säufer Jelzin.«

»Ach so?« meldet sich ein weiterer Reisender zu Wort. »Haben Sie mit ihm zusammen gesoffen, daß Sie das wissen und daß Sie so urteilen können?«

»Du sei still da hinten, mit dir wird nicht geredet. Ich rede mit den Herrschaften hier, nicht mit dir und deinesgleichen.«

Ich beiße die Zähne zusammen und hoffe, daß der Mann nichts über meine wahre Meinung erfährt, über meine Herkunft, meinen Wohnort. Ein leises Gemurmel hebt an, der Wagen beginnt zu brodeln, wenn sich auch keiner der anwesenden Fahrgäste mehr in das Gespräch einzumischen versucht. Ich beobachte die neugierigen Gesichter unserer Mitreisenden, sehe den Glanz in ihren Augen. Ob es wohl zu einer Rauferei kommen wird? Sie scheinen darauf zu warten, diese Gesichter.

»Ich kenne die Esten«, setzt der alte Mann fort, »denen hätte man nie die Unabhängigkeit geben sollen, die sind viel zu tüchtig und zu frech geworden, aber wie gesagt, sie lieben ihre eigenen Leute, nicht wie unser Säuferchen … Nach dem Krieg war ich als Angehöriger einer Sondereinheit in Tallinn, da haben wir die estnischen Terroristen einfach aufgehängt, ich selbst hab' sie baumeln sehen. Dabei ist meine eigene Mutter eine Estin. Aber so ist das Leben.«

Das Murmeln im Wagen verstummt, man hört nur mehr das Rattern der Räder und das Vibrieren der Fensterscheiben. Die Spannung sucht sich zu entladen, und ich ziehe instinktiv den Kopf ein, als erwartete ich einen Axtschlag.

»Das ist alles wirres Gerede.« Die Maschinenbauingenieurin bricht das Schweigen. »Den Esten vergönne ich ja ihre Freiheit, an unserer Misere ist die jüdische Mafia schuld. Manche sagen, Jelzin selbst ist Jude, aber das weiß man nicht genau, na ja, und Gaidar, dieses Schwein, das alles verbrochen hat, der ist bekanntermaßen Halbjude ... Es ist immer wieder die alte Geschichte.«

»Das, meine Liebe, ist ohnehin bekannt, die Juden sind sowieso die größten Verbrecher unserer Zeit, besonders die amerikanischen ...«

Wie sollte ich mich verhalten? Sollte ich mich zu erkennen geben, protestieren, mich prügeln, einen lebensgefährlichen Krankenhausaufenthalt riskieren, Bekanntschaft mit der Miliz machen? Ich hatte Angst. Auch mein Cousin blieb untätig.

Ein alter, glatzköpfiger, bulliger Mann erhob sich schließlich und ging auf uns zu. Er hatte bis dahin schweigend die Szene verfolgt, sein unbeweglicher Blick war mir aufgefallen.

»Wie alt sind Sie?« fragte er den Mann hinter mir.

»Fünfundsiebzig«, antwortete der.

»Wir sind also dieselbe Generation, aber für solche Mistkerle und Schweine wie dich haben wir den Krieg nicht gewonnen. Raus aus dem Zug!«

Er brüllte so laut, daß der andere bleich wurde. Bevor auch nur der Ansatz eines Protestes aufkommen konnte, packte der bullige Alte den Antisemiten an den Schultern und stieß ihn vom Sitz. Da der Zug gerade in eine Station einfuhr und bremste, stolperte der Angegriffene durch den ganzen Wagen, schrie etwas Unschmeichelhaftes, das vom Quietschen der Bremsen übertönt wurde, fiel beinahe gegen die Wand und wurde, nachdem die Türen aufgegangen waren, mit einem Tritt hinausbefördert. Er versuchte gar nicht wieder einzusteigen.

Die Frau uns gegenüber sprach kein Wort mehr und starrte demonstrativ aus dem Fenster, und der Alte verzog sich in seine Ecke. Alle anderen Fahrgäste taten so, als wäre nichts geschehen. Die Gesichter schauten wieder düster und mit der in öffentlichen Verkehrsmitteln gebotenen Gleichgültigkeit. »Was tu ich hier?« dachte ich. Kurz spielte ich mit dem Gedanken, das Land am nächsten Tag zu verlassen, und war doch froh über das Geschehene.

Unsere dauernde Geschäftigkeit verstärkte ihre Desorientierung, obwohl wir alles, was in unserer Macht stand, versuchten, um es so einzurichten, daß sie satt wurde und sauber blieb …

Der Weg durch die Stadt führt mich und meinen Cousin Vadim durch den Newskij Prospekt – die Haupt- und Prachtstraße der Stadt mit ihren klassizistischen Bauten und pompösen Palästen –, vorbei an einem mitten am Gehsteig aufgebauten Tisch, auf dem sich zahlreiche Flugblätter zur freien Entnahme stapeln. Wir machen einen Bogen um die Menschentraube. Zwei nicht allzu kriegerisch aussehende Veteranen in mit Orden übersäten Uniformen halten ein Transparent hoch: »Die Kurilen sind lebensnotwendig für die Existenz Rußlands, wirtschaftlich, politisch und strategisch!« Gelächter seitens der Passanten. Eine füllige Frau mit Kopftuch, die zwischen den Uniformierten steht und offenbar zu ihnen gehört, beschimpft die Lachenden. »Schickt doch dieses Trio auf die Kurilen, die werden dort schon für Ordnung sorgen«, sagt jemand. Wieder Gelächter. Nur wenige machen vor dem Tisch halt, studieren die Flugblätter und die ausgestellte Literatur.

Der lange Spaziergang und die vielen Eindrücke machen hungrig. Wir haben uns durch die dichte Menschenmenge bis zu einem Kaffeehaus durchgekämpft, haben einen Bon bezahlt, sind damit zur Essensausgabe gegangen und haben ein undefinierbares Reis- und Fleischgericht im Blechnapf erhalten, dazu süßen schwarzen Kaffee aus einem rostig aussehenden Metallfaß. Mit einem Schöpflöffel wird der Kaffee in Plastikbecher gefüllt.

»Du darfst das alles nicht zu schwarz sehen«, sagt Vadim. Erscheinungen des Übergangs, erklärt er mir: sein Gehalt von umgerechnet zweihundert Schilling im Monat, der Antisemitismus, die obskuren Gestalten mit ihren Kurileninseln, die beengten räumlichen Verhältnisse. Er jedenfalls habe sich für Rußland entschieden, sei hier zu Hause, werde nie auswandern, nach Israel schon gar nicht. Er habe auch darauf bestanden, daß sein kleiner Sohn den Familiennamen der Mutter erhalte, der nicht so eindeutig jüdisch klinge wie der seine. »Wenn du dich für ein Land entschieden hast, mußt du das Beste daraus machen. Warum soll ich meinem Sohn das Leben unnötig erschweren? Meine Aufgabe ist es, ihm den Weg zu ebnen. Was er dann aus seinem Leben macht, ist seine Sache.« Er wird wohl recht haben, und schließlich steht es mir auch nicht zu, etwas dagegen vorzubringen, als »Westler« schon gar nicht; nur das Essen schmeckt mir plötzlich noch weniger, und den Kaffee lasse ich stehen.

Und schon kommt eine Greisin an unseren Tisch, eine von den vielen alten Menschen, die stundenlang in den Kaffeehäusern sitzen und auf ihre Chance warten. »Na, Jungs«, sagt sie und schaut gierig über die Schulter des Cousins direkt in meinen Teller. »Wollen wir denn fertigessen heute?« Kurze Pause. »Wenn nicht, habt ihr doch sicher nichts dagegen, wenn ich da ein bißchen mitnasche.«

Wir haben für sehr viel Geld in einer privaten Apotheke Cerebrolisin aufgetrieben (übrigens ein österreichisches Produkt), ich bin von Apotheke zu Apotheke gelaufen. Ich bin sicher, daß auch Ihr nicht mehr hättet tun können und Euch nicht unnötig quälen solltet mit Vorwürfen. Ich habe versprochen, alles Menschenmögliche zu tun, und ich habe mein Wort gehalten …

Großmutter beschwert sich immer offener, daß sie nicht geliebt, sondern nur geduldet werde, daß sie die eigene Wohnung habe aufgeben müssen und sich kaum mehr bewegen könne. Sie sagt, daß sie eigentlich nicht mehr leben möchte. Jahrzehntelang habe sie allein gelebt und sei jetzt auf Gedeih und Verderb der Schwiegertochter ausgeliefert. Und die Nachbarin habe ihren Sohn immer noch nicht gefunden, weder im Leichenschauhaus noch im Gefängnis.

Eigentlich, meint sie und schmunzelt, sei immer alles nur schlechter geworden. Von den Pogromen, die sie als Kind erlebt, dem Stalinterror, der ihren Bruder das Leben gekostet habe, dem Krieg, der Auswanderung meiner Eltern – ein schwerer Schlag für sie – bis zur Gegenwart, wo auf einmal nichts mehr gelten sollte, was man ihr in sieben Jahrzehnten Sowjetherrschaft beigebracht habe. Außerdem sei die Armut zurückgekehrt. Besser? Nein, wirklich besser sei es früher auch nie gewesen, nur anders.

Er ist jeden Abend an ihrem Bett gesessen, sie haben sich an den Händen gehalten und geschluchzt, hin und wieder sagte er etwas, streichelte ihre kranke Hand, ihren Kopf, er hing sehr an seiner Mutter, zu sehr vielleicht …

Der Onkel besitzt vier Fernsehapparate, einen Videorecorder, drei Telephonapparate, drei Radiogeräte. Als das Geld noch etwas wert war, hat er alles in seine Geräte investiert, sicher auch die Dollars, die wir ihm geschickt hatten. Kein Wunder, war doch Elektronik immer schon seine Leidenschaft. Aber in den fünfziger Jahren wurde er als Jude zum Studium der Elektrotechnik und Radiomechanik nicht zugelassen.

Erst kurz nach Mitternacht werden die Geräte abgedreht, morgens um sieben geht es wieder los – die Frühnachrichten im Radio. Die politischen Ereignisse überschlagen sich. Jelzin hat das Parlament aufgelöst. Ich bin dabei, als die Nachricht im Fernsehen bekanntgegeben wird.

»So«, schreit der Onkel, »jetzt gibt's Bürgerkrieg!« Dann liegt er einen halben Tag mit schwerer Migräne im Bett. »Stürzt Jelzin, dann Gnade uns Gott«, sagt er später zu mir. »Wenn die Leute schimpfen, vergessen sie meistens, wer das Land so heruntergewirtschaftet hat. Das war doch nicht Jelzin, das waren die anderen … Und wenn er einmal weg ist, gibt es ein Pogrom, das ist das erste, womit die beginnen werden.«

»Ach, hör auf«, sagt die Tante, »seit drei Jahren schon redest du von Pogromen, nichts ist geschehen.« Ihre Stimme klingt unsicher.

Als ich Großmutter nach ihrer Meinung frage, zuckt sie nur mit den Schultern. »Weißt du«, sagt sie, »in ein paar Wochen werde ich sterben. Widersprich mir nicht, ich weiß es. Vielleicht sollte ich besorgt sein oder darüber nachdenken, was nach mir sein wird, vielleicht wegen meiner Kinder und meiner Enkel – aber es berührt mich trotzdem nicht mehr.« Ich hätte nicht fragen sollen.

Um sechs hat sie noch gut zu Abend gegessen, um sieben rief sie mich, indem sie mit der Hand gegen ein Holzbrett klopfte. Das letzte, was sie tat, war zu zeigen, daß ihr die Brust und der Bauch weh taten ...

Ich befand mich wieder auf der Reise. Es war spät am Abend. Der Zug näherte sich Vyborg, der Grenzstation zu Finnland. Die nächtlichen Bahnhöfe hatten ihre Faszination verloren.

Das letzte, was ich von Rußland sah, war ein Werbeplakat: »Snickers, wenn Dich der kleine Hunger packt!« Ich ging in den Speisewagen, kaufte mir die Schokolade und verschlang sie so hastig, daß mir schlecht wurde.

Man sagt, daß man einem Menschen die Kleider anziehen soll, die er am liebsten getragen hat; so wurde sie dann mit ihrem violetten Rock und ihrem braunen, geblümten Lieblingspullover bekleidet. Um den Kopf ein weißes Kopftuch gewickelt und über ihren Körper eine schöne Decke gelegt, so haben wir sie den Flammen übergeben. Am nächsten Tag mußten wir mit der Urne durch die ganze Stadt zum jüdischen Friedhof (wo es ja kein Krematorium gibt). Ein Taxi zu bekommen ist schwer, und außerdem finden wir die Wahnsinnspreise empörend, die die Taxifahrer heutzutage verlangen. Nun gut, ich will es kurz machen, meine Lieben. Es ist uns also ein Mißgeschick unterlaufen bei der Fahrt. Als wir von der Straßenbahn in den Bus umstiegen, gab es das übliche Gedränge. Da ist Aaron, Gott sei Dank schon im Businneren, die Plastiktüte mit der Urne aus der Hand gefallen. Das Gefäß ist natürlich zerbrochen, und die Asche wurde auf dem Boden des Busses verstreut. Die Leute haben furchtbar geschimpft, jemand stolperte und fiel hin. Es gelang uns schließlich, den Rest der Asche doch noch zum Friedhof zu bringen und zu begraben. Was soll's, den Toten tut's nicht mehr weh, und die Lebenden werden es wegstecken …

II. Mein Freund Viktor

Jemand zog mich am Ärmel. Ein kleiner Junge, etwa so alt wie ich, stand neben mir. Er hatte abstehende Ohren, ziegelrotes Haar und ein über und über mit Sommersprossen bedecktes Gesicht, das er zu einem Grinsen verzog, während die Augen ernst blieben. Er sagte etwas Unverständliches, das weder Russisch noch Hebräisch klang, so daß ich erschrokken einige Schritte zurückwich.

Viktor hatte Ukrainisch gesprochen, denn er stammte, wie ich später erfahren sollte, aus einer ukrainischen Kleinstadt unweit der moldawischen Grenze. Seine Familie war, so wie meine Eltern und ich, erst wenige Wochen zuvor nach Israel eingewandert.

»Laß uns von hier davonlaufen«, sagte Viktor auf Russisch, nachdem er meine Verwirrung richtig gedeutet hatte. »Das ist ganz einfach. Über den Zaun und dann den Hügel hinauf. Wir müssen nur vorsichtig sein. Die Erzieherin darf uns nicht sehen.«

»Und dann?«

»Dann kommt die große Straße, wo der Bus fährt, und dahinter sind die Sanddünen, da müssen wir hin.«

»Warum?« Ich verstand nicht, weswegen wir uns aus der Vorschule davonschleichen sollten.

»Da ist eine Höhle, und in der Höhle wohnt ein Zwerg.«

»Ein Zwerg?« fragte ich mißtrauisch. »Du lügst doch! Es gibt keine Zwerge, hat meine Mutter gesagt.«

»Ich schwöre es!« sagte er ernst mit feierlicher Stimme. »Ich soll tot umfallen und auf der Stelle verfaulen, wenn es nicht stimmt.«

Das klang überzeugend, zumal er nicht tot umfiel und schon gar nicht verfaulte. Ich bot ihm einen Kaugummi an, er steckte ihn sofort in den Mund, schaute sich ängstlich um und flüsterte mir ins Ohr: »Kann ich dir ein Geheimnis anvertrauen, das du nicht weitererzählst?« Ich nickte und hielt den Atem an.

»Dieser Zwerg«, flüsterte er, »hat einen Zauberstab. Wenn er uns damit berührt, werden wir sofort Hebräisch können, ich meine, ohne es lernen zu müssen, und sind außerdem klüger als alle anderen. Wir können selbst andere verzaubern, sie zu Fröschen machen oder zu Riesen. Und wir können Kranke wieder gesund machen und Gesunde krank.«

»Aus der Erzieherin mache ich einen Besen«, sagte ich, überlegte kurz und fragte: »Kann ich mir auch ein Geschwisterchen herzaubern?«

»Natürlich«, antwortete er in einem Tonfall, der jeglichen Zweifel ausschloß. »Aber nur einen Bruder, keine Schwester, denn der Zwerg ist keine Zwergin, du verstehst.«

Das erschien mir logisch, und wir machten uns auf den Weg. Leider war die Erzieherin schneller als wir. Laut schimpfend lief sie uns hinterher und erwischte uns, noch bevor wir die Straße und die dahinterliegenden Sanddünen sehen konnten.

Wir versuchten es immer wieder, doch die magische Höhle erreichten wir nie.

Die Vorschule war ein einstöckiges Gebäude, dahinter ein großer Garten mit Spielplatz. Im Garten standen zwei Eukalyptusbäume, auf die wir oft hinaufkletterten, obwohl dies natürlich verboten war. Von oben schauten wir auf das flache Dach der Vorschule, suchten in der Ferne nach etwas Aufregendem, Außergewöhnlichem, hörten die anderen Kinder uns zurufen, bis wir schließlich den Befehlen der Erzieherin gehorchten und herunterkamen. Da wir etwa gleich groß waren, standen wir in der Stirnreihe nebeneinander, tanzten miteinander fähnchenschwingend im Kreis, während die Erzieherin die Melodie zu einem patriotischen Lied aus der Pionierzeit des jüdischen Staates auf der Gitarre spielte, und verkleideten uns zu Purim beide als Zwerge, trugen erdfarbene große Kapuzen, als wären wir eben der Höhle entstiegen.

»Ihr beide schaut euch so ähnlich, aber irgendwie sieht man, daß ihr keine Brüder seid«, sagte die Erzieherin einmal zu uns und lachte. Das erschien mir eigenartig, und ich konnte mir nicht erklären, warum sie das komisch fand. Ich war sogar ein wenig gekränkt, vielleicht weil ich mir immer einen Bruder gewünscht hatte und weil fast alle anderen Kinder Geschwister hatten, nur ich nicht. Am Abend bat ich meine Mutter, mir ein Geschwisterchen zu gebären, am besten gleich in derselben Nacht.

Viktor hatte recht schnell Hebräisch gelernt. Für ihn war es nach dem Ukrainisch seiner Mutter, dem Russisch des Vaters und dem Jiddisch der Großtante und des Großvaters, die in der Ukraine geblieben waren, die vierte Sprache. Manchmal vermischte er die vielen Sprachen, und nur ich lernte diesen Geheimcode verstehen. Wenn er mit den anderen Kindern herumtollte, empfand ich Neid. Sogar meine Mutter stellte ihn mir als Vorbild hin: »Sieh doch, wie gut Viktor schon Hebräisch spricht«, sagte sie, »und wie gern er mit anderen Kindern spielt. Du hältst dich immer abseits und willst mit kaum jemandem etwas zu tun haben. Die Erzieherin hat sich schon beschwert, daß du dich weigerst, sie zu verstehen. Sie sieht das als Provokation an.«

Ich kannte das Wort Provokation nicht, doch es gefiel mir. Wenn mich jemand von den Erwachsenen fragte, wie es mir gehe, antwortete ich oft stolz: »Es geht mir gut. Ich bin eine Provokation.«

Ich erinnere mich noch, daß aus dem Schlafzimmer von Viktors Eltern Laute drangen wie das Pfeifen und Schnaufen einer Lokomotive kurz nach der Abfahrt. Man erklärte mir, dort liege die kranke Großmutter, die Schwierigkeiten mit dem Atmen habe. Ich hatte Angst, das Zimmer zu betreten, weil ich fürchtete, mich anzustecken. Ein Herzleiden sei nicht ansteckend, hieß es. Aber ich glaubte den Erwachsenen, was solche Dinge betraf, kein Wort.

Meine und Viktors Eltern trafen sich regelmäßig und diskutierten über Dinge, die ich nicht verstand.

»In der Ukraine war mein Sohn mit seinem Aussehen und seinem Familiennamen eindeutig *der Jud,* in der Schule hätte man ihn zweifellos als *Saujud* bezeichnet«, erklärte eines Abends Viktors Vater, wie immer auf seine phlegmatische Art mit ruhiger Stimme, aber ironischem Unterton. »In Israel ist er hingegen *a Goi,* weil seine Mutter Nichtjüdin ist. Wo, frage ich Sie, sehr geehrte Damen und Herren, soll da die Gerechtigkeit liegen?«

»Die Gerechtigkeit ist ein jüdischer Witz«, entgegnete meine Mutter trocken.

Viktor und ich zogen es vor, draußen vor dem Haus eine Sandburg zu bauen und der Langeweile zu entfliehen, mit der die Erwachsenen ihre Nachmittage und Wochenenden ruinierten. Wir wohnten in einer aus etwa zehn Blöcken bestehenden Siedlung irgendwo am östlichen Rand von Tel Aviv, was ein großes Privileg war, denn viele Immigranten aus der Sowjetunion hatten Wohnungen in neugegründeten Orten weitab der großen Städte, nicht selten in der Negev-Wüste, zugewiesen bekommen. Ich hätte es gern gesehen, wenn auch wir in die Wüste gezogen wären, und träumte von Kamelen. Ich habe nie eines zu Gesicht bekommen, obwohl unsere Siedlung mitten in eine Sand- und Steinlandschaft gebaut worden war und nur eine zweispurige Straße Richtung Stadt führte.

Nach jeder Zusammenkunft mit der befreundeten Familie waren die Eltern noch gereizter und niedergeschlagener als zuvor. Es war schon sonderbar: ein paar Stunden mit guten Freunden, und meine Eltern stritten miteinander noch heftiger, als sie es üblicherweise taten. Ihre aufgeregten Stimmen drangen zu mir ins Kinderzimmer, und manchmal fiel mein Name. Hatte ich etwas falsch gemacht? Vielleicht waren sie böse, weil ich mich standhaft weigerte, der Großmutter meines Freundes aus der Vorschule die Hand zu geben und ihr Guten Tag zu sagen.

Eines Abends konnte ich lange nicht einschlafen. Gewissensbisse quälten mich. Ich schlüpfte aus dem Bett, öffnete die Tür zum Wohnzimmer und blieb, vom Licht geblendet, stehen. Vater saß auf dem Sofa und wischte sich mit der

Handfläche den Schweiß von der Stirn. Mutter stand direkt vor ihm, Hände in die Hüften gepreßt, und schrie: »Und was hast du dir überhaupt erwartet, du Phantast? Daß hier alle Menschen wie Brüder und Schwestern in Eintracht leben? Daß das Glück auf den Bäumen im Park wächst und allen zur Verfügung steht? Man brauche es nur zu pflücken … Auch hier gibt es Abschaum, wie überall sonst.«

»Nur, daß der Abschaum in der Einwanderungsbehörde sitzt«, entgegnete Vater, »und im Wohnungsamt und im Arbeitsamt und in den politischen Parteien. Warum haben wir denn fast immer nur mit dem Abschaum zu tun, frage ich dich?«

Ich konnte mir auf das, was meine Eltern sagten, keinen Reim machen. Bei Abschaum mußte ich an Vaters Rasierschaum denken und an Bierschaum, denn Vater trank manchmal am Abend Bier. Was sollte daran schlecht sein? Aber ich kam nicht dazu, dies zu klären. Meine Eltern bemerkten mich, unterbrachen ihr Gespräch und schickten mich recht barsch wieder ins Bett.

In jener Nacht träumte ich von einem Schiff, das Israels schäumende Mittelmeerküste entlangfuhr.

Meinem Freund Viktor berichtete ich von dem sonderbaren Gespräch, das ich mitgehört hatte. Ihm war sofort alles klar. »Mein Gott, bist du blöd«, meinte er. »Abschaum ist jemand, der vor Wut schäumt. Wenn man eine Behörde um etwas bittet, sagt mein Vater, dann schäumt sie vor Wut, weil sie arbeiten muß.«

Eines Morgens weckten mich meine Eltern zu ungewöhnlich früher Stunde. Wir würden auf Urlaub fahren, hieß es. Im Vorraum standen drei prall gefüllte Koffer. Mit dem Taxi ging es zum Flughafen. Ein aufregendes Erlebnis, denn es war erst die zweite oder dritte Taxifahrt meines Lebens. Im Flugzeug wurde mir mitgeteilt, wir würden nicht mehr nach Israel zurückkehren.

Ich trauerte um den Verlust meiner Freunde. Vor allem Viktor würde ich sehr vermissen. Auch meine Kinderbücher, den Plattenspieler, die vielen Platten und die meisten Spielsachen würde ich nie wiedersehen.

Doch schon am Abend tauchte ich in eine neue Welt ein.

Ein Emigrant, den meine Eltern vor dem Eingang zum sowjetischen Konsulat kennengelernt hatten, brachte uns in einen Teil von Wien, der Brigittenau hieß, ins »russische Schloß«, ein altes Mietshaus, in dem fast ausschließlich russische Juden wohnten. Sie waren, wie meine Eltern, nach Israel ausgewandert, hatten das Land enttäuscht wieder verlassen und warteten in Wien, der »Drehscheibe der Ostemigration«, auf die Rückkehrerlaubnis in die Sowjetunion, ihre ursprüngliche Heimat. Wochenlang. Monatelang. Ihr Geld verdienten sie in Österreich meist als Hilfsarbeiter, Putzfrauen, Babysitter ... Die Stimmung war bei allen ziemlich gedrückt. Eine Nervosität lag in der Luft, die fast schon an Verzweiflung grenzte. Die Hoffnung, in die »Heimat« zurückkehren zu dürfen, war sehr gering. Das Land aller Werktätigen wollte seine verlorenen Töchter und Söhne nur in den seltensten Fällen wiederhaben.

In einem großen Zimmer wiesen uns gastfreundliche Emigranten auf dem Boden einen Schlafplatz zu. Wir bekamen Polster und Decken und ein Laken, das meine Mutter auf dem Boden ausbreitete. Es roch nach Feuchtigkeit, alten Kleidern und Möbeln, nach modrigem Holz, Kraut und Kohl. Draußen hörte ich das ungewohnte Bimmeln von Straßenbahnen, und am anderen Ende des Zimmers schliefen unsere »Gastgeber« – eine vierköpfige Familie – in richtigen Betten. Ein alter Mann schnarchte und murmelte im Schlaf.

»Da oben links, neben der Wohnungstür, an dem Nagel, da hängt der Kloschlüssel«, hatte man uns erklärt. »Das Klo ist die dritte Tür links am Gang und hat kein Licht. Die Kerze steht rechts neben der Klomuschel auf einem Brett. Streichhölzer liegen gleich daneben.«

Ich hatte ein wenig Angst, in der Nacht aus der Wohnung hinaus auf den kalten Gang zu gehen. Das »russische Schloß« war leider alles andere als ein Schloß, obwohl ich doch insgeheim auf einen kleinen Palast mit Park gehofft hatte. Schon glaubte ich Schritte zu hören, Stein auf Stein, ein böser Geist mit Stiefeln aus Granit, die mich zerquetschen würden...

Wenn an einem neuen Ort du schlafen gehst, mein Kind,
schlaf, schlaf ein geschwind;
träumst du heute nacht von deiner Braut,
wird der neue Ort dir bald vertraut,

sang mir Mutter ganz leise ein altes russisches Wiegenlied vor. Trotzdem blieb ich die halbe Nacht wach.

Das Haus gehörte einem Herrn Liebfeld, der ein gutgehendes Modegeschäft in der Innenstadt besaß. Herr Liebfeld aus Kielce war kurz nach dem Krieg vor den antisemitischen Ausschreitungen in Polen nach Österreich geflüchtet. Nun vermietete er alle freiwerdenden Wohnungen seines schon vor Jahren erworbenen Mietshauses an russische Juden.

Bald hatten wir ein eigenes kleines Zimmer. Jeden Tag spielte ich mit den anderen Emigrantenkindern in den Gängen, auf der Stiege und im Hof, verließ das Haus kaum und glaubte beinahe, die eigentümliche Außenwelt dieses fremden Landes existiere gar nicht, sei nur ein Gerücht oder ein Märchen. Ich dachte manchmal, ich sei in Israel, dann wieder, ich sei in Rußland, bis ich verstand, daß beides stimmte. Das Haus war ein Teil Israels und Rußlands, der sich in einer fremden Welt namens Wien befand. Keine Frage: die Welt war wie eine Anzahl von Schachteln aufgebaut, die ineinanderpaßten.

Eines Tages kam eine Familie aus Baku in unser Haus – ein Ehepaar mit zwei Söhnen. Der eine war fünf, der andere etwa acht Jahre alt. Sie waren mit dem Flugzeug aus Israel nach Wien gekommen, hatten aber kein österreichisches Visum, glaubten wohl, sich an den Grenzbeamten vorbeischleichen zu können. Eine naive Vorstellung. Man teilte ihnen mit, daß man sie mit dem nächsten Flugzeug wieder nach Israel zurückschicken werde. Es verging einige Zeit. Die Flughafenbeamten wurden unaufmerksam. Für einen Augenblick blieben die »Illegalen« unbeaufsichtigt, nutzten die Gelegenheit, ließen ihr Gepäck stehen und machten sich aus dem Staub, nahmen ein Taxi und fuhren in die Brigittenau. Die Adresse unseres Hauses hatte sich schon bis nach Israel herumgesprochen.

Unter den Emigranten herrschte Unruhe. Man befürchtete, die Polizei werde bald kommen, um die Neuankömmlinge zu holen und abzuschieben. Allen anderen würde dann vielleicht dasselbe Schicksal drohen. Die Hausbewohner berieten in einer dringlich einberufenen Vollversammlung, was zu tun sei. Jemand hatte die Idee, während der Nacht eine Wache vor dem Eingangstor zu postieren und Barrikaden zu errichten. Sollte die Polizei tatsächlich kommen, würde man die Familie aus Baku schon zu verteidigen wissen. »Sie werden es nicht wagen, ein ganzes Haus voller Juden zu stürmen und uns alle niederzuknüppeln«, erklärte jemand. »Nach allem, was sie den Juden angetan haben. Und abschieben werden sie uns alle auch nicht. Aus demselben Grund.«

Niemand schlief in dieser Frühlingsnacht, außer vielleicht die wenigen noch verbliebenen nichtjüdischen Bewohner des Hauses. Einige jüngere Emigranten schoben die eisernen Müllcontainer, die im Hof standen, ins Gebäude hinein und errichteten daraus eine Barrikade, die, auf halbem Weg zwischen Haustor und Stiege, nur einen Spalt offenließ. Die Wachposten wurden regelmäßig abgelöst. Draußen vor dem Tor stand außerdem noch ein Vorposten, ausgerüstet mit einer Trillerpfeife, um gegebenenfalls das ganze Haus zu alarmieren.

»Die sollen nur kommen«, sagte der Wächter an der Barrikade, ein Mann mittleren Alters, den ich als Onkel Kostja kannte, und ballte seine Fäuste. »Im April Fünfundvierzig habe ich als Rotarmist Wien befreit. Das hier wird die zweite Schlacht um Wien!«

Für mich war das Ganze äußerst aufregend, und ich bewunderte Onkel Kostja ungemein, obwohl er mit seinem Bäuchlein, der Glatze und den starken Brillen gar nicht kriegerisch aussah.

»Komm, lassen wir die Männer Krieg spielen«, sagte Mutter. »Gehen wir wieder hinauf. Wenn Männer sich wie Kinder benehmen, sollten Kinder lieber fernbleiben.«

»Ach, laß ihn doch«, meinte Vater, der gerade aus der »Stabsstelle« im dritten Stock heruntergekommen war, »es wird schon nichts geschehen.« Er erzählte, daß der Emigrant aus Baku völlig zerknirscht in der Wohnung der Familie Friedmann, dem inoffiziellen Versammlungszentrum aller im Haus lebenden »Russen«, auf dem Sofa sitze und sich ununterbrochen für die Aufregung entschuldige, die er verursacht habe; daß seine Frau in Tränen ausgebrochen sei und daß die Kinder wie hungrige Wölfe den Kühlschrank von Frau Friedmann – die von allen Hausbewohnern sonderbarerweise und ohne jede Ironie Madame Friedmann genannt wurde – plünderten.

»Ich brauche einen Schlagstock«, sagte Onkel Kostja, »irgendwo am Dachboden liegt sicher eine Eisenstange.« Mutter seufzte, nahm mich an der Hand und zog mich die Treppe hinauf, während ich den Plan faßte, für Onkel Kostja auf dem Dachboden die Eisenstange zu suchen. Doch ich kam nicht mehr dazu. Ein schriller Pfiff ertönte. Türen flogen auf. Schreie. Für einen Augenblick ließ Mutter meine Hand los, und ich stürmte, zusammen mit allen anderen Bewohnern des Hauses, die Stufen hinunter. Ich erinnere mich genau an einen älteren Herrn, der bedrohlich seine Waffe, eine Stehlampe, schwenkte. Und dann, im matten Licht der Flurbeleuchtung, sah ich plötzlich meinen Freund Viktor. Völlig durchnäßt und zitternd vor Angst stand er zwischen seinen Eltern.

»Na, das ist aber eine Begrüßung, und das so spät am Abend«, murmelte Viktors Vater, ließ den Koffer auf den Boden fallen und begann den Regenmantel aufzuknöpfen. »Ich habe gar nicht gewußt, daß wir so wichtig sind.«

Nachdem sich die Aufregung gelegt hatte und alle Fragen beantwortet waren, machte Madame Friedmann den Neuankömmlingen die Schlafstatt zurecht. Zwischen Herd und Waschbecken, wo der Linoleumbelag fehlte und früher eine Kredenz gestanden haben dürfte, war auf dem Boden Platz für drei.

Bis zum Morgen hatte sich die Situation entspannt. Die Polizei war nicht gekommen, und der Familie aus Baku gelang es später, ihren Aufenthalt in Österreich zu legalisieren. Damals, in den siebziger Jahren, war so etwas noch möglich. Das ganze Haus lachte über den Wachposten, der die drei plötzlich aus dem Regen aufgetauchten Gestalten, die zielstrebig auf das Haus zugegangen waren, für Polizisten in Zivil gehalten und Alarm geschlagen hatte …

Ich war sehr froh, Viktor so überraschend wiedergetroffen zu haben. Er erzählte mir, daß seine Großmutter – die Mutter seiner Mutter – gestorben sei, trotz westlicher Medizin und trotz der Behandlung durch israelische Ärzte, deren großes Können so gepriesen wurde. Aber ihr sehnlichster Wunsch sei in Erfüllung gegangen, nämlich in Jerusalem begraben zu werden, wo ihr »Heiland Jesus Christus am Kreuze gelitten« habe. Kurz nach ihrem Tod hätten seine Eltern beschlossen, wieder in die Ukraine zurückzukehren.

Viktor wirkte auf mich ernster und zurückhaltender als früher, doch willigte er sofort ein, mit mir eine Besichtigungstour durch das Haus zu machen. Ich zeigte ihm die wichtigsten Sehenswürdigkeiten. Zum Beispiel die Wohnungstüren im obersten Stock, die mit Brettern vernagelt waren – aus baupolizeilichen oder sonstigen unverständlichen Gründen, wie ich ihm erklärte. Das Dach war an einigen Stellen undicht und der Dachboden nur mit äußerster Vorsicht zu betreten. Dafür gab es dort allerlei interessanten Kram, wie eine alte Nähmaschine, alte Kleider und Spielsachen und unzählige Dachziegel. In jedem Stock befanden sich endlose Korridore, deren fast immer offene Fenster auf einen Innenhof gingen, wo es nach Mist roch und das verschiedenartigste Gerümpel lag. Sonderbarerweise befanden sich alle Küchenfenster in diesen Korridoren, so daß es auch in den Küchen nach Mist und Gerümpel roch. Aber vielleicht sei das in Wien so üblich und falle niemandem mehr auf, erklärte ich meinem Freund. Auch die Toiletten und Waschbecken waren am Gang, was logischerweise bedeuten mußte, daß sich in diesem Land das Leben hauptsächlich in den Gängen abspielte. Spannend war es, die feuchten Flecken an den Wänden zu studieren, deren braune Schmutzränder die eigentümlichsten Muster aufwiesen. Da gab es Kamele, Krokodile, Elefanten, und sogar Madame Friedmanns Profil war eindeutig zu erkennen. Wo sich Risse gebildet hatten oder der Verputz abgefallen war, sah man schöne rote Ziegelsteine in Reih und Glied, und wenn man sich anstrengte, konnte man den Zeigefinger in die Ritzen zwischen den Steinen hineinschieben. Etwas bedenklich erschienen uns die elektrischen Leitungen, die hier außen an den Wänden angebracht waren und die nassen Flecken oft in einen unteren und einen oberen Bereich teilten. Mein Freund erklärte mir, daß Elektrizität in Verbindung mit Flüssigkeit gefährlich sein könne. Aber ich solle mir keine weiteren Gedanken darüber machen. Vor den Spinnweben grauste uns beiden, aber daß wir eine richtige graue Maus durch den Korridor jagen konnten, war schon toll. Das Stiegengeländer schaukelte und machte dabei seltsame, äußerst traurige Stöhngeräusche. Wenn man im obersten Stockwerk daran rüttelte, hörte man das Geräusch nacheinander in jedem Stockwerk, bis es schließlich im Erdgeschoß verhallte. Das war lustig.

Leider hastete bald eine ältere Frau aus dem ersten Stock herauf und beschimpfte uns in ihrer Sprache. Natürlich verstanden wir nichts von dem, was sie sagte. Zwei Ausdrücke prägte ich mir ein: *Saubuam, depperte* und *Tschuschn*. Die Frau hatte sie einige Male wiederholt. Das mußte ich mir merken. Das waren sicher Flüche. Vor dem Kellereingang waren mit weißer Farbe groß und dick die Buchstaben »LSK« an die Wand gemalt (damals konnte ich schon ein bißchen lesen). Ein weißer Pfeil wies Richtung Keller. Was das wohl zu bedeuten hatte? Als Erinnerungsstück an diese erste Entdekkungsreise nahm Viktor aus einem der Gänge eine Bodenkachel mit, die sich ganz leicht herauslösen ließ. Sie war aus schwerem, solidem Material gefertigt und sicher mindestens doppelt so alt wie der Staat Israel. Seine Mutter befahl ihm, dieses Beutestück umgehend an seinen Platz zurückzubringen und wieder einzusetzen. Das war schade.

Eines war gewiß: Die Bewohner des Hauses waren wundersame und lustige Leute. Das Gebäude war mindestens so alt wie Madame Friedmann, also unvorstellbar alt. Madame selbst wohnte oben im dritten Stock.

»Schaut, die Alte krabbelt wieder die Stufen hinauf«, ertönte eine gemeine Fistelstimme und sogleich das Klatschen einer Ohrfeige. Die Stimme gehörte dem elfjährigen Leonid – Ljonja – Selzmann, der mir schon vom ersten Augenblick an unsympathisch war.

»Ach, lassen Sie ihn doch, Galina Mojsejewna«, wisperte kaum hörbar Isidor Friedmann, Ehemann von Madame. Seit seiner Operation konnte er kaum mehr sprechen. Herr Friedmann versuchte Ljonjas Mutter zu besänftigen. »Lassen Sie dem Kind seine Dummheiten. Was kann uns denn noch beleidigen?« Herr Friedmann saß den halben Tag bewegungslos am Gang auf einem Hocker und schaute durch die offene Wohnungstür in die Küche. Sein Blick wanderte unaufhörlich die Tapete auf und ab, so als zählte er die stilisierten Blumen auf dem Tapetenmuster.

»Hörst du, Mama, was der Greis sagt?« fistelte die Stimme unverschämt.

»Jetzt reicht's aber«, brüllte Herr Selzmann, schnappte den Sohn am Ohr und schleifte ihn in die Wohnung.

»Sie entschuldigen schon, Isidor Isaakjewitsch«, murmelte Frau Selzmann und folgte ihrem Mann.

»Ein bösartiger Bub«, sagte ich zu meinem Freund, »er haut mich auch oft.«

Viktor sah mich an, und seine Augen funkelten sonderbar, in einer Art, wie ich es bis dahin nicht gekannt hatte und auch nicht zu deuten verstand. »Wir werden ihn so verprügeln, daß er es nie vergißt!« sagte er. Das war eine gute Idee. Aber wie sollte man einen Bengel verprügeln, der fast doppelt so alt war wie wir? »Laß mich nur machen«, erklärte Viktor.

Wir fanden Leonid einige Zeit später im Hof, wo er mit anderen Kindern des Hauses spielte. »He, Fettkloß, du dummes Arschgesicht!« rief ihm mein Freund zu. Tatsächlich war

Leonid etwas beleibt. Ich erstarrte und begann Viktor schon im Geiste zu beerdigen. Doch es kam alles anders. Ljonja stürmte wutentbrannt auf uns zu. »Euch kleine Kaulquappen mache ich zu Brei!« brüllte er. Mein Freund hob eine Handvoll Sand und Sägespäne auf und warf sie dem Widersacher ins Gesicht. Ljonja begann zu schreien und sich die Augen zu reiben. Viktor schlug ihn, so kräftig er konnte, mit dem Fuß gegen das rechte Schienbein. Unser Gegner stürzte zu Boden. Dann prügelten wir beide auf den liegenden Ljonja ein.

»Liegende schlägt man eigentlich nicht«, erklärte ich meinem Freund.

»Wenn sie älter und stärker sind als man selbst, gilt die Regel nicht«, erklärte mir Viktor. Ich war beruhigt. Wieder hatte er mich überzeugt.

Bald fürchteten sich alle Kinder im Haus vor Viktor, alle außer mir. Auch die Erwachsenen waren nicht unbedingt von ihm angetan. »Wenn ich mir den anschaue«, erklärte einmal Frau Selzmann, »lob ich mir die Qualität westlicher Markenartikel. Zum Beispiel Präservative, die nicht reißen.« Das verstand ich zwar nicht, faßte es aber als Kompliment an die Adresse meines Freundes auf.

Mit der Zeit wurde ich Viktors treuer Sklave. Er dachte sich Streiche aus, die ich dann ausführen mußte: »Gib Frau Selzmann einen Schlag auf den Po!« Ich tat es. »Schmeiß einen Ziegelstein runter in den Hof!« Ich gehorchte widerspruchslos. »Laß uns der Hausbesorgerin vor die Tür pinkeln!« Ich hatte nichts dagegen.

»Er war früher nicht so«, beschwerte sich Viktors Mutter. »Seine Großmutter, die hat mit ihm umgehen können. Aber seit sie gestorben ist, ist er so bockig und läßt sich nichts sagen. Er hat die Großmutter sehr gemocht. Er wollte auch nicht aus Israel weg, wo er seine Freunde hatte. Das arme Kind.« Sie schaute ihren Ehemann vorwurfsvoll an.

»Ja, was soll ich tun?« knurrte dieser gereizt. »Wer hat sich immerfort beschwert: ›In der Sowjetunion warst du der Jude, hier sind alle Juden, dafür bin ich die goische Ukrainerin‹?«

»Warst du dort etwa glücklich?« schrie sie. »Was hast du für eine Arbeit gehabt, du als Akademiker? Na? Hast in einer Versicherungsgesellschaft Aktenordner getragen, vom Keller hinauf in die Büros und wieder zurück. Nicht einmal richtig einordnen hast du sie können, weil du nicht imstande warst, die Reihenfolge der hebräischen Buchstaben zu erlernen.«

»Sowas ist kein Grund, um wegzufahren«, mischte sich mein Vater in das Gespräch ein. »Es ist die Politik dieses Landes. Man läßt die Leute kommen, und der Staat kümmert sich einen Dreck um seine neuen Bürger oder überantwortet sie der Willkür der Bürokratie. Jeder kämpft für sich allein. Alle gegen- und nicht füreinander. Wer Beziehungen oder Geld hat, der kann sich's richten. Wer Pech hat, landet in der Wüste. Wo ist da der Unterschied zu Rußland? Ist das der jüdische Staat, von dem wir geträumt haben? Ich bin aus prinzipiellen Gründen wieder weggefahren.«

Ein Bewohner des Hauses, an den ich mich besonders gut erinnern kann, war ein älterer Jude aus Tbilissi, den fast alle Bulli nannten. Bulli war klein und athletisch, hatte dichtes Haar, das dunkel gefärbt war, was ihn um jene zehn Jahre älter machte, die er jünger wirken wollte. Er sprach ein sehr gewähltes und korrektes Russisch mit starkem georgischem Akzent.

»Wissen Sie, was Wien ist?« fragte er einmal meine Mutter. »Was? Das erscheint Ihnen im Augenblick unwichtig? Sie werden sich noch wundern. Wien hat etwas Geisterhaftes, fast Immaterielles. Von Israel haben einige unbedarfte, aber gewitzte Zeitgenossen behauptet, es sei die sechzehnte Sowjetrepublik: Bürokratie, Korruption, Ideologisierung der Massen und ähnlicher Kram. Nun gut, Wien ist dagegen ein Schattenriß. Sie können sich doch sicher erinnern – der 7. November und die Mumien auf dem Mausoleum der Mumie in Moskau, wenn alljährlich ein unsichtbares Band geknüpft wird zwischen dem alten Herrn, der liegt, und den alten Herrschaften, die noch stehen. Nun denn, Wien ist ein Schattenriß dieses Schauspiels … Sie verstehen sicher nicht, was ich meine.«

Mutter verstand tatsächlich nicht. Sie hörte aus Höflichkeit zu, nickte und lächelte.

»Es gibt bei uns Leute«, sprach währenddessen Bulli weiter, »die schon seit über einem Jahr auf ihr Rückreisevisum warten. Man läßt sie zappeln wie früher bei der Ausreise. Das ist schon eine geniale Erfindung – die Zeit. Inzwischen läuft das Leben ab wie eine Uhr. Man zieht sie einmal auf und dann ...«

»Es ist unsere Wohnung, die bei mir die größten Sehnsüchte weckt«, unterbrach ihn Madame Friedmann. »Als wir beide, mein Mann und ich, in diese Wohnung einzogen – das war 1931 –, fand ich es furchtbar. Drei Familien, die sich eine Küche, ein Badezimmer, eine Toilette teilen. Und dann auch noch wir beide, auf neunzehn Quadratmetern. Jahrzehntelang habe ich darum gekämpft, aus diesem Loch herauszukommen. Aber Sie wissen ja, wie das bei uns Sowjetmenschen ist. Wir werden an einem Ort geboren, an dem wir meistens auch sterben, und verbringen das ganze Leben in einer Wohnung, in der unsere Kinder und Enkel groß werden. Die ganze Zeit in Petach Tikwa habe ich von meinem Zimmer geträumt, von dem Blick in den Hof und den Bücherregalen links neben dem Fenster. Von 1931 bis 1971 habe ich davon geträumt, dort herauszukommen. Es ist schon komisch.«

»Die Wohnung ist doch längst wieder vermietet«, meinte jemand. Aber Madame Friedmann zuckte nur mit ihrer rechten Schulter. In Israel hatte sie einen leichten Schlaganfall erlitten, konnte seitdem den linken Arm kaum bewegen und zog den linken Fuß nach.

»Zumindest kann ich im Hof stehen und durchs Fenster in unsere alte Wohnung schauen«, erklärte sie.

»Die Bücherregale sind bestimmt weg. Das ist das erste, was die wegschmeißen«, hörte ich jemanden sagen, und eine Frau meinte, in Israel habe Madame sicher eine Küche für sich allein gehabt, mit Gasherd, Kühlschrank und sogar Waschmaschine.

»Als ob es auf die Waschmaschine ankäme«, brummte die Alte. »Warum bist du denn nicht bei deiner Waschmaschine geblieben, meine Liebe? He? Ist das deine wahre Heimat?«

»Aber wo ist die *wahre* Heimat?« fragte Bulli. »Was brauchen wir mehr als ein mal zwei Meter und sowas wie das hier?« Er klopfte auf die Holzkiste, auf der er saß. »Ist das nicht die einzig wahre Heimat? Die ultimative Heimkehr.«

Da hob ein Geschrei an, und ein anderer Emigrant sagte mit scharfer Stimme: »Sei ruhig, du Clown. Du bist überhaupt nicht gefragt. Laß ernsthafte Leute reden.« Dann schwieg er einen Augenblick und entschuldigte sich für seine Worte.

»Ihre Laune gefällt mir heute nicht, Bulat Iossijewitsch«, sagte Madame Friedmann. »Bitte, verlassen Sie meine Wohnung.«

Madame Friedmann war die einzige im ganzen Haus, die Bulli mit seinem Namen und Vatersnamen ansprach. »Bulli? Bulli!?« sagte sie einmal zu meiner Mutter und verzog den Mund. »Man kann ihm ja vieles nachsagen, aber er ist doch kein Hund. Außer, er hat Ihnen sogar das einreden können. Wissen Sie, er kann jedem alles einreden. Halten Sie sich lieber fern von ihm, wenn ich Ihnen einen Rat geben darf. Der Mensch ist völlig meschugge. Wissen Sie, was ein Dibbuk ist? … Ach, Sie wissen es? Dann verstehen Sie, was ich meine.«

»Gestern hast du noch gesagt, Bulat Iossijewitsch sei in diesem Haus der einzig Normale und der einzige, dem man wirklich trauen kann«, warf Herr Friedmann ein.

»Sei still, Alter«, meinte Madame gutmütig. »Du verstehst nichts davon. Soll ich dir ein Süppchen kochen?«

»Was? Schon wieder? Nicht doch!«

»Auf mich macht er, trotz seines gelegentlichen Zynismus, einen so lebensfrohen und optimistischen Eindruck«, sagte Mutter leise.

»Eben!« schrie Madame. »Wie ich gesagt habe, völlig meschugge!«

So oder so ähnlich wurde geurteilt, endlos diskutiert, gestritten, abgewogen, wieder verworfen. Der Sinn wurde mir erst sehr viel später klar, soweit man bei solchen Dingen überhaupt von Klarheit sprechen kann. War es nicht so, daß mein Vater tatsächlich glaubte, in der »besseren Welt« des idealisierten jüdischen Staates gebe es weniger Bürokratie und

Korruption? Ein Staat, in den er so viele Hoffnungen gesetzt hatte und dem er deshalb keine Fehler verzieh.

Viktors Vater war viel realistischer. Er stammte aus Moldawien, hatte die ersten fünfzehn Lebensjahre im kapitalistischen Rumänien gelebt und hatte weniger Illusionen, was den Westen betraf. »Warum soll Israel nicht wie ein großes Stedtl sein?« meinte er. Natürlich war Israel kein großes Stedtl. Es ging nicht darum.

Viktors Mutter war die Leidtragende. Sie hatte die Sowjetunion nicht verlassen wollen, dem Emigrationswunsch ihres Mannes aber schließlich nachgegeben. Sie mußte alles auf sich nehmen, um die Familie nicht zu zerstören. Ein ehernes Gesetz, das nicht in Frage gestellt wurde. Was ihr blieb, war das Private, die Organisation des Alltäglichen, wo alle Fäden zusammenliefen …

Ich sitze auf dem Bett und beobachte, wie Viktors Mutter Kleidungsstücke zählt und etwas in ihren Koffern schlichtet. »Eine Bluse für Tante Olja, ein Rock für meine Freundin Mascha«, erklärt sie meiner Mutter. »Sieben Paar Jeans – ein Paar für Igor, den Sohn von Mascha, ein Paar für meinen Neffen Kostja. Fünf Paar für den Schwarzmarkt, das bringt sicher viel Geld. Oder wir tauschen es bei den Bauern gegen Lebensmittel ein.«

»Ja, aber wie bringen Sie das durch den Zoll?« fragt Mutter.

»Stimmt«, meint sie. »Ich müßte noch zwei Paar dazukaufen, für den Zöllner. Übrigens: welche Elektrogeräte würden Sie mir denn empfehlen?«

»Vielleicht ein paar kleine, tragbare Radios«, überlegt Mutter. »Und natürlich einen Kassettenrecorder und eine Anzahl Kassetten. Das wäre eine absolute Rarität, mit Gold aufzuwiegen.«

Unsere Väter kümmerten sich nie um Dinge dieser Art. Und auch wir Kinder wußten, daß man mit Vätern manches besprechen konnte, aber sie nie um etwas so Banales bitten durfte, wie uns ein Mittagessen zuzubereiten. Väter hatten Gewichtigeres zu tun, Entscheidungen zu treffen oder über grundsätzliche Fragen zu diskutieren, die Zukunft Rußlands zum Beispiel oder die israelische Innenpolitik. Wenn Viktors Mutter etwas zu sagen hatte, hörten alle aufmerksam zu. Dann ergriff Viktors Vater das Wort: »Wie meine Frau richtig bemerkt hat ...« und behauptete das Gegenteil oder sagte etwas völlig anderes, das dem Gespräch eine neue Wendung gab. War er mit ihr einverstanden, hieß es meistens: »Meine Frau hat treffend zusammengefaßt, was ich vorhin schon angedeutet hatte ...«

Vater agierte direkter, impulsiver, unterbrach Mutter oft: »Ach, das ist wieder deine typisch weibliche Logik. Du hast keinen Sinn fürs Wesentliche, verlierst dich immer in unwichtigen Detailfragen.« Mutter widersprach nicht, seufzte nur, zuckte die Achseln, murmelte: »Na ja, wenn du meinst.« Manchmal sagte sie aber auch etwas Böses, das ich nicht verstehen konnte. In solchen Fällen nahm Viktors Vater meine Mutter in Schutz. Er war eben ein Gentleman. Wenig später gab er Vater meist in der Sache recht.

Er ist schon sehr klug, mein Vater, dachte ich. Vater hatte immer auf alles eine fertige Antwort. Mutter nur selten. So war es. So mußte es sein. Zu hinterfragen begann ich erst, als ich schon fast erwachsen war.

Viktors Mutter hielt ihren Sohn für intelligent und phantasievoll. Sein Vater wollte alles tun, damit das Kind eine glückliche Kindheit habe und eine optimale Umgebung, in der sich seine Fähigkeiten entfalten könnten. Ich war neidisch, wenn ich hörte, wie fließend er schon lesen und schreiben konnte und wie leicht es ihm fiel, mathematische Aufgaben zu lösen.

»Mach nicht so ein Gesicht«, sagte Vater, als er verstand, weshalb ich schmollte. »Du bist klüger als er. Und wenn nicht, wirst du dich gefälligst bemühen, es zu werden.«

Unsere Grundkenntnisse der deutschen Sprache erhielten Viktor und ich von Jankel und Chaim. Die beiden Zwillinge, etwa in unserem Alter, waren die Kinder des ultraorthodoxen jüdisch-österreichischen Ehepaares Kahanovic, bei dem Frau Selzmann als Babysitterin beschäftigt war. Manchmal, wenn ihr die Stunden in der weitläufigen, gutbürgerlichen Wohnung der Kahanovics zu lang wurden, wenn die Kinder nach einem Spaziergang verlangten, nahm Frau Selzmann die beiden Knaben an der Hand und führte sie in die Brigittenau. Die Passanten schauten sich um nach den beiden Kindern mit Kippa und Pejes.

Unser Haus wirkte auf Chaim und Jankel wie eine geheimnisvolle Insel. Der Hof war ein abenteuerlicher Dschungel, die Gänge Straßen, auf denen man Heldentaten vollbringen, Krieg und Verstecken spielen konnte. Jankel und Chaim sprachen Deutsch, Hebräisch und Jiddisch, bald auch einige Worte Russisch, Worte, die unsere Eltern lieber nicht hören sollten.

Viktor hatte Jankel an den Pejes gezogen und dieser ihn in die Hand gebissen, doch kurze Zeit später wurden sie Freunde. Chaim brachte mir einige Gebete bei, wobei er ganz schnell vor und zurück wippte, als wäre er ein Specht, der ein Loch in einen Baum schlägt, um nach Würmern zu suchen. Ich betete mit ihm, brachte Ausdrücke und Wörter durcheinander, reicherte die Gebete durch Eigenkreationen an: »Schma Isrojel, Adonai, ob hier oder dort ist einerlei, elochejnu, Sauerei, die Welt ist nicht rund, sondern ein Ei.« Chaim und Jankel mußten so lachen, daß sie sich kaum mehr auf den Beinen halten konnten.

»Mein Gott, wie unterernährt und bleich die Kinder aussehen«, ereiferte sich Madame Friedmann und betrachtete voller Mitleid die dürren Körper der beiden Jungen. Sie brachte die Kinder in ihre Wohnung, wo sie eine Suppe, richtige russische *Schtschi*, mit viel Schweinefleisch, Kohl und Schlagobers zubereitete. Chaim und Jankel aßen die *Treife* mit sichtlichem Genuß. »Na also«, stellte Madame Friedmann zufrieden fest, »jetzt bekommen sie schön langsam rosige Wangen.«

Frau Selzmann empörte sich: »Was fällt Ihnen ein, Madame. Die dürfen sowas nicht essen. Für die ist das doch Sünde. Wenn wir nicht religiös sind, heißt es nicht, daß wir die Religion anderer nicht respektieren sollen.« Und sie fügte lachend hinzu: »Was wird wohl Gott dazu sagen?«

»Ach was«, meinte Madame, »Gott ist schon seit Jahrzehnten im Krankenstand. Und wenn ich ihm beim Jüngsten Gericht gegenüberstehe, werde *ich* ihm einiges zu sagen haben.«

»Sie wissen doch, was am Tage des Jüngsten Gerichts passieren wird«, sagte Bulli, der soeben die Wohnung betreten hatte. »Da müssen die Menschen entscheiden, ob Gott weiterhin Gott bleiben darf oder zur ewigen Verdammnis verurteilt werden soll. Also ich weiß ja schon, wie ich abstimmen werde.«

Frau Selzmann seufzte und erklärte den Kindern auf Hebräisch, sie dürften ihren Eltern ja nichts von der Suppe erzählen, und Frau Friedmann fügte auf Jiddisch hinzu: »Vor allem nicht, wie gut sie euch geschmeckt hat.«

Aber Gott erwies sich schließlich doch als strafender Gott, denn Chaim bekam von der ungewohnten Speise schwere Magenkrämpfe und beichtete seinen Eltern am Abend den Grund für seinen Durchfall. Frau Selzmann wurde eine Schickse genannt und mit Schimpf und Schande entlassen. Zu unserem großen Bedauern sahen Viktor und ich Chaim und Jankel nicht wieder.

An einem der vielen langen, mit Gesprächen ausgefüllten Abende waren die Erwachsenen ganz offensichtlich so aufgeregt, daß sie es verabsäumten, uns Kinder aus dem Zimmer zu schicken. Viktors Familie war bei uns zu Besuch. Nur mit viel Überwindung gelingt es mir, die Bilder jenes Abends vor meinen Augen wieder zu einer Szene zu arrangieren. Einige Zeit drehte sich das Gespräch um Alltägliches. Die Erwachsenen hatten auf den Betten Platz genommen. In unserem Zimmer gab es kaum andere Möbel. Wir spielten einstweilen in einer Ecke, wo sich meine wenigen Spielsachen befanden. Als der Gesprächston der Erwachsenen auf einmal lauter, gehässiger wurde, zog das unsere Aufmerksamkeit an.

Wie ich erst später verstand, stritten sich unsere Eltern wegen einer Erklärung, welche die sowjetischen Behörden von den meisten Rückwanderern verlangten und die in schriftlicher Form abgefaßt werden mußte. Darin sollte die »imperialistische Politik« des »zionistischen Gebildes« gegeißelt und das Leben in der »kapitalistischen Hölle« als einziges Jammertal für aufrechte Menschen mit ausgeprägtem Gerechtigkeitssinn angeprangert werden. Weiters sollten die potentiellen Rückkehrer das sowjetische Volk für den durch ihre Auswanderung begangenen Verrat um Verzeihung bitten.

»Und ich sage Ihnen«, skandierte Vater, »ich werde dieses Blatt Papier nicht unterschreiben! Niemand von uns sollte das tun, auch Sie nicht!«

»Mit den Wölfen soll man heulen«, meinte Viktors Vater spöttisch. »Warum glauben Sie, Sie könnten im Wolfsrudel mitlaufen und still bleiben?! Es gibt nur ein Entweder-Oder.«

»Das ist zynischer Opportunismus«, entgegnete Vater, »man kann seine Ziele auch mit anderen Mitteln durchsetzen.«

Jetzt mischte sich Mutter ins Gespräch ein: »Mein Mann glaubt, er könne der Welt sein eigenes Reglement aufzwingen. Das war immer schon so.«

»Und du? Du würdest auch unterschreiben?«

»Ja, ich würde unterschreiben«, sagte sie.

»Nun fällst auch du mir in den Rücken«, rief Vater, sprang plötzlich auf und hob wie beschwörend die Arme: »Versteht ihr nicht, was da läuft? Wir sollen Israel in den Dreck ziehen. Gut, es hat uns dort nicht gefallen. Gut, wir wollen wieder in unsere ursprüngliche Heimat zurück. Aber es ist immer noch ein *jüdischer* Staat, Refugium für Juden, wenn sie in Not sind. Sechs Millionen sind von den Nazis ermordet worden, das darf man nicht vergessen. Sollen wir jetzt Israels Feinden in die Hände spielen, zu seiner Zerstörung mit beitragen, seine Ehre verletzen?«

»Ich glaube, Sie überschätzen bei weitem Ihre Möglichkeiten«, entgegnete Viktors Vater, »und vor allem unsere Bedeutung.«

»Wer diese Erklärung unterschreibt, ist ein Wicht!«

»Nun, ich glaube«, sagte Viktors Mutter schüchtern, »es wäre besser, wenn wir jetzt auseinandergehen und das Ganze in Ruhe überschlafen.«

»Natürlich!« schrie Vater. »Nur alles gleich unter den Teppich kehren, wenn's hart auf hart geht. Aber nicht mit mir! Ich verstehe schon, Sie sind Ukrainerin, Sie können die Tragweite des Ganzen nicht begreifen ...«

»Jetzt ist es aber genug!« Auch Viktors Vater hatte nun lauter gesprochen, als es sonst seine Art war. »Sie gehen zu weit! Beleidigen Sie meine Frau nicht!«

»Seit wann ist ›Ukrainerin‹ eine Beleidigung?« sagte Vater mit Hohn in der Stimme. Viktors Mutter begann zu weinen und murmelte: »Was macht ihr alle mit mir? Was habe ich euch getan? Ich wollte doch nur ein ganz normales Leben führen, nichts weiter.« Ihr Mann umarmte sie und sagte mit harter Stimme: »Ich werde diese Erklärung unterschreiben, ob es nun einigen unverbesserlichen Trotzköpfen paßt oder nicht. Und ich werde hineinschreiben, daß gerade solche Nationalisten wie Sie schuld an aller Misere sind.«

Und da geschah das für mich als Kind völlig Unvorstellbare, das auch heute noch verfremdet wie ein Film im Zeitlupentempo abläuft: Mein Vater faßte den Kontrahenten am Kragen seines grauen, abgewetzten, sowjetischen Jacketts, schleifte ihn vom Bett, so daß seine Teetasse auf den Boden fiel und zerbrach, und schrie: »Raus aus meiner Wohnung!«

»Wohnung? Wo sehen Sie da eine Wohnung?« Viktors Vater lachte gezwungen, befreite sich aus dem Griff und stieß meinen Vater gegen die Wand.

Tatsächlich konnte man das Zimmer mit den eingerissenen Tapeten, der Vierzig-Watt-Glühbirne, die an einem ungesicherten Draht von der Decke hing, den drei klapprigen Betten, einer großen Holzkiste, die als Tisch und Kleidertruhe gleichermaßen diente, und unseren drei aufeinandergestapelten Koffern kaum als Wohnung bezeichnen.

Die beiden Frauen begannen ihre Ehemänner voneinander zu trennen, und dann liefen Viktors Eltern auf den Gang und Viktor hinterher. »Ich bin noch nicht fertig mit Ihnen!« schrie Vater.

Was danach war, weiß ich nicht mehr genau. Ich glaube

mich erinnern zu können, daß ich sofort ins Bett kroch und die Decke über den Kopf zog, und ich weiß noch, daß Mutter mich zu streicheln versuchte und Vater etwas Versöhnliches sagte, etwas Altbekanntes, eine Phrase, die normalerweise, jedoch nicht an diesem Abend, zwischen uns beiden Vertrautheit herstellte.

Am nächsten Morgen geschah es, daß mein Freund mich schlug. Es war das einzige Mal. Außer Viktor und mir war noch keines der anderen Kinder im Hof. Ich ging zögernd auf ihn zu, fröstelnd, denn es war kalt nach einer verregneten Nacht. Am Anfang ignorierte er mich, schaute ins Leere, ließ einen kleinen Gummiball immer wieder gegen das Blech des Müllcontainers prallen, der mit einem metallenen Schrei antwortete, immer wieder, mit sturer Gleichmäßigkeit der sich langsam verkürzenden Intervalle. Das Blechkonzert steigerte sich vom Crescendo zum Furioso, bis ich dazwischenfuhr und den Ball ans andere Ende des Hofs beförderte. Da schlug er zu, und nur wenige Augenblicke später lag ich auf der Erde und er auf mir, und ich biß ihn und zog ihn an den Haaren und schlug ihn mit den Fäusten ins Gesicht, bis er schwer atmend von mir abließ und mich auf eine Art und Weise ansah, die ich bis heute nicht vergessen kann. Wieder vergingen einige Augenblicke, und er senkte die Augen und verbarg sein Gesicht in den Händen, und auch ich wußte plötzlich nicht mehr, warum *wir* uns eigentlich prügeln sollten, und glücklicherweise oder unglücklicherweise betrat Sascha, der zweite Sohn der Selzmanns, der um ein Jahr jünger war als wir, den Hof und mußte für alles büßen. Kurz darauf lief er heulend, mit blutender Nase, einem blauen Auge, zerrissener Kleidung und aufgeschlagenem Knie wieder ins Haus, und meine Eltern bestraften mich daraufhin, was so vonstatten ging, daß Vater mit dem Riemen fuchtelte und Drohungen ausstieß, während Mutter mich ohrfeigte.

Am Nachmittag spielten Viktor und ich miteinander, als ob nichts gewesen wäre. Auch unsere Eltern versöhnten sich wieder. Mutter zwang Vater, sich zu entschuldigen, und Viktors Eltern sagten, daß nun einmal unser aller Nerven etwas angespannt seien.

Etwa einen Monat später hatten sich meine Eltern endgültig zu dem Entschluß durchgerungen, nicht nach Rußland zurückzukehren. Wir fuhren nach Rom, wo angeblich zahlreiche jüdische Hilfsorganisationen Emigranten bei der Weiterreise in die USA halfen. Dies sollte sich als Trugschluß erweisen. Unverrichteter Dinge kehrten wir im Herbst nach Wien zurück. Einige Bewohner des Hauses in der Brigittenau hatten inzwischen wieder in die Sowjetunion einreisen dürfen, darunter auch Viktor und seine Eltern. Ich habe sie nie mehr wiedergesehen. Jemand hat mir erzählt, daß sie jetzt in den USA lebten. Und das »russische Schloß« in der Brigittenau ist heute längst abgerissen, hat einem Neubau Platz gemacht.

III. Nachmittage

Kurz vor ihrem Tod schenkt mir die alte Frau ein silbernes Zigarettenetui. Es habe einmal ihrem Mann gehört, erklärt sie. Aber weil ich ein so liebes und braves Kind sei, dürfe ich es als Andenken behalten. Wenn ich einmal groß sei und selber rauche, werde ich vielleicht Verwendung dafür haben. In das Etui ist eine Karte des Großdeutschen Reiches eingeritzt, nach der Besetzung des Sudetenlandes, aber noch vor dem Einmarsch in die »Resttschechei«, mit allen wichtigen Städten, Eisenbahnlinien und Straßenverbindungen. Die Konturen des Reiches erinnern mich an ein wildes Tier mit weit aufgerissenem Maul, das einem Ball vor seiner Nase – Ostpreußen – nachläuft. Vielleicht ist es auch ein Seehund, der mit dem Ball spielt, oder ein Löwe, der drauf und dran ist, ein Stück Fleisch zu verschlingen.

Ungefähr da befinde sich der Ort, aus dem sie stamme, erklärt mir die alte Frau und zeigt mit der Spitze des Zahnstochers, den sie fast immer im Mund hat, auf eine Stelle, die sich außerhalb der eingezeichneten Grenzen, nicht weit vom Unterkiefer des Raubtiers entfernt, befindet. Der Ort liege in Oberschlesien, sagt sie. Erst der Führer habe es 1939 vom polnischen Joch befreit, wenige Monate nachdem das Zigarettenetui hergestellt worden sei. Heute gehöre es jedoch leider wieder zu Polen.

»Am schlimmsten war es ja nach dem Ersten Weltkrieg«, erzählt die Frau, während ich mir ihr in rötlichbraunes Leder eingebundenes Photoalbum anschaue. »Ich war damals noch jung, frisch verheiratet. Die Polacken sind mit großen Peitschen durch die Straßen gezogen und haben die Leute geprügelt. Auch mein Mann hat einen Peitschenhieb abbekommen. Erst der Führer hat es erreicht, daß unsere Gegend wieder zu Deutschland gekommen ist, so wie vor 1918.«

Auf das, was die Frau sagt, kann ich mir keinen Reim machen. Wer sind die Polacken? Und warum haben sie in den Straßen des Städtchens, dessen Häuser auf den vergilbten Schwarzweißphotos wie eine Spielzeugidylle wirken, jene honorigen Herrschaften, die ebenfalls auf einigen der Photos abgebildet sind – Herren mit Zwirbelbärten und geschwungenen Pfeifen und Damen mit breitkrempigen Hüten und in langen Röcken, unter denen nur die Zehenspitzen hervorlugen –, mit Peitschen gezüchtigt? So schlimm und böse sehen diese Menschen doch gar nicht aus.

Alles Unsinn, erklären mir später meine Eltern. Es sei umgekehrt gewesen. Die Polen waren diejenigen, die geprügelt und ermordet wurden, und das zu Hunderttausenden, zu Millionen.

Zahlen wie Hunderttausend oder Million kenne ich nicht. So weit sind wir in der Schule beim Rechnen noch nicht gekommen.

Frau Ernestine Berger, unsere Nachbarin, bei der ich die Nachmittage verbringe, weil meine Eltern arbeiten müssen, hat immer, auch in der Wohnung, einen grauen Hut auf. Die Strickjacke, den Mantel, die dicken Strümpfe und die Stiefel zieht sie nur selten aus, denn auch wenn es draußen nicht allzu kalt ist, friert Frau Berger, als befänden wir uns nicht in Wien, sondern in der Arktis. Vielleicht liegt dies daran, daß Frau Berger zwar einen gußeisernen Ofen im Wohnzimmer stehen hat, aber nicht mehr die Kraft besitzt, um Holz, Kohle und Koks aus dem Geschäft im Keller des Nachbarhauses zu holen und die drei Treppen in den zweiten Stock hinaufzutragen. Darüber wundere ich mich kaum, denn sie kann sich nur mit Hilfe ihrer dunkelbraun lackierten Holzkrücken fortbewegen, ist unwahrscheinlich schmal, beinahe körperlos, hat einen runden Rücken, ein spitzes Kinn und einen fast zahnlosen Mund. Beim Gehen machen ihre Beine abenteuerliche Kreisbewegungen, und aus ihrem Rachen kommen Geräusche, die manchmal wie eine Mischung aus Fauchen und Knurren klingen. Mich erinnert sie an die Baba Jaga aus den Märchen, die mir meine Mutter vor dem Einschlafen vorliest, doch seltsamerweise hatte ich schon vom ersten Augenblick an keine Angst vor der alten Frau, vielleicht weil sie freundliche, grüne Augen und eine angenehme Stimme hat.

Jeden Tag bringt mich meine Mutter in der Früh zur Schule und gegen Mittag wieder heim. Sie macht mir schnell etwas zu essen, meist einen Hafer- oder Buchweizenbrei, dazu ein Glas Milch oder Kakao. Dann muß sie in die Arbeit. Ich aber gehe hinüber zu Frau Berger und verbringe die Zeit in ihrer Wohnung, bis meine Eltern gegen fünf wieder zu Hause sind. Frau Berger verlangt von meinen Eltern kein Geld dafür, daß ich diese vier Stunden bei ihr bleiben darf, denn sie hat mich gern und freut sich, wenn ich komme.

Frau Bergers Wohnung ist eine Mischung aus Photogalerie und Museum für Naturgeschichte. An den Wänden hängen die Photos sämtlicher Verwandter. Sie seien leider alle schon gestorben, heißt es.

Da ist zum Beispiel ein junger Mann, der mich mit keckem Blick aus der fernen Vergangenheit anschaut. Ein wenig wirkt er wie eine Karnevalsfigur, denn er hat eine Pickelhaube auf, und seine Uniform ist reich verziert. An seiner Brust hängen mehrere Kreuze und Münzen, die Frau Berger Orden nennt. Orden zeigen den Wert eines Menschen an. Deshalb die Münzen. Mit der rechten Hand umklammert der Mann auf dem Photo den Griff seines Säbels. »Mein Vater«, erklärt die alte Frau. »Er war beim preußischen Militär und hat 1870 gegen die Franzosen gekämpft. Damals haben wir den Krieg noch gewonnen.« Ich kann mir schwer vorstellen, daß dieser so kräftig und vital aussehende Mann der Vater von Frau Berger ist, die kaum mehr gehen kann. Aber er ist ja auch schon seit fünfzig Jahren tot.

An die Tanten, Onkel, Nichten, Neffen und das Gruppenbild der Schwägerinnen und Schwager kann ich mich heute nur schemenhaft erinnern. Vage ersteht das Bild ihres Sohnes vor mir: ein dunkelhaariger Mann mit abstehenden Ohren und großen, etwas kindlichen Augen. Auch er trägt eine Uniform, sieht aber bei weitem nicht so kriegerisch aus wie sein Großvater. »Mein Sohn ist am 6. Mai 1945 gefallen«, erzählt mir Frau Berger. »Da war sogar der Führer schon tot.«

Das Bild des Führers selbst, von dem Frau Berger nur mit großer Ehrfurcht spricht, hängt nicht an der Wand. Das sei ungünstig »in Zeiten wie diesen«, erklärt sie mir, während sie eine Schublade voller Kleidungsstücke – Unterwäsche, Strümpfe, Socken – auszuräumen beginnt. Unter den Kleidern kommt eine schwarze Mappe zum Vorschein, die mit einem ebenfalls schwarzen Seidenband auf der Seite verschlossen ist. Frau Berger löst den Knoten, öffnet die Mappe und zeigt mir das Bild des Führers. Vorsichtig, fast zärtlich streicht der Zeigefinger ihrer rechten Hand über sein Gesicht. »Ein feiner Mensch war er«, murmelt sie, »ein Künstler. Aber er hat seinen künstlerischen Neigungen nicht nachgegeben, hat sich ganz in den Dienst seines Volkes gestellt.«

An Hitler fällt mir nur das kleine Bärtchen auf. Sonst sieht er überhaupt nicht wie der große Held aus, als den ihn Frau Berger beschreibt. »Er hat viel für uns getan«, erklärt sie, »vor allem hat er die Wirtschaftskrise überwunden, die Polacken in die Schranken gewiesen, sonst wären sie ja ganz übermütig geworden, und Europa vor dem Bolschewismus gerettet. Nicht zu Unrecht sind deine Eltern aus Rußland weg. Sie wissen, was der Bolschewismus ist … Nur das mit den Juden war natürlich ein Fehler. Mit einem so mächtigen Volk darf man sich's nicht verscherzen. Die Juden waren es dann auch, die die bösen Mächte gegen uns mobilisiert haben. Alle waren schließlich gegen uns, und deshalb haben wir den Krieg verloren.«

Ich gähne.

»Aber erzähl deinen Eltern nicht, daß ich dir das Bild des Führers gezeigt habe. Versprichst du mir das?«

Ich nicke.

Ich sitze auf ihren Knien. Sie umarmt mich fest, eine Umklammerung, aus der ich mich nur schwer lösen kann. Ihre Hände sind gichtig, die Finger verbogen, die Haut ist gelb und hat braune Flecken. Die langen Fingernägel sind schwarz an den Rändern. Ihre Hände mag ich nicht.

Langsam schaukelt mich die alte Frau vor und zurück und erzählt endlos lange Geschichten über Polen, den Krieg, ihren Mann, der nach dem Ersten Weltkrieg in einem Freikorps gekämpft hat und später Buchhalter war, über den gefallenen Sohn, an den ich sie ein wenig erinnere, über die Flucht aus Oberschlesien, das Elend, den Schmerz, den sie empfunden hat, den Neubeginn in Österreich und die Überheblichkeit der Wiener. »Ich war hier auch einmal eine Fremde. Ich und deine Eltern, wir haben viel gemeinsam.«

Mich interessieren ihre Erzählungen nicht besonders. Das meiste verstehe ich nicht, auch aufgrund meiner noch recht mangelhaften Deutschkenntnisse. Ich bin sechs Jahre alt und erst ein halbes Jahr in Österreich. Doch die alte Frau scheint es wenig zu stören, daß ich auf ihre Geschichten mit Schweigen und Gähnen reagiere. Manchmal schlafe ich auf ihrem Schoß ein und wache in ihrem Bett wieder auf.

Sanft rüttelt sie mich an den Schultern. »Es ist fünf Uhr, mein Schatz«, sagt sie. »Sei ein braver Bub und geh wieder hinüber in eure Wohnung. Dein Vater muß jeden Augenblick heimkommen.«

Spannender als Frau Bergers Geschichten sind ihre vielen ausgestopften Tiere und die Hirschgeweihe, die an der Wand hängen. Der Fuchs mit den Glasaugen und dem weit aufgerissenen Maul fletscht seine spitzen Zähne. Obwohl ich weiß, daß er schon lange tot ist, stecke ich ihm den Finger vorsichtshalber nicht ins Maul. Man kann nie wissen. Der Falke hat seine Flügel ausgebreitet, als wollte er von der Schrankkante abheben. Das Eichhörnchen sitzt auf einem künstlichen Baumstamm, der in einer Ecke der Küche vom Boden bis fast hinauf an die Decke reicht. Es am Schwanz zu ziehen hat mir Frau Berger strengstens verboten. Überhaupt soll ich ihre »Viecherln« in Ruhe lassen. Nur den weißen Pudel, der auf dem Wohnzimmertisch steht, so daß die alte Frau ihn auch dann sehen kann, wenn sie im Bett liegt, darf ich manchmal streicheln. »Sie heißt Puppi«, erklärt mir die Frau. »Als sie noch gelebt hat, war ich mit ihr zweimal am Tag im Augarten Gassi. Heute hätte ich nicht mehr die Kraft dazu.«

Ich halte mich nicht an das Versprechen, das ich Frau Berger gegeben habe, und erzähle meinen Eltern vom Bild des Führers Adolf Hitler, von den Polacken und vom Krieg. Vater empört sich lautstark über »diese alte Faschistin« und erklärt, daß seine Kollegen im Magazin der Universitätsbibliothek, wo er seit kurzem beschäftigt ist, ähnliches von sich geben. »Manchmal frage ich mich«, sagt er wütend, »ob es wohl einer von denen war, der meine Großmutter während des Krieges ermordet hat. Diesen zackigen, drahtigen Herren merkt man den militärischen Drill immer noch an. Man sollte eine Maschinenpistole nehmen – und Ratatatatata.«

»Wie sprichst du vor dem Kind!« Mutter ist empört. »Was gibst du ihm fürs Leben mit! Was soll er sich denken? Wenn es dir hier nicht paßt, können wir ja nach Israel zurückkehren. Aber schließlich war es deine Idee, das Land zu verlassen, nicht wahr?«

»Ja, ja, fall du auch noch über mich her! Dir macht es wohl nichts aus, wenn dein Sohn in einem faschistischen Land aufwächst? Hör dir doch an, was er über diese Frau Berger erzählt.«

»Außer ihr gibt es aber niemanden, der an den Nachmittagen auf unseren Sohn aufpassen könnte. Faschistin hin oder her. Und wirklich wichtig ist mir nur, daß mein Sohn eine gute Ausbildung bekommt.«

»Das will ich doch auch!«

»Ganz egal, wo er aufwächst.«

Meine Eltern sprechen an diesem Abend noch lange über mein Schicksal und meine Zukunft, während ich die Karte des Großdeutschen Reiches auf dem Zigarettenetui betrachte und mir die Städtenamen einpräge: Wien, München, Nürnberg, Frankfurt, Köln, Hannover, Berlin, Stettin, Königsberg, Breslau, Troppau … Ich habe gar nicht gewußt, daß es all diese Orte in Österreich gibt. Schließlich habe ich auf der Karte auch Wien gefunden, und Wien ist doch – das weiß ich genau – die Hauptstadt von Österreich.

Am nächsten Tag zeige ich das Etui der Volksschullehrerin und frage sie, weshalb hier Österreich eine ganz andere Form habe als auf der großen Landkarte, die unter dem Kruzifix und dem Bild von Bundespräsident Jonas an der Wand hängt. Die Lehrerin betrachtet das Etui, schüttelt den Kopf und fragt mit ungewohnt scharfer Stimme: »Woher hast du das?« Ich erschrecke, fühle mich ertappt, verstehe nicht, warum sie so streng reagiert, und murmle: »Meine Nachbarin, die einen ausgestopften Hund hat, der Puppi heißt, und auch sonst nett ist, hat mir das geschenkt.«

»Das war dumm von ihr«, sagt die Lehrerin, gibt mir das Etui zurück und meint: »Das ist nicht die Karte von Österreich ... Das ist, das ist ...« Sie stockt. »Das verstehst du noch nicht! Sag deiner Mutter, sie soll in meine Sprechstunde kommen.« Dann wechselt sie schnell das Thema.

Einige Tage später nehmen mir die Eltern das Zigarettenetui weg, und Vater drängt Mutter, sie solle sich endlich intensiver um einen Tagesheimplatz für mich kümmern. Es sei schädlich für mich, wenn ich allzu viel Zeit mit der »Faschistin« verbringe. Überhaupt werde es immer offensichtlicher, daß Österreich nicht das richtige Land für uns sei. Mutter seufzt und fragt Vater gereizt, ob er sich denn nun entschlossen habe, wieder nach Israel zu gehen, oder ob er womöglich insgeheim noch mit der Möglichkeit liebäugle, sich im sowjetischen Konsulat um ein Rückreisevisum zu bemühen. »Das Schicksal hat uns hierher verschlagen, also machen wir das Beste daraus«, sagt sie, und wie immer in solchen Fällen wirft ihr Vater vor, sie sei fatalistisch und denke überhaupt nicht über grundsätzliche Fragen nach. Mich persönlich interessiert aber nur eines: ob und wann ich mein Zigarettenetui zurückhaben kann. »Du bekommst es zurück, wenn du alt genug bist, diese ganzen Sachen zu verstehen«, sagt Mutter.

Frau Berger lernte ich im Winter des Jahres 1972 kennen. In die kleine Zimmer-Küche-Wohnung waren wir im Herbst, kurz nach unserer Rückkehr aus Rom, eingezogen. Im Brigittenauer Emigrantenhaus, wo wir im Frühjahr gewohnt hatten, war kein Zimmer mehr frei gewesen, und nur unserer alten Bekannten, Madame Friedmann, in deren Küche wir übernachten durften, war es zu verdanken gewesen, daß wir nicht auf der Straße landeten.

Eine Wohnung zu finden erwies sich als schwieriges Unterfangen. Mutter schnitt aus den wichtigsten Tageszeitungen die Wohnungsanzeigen aus und ging damit zur nächsten Telephonzelle. Eine halbe Stunde später kam sie meist niedergeschlagen zurück. Man vermiete nicht an Ausländer, habe man ihr gesagt, kaum daß sie den Mund aufgemacht hatte. Auch wenn meine Eltern zu den in den Zeitungen angekündigten Wohnungsbesichtigungen hingingen, hatten sie wenig Erfolg. »Sie schauen zwar wie eine ordentliche Ausländerin aus«, hatte ein Makler, ein immerfort lächelnder und äußerst wortreicher Mensch, Mutter einmal erklärt. »Sie sind keine Türkin und auch keine Jugoslawin. Aber es tut mir trotzdem leid. Der Hausherr hat extra betont, daß er keine Ausländer haben will.«

Doch schließlich hatte Mutter Erfolg, und wir konnten in unsere neue Wohnung einziehen. Das Haus unterschied sich kaum vom »russischen Schloß«, nur daß es diesmal größtenteils von Einheimischen bewohnt war. Es lag ebenfalls in der Brigittenau, an einer baumlosen Straße, gesäumt von grauverputzten, alten Zinshäusern aus der Zeit um 1900. Die Wohnung war relativ billig. Die Toilette befand sich zwar am Gang, doch in der Küche gab es ein Waschbecken mit Kaltwasseranschluß, und im Zimmer standen ein schönes Doppelbett, ein richtiges, solides Einzelbett für mich, zwei Schränke, ein Schreibtisch, vier Stühle: der reinste Luxus.

Meine Eltern wären zufrieden gewesen, hätte es da nicht das ältere Ehepaar im Haus vis-à-vis gegeben, das den ganzen Tag am Fenster stand und in unsere Wohnung starrte. Pünktlich um neun Uhr morgens waren sie da. Der Mann immer mit Anzug und Krawatte, die Frau mit Spitzenkragen, Perlenkette und Hütchen mit Feder. Sie standen dort, bei offenem Fenster, die verschränkten Arme auf das Fensterbrett gestützt, bei jedem Wetter, bei fast jeder Temperatur. Manchmal zog die Frau einen Mantel an, der Mann band sich einen Schal um, und nur wenn das Thermometer unter Null sank, blieb das Fenster geschlossen. Wie erstarrt wirkten die zwei, bewegungslos sahen die beiden Augenpaare stundenlang zu uns herüber. Um zwölf verschwanden sie, wohl um zu Mittag zu essen, schlossen das Fenster und kamen wieder um Viertel nach eins. Man konnte die Uhr danach stellen. Erst um Punkt fünf Uhr nachmittags war die Vorstellung zu Ende – bis zum nächsten Morgen.

Vater tobte, denn in unserer Wohnung gab es weder Vorhänge noch Rolläden. Er zeigte den beiden die Faust, beugte sich aus dem Fenster und rief ihnen russische Schimpfwörter zu. All das zeitigte keine Wirkung. Die Gesichter blieben ernst und unbeweglich, wachsfarben, als wären sie nicht aus Fleisch und Blut, sondern ein Relief aus längst vergangener Zeit, einer Stuckdekoration gleich, ähnlich den Köpfen von Putten, Medusen und Titanen an der Fassade ihres Hauses.

Dann ging Vater auf Mutter los, verlangte von ihr, sie sollte etwas gegen dieses ungeheuerliche Eindringen in unsere Privatsphäre unternehmen. Doch Mutter weigerte sich, das ältere Ehepaar im Haus gegenüber aufzusuchen. »Glaubst du, sie werden ihre liebste Tagesbeschäftigung einfach so aufgeben?« fragte sie. »Der Blick in unsere Wohnung ist vielleicht ihr einziger Kontakt mit der Außenwelt.«

»Ja, aber auf unsere Kosten!« schrie Vater. »Irgendwann stelle ich mich nackt vors Fenster, strecke ihnen meinen Hintern entgegen und schaue, was passiert.«

Schon bald setzte Vater seine Ankündigung in die Tat um. Ich war entzückt, lief durch die Wohnung und klatschte in die Hände, während Mutter in der Küche verschwand und fast den ganzen Tag lang nicht mit Vater redete. Doch die Adressaten des obszönen Spektakels hatten auf Vaters nacktes Hinterteil gestarrt, ohne auch nur einen Gesichtsmuskel zu verziehen.

Schließlich gewöhnten wir uns an die Anwesenheit der ungebetenen »Gäste«, als gehörten sie zum Wohnungsinventar.

Mutter fand bald Arbeit als Stickerin in einer Manufaktur, wo Tiroler Lodenjacken hergestellt wurden. Wenige Monate später wurde sie »aus Einsparungsgründen« wieder entlassen. Madame Friedmann vermittelte sie an wohlhabende jüdische Familien, für die sie an den Vormittagen die Wohnung putzte, während sie an den Nachmittagen für die Sauberkeit in der Zentrale einer großen Versicherungsgesellschaft zu sorgen hatte. Vater fand Arbeit im Magazin der Wiener Universitätsbibliothek. Ich erinnere mich noch gut an die Wochen, die er auf eine definitive Zusage aus dem Personalbüro der Bibliothek warten mußte. »Bevor wir einen Ausländer einstellen, müssen wir sicher sein, daß sich für diese Arbeit kein Österreicher findet«, hatte man ihm erklärt. Das sei Vorschrift. Ein Österreicher fand sich in jener Zeit annähernder Vollbeschäftigung nicht, und Vater wurde eingestellt.

Solange er noch zu Hause war, holte mich Vater von der Schule ab und verbrachte mit mir die Nachmittage. Er kontrollierte meine Hausaufgaben und wunderte sich, wie schnell ich Deutsch lernte. »In unserer Klasse gibt es zehn Ausländer«, erklärte ich. »Die Lehrerin lobt mich oft, daß ich besser bin als diese Türken.« Vater ermahnte mich, ich solle nicht so abschätzig von »diesen Türken« sprechen, sie seien nicht schlechter als ich. Aber ich hatte es gar nicht abschätzig gemeint, denn die türkischen Kinder wurden von allen nur »diese Türken« genannt, und sogar das türkische Mädchen, das neben mir auf der Schulbank saß und sonderbarerweise nicht nur eine Hose, sondern darüber auch noch einen Rock trug, sagte manchmal: »Ich bin eine von diesen Türken.«

Meine Eltern bemühten sich um einen Tagesheimplatz für mich. Man vertröstete sie auf später. Es gebe unzählige Interessenten und eine lange Warteliste, hieß es. Österreichische Staatsbürger mit dem richtigen Parteibuch brauchten nicht so lange zu warten. Aber das wußten meine Eltern damals noch nicht. Und wenn sie es gewußt hätten, hätte es ihnen auch nicht viel geholfen.

»In diesem Land«, beschwerte sich Mutter, »erwartet man von einer Frau mit Kind, daß sie zu Hause bleibt. Als ob wir uns sowas leisten könnten. In Rußland arbeiten fast alle Frauen. Die meisten Ärzte sind Frauen. Hier ist es ja noch fast wie im Mittelalter. Sogar den Familiennamen des Mannes müssen die Frauen annehmen. So ist er eben, dein fortschrittlicher Westen.«

»Das ist nicht mein Westen«, widersprach Vater. »Und zu welchen Konditionen arbeiten sie denn in Rußland, die Frauen?«

Eines Tages wartete nicht Vater, sondern Mutter vor der Schule auf mich. Vater habe heute seinen ersten Arbeitstag, erklärte sie mir, und auch sie müsse spätestens um zwei Uhr in der Versicherungsgesellschaft sein.

Nach dem Mittagessen beugte sie sich herunter zu mir, so daß ihr Gesicht ganz nahe an dem meinen war, und erklärte, ich müsse jetzt tapfer sein. Die Nachmittage werde ich ab nun allein verbringen müssen, etwas Ungewohntes für mich, aber für alles müsse es ein erstes Mal geben. »Es kann dir überhaupt nichts passieren«, sagte sie und gab ihrer Stimme eine betont sorglose, fast fröhliche Note. »Das Haus ist voller Menschen. Du bist also nicht allein. Und stell dir vor: die ganze Wohnung gehört jetzt dir! Ist das nicht toll? Du kannst herumlaufen und spielen, soviel du willst. Nur mach nichts kaputt. Auf dem Küchentisch findest du zwei Gläser Orangensaft und eine Tafel Schokolade.«

Dann zeigte sie mit dem Finger auf die Uhr, die an der Wand hing und die uns die Vormieter zurückgelassen hatten: »Wenn der kleine Zeiger auf die Fünf zeigt, kommt dein Vater heim. Wenn der große Zeiger eine Runde gemacht hat, ist eine Stunde um. Es sind noch vier Runden, die der Zeiger zu machen hat, denn jetzt ist es erst eins.«

Ich geriet in Panik. Vier lange Stunden allein! Ich klammerte mich an den Rock meiner Mutter und bat sie, bei mir zu bleiben.

»Red keinen Unsinn«, sagte sie. »Du weißt doch, daß ich Geld verdienen muß.«

Ich begann zu weinen.

Sie umarmte mich und flüsterte: »Hab keine Angst! Hab keine Angst! ... Hör auf zu weinen, verdammt!«

Aber ich hörte nicht auf.

Sie zögerte einen Augenblick, seufzte, warf mir einen besorgten Blick zu, schüttelte den Kopf, murmelte etwas, das ich nicht verstand. Dann ging sie und zog die Tür hinter sich zu. Ich hörte, wie ihre Schritte am Gang und auf der Stiege verhallten.

Die erste halbe Stunde gehe ich in der Wohnung auf und ab. *Das Haus ist voller Leute, es kann mir nichts geschehen.* Immerfort wiederhole ich diesen Satz. Dann mache ich schnell meine Hausaufgaben, schaue auf die Uhr: es ist halb drei.

Ich sitze am Schreibtisch und kann meinen Blick nicht von der Uhr losreißen. Angelötet an das Zifferblatt erscheinen mir die Zeiger. Vielleicht, schießt es mir durch den Kopf, ist die Uhr einfach stehengeblieben. Vielleicht ist es schon halb fünf oder sogar fünf. Jeden Augenblick kann Vater da sein. Ich lausche den Schritten draußen vor der Tür. Dann beginne ich die Sekunden zu zählen. Sechsmal zehn Finger ist eine Minute, hat man mir erklärt. Nacheinander biege ich die Finger um, balle die Fäuste, beginne die Hand zu öffnen. Nach dem dritten Mal schaue ich auf die Uhr: Der große Zeiger ist tatsächlich um eine Minute vorgesprungen. Die Uhr ist also nicht stehengeblieben.

Ich beiße mir in den Zeigefinger der rechten Hand. Was ist, wenn meine Eltern in der großen Stadt verlorengegangen sind, denke ich. Ich weiß, daß die Einheimischen die Aussprache der Eltern oft nicht verstehen, so wie sie sich mit dem Dialekt der Wiener schwertun. »Das ist nicht die Sprache, die ich einmal gelernt habe«, hat Mutter, die in Rußland Deutsch als Fremdsprache in der Schule hatte, oft erklärt.

Und was, wenn meine Eltern mich allein gelassen haben, weil sie meiner überdrüssig geworden sind? Vielleicht sitzen sie schon im Flugzeug nach Israel oder Rußland. Ich aber werde tagelang hier auf sie warten, bis ich verhungere, denn es gibt niemanden mehr, der sich um mich kümmert, niemanden, der irgendein Interesse an mir hat ...

Ich schaue aus dem Fenster. Gegenüber beobachtet das ältere Ehepaar, wie ich verzweifelt im Zimmer auf und ab laufe. Ich öffne das Fenster, beginne, so laut ich kann, zu weinen, winke. Die beiden beobachten mich weiterhin aufmerksam, ohne aber in irgendeiner Weise zu reagieren. Ihre Gesichter bleiben ernst und konzentriert, wie eh und je.

Ich öffne die Wohnungstür. Unten im Erdgeschoß sind Schritte zu hören. Ich heule los und gehe hinaus auf den Gang. Es vergeht etwa eine Minute, dann steht ein großer, beleibter Mann vor mir. Ich weine und reibe mir die Augen. Der Mann mustert mich von oben bis unten, zuckt mit den Achseln und geht weiter. Bestärkt in meinen Befürchtungen, daß ich allen Menschen gleichgültig bin, brülle ich so laut los, daß es bestimmt bis hinunter auf die Straße zu hören ist.

Die Tür zur Nachbarwohnung wird geöffnet. Ein Mann in Unterhemd, Shorts und Hausschuhen, mit dichten, leicht ergrauten Haaren auf der Brust und einer Zigarette im Mundwinkel, kommt heraus.

»Was is'n da los?« schreit er. »Halt endlich die Papp'n, sonst tusch i' da aane.«

Vorsichtshalber mache ich ein paar Schritte Richtung Wohnung, ergreife die Türklinke, bereit, jeden Augenblick den Rückzug anzutreten. »Meine Eltern sind nicht da, und allein habe ich Angst«, sage ich schüchtern.

»Das ist mir doch wurscht!« schreit der Mann. Und: »Bist du ein Tschusch?« fragt er.

Ich nicke.

»Eh klar! Man sollte euch endlich alle raushauen. Früher, da ist man mit euch noch anders verfahren! Bagage, elendigliche.«

Bagage? Ich verstehe nicht, warum meine Eltern Gepäck sein sollen. »Meine Eltern sind keine Koffer«, schluchze ich.

»Doch!« brüllt der Mann. »Vollkoffer.«

Als Vater heimkam, fand er mich weinend auf dem Bett vor. Ich erzählte ihm, was der Nachbar von nebenan gesagt hatte. Den ganzen Abend lang schrie mein Vater meine Mutter an. »Wir dürfen uns so etwas nicht gefallen lassen«, ereiferte er sich. »Wir müssen gegen diesen Faschisten etwas unternehmen. Er muß verstehen, daß er nicht einfach ungestraft ...«

»Was sollen wir denn tun?« unterbrach ihn Mutter.

»Ich gehe zu ihm rüber und werde ihm eine solche Ohrfeige geben, daß ...«

»Und dann kommt die Polizei, und du kommst ins Gefängnis, und wir werden bald alle nach Israel abgeschoben oder einfach an die nächste Grenze gebracht und auf Nimmerwiedersehen.«

Langsam beruhigte sich Vater wieder.

Schweigend aßen wir zu Abend.

Es sei schon beschämend, das kleine Kind allein zu Hause lassen zu müssen, sagte Vater schließlich.

»Oh Gott«, seufzte Mutter, »es ist nicht das erste Mal in unserem Leben, daß wir etwas tun, das eigentlich beschämend ist, und es wird nicht das letzte Mal bleiben.«

An diesem Abend erklärten mir die Eltern, daß ich nicht mit Fremden reden dürfe. Mit Nachbarn oder anderen Personen, die zufällig vorbeikamen, sprach ich wirklich nicht mehr. Dennoch verbrachte ich jeden Nachmittag viel Zeit heulend am Gang, und so blieb meinen Eltern nichts anderes übrig, als mich eines Tages in der Wohnung einzusperren. Da sich die Toilette draußen befand, stellte mir Mutter einen großen Plastikkübel in die Küche. Für die paar Stunden sollte das reichen, hieß es. »Ich dachte, du seist klüger, ich habe dir doch hundertmal gesagt, daß du keinen Krach schlagen darfst, sonst fliegen wir noch aus der Wohnung.«

Ich zerre an der Türklinke und hämmere verzweifelt so lange gegen die Wohnungstür, bis ich keine Kraft mehr habe. Heulend verkrieche ich mich in eine Ecke der Küche. Meine Hände sind aufgeschürft, sie bluten. Den Schmerz spüre ich kaum, lausche gebannt den Schritten draußen am Gang, laufe alle paar Minuten ins Zimmer, schaue auf die Uhr, kehre wieder in die Küche zurück, trinke hastig den Orangensaft aus, esse die Schokolade und schlage mit den blutenden Händen wieder gegen die Tür.

Bald – davon bin ich überzeugt – wird ein Feuer ausbrechen und ich werde verbrennen, oder bei einem Erdbeben werden die Wände wanken, einstürzen und mich zerquetschen. Die Gasleitungen werden brechen, und ich werde am Gas ersticken …

Am Abend verarztete Mutter meine Hände und erklärte mich für völlig verrückt. »Wenn du dich zum Krüppel schlägst, muß ich dich mein Leben lang pflegen«, sagte sie. »Und wenn du die Tür ruinierst, fliegen wir aus der Wohnung. Beides können wir uns nicht leisten.«

Von da an wurde ich nicht mehr eingesperrt. Einige Male brachte mich Mutter ins »russische Schloß« und überantwortete mich der Obhut von Madame Friedmann. Doch eines Tages waren die Friedmanns fort, waren völlig mittellos und resigniert nach Israel zurückgekehrt, um ihre letzten Lebensjahre in einem Pflegeheim zu verbringen. Die anderen Emigranten hatten keine Zeit oder keine Lust, sich meiner anzunehmen.

An einem jener Nachmittage, die ich weinend am Gang verbrachte, lernte ich die alte Frau Berger kennen. Sie schwankte auf mich zu. Mit großer Mühe umklammerte ihre rechte Hand einen der beiden Gehstöcke und eine Einkaufstüte. Sie blieb stehen, und ich begann noch lauter zu heulen.

»Was ist denn mit dir los?« fragte sie.

Ich schluckte die Tränen hinunter, wischte mir mit dem Ärmel die Rotze aus dem Gesicht und brachte kein Wort heraus.

»Wo sind denn deine Eltern?«

Als ich das Wort Eltern hörte, schluchzte ich wieder.

»Haben Sie dich allein gelassen?«

Ich nickte.

»Na, sowas«, wunderte sich die Frau. »Und dabei bist du so winzig.«

Ich hörte auf zu weinen und schaute die Frau hoffnungsvoll an. Sie fragte mich, ob ich einen Wohnungsschlüssel hätte. Ich schüttelte den Kopf. »Na, macht nichts«, meinte sie. »Wer soll bei uns hier schon einbrechen … Komm mit mir.«

Obwohl ich mit Fremden eigentlich nicht einmal sprechen durfte, folgte ich der alten Frau in ihre Wohnung. Ich hatte sofort Vertrauen zu ihr gefaßt. Kurz vor fünf brachte sie mich wieder zurück.

Am selben Abend noch sprach Frau Berger mit Mutter über mich, lobte mich, nannte mich ein braves, liebes und intelligentes Kind. Mutter lächelte, bot Frau Berger Tee und Marmeladebrote an und war froh, eine »Babysitterin« gefunden zu haben. In den folgenden Monaten sollte ich von Montag bis Freitag die Nachmittage bei ihr verbringen.

Es ist Montagnachmittag im April oder Mai 1973, und wie immer klopfe ich an Frau Bergers Tür. Doch die alte Frau öffnet nicht. Verzweifelt hämmere ich mit den Fäusten gegen die Wohnungstür, drehe mehrere Male die mechanische Klingel, die ein krächzendes Geräusch von sich gibt wie eine Kettensäge mit Wackelkontakt. Ist sie böse auf mich? Hat sie womöglich vergessen, daß Montag ist? Ich beginne zu rufen: »Frau Berger!« Keine Antwort. »Frau Beeerger!«

Die Tür der Nachbarwohnung wird geöffnet. Der Mann, der meine Eltern eine »Bagage« genannt hat, kommt heraus und beginnt zu schimpfen: »Jetzt hör endlich auf, Krach zu machen, du Tschuschnbua! Die ist nicht da. Die ist seit Samstag im Spital und geht bald sowieso übern Jordan. Die kommt nimmer. Also gib Ruh und geh heim.« Er schließt seine Wohnungstür mit einem Knall.

Nun muß ich den ganzen Nachmittag wieder allein zu Hause verbringen. Auf der Wanduhr schleichen die Zeiger, als kämpften sie unentwegt gegen die Zeit an, die sich bösartigerweise dagegen wehrt zu vergehen. Warum möchte Frau Berger nach ihrem Spitalsaufenthalt ausgerechnet nach Israel fahren? frage ich mich. Der Jordan, daran kann ich mich erinnern, liegt doch in Israel. Ich bin mir nicht sicher, ob ich diesem unfreundlichen Mann überhaupt etwas glauben soll. Schließlich hat er Mutter und Vater »Koffer« genannt, obwohl doch jeder sehen kann, daß beide Menschen sind.

Frau Berger kommt wirklich nicht mehr zurück. Ihre Wohnung wird an ein Ehepaar mit Hund vermietet, ein deutscher Schäferhund, vor dem ich mich fürchte und der fast jede Nacht bellt. Meist wacht Vater auf, krächzt, stöhnt und rüttelt Mutter aus dem Schlaf: »Der Scheißköter bellt wieder«, meldet er das, was ohnehin nicht zu überhören ist. »Du mußt etwas dagegen unternehmen.« Mutter gähnt, blickt auf die Uhr und murmelt kaum hörbar mit verschlafener Stimme: »Was soll ich denn machen? Ich kann zwar besser Deutsch als du, aber die Hundesprache beherrsche ich noch nicht.«

Da ein Tagesheimplatz voraussichtlich erst im Sommer frei sein wird und meine Eltern mich nicht mehr allein in der Wohnung lassen möchten, bleibt Mutter nichts anderes übrig, als mich an den Nachmittagen in die Arbeit mitzunehmen.

Das Gebäude der Versicherungsgesellschaft liegt an der Donaukanallände, einer dreispurigen Durchfahrtsstraße, die durch eine parkähnliche Grünfläche vom Kanal getrennt ist. Die Versicherungszentrale ist ein Bauboomprodukt aus den ausgehenden fünfziger oder beginnenden sechziger Jahren: mit glatter Fassade in Grau und Weiß und breiten Fenstern, die das Innenleben der Büroräume dem Betrachter offenlegen. Über dem Haupteingang klebt der Name der Gesellschaft in blauen Kunststofflettern an der Wand. Am Dach des fünfstöckigen Bauwerks dreht sich langsam das Firmenzeichen.

Durch eine Drehtür gelangt man in die Vorhalle, wo in einer verschlagartigen hölzernen Kammer der Portier sitzt, in Zeitungen oder Magazinen blättert, eine Wurst- oder Leberkässemmel in der Hand hält, kurz aufblickt, wenn man das Gebäude betritt, das runde Glasfensterchen seiner Bude öffnet, um Auskunft zu geben, oder den Besucher nur weiterwinkt mit dem Kopf. Auf einer Tafel, die eine halbe Wand einnimmt – Zimmernummern, Pfeile, unverständliche Bezeichnungen wie Haftpflicht-Unfall-Krankenversicherung (HUK), Lebensversicherung, Schadensfälle, Statistik. Die Wände sind geweißelt wie in einem Krankenhaus, der Boden mit Linoleum ausgelegt, alles im Licht der Neonröhren. Nur das Knattern des Paternosters mit seinen vielen, sich ständig auf und ab und im Kreis bewegenden, nie zur Ruhe kommenden Kabinen aus Holz gibt dem Raum eine warme Note, weil das Geräusch so gleichmäßig und beruhigend ist, daß ich zu gähnen beginne, mich gerne hinlegen würde, gleich auf die Bank gegenüber vom Paternoster. Ich höre, wie Holz auf Holz schlägt, und ein wenig erinnert es mich an das Brennen von Scheiten im Ofen. Noch oft werde ich unten einsteigen und hinauffahren und sehen, wie die Stockwerke mit den immer gleichen Vorräumen und Wegweisertafeln langsam an mir vorbeigleiten, und werde oben noch rechtzeitig aussteigen, hinausspringen aus dem Gefährt, und werde immer dieses Gefühl von ein bißchen Angst und ein klein wenig Stolz haben, wenn ich mit dem rechten Fuß voraus den Ausstieg wage. Dann werde ich wieder hinunterfahren und wieder hinauf. Mehrmals am Tag.

Im Erdgeschoß führt der Gang an weißlackierten Bürotüren vorbei. Aus dem Innern der Räume dringen Schreibmaschinenklappern und Stimmengewirr. Die Büroräume zu betreten ist mir nur in den seltensten Fällen erlaubt, obwohl ich es natürlich hin und wieder doch wage, den Menschen bei ihrer Arbeit über die Schulter zu schauen. Begraben scheinen diese Menschen zwischen ihren Aktenordnern und Papieren, Kugelschreibern, Rechenmaschinen, Kalendern und sinnigen Sprüchen an der Wand und den persönlichen Dingen wie Ledertaschen, aufstellbaren Photographien von Ehepartnern und Kindern, Ansichtskarten, Plüschtierchen und Briefbeschwerern, zum Beispiel in Form eines Rehbocks oder einer Eidechse. Der Geruch von Staub und jener der Druckerschwärze von den Formularen vermischt sich mit den verschiedenen Düften von Schweiß, Parfum und Eau-de-Cologne.

Alle Menschen sind sehr beschäftigt, auch dann, wenn sie Kaffee trinken und miteinander reden. Meist geht es um Zahlen. »Kapfenberg–Admira 3:0. Ist das nicht eine Schweinerei? Haben auch schon besser gespielt, die Burschen.« Mich beachtet kaum jemand. Hin und wieder wirft mir einer ein Lächeln zu, manchmal werde ich gegrüßt, gelegentlich aus dem Zimmer gewiesen, nie gehässig, eher gleichgültig.

An die Gesichter dieser Menschen kann ich mich heute kaum mehr erinnern, aber ich weiß noch, wie regelmäßig gegen sechzehn Uhr die Bürotüren aufgestoßen werden und wie alle in den Vorraum drängen und gebannt abwechselnd auf die große Wanduhr und die Stechuhr starren, deren Zeitstempel alle fünf Minuten mit einem Klick vorspringt, um noch die wenigen Minuten abzuwarten, bis das Klicken endlich ertönt, dann schnell ihre Karten in den Schlitz des Geräts zu schieben und das Gebäude fast fluchtartig zu verlassen.

Am Ende des Ganges im Erdgeschoß ist ein kleines Zimmer, in dem sich alle Wasch- und Putzmittel befinden. Das Zimmer wird Besenkammerl genannt.

Im Besenkammerl residiert die Chefputzfrau. Sie ist eine Frau undefinierbaren Alters, die einen hellgrauen Kittel mit weißem Kragen trägt. Der obere Kragenknopf ist immer sorgfältig geschlossen, der Kittel glattgebügelt. Sie lächelt nie, denn sie weiß ihre Macht würdevoll zu tragen, sitzt aufrecht, etwas steif auf ihrem Stuhl, erteilt in knappen Sätzen Befehle an ihre Untergebenen: Milena, Jovanka und meine Mutter.

Milena stammt aus dem serbischen Sandschak, spricht nur einige Brocken Deutsch, ist eine äußerst stille junge Frau, die beim Putzen, für die anderen kaum hörbar, ein Lied summt, nie eine Pause einlegt, nach getaner Arbeit nur ein schüchternes »Auf Wiedersehen« murmelt und geht.

Jovanka lerne ich gleich am ersten Nachmittag etwas besser kennen. Sie hat es sich im Besenkammerl, zwischen den Staubsaugern, Kübeln, Fetzen, Fläschchen und Tuben mit Reinigungsmitteln, auf dem Stuhl bequem gemacht, hat eine Schnapsflasche in der Hand und begrüßt Mutter mit einem freudigen: »Chefin heute nicht da. Chefin krank! Heute schöner Tag. Heute wie Feiertag. Da, nimm auch was!« Sie hält Mutter die Flasche entgegen und strahlt übers ganze Gesicht. Ich sehe, daß ihr einige Schneidezähne fehlen. »Trink, Kollega!« Mutter lehnt dankend ab.

Da bemerkt Jovanka mich, winkt mich zu sich, nimmt mich auf den Schoß, sagt etwas Freundliches auf Serbisch. »Nettes Kind hast du«, sagt sie zu Mutter. »Mein Sohn ist schon groß, fünfzehn.«

Mutter holt die Putzutensilien, füllt einen Kübel mit Wasser. Sie muß mit den Toiletten beginnen. Dann sind Werkskantine und Küche an der Reihe, anschließend die Archivräume, die Vorräume und Korridore und erst zuletzt, wenn die meisten Angestellten schon nach Hause gegangen sind, die Büroräume.

»Ruh dich aus«, sagt Jovanka. »Milena macht alles. Milena brav. Milena immer brav.« Sie lacht. Doch Mutter schüttelt den Kopf und geht. »Ich werde nicht dafür bezahlt, Schnaps zu trinken«, erklärt sie mir. »Außerdem kann ich harte Getränke nicht ausstehen.«

Mit Milena und Jovanka habe ich nicht viel zu tun. Sie putzen meist nicht auf demselben Stockwerk wie Mutter. Die beiden Frauen, die einander nicht sonderlich zu mögen scheinen, unterhalten sich manchmal auf Serbisch, und ich erinnere mich, wie ein älterer Angestellter sie ermahnt: »Ihr seid jetzt in Österreich, also redet gefälligst Deutsch. Wir wollen auch verstehen, was ihr da sagt. Sonst wär's ja noch schöner.«

Frau Dorfmeister, die Chefputzfrau, ist nur selten krank. Feierlich, fast als wäre es ein sakrales Ritual, teilt sie Staubsauger, Kübel, Fetzen, Besen aus, sagt: »Jovanka! Putzen erster Stock heute! Milena! Heute putzen zweiter und dritter Stock! Dann Mistkübel ausleeren in Büros!« Zu meiner Mutter gewandt: »Du jetzt putzen Klos im Erdgeschoß! Dann ordentlich staubsaugen Vorraum. Ordentlich ist ordentlich! Ja? Auch Ecken! Ja? Nicht vergessen Staubwischen großer Tisch.«

Mutter nickt, zieht ihren Arbeitskittel über, bindet sich ein Kopftuch um, legt die Brille ins Etui. Ich aber wundere mich, warum die Frau so sonderbar spricht, und frage: »Warum reden Sie denn so falsch?« Mutter wirft mir einen strengen Blick zu und schüttelt den Kopf. Die Chefputzfrau jedoch antwortet in perfektem Wienerisch: »Sei ruhig, du bleder G'schropp. Mit dir red't eh kaana.« Und zu meiner Mutter gewandt: »Kind darf hier nicht bleiben. Kind muß weg!«

Aber ich darf trotzdem bleiben, weil der Leiter des Ökonomats, unmittelbarer Vorgesetzter der Chefputzfrau, bei dem sie sich über meine Anwesenheit beschwert, nur gutmütig gelächelt und »Jo mei« gesagt hat.

»Wenn jede Mitarbeiterin das tut, haben wir hier bald einen Kindergarten«, wird sich die Chefputzfrau noch oft aufregen und hinzufügen: »Wenn sie nicht weiß, wohin mit dem Kind, dann soll sie zu Hause bleiben und nicht arbeiten gehen.«

»Habe ich dir nicht schon oft gesagt: Reden ist Silber, aber Schweigen ist Gold«, erklärt mir Mutter, während sie die Pissoirs säubert. »Wenn du einen dummen Menschen triffst, sei lieber still und lächle. Mit einem gewinnenden Lächeln gewinnst du die Welt.«

Eines Tages ist Fensterputzen angesagt, und die Chefputzfrau holt eine Sprühdose, auf der *Glücklichsauber* steht, öffnet den Verschluß: »Du über Glas sprühen! Dann wischen! Wenn du drücken Knopf: Bssst! Knopf drücken, macht bssst! Ja? So funktioniert das! Zuerst sprühen, dann wischen! Ja?«

»Ich verstehe«, sagt Mutter, die in Rußland Physik und Mathematik studiert hat. »Ich weiß, wie man mit sowas umgeht. Danke.« Sie lächelt.

»Umso besser! Ja dann: raboti, raboti! Gemma, gemma!«

»Das heißt rabotai, Frau Chefputzfrau.«

»Ach, das ist mir doch egal.«

»Auch gut«, sagt Mutter und lächelt.

Ich folge Mutter von Stock zu Stock, kenne bald jeden Winkel des Hauses, die Büro- und Sitzungsräume, Notausgänge und Hauptstiegen. Ich sehe, wie Mutter, auf den Knien rutschend, die Stufen putzt, wie sie zu husten beginnt, wenn sie die giftigen Dämpfe der Reinigungsmittel einatmet, wie sie den Staubsauger durch die Gänge zieht, fast immer in gebückter Haltung, wie sie sich im Laufe des Nachmittags immer öfter aufrichten muß, den Kopf nach hinten wirft, so als sehnte sie sich nach dem milchigen Licht der Neonröhren.

Ich kenne die Routen und den Ablauf und die kleinen Eigentümlichkeiten. Wenn Mutter einen Raum betritt, in dem sich jemand befindet, sagt sie höflich »Grüß Gott«, wie sie es in der Lodenmanufaktur gelernt hat, und bekommt als Antwort immer ein »Guten Tag« oder »Grüssi« zu hören, denn die Versicherung ist »rot«, und also ist »Grüß Gott« verpönt.

»Ich muß Sie ein klein wenig stören«, sagt Mutter mit leichtem Singsang in der Stimme und lächelt. »Ich muß die Mistkübel ausleeren.«

Wegen ihrer Höflichkeit wird Mutter mehr geschätzt als die anderen Putzfrauen. Milena schleicht sich nur schüchtern in die Büros, zieht die Schultern hoch, verbeugt sich mehrere Male und leert die Papierkörbe in den großen, hellblauen Plastikcontainer auf Rädchen, den sie vor sich herschiebt. Mit zahlreichen weiteren Verbeugungen entfernt sie sich wieder. Unter den Angestellten gilt sie als »arme Seele«. Jovanka ist viel direkter. Mit ihrem Container stößt sie die Türen auf und schreit: »Miiist!« Ihre Stimme hat einen Ton, der jeglichen Protest ausschließt. Die Angestellten unterbrechen ihre Arbeit und leeren die Papierkörbe selbst in den Container.

Vom ersten bis zum vierten Stock steht uns das Gebäude zum Putzen zur Verfügung, Mutter und ihren beiden Kolleginnen Milena und Jovanka. Nur oben im fünften Stock, dort, wo der Generaldirektor und die Vorstandsmitglieder sitzen, wo weiche Teppiche statt des üblichen Linoleumbodens in den Gängen liegen, wo teure Gemälde die Wände, Chinoiserien und Statuetten aus Bronze die Besprechungszimmer zieren, wo hinter Mahagonitischen gesetzte Herren über Schadensentwicklung und Versicherungsbestand, Marktstrategien, Kapitalswapping und Prämienerhöhungen diskutieren – da ist die Chefputzfrau selbst am Werk und läßt weder Milena noch meine Mutter und schon gar nicht Jovanka hinauf. In den fünften Stock darf auch ich, bei Androhung der schwersten Prügelstrafe, nicht, und natürlich bin ich heimlich das eine oder andere Mal trotzdem oben.

Wenn die Chefputzfrau vom fünften Stock spricht, bekommt sie einen verklärten Blick und eine ungewohnt weiche Stimme. Manchmal erzählt sie, wie der Generaldirektor – mehrere Monate liegt es schon zurück – einmal mit ihr gesprochen hat. »Unser Fräulein Dorfmeister«, habe er gesagt, »ist ja eine ganz fleißige. Nur weiter so.«

Die Chefputzfrau besteht darauf, von Jovanka, Milena und natürlich auch von meiner Mutter mit »Frau Chefputzfrau« und nicht mit Frau oder gar Fräulein Dorfmeister angeredet zu werden. Es gibt einen Herrn Doktor, einen Herrn Magister, einen Herrn Gruppenleiter, einen Herrn Bereichs- und Abteilungsleiter, einen Herrn Diplomingenieur und einen Herrn Ingenieur – die man beide auf keinen Fall verwechseln darf –, und sogar der »Rechenmensch«, wie er von allen genannt wird, legt Wert auf einen furchtbar langen Titel: »Herr Akademisch Geprüfter Versicherungsmathematiker«. Und der kleine Mann mit dem schweinchenrosafarbenen Gesicht heißt Herr Prokurist Furtlehner. Er ist Schadensreferent, zuständig für Brände in Fabriken, Silos, Lagerhallen und ähnlichen Großobjekten. Deshalb wird er von fast allen Mitarbeitern »Großschädling« genannt.

Herr Furtlehner ist die einzige Person im Betrieb, die mir wirklich sympathisch ist. Als er mir das erste Mal eine Schokolade schenkt, bin ich so ängstlich und verlegen, daß ich kein Wort herausbringe, verstohlen um mich blicke, sofort die Verpackung aufreiße und zu essen beginne.

»Du bist ein ungezogenes Kind«, empört sich Mutter, als ich mit der halben Tafel vor ihr stehe. »Du mußt schon Danke sagen, wenn der Großschädling, eh, ich meine der Herr Prokurist, dir etwas schenkt.«

Das nächste Mal bekomme ich von Herrn Furtlehner ein wunderschönes, rotes Lutschbonbon auf einer Stange, möchte schon davonlaufen, schnell das Zellophanpapier entfernen, genießen, doch ich erinnere mich noch rechtzeitig an Mutters Ermahnungen und sage laut, so daß es auch die anderen Mitarbeiter im Büro hören können: »Vielen Dank, Herr Doktor Prokurist Großschädling.«

Die Schreibmaschinen verstummen. Kurze Zeit herrscht absolute Stille. Großschädlings Kollegen versuchen ihre Gesichter zu verbergen. Ihre Körper zittern. Eine Frau wischt sich mit dem Taschentuch die Tränen aus den Augen. Für einen Moment verfinstert sich Furtlehners Blick, dann prustet auch er los und kann sich nicht mehr halten vor Lachen.

Wenn er ein Großschädling sei, sagt er, sei ich ein Kleinschädling, weil alle Kinder eigentlich böse kleine Schädlinge seien. Das wisse er genau, schließlich habe er drei. Und auch ich lache, weil mir diese Bezeichnung gefällt. »Nur«, meint er, »Doktor bin ich keiner.«

Meine Lieblingsbeschäftigung im weitläufigen Gebäude der Versicherungsgesellschaft waren die vielen Fahrten mit dem Paternoster. Das Alleinfahren von Kindern unter zwölf Jahren sei verboten, wurde Mutter mitgeteilt, und sie erklärte mir daraufhin, ich solle mich nicht erwischen lassen, am besten nur ein Stockwerk hinauf- und wieder hinunterfahren. Der Paternoster sei bei weitem nicht so gefährlich, wie die Chefputzfrau behaupte, ich solle aber trotzdem aufpassen. Doch ich habe vor dem Gefährt bald ohnehin keine Angst mehr. Nur unten oder oben herumfahren traue ich mich nicht.

Wenn man von oben hinunterfährt, kann man zwischen dem ersten Stock und dem Erdgeschoß auf einer Tafel in roten Lettern lesen: »Achtung! Alles aussteigen! Weiterfahren gefahrlos.« Dieser Text verwirrt mich. Wenn das Weiterfahren gefahrlos ist, warum steht dort »Achtung« und hinter dem Achtung ein Rufzeichen? Warum müssen dann alle aussteigen? Und überhaupt, wie kann das Weiterfahren gefahrlos sein, wenn sich doch die Kabinen zweifellos unten im Keller umdrehen, so daß man mit den Füßen nach oben und dem Kopf nach unten auf der anderen Seite wieder herauskommen wird? Man muß schon ein guter Akrobat sein, um dies ohne Schaden zu überstehen.

Bestärkt werden meine Befürchtungen durch eine Geschichte, die mir Prokurist Furtlehner erzählt hat. »Junger Mann«, hat er mir gesagt, »gib acht auf die Tücken des Paternosters!« Mein Gesicht muß sehr überrascht gewirkt haben, denn der Mann hat zu lachen begonnen und meinen Kopf gestreichelt. Das Wort »Tücken« kenne ich nicht, doch verstehe ich bald, was der Großschädling mir sagen möchte.

»Einmal, es ist gar nicht so lange her«, erzählt er mir, »mußte der Herr Doktor Huber zum Generaldirektor hinauf. Er ist mit dem Paternoster gefahren und war wohl sehr nervös, hat noch schnell seine Zigarette an der Liftwand ausgedrückt, was ja an und für sich strengstens verboten ist. Als er aussteigen wollte, ist er gestolpert, hingefallen und der Lift hat ihn am Hals eingeklemmt und ihm den Kopf abgerissen.«

»Und dann?« flüstere ich entsetzt und beschließe, das mörderische Gefährt nie mehr zu betreten.

»Ja, da-ann«, sagt der Prokurist schmunzelnd und dehnt die Wörter, »dann haben die Ärzte mindestens zehn Stunden gebraucht, um den Kopf wieder anzunähen. Und als der Doktor Huber wieder gesund war, ist er Vorstandsmitglied geworden ... Ja, ja, wie das Leben so spielt.«

Mutter kann meine Angst vor dem Untendurchfahren nicht verstehen. »Du bist doch ein kluges Kind«, sagt sie. »Ich habe dir ja erklärt, das Ganze sei so gebaut, daß die Kabinen sich gar nicht umdrehen können. Glaubst du mir das?«

Ich schüttle den Kopf.

»Dann werde ich es dir beweisen. Wir machen gemeinsam diese Fahrt.«

Noch vehementer schüttle ich den Kopf. »Nein, nein, nein!« schreie ich. »Bitte, Mama, bitte, bitte nicht!« Ich sehe mich schon im Lift einen Kopfstand machen.

»Du bist alt genug, um endlich logisch denken zu lernen«, sagt Mutter streng. »Stell dir vor, wie viele Unfälle passieren würden, wenn sich die Kabinen wirklich umdrehten! Es gibt doch Richtlinien, Sicherheitsvorschriften, an die sich Betriebe, die so viele Menschen beschäftigen, halten müssen.«

Das alles überzeugt mich nicht. Aber ich muß meiner Mutter gehorchen.

Es ist später Nachmittag. Mutter, Jovanka und Milena sind für diesen Tag mit der Arbeit fertig. Kaum jemand ist noch im Gebäude, und auch die Papierkörbe in den Büros sind längst ausgeleert. Der Portier schläft in seinem Wachhäuschen. Die Chefputzfrau nimmt die Putzutensilien wieder entgegen. »Warum Fetzen zerrissen? ... Du mehr aufpassen! ... Du müssen lernen auf Sachen schauen! ... Wir hier in Österreich, nicht im Tschuschenland. Ja?« Die Chefputzfrau stellt die Putzmitteltuben an ihren Platz auf einem der Holzregale im Besenkammerl. Die Putzfetzen faltet sie sorgfältig zusammen und legt sie in die linke hintere Zimmerecke.

Ich habe weiche Knie. Unerbittlich führt mich Mutter an der Hand zum Paternoster. Bedrohlich knurrend gleiten die Kabinen an mir vorbei, als wären sie die malmenden Zähne eines blutrünstigen Riesen. »Also, hops!« sagt Mutter, und schon hat das wilde Lebewesen uns verschlungen. Wir sinken langsam ab, hinunter in die Hölle. Weit über mir erkenne ich zum letzten Mal den Lichtstreifen aus dem Vorraum. In absoluter Dunkelheit umklammere ich Mutters Hüften, kralle mich an ihrem Kittel fest. Das Rattern und Tuckern der Maschine wird lauter und lauter. Nur noch wenige Augenblicke und sie schnappt nach uns und läßt uns nie mehr los. Nur noch wenige Augenblicke und ich werde umfallen und hart mit dem Kopf auf der Decke aufschlagen, die dann der Boden sein wird. Doch es geschieht nichts dergleichen. Ich spüre, wie die Kabine nach rechts abgleitet, wie sie sich seitwärts bewegt, ohne ihre aufrechte Stellung zu verändern. Nun hat sie den tiefsten Punkt überschritten, ich spüre, wie es wieder hinaufgeht.

Plötzlich ein Ruck. Die Maschine stöhnt noch einmal leise auf und verstummt. Still und dunkel ist es um uns, und wir sitzen im Paternoster fest.

»Ach, oh je«, sagt Mutter, »ich habe gar nicht daran gedacht, daß sie um diese Zeit den Lift abstellen.«

Ich beginne zu weinen und vergrabe das Gesicht in Mutters Schoß, habe die entsetzliche Vorstellung, daß wir die Zeit bis zum nächsten Morgen in völliger Dunkelheit in dieser engen Kabine verbringen müssen. Und dabei bin ich so müde und außerdem hungrig.

»Nur keine Panik«, sagt Mutter und drückt mich an sich, »die holen uns schon raus.«

»Hallo! Hallo! Wir sind da unten!« schreit sie.

»Hilfe! Hilfe! Hilfe!« schreie ich.

So vergeht eine endlos lange Minute. Endlich setzt sich der Lift wieder in Bewegung. Das Licht im Vorraum blendet mich, und das erste, was ich erkennen kann, ist das wütende

Gesicht der Chefputzfrau und das schmunzelnde Gesicht des Portiers.

»Ich werde dafür sorgen, daß Sie entlassen werden!« schreit die Chefputzfrau, ausnahmsweise in perfektem Hochdeutsch, und der Portier beschwichtigt lachend: »Na, so schlimm ist es auch wieder nicht.«

Mutter wird nicht entlassen, sondern kündigt bald selbst. Bei einem großen Elektronikunternehmen bekommt sie eine gutdotierte Stelle als Mathematikerin. Und ich komme Ende Juni endlich in ein Kindertagesheim.

IV. Masken

Die Niederlande seien ein liberales Land, erklärte meine Mutter. Sogar die Huren säßen an den Abenden wie Schaufensterpuppen hinter dem Glas der Bordellvitrinen in warmen Räumen, anstatt nur leicht bekleidet und frierend auf der Straße zu stehen.

Mit meinen neun Jahren kannte ich den Begriff »Hure« zwar als Schimpfwort, hatte mir darunter aber bis dahin immer ein ekelerregendes Ungeheuer vorgestellt, ein Fabelwesen. An den Frauen, die mir zulächelten oder zuzwinkerten, wenn ich sie anschaute, konnte ich jedoch nichts Abstoßendes entdecken.

»Eine Hure«, belehrte mich Mutter, »ist eine Frau, die sich für Geld an Männer verkauft. Der Mann zahlt viel Geld, um mit der Hure die Nacht im Bett zu verbringen.«

»Warum muß er dafür etwas bezahlen?« wunderte ich mich.

»Na ja«, sagte Mutter ohne eine Spur von Verlegenheit. »Sie umarmen sich. Sie kuscheln.«

Wenn mir kalt war, kroch ich manchmal in das Bett meiner Eltern und kuschelte mich zu meiner Mutter. Doch warum sollte man für etwas derartiges Geld ausgeben? Die Erwachsenenwelt war schon manchmal lächerlich.

Es waren aber nicht nur die freundlichen Frauen, deren Brüste auf den Fenstersimsen ruhten, die mir diese Stadt sympathisch machten. Ich mochte das Wasser, die unzähligen Kanäle, auf denen viele Menschen ihr ganzes Leben lang in Hausbooten lebten, die sogar an das Stromnetz angeschlossen waren. Mir gefielen die schmalen Häuser mit ihren vornübergebeugten Fassaden, reichverzierten Giebeln und Zugbalken an den Dächern.

Täglich spazierten meine Eltern und ich durch die Prinsen- oder Keizersgracht, über den Rembrandtsplein, den Dam und dann hinein in das Gewühl der engen Gassen, über viele kleine

Brücken und durch das Rotlichtviertel, vorbei an den netten Damen und den weniger nett aussehenden Herren, zum Bahnhof und dann wieder den ganzen Weg zurück, hinaus aus der Innenstadt über eine breite, vielbefahrene Straße zu unserer winzigen Pension. Von Ende Juni bis Mitte Oktober 1975 schritten wir die Stadt systematisch ab, bis ich fast jede Straße, jedes wichtige Bauwerk, jede Straßenbahn- und Buslinie kannte.

Nur die Menschen kannte ich nicht.

Ich sah sie zur Arbeit gehen oder von der Arbeit kommen, in den Kneipen und Kaffeehäusern sitzen, auf den Parkbänken Zeitung lesen, ich sah, wie sie miteinander diskutierten, lachten, sah, wie Schulkinder mit Ranzen auf dem Rücken die Schulgebäude verließen. Aber ich verstand nicht, was sie sagten, kannte nur »Dank U«, »Alstublieft« und »Ik begrijp U niet« – ein wichtiger Satz, um sich zu schützen.

Amsterdam war ein durchschaubares Labyrinth aus Wasser und Stein. Auf unseren Spaziergängen suchten wir immer nur die Wartezeit abzukürzen. Doch die Zeit schien stillzustehen. Zuerst warteten wir auf eine niederländische Arbeitsbewilligung, dann auf eine Aufenthaltsgenehmigung, auf ein neuseeländisches Visum, ein schwedisches, ein französisches, ein norwegisches. Zehnmal zum Bahnhof und zurück, und es kam die erste Absage. Nach zwölf Spaziergängen kam die nächste, nach sieben weiteren die übernächste ...

»Dein Vater wartet auf die Zukunft«, sagte Mutter. »Es ist, als würde er einem Regenbogen nachlaufen oder seinen eigenen Schatten fangen wollen.«

Ich machte gar nicht erst den Versuch, ihre Gedankenspiele zu deuten.

Von der Existenz der Stadt Amsterdam und des Landes Holland hatte ich erst am Wiener Westbahnhof erfahren. Zuvor hatten mir die Eltern erklärt, wir würden nach Paris fahren, um dort und später an der französischen Mittelmeerküste einen längeren Urlaub zu verbringen. An den Abenden vor unserer Abfahrt lag ich mit geschlossenen Augen im Bett und versuchte zu verstehen, was sie halblaut miteinander besprachen. Der Tonfall der Gespräche verriet, daß es um wichtigere Dinge ging als um einen Urlaub. Und ich sah, daß die Eltern mehr einpackten, als für eine gewöhnliche Reise nötig war. Wozu mußte man das Familienalbum, fast alle Bücher, Mutters Silberbesteck und den Schmuck, der noch aus Rußland stammte, mitnehmen? Als ich Mutter darauf ansprach, fand sie nicht gleich eine Antwort, schaute mich verärgert an und sagte schließlich: »Du bist noch zu klein, um zu verstehen, was man alles braucht.«

»Ich bin schon fast neun!« protestierte ich beleidigt.

»Das ist natürlich ein hohes Alter.« Mutter lachte und verstaute das Silberbesteck in dem kleinen, dunkelblauen Koffer mit Schutzplättchen aus Eisen an den Ecken, der noch aus Rußland stammte und den ich tragen sollte.

Vater meinte, ich solle nicht zu viele Fragen stellen, ich werde ohnehin alles früh genug erfahren. Es war offensichtlich, daß meine Eltern mich für dumm hielten.

Am Abend vor der Abfahrt standen vier große und ein kleiner Koffer im Zimmer. Nervös machte Mutter noch eine Runde durch die Wohnung und überlegte, was sie vielleicht noch mitnehmen und was stattdessen zurücklassen sollte.

An diesem Tag hatte ich den Eltern stolz mein Zeugnis für die dritte Klasse Volksschule präsentiert. Endlich beherrschte ich die Sprache so gut, hatte mir die Lehrerin erklärt, daß ich keine Befriedigend und Genügend mehr im Zeugnis hatte. »Das Schwerste hast du hinter dir!« Sie lobte mich vor versammelter Klasse.

So glücklich wie die Lehrerin und ich schienen meine Eltern aber nicht zu sein. Ihre Gesichter blieben ernst.

»Schön, schön!« sagte Mutter und legte das Zeugnis in eine Dokumentenmappe, die sie ebenfalls in einem der Koffer verstaute.

»Bravo! Nur weiter so!« sagte Vater. Aber er hatte das Zeugnis nur beiläufig überflogen. Nun war ich endgültig davon überzeugt, daß die Eltern mich nicht mehr liebten. Nach dem

Urlaub würde ich alles Lena erzählen, die einen Stock über uns wohnte. Lena, elf Jahre alt, war klug und wußte immer Rat. Sie war die einzige, der ich erlaubte, meine Eltern »komisch« oder »blöd« zu nennen oder mit meinen Spielsachen zu spielen. Aber irgend etwas stimmte mit diesem Urlaub nicht, und ich wurde das Gefühl nicht los, daß ich Lena nicht so schnell wiedersehen würde.

Am Bahnsteig wurde mein Verdacht zur Gewißheit. Die Eltern hatten mich belogen. Der Zielort des Zuges war mir unbekannt: *Amsterdam CS.*

»Holland«, erklärte mir Vater, als wir im Abteil saßen, »ist ein schönes Land im Nordwesten Europas. Es liegt am Meer, teilweise sogar unter dem Meeresspiegel, ist aber durch Dämme geschützt. Auch die Stadt Amsterdam liegt, wie deine Geburtsstadt Leningrad, auf unzähligen Inseln. Vor allem aber leben dort Menschen, die sich Juden und überhaupt allen Fremden gegenüber immer anständig verhalten haben. Es wird dir dort gefallen. Es ist wirklich ein schönes Land ...«

»Wir kommen nicht wieder zurück«, fiel ihm Mutter ins Wort. »Das ist, was dein Vater dir eigentlich sagen will.«

Nun war mir alles klar. Das Puzzlespiel, dessen Einzelteile ich zuvor nicht zuordnen konnte, fügte sich zu einem klaren Bild. Ich dachte an meine Spielsachen und Zeichnungen, die in unserer Wohnung in Wien zurückgeblieben waren. Es war genauso wie drei Jahre zuvor, als wir Israel verlassen hatten. Gut, daß Mutter zumindest meine Kinderbücher eingepackt hatte.

»Warum fahren wir denn weg?« fragte ich mit Trotz und Wut in der Stimme. »Warum denn schon wieder?« Ich wurde lauter. »Immer fahren wir weg, ohne daß ich mich von meinen Freunden verabschieden kann. Nicht einmal von Lena. Nie erzählt ihr mir was! Ich hasse euch! Ich fahre nicht mit!«

Ich sprang auf, stampfte mit den Füßen und heulte los.

»Sei sofort still und benimm dich. Deine hysterischen Anfälle sind das letzte, was wir jetzt noch brauchen können.« Aber Mutters Stimme hatte nicht streng geklungen.

Vater packte mich an den Schultern und drückte mich zurück in den Sitz. Mutter, erklärte er mir, habe ihren Arbeitsplatz verloren, weil uns die österreichischen Behörden die Arbeitsbewilligung nicht verlängert hatten. Er selbst habe ja, wie ich wisse, schon früher seine Tätigkeit im Magazin der Universitätsbibliothek aufgeben müssen. Nun wollten wir es in den Niederlanden, »dem sympathischsten Land Westeuropas«, versuchen.

»Dein Vater glaubt, die Holländer hätten die ganze Zeit nur auf ihn gewartet und würden ihn mit offenen Armen empfangen«, sagte Mutter und verzog den Mund zu einem bitteren Lächeln. »Ich persönlich wäre ja lieber nach Israel zurückgekehrt. Wozu sind wir denn Staatsbürger dieses Landes? Tausende Male schon habe ich gesagt, daß es ein Fehler war, von dort wegzufahren. Man muß lernen, sein Schicksal anzunehmen. Unser Schicksal hatte uns nun einmal nach Israel verschlagen. Stattdessen laufen wir schon seit Jahren in einem Labyrinth wie Ratten, die nicht lernfähig sind.«

»Sei doch still!« herrschte Vater sie an. »Jetzt rede *ich* mit dem Kind.« Und Mutter sagte tatsächlich nichts mehr, drehte sich weg, holte eine Zeitschrift aus ihrer Handtasche und begann zu lesen.

Von den Worten meines Vaters verstand ich nur die Hälfte. Seine Ausführungen darüber, warum die Niederlande ein besseres Land zum Leben seien als Israel, interessierten mich nur wenig. Mich beschäftigte ein viel wichtigeres Problem: Warum hatten mir die Eltern nicht die Wahrheit gesagt? Als ich Vater schließlich danach fragte, murmelte er nur: »Ich wollte nicht, daß du herumerzählst, was wir vorhaben. Es finden sich immer Menschen, die einem schaden können.« Die Antwort befriedigte mich nicht.

Mutter hatte das Licht im Abteil ausgeschaltet, mich auf ihren Schoß genommen und fest an sich gedrückt. Vater saß mir gegenüber, die Stirn an die Fensterscheibe gepreßt. In der Dunkelheit konnte ich nur die Konturen seines Körpers ausmachen.

Links neben mir und Mutter saß ein weiterer Fahrgast, ein nachlässig gekleideter Mann mittleren Alters mit schütterem, blondem Haar und Wangen, die an die Lefzen einer Bulldogge erinnerten. Nur wenige Augenblicke vor der Abfahrt war er in unser Abteil gekommen, hatte schnell und leise »Goed avond« gesagt, sich hingesetzt und war sofort eingeschlafen. Sein Kopf war nach hinten gefallen, der Mund weit geöffnet. Er schnarchte laut. Ein wenig klang es wie das Geräusch der Bohrmaschine unseres Nachbarn in Wien, der fast jedes Wochenende in seiner Wohnung umbaute.

»Er wird sicher die ganze Nacht durchschnarchen, und wir werden kein Auge zutun.«

»Daß dieser Mann ausgerechnet heute nach Amsterdam fährt, macht er natürlich nur, um dich zu ärgern«, fügte Mutter bestätigend hinzu. »Warte nur, in ein paar Jahren wird dein lieber Sohn genauso reden wie du.«

Ich war viel zu müde, um gegen diese Unterstellung zu protestieren. Der schnarchende Fahrgast störte mich nicht. Noch bevor wir St. Pölten erreicht hatten, war ich in Mutters Armen eingeschlafen.

Als ich am nächsten Morgen aufwachte, waren wir in Düsseldorf. Mutter hatte rote Augen. Ihr Gesicht war wachsfarben und wirkte aufgedunsen. Es sei ihr so viel durch den Kopf gegangen, daß sie keine Zeit zum Schlafen gefunden habe, meinte sie.

»Ich muß nicht mehr nachdenken. Für mich ist alles schon entschieden«, sagte Vater. »Ich habe gut geschlafen.«

Auch unser Mitreisender war bereits wach und murmelte etwas auf Niederländisch. Aus einem Lederköfferchen holte er eine Thermoskanne, eine Wurstsemmel und zwei hartgekochte Eier heraus. Dann breitete er eine Zeitung auf seinen Knien aus, schälte das Ei, stopfte es sich in den Mund, biß in die Wurstsemmel und machte einen Schluck aus der Thermoskanne. Ich konnte meinen Blick nicht vom zweiten, noch unberührten Ei losreißen, das auf den Knien des Mannes lag.

Der Holländer lächelte, zwinkerte mir zu, nahm das Ei in die Hand, reichte es mir und sagte: »Kokoko.«

»Nein! Das ist nicht notwendig! Wir haben selber etwas mit! Das muß wirklich nicht sein«, protestierte Mutter. Aber ich hatte das Ei schon zu schälen begonnen. Die Schalen legte ich dem Mann auf die Knie.

»Wenigstens die Schalen könntest du in den Abfallkübel werfen«, sagte Vater.

»Alles kein Problem.« Der Mann sprach korrektes Deutsch mit starkem Akzent.

»Bedanke dich wenigstens bei dem Herrn«, ermahnte mich Mutter.

»Danke!« murmelte ich mit vollem Mund.

Der Mann lachte, musterte uns neugierig und fragte: »Sie fahren nach Amsterdam?« Meine Eltern nickten und schauten beide demonstrativ Richtung Fenster. »Urlaub?« Der Mann hatte die Reaktion meiner Eltern wohl nicht ganz richtig gedeutet.

»Nein«, kam ich den Eltern mit der Antwort zuvor. »Wir kommen nicht wieder zurück.«

Mutter gab mir einen Tritt gegen das Schienbein. Vater stöhnte und schüttelte den Kopf.

»Ach so?« fragte der Mann erstaunt.

»Ja, meine Mutter hat in Österreich die Arbeitsbewilligung verloren. Jetzt möchten wir nach Holland übersiedeln. Aber eigentlich kommen wir aus Rußland. In Israel haben wir auch schon gelebt.«

Ich freute mich über die Wut der Eltern. Vater scharrte nervös mit den Füßen, und Mutter gab mir einen noch festeren Tritt.

Der Mann knüllte die Zeitung zusammen, bemerkte, daß der Abfallkübel für die fettige Papierkugel zu klein war, zwinkerte mir zu und schob sie unter den Sitz.

»Mein Vater möchte in Österreich nicht leben, weil Hitler und alle wichtigen Nazis dort geboren sind«, erzählte ich weiter. »Wir sind nämlich Juden, müssen Sie wissen.«

Nun sprang Vater vom Sitz und brüllte auf Russisch: »Wenn

du nicht sofort die Klappe hältst, du Hundesohn, mache ich das Fenster auf und schmeiße dich aus dem Zug!«

Draußen zogen Wiesen an uns vorüber, die nur manchmal durch von Pappeln gesäumte Landstraßen und Bauernhäuser unterbrochen waren. Grün bis an den Horizont. Eine eintönige Landschaft. Hier wollte ich nicht aus dem Fenster fallen.

Der Holländer reagierte auf den Wutausbruch mit einem gleichmütigen Lächeln und zwinkerte mir wieder zu. Dann zauberte er aus seiner Tasche eine Blechtasse. »Tee?« fragte er mich. Ich nickte.

Die Eltern schauten so konzentriert aus dem Fenster, als würden sie jeden einzelnen Baum und jedes Haus zählen. Ich machte einen Schluck und verzog das Gesicht. »Kann ich Zucker haben?« fragte ich.

Nun drehten sich die Eltern gleichzeitig zu mir um. »Wirst du wohl endlich Ruhe geben!« zischte Mutter. »Idiot!« flüsterte Vater. Dann betrachtete er zum ersten Mal eingehend den fremden Fahrgast.

Der Holländer streckte ihm mit einem strahlenden Lächeln die Hand entgegen.

»Jan de Vries«, stellte er sich vor. »Bin sehr erfreut, Ihre Bekanntschaft zu machen.«

Vater schüttelte die ihm entgegengestreckte Hand und murmelte seinen Namen. Mutter und ich folgten.

»Waren Sie schon jemals in Amsterdem?« fragte De Vries, während er mir einen Würfelzucker mit der Aufschrift *Café Museum* reichte.

»Nein.«

»Oh, es ist eine wunderschöne Stadt. Sie wird Ihnen gefallen. Wien ist auch wunderschön. Aber wenn Sie Juden sind, kann ich verstehen, daß Sie dort nicht leben wollen. In Leningrad bin ich leider noch nie gewesen, auch in Israel noch nicht. Leider. Keine Zeit. Und auch kein Geld. Ich habe nämlich einen kleinen Laden in Amsterdam, nicht im Zentrum, eher am Stadtrand. Waren aller Art. Aber Sie wissen vielleicht nicht, wie das ist im Kleingewerbe. Zum Leben zuwenig, zum Sterben zuviel. Das ist jetzt mein erster Urlaub seit Jahren gewesen, müssen Sie wissen. Ein paar Tage im Salzkammergut, in St. Gilgen. Wunderschöne Berglandschaft. So etwas haben wir in Holland nicht. Und dann Wien. Übrigens: hier ist meine Karte mit der Adresse meines Ladens. Vielleicht schauen Sie bei Gelegenheit vorbei. Alle Waren zu billigen Preisen.«

Mit finsterer Miene hörten meine Eltern zu. Jan de Vries ließ sich jedoch nicht beirren und sprach weiter: »Über die Sowjetunion hört man ja furchtbare Dinge. Unterdrückung. Antisemitismus. Ein Freund von mir war einmal dort. Trostlos, hat er gesagt. Tro-ostlos.« Er dehnte die Worte. »Grau in grau. Aber es gibt dort natürlich eine große Kultur. Keine Frage.«

»Ja, ja«, murmelte Mutter und schaute auf die Uhr.

»In zwei Stunden sind wir in Amsterdam«, erklärte De Vries.

Mutter seufzte.

»Israel. Das muß ein faszinierendes Land sein«, setzte der Holländer seinen Monolog fort. »Nach zweitausend Jahren wieder ein Staat der Juden. Ein jüdischer Bekannter von mir ist gleich nach dem Krieg nach Israel ausgewandert. Die deutsche Besatzung hat er in einem Versteck überlebt. Jetzt wohnt er in einem Kibbuz, kommt regelmäßig nach Amsterdam und erzählt vom gewaltigen Aufbau, den die Juden in Israel leisten.«

De Vries machte einen großen Schluck aus der Thermosflasche, schmatzte laut, leckte sich die Lippen und trocknete sie mit dem Ärmel seines Pullovers ab.

»Mit Rum schmeckt es besser«, meinte er und verstaute die Flasche wieder in seiner Tasche.

Er gähnte, streckte sich, wobei er mit den Fingerspitzen die Gitterstäbe des Gepäckregals über seinem Kopf berührte. »Mjau!« sagte er zu mir. »Ich fühle mich wie ein müder Kater.«

Von Minute zu Minute wurde mir dieser Jan de Vries sympathischer. Ich verstand nicht, warum meine Eltern so verärgert waren.

»Wenn ich eine persönliche Frage stellen darf ...« Der Holländer schaute jetzt wieder meinen Vater an. »Was hat Ihnen in Israel nicht gefallen? Sie sind doch Juden.«

Die Eltern schauten einander an und schwiegen.

»Mein Vater hat geglaubt, in Israel würden die Bananen auf den Bäumen wachsen und alle Menschen wären Brüder«, platzte ich heraus.

»Sei endlich still!« Das wütende Gesicht von Mutter rückte dicht an mich heran. »Was redest du für einen Unsinn! Wenn du noch ein Wort sagst, verprügle ich dich gleich hier und jetzt vor den Augen des Fremden und nicht erst am Abend. Hörst du!«

Mir wurde klar, daß jedes weitere Wort eine Katastrophe heraufbeschwören konnte.

De Vries wechselte das Thema. Er monologisierte über sich, seine holländische Heimat und das Leben im allgemeinen. Als der Zug mit zurückgenommener Geschwindigkeit durch die Vororte von Amsterdam fuhr und schließlich den Hauptbahnhof erreichte, wußte ich alles. Ich wußte, daß De Vries zweimal geschieden war, daß er für eine Tochter Alimente zahlte, daß er mit einer jüngeren Frau zusammenlebte, von der er vermutete, daß sie ihn betrog, daß er eine Magen- und eine Augenoperation hinter sich hatte, daß er katholisch, wenn auch nicht praktizierend war, daß er bei den letzten Wahlen eine christlich-soziale Partei gewählt hatte, daß die Steuern in den Niederlanden zu hoch und die Politiker, wie überall, korrupt und verlogen waren, daß die jungen Leute nur demonstrieren wollten, anstatt zu arbeiten, daß es ein Fehler gewesen sei, Indonesien in die Unabhängigkeit zu entlassen, und daß der göttliche Funke – trotz allem – allen Menschen innewohne.

Ich sah in die Gesichter der Eltern. Sie litten.

Bevor sich De Vries von uns verabschiedete, fragte er, ob wir eine Bleibe in Amsterdam hätten. Ich schüttelte den Kopf.

»Ich kenne da eine kleine Pension in der Vorstadt. Sehr einfach, sehr billig, aber garantiert sauber.« De Vries holte eine weitere Visitenkarte aus seinem Portemonnaie und schrieb mit einem Bleistiftstummel etwas auf die Rückseite. Vater steckte sie mit einem mürrischen Blick ein und brummte leise, in einer Mischung aus Deutsch und Russisch, ein paar Worte des Dankes.

Der Holländer half uns, das Gepäck bis in die Vorhalle zu schleppen. Dann verabschiedete er sich, klopfte mir auf die Schulter und meinte, ich sei ein aufgewecktes Kind. »Es war sehr nett, mit Ihnen zu plaudern«, sagte er, bevor er in der Menschenmenge vor dem Bahnhof verschwand.

Nach der langen Fahrt schwankte der Boden unter meinen Füßen. Die vielen Menschen um mich herum schienen mich erdrücken zu wollen. Laute in einer fremden Sprache schlugen auf mich ein. Eine weibliche Stimme bellte Unverständliches lautsprecherverzerrt durch den Raum. Die Worte auf den Reklameschildern und Anzeigetafeln kamen mir vertraut vor. Trotzdem konnte ich sie nicht verstehen.

Wir gingen in den Warteraum, der zwar ruhiger, dafür aber stickig und verraucht war. Ein dürrer junger Mann mit schulterlangem Haar ging nervös auf und ab und rauchte.

Vater entschied, daß er und ich hier warten würden, während Mutter sich in der Stadt nach einer billigen Bleibe umsehen sollte.

»Was ist mit der Pension von dem Herrn im Zug?« fragte ich.

»Wer weiß, was das für eine Absteige ist. Ein Puff vielleicht. Und überhaupt, nach dem, was du dir heute schon geleistet hast, solltest du in den nächsten Tagen so still sein, als ob es dich überhaupt nicht gäbe.«

Dann begann Vater, Mutter zu erklären, wie teuer das Zimmer sein durfte und wie es aussehen sollte.

»Ich weiß um unsere finanzielle Lage Bescheid«, erklärte Mutter. »Ich bin ja nicht blöd. Geh doch und such selber!«

»Red keinen Unsinn.«

Sie diskutierten im Flüsterton, wobei sie aufgeregt mit den Händen gestikulierten. Nach einiger Zeit ging Mutter tatsächlich auf Zimmersuche. Ich lehnte den Kopf an die Schulter meines Vaters und schlief sofort ein.

»You want room?« Ich fuhr hoch, öffnete die Augen. Der junge Mann, der im Raum auf und ab gegangen war, stand vor uns. »You want room? I have room. Very cheap. Very good.«

»Nein!« antwortete Vater scharf, doch der andere ließ nicht locker.

»You come with me, I show you. Really good place. Only twenty guilders per night.«

Vater stand auf und sagte einen langen Satz auf Russisch, in dem die Mutter des Angesprochenen nicht besonders gut wegkam. Ich war erstaunt darüber, daß Vater die Mutter dieses mir völlig fremden Menschen kannte und mit ihr Eigentümliches vorhatte. Aber ich hatte es schon lange aufgegeben, mich über Vaters Verhalten zu wundern. Der Satz verfehlte seine Wirkung nicht. Entweder verstand der Mann Russisch und wollte seine Mutter schützen, oder es wurde ihm auch so klar, daß Vater von ihm kein Zimmer vermittelt bekommen wollte. Jedenfalls hob er beide Arme und machte damit eine abwehrende Geste. »Okay, okay«, sagte er. »You don't want. I go.« Er blieb aber im Raum und zündete sich eine neue Zigarette an.

Wieder lehnte ich den Kopf an Vaters Schulter und schlief ein. Ich träumte, daß ich mit De Vries unterwegs war. Er machte einen Schluck aus der Thermosflasche und reichte sie mir. Da ich sehr durstig war, trank ich sie leer. Es war Tee mit Rum. In meinem Leben hatte ich noch nie Rum getrunken. Er kitzelte angenehm den Gaumen und schmeckte ein wenig wie Honig und Schokolade. Dann blieb der Zug mit einem Ruck stehen, und ich rutschte vom Sitz und fiel auf die Knie ...

Ich kniete auf dem Boden. Vater faßte mich unter den Achseln und hob mich hoch. Dann streifte er die Zigarettenstummel ab, die an meinen Hosenbeinen klebten. Sofort schlief ich wieder ein und erwachte erst, als ich in weiter Ferne Mutters Stimme zu hören glaubte. Halblaut redete sie auf Vater ein.

»... wie ich dir schon erklärt habe«, hörte ich sie sagen, »es ist aussichtslos. In dieser Preiskategorie wirst du in der Innenstadt nicht einmal in einer Hundehütte übernachten können.«

»Mir genügt eine Hundehütte«, sagte ich.

»Dich hat aber niemand gefragt.«

»Was sollen wir jetzt deiner Ansicht nach tun?«

»Wo liegt die Pension von diesem Menschen aus dem Zug?«

Vater holte De Vries' Visitenkarte aus seiner Hosentasche hervor. »Keukenstraat 17. Wo ist das?«

»Ich habe einen Stadtplan besorgt«, sagte Mutter.

Eine Dreiviertelstunde später, nach einer Straßenbahnfahrt und einem ermüdenden Fußmarsch, standen wir vor dem etwas düster wirkenden Backsteingebäude, in dem sich die Pension befand. »Bellen« war über der Türklingel zu lesen, und ich dachte an die Hundehütte.

Mutter mußte dreimal läuten, bevor die Tür mit einem Quietschen geöffnet wurde. Eine Frau um die Sechzig mit teigfarbenem Gesicht und einem über die rötlichblonden Haare gezogenen Netz kam heraus. Unfreundlich musterte sie uns von Kopf bis Fuß und sagte etwas auf Niederländisch.

»Wir suchen ein billiges Zimmer für zwei Personen und ein Kind«, erklärte Mutter auf Deutsch. Die Frau zog die Augenbrauen hoch und schüttelte den Kopf.

»Ik begrijp U niet«, sagte sie.

»Ein Zimmer für zwei Personen und ein Kind«, versuchte es Mutter noch einmal.

»Ik begrijp niet, wat U wilt.«

»Ein Zimmer! Für drei! Billig!« wiederholte Mutter und hob drei Finger in die Höhe.

Die Frau bewegte den Unterkiefer, als würde sie etwas kauen, blinzelte, schwieg und musterte uns wieder skeptisch. Sie wirkte weder sonderlich überrascht noch mißtrauisch, eher schien sie leicht zu triumphieren. Doch auf einmal wurde mir klar, daß sie jedes Wort meiner Mutter verstanden hatte. Ich spürte, daß die Frau uns verhöhnte. Und im selben Augenblick dürften auch meine Eltern dasselbe Gefühl gehabt haben.

»Ich bin davon überzeugt, daß sie alles versteht«, sagte Vater auf Russisch. »Warum antwortet sie denn nicht?«

»Weiß der Teufel.« Auch Mutter schien verwirrt.

Die Frau begann zu lächeln. Das kalte Funkeln ihrer Augen erlosch.

»Sie kommen nicht aus Deutschland?« fragte sie in gutem, beinahe akzentfreiem Deutsch.

»Nein, aus Österreich«, stammelte Mutter verblüfft.

»Aber Sie sind nicht in Österreich geboren, oder?«

»Nein, in Rußland. Wir sind Emigranten«, murmelte Mutter und schaute zu Vater hinüber, der mit den Achseln zuckte.

»Kommen Sie herein«, sagte die Frau in freundlichem Ton und hielt uns die Tür auf. »Ich habe ein billiges Zimmer für Sie. Es wird Ihnen bestimmt gefallen.«

Wir gingen eine enge, steile Treppe hinauf. Es war muffig und roch nach Mottenkugeln.

»Seit dem Krieg«, hörte ich die Frau hinter mir sagen, »spreche ich nur mehr sehr ungern Deutsch. Aber wenn Sie aus Rußland kommen und Emigranten sind, ist das natürlich etwas anderes ... Bitte oben gleich rechts und dann wieder links. Nummer fünf. Es ist ein ruhiges, kleines Zimmer mit Waschbecken und Duschkabine. WC ist am Gang. Ein Klappbett für das Kind lasse ich hineinstellen. Für Sie mache ich das gratis. Ich werde Ihnen nur den Preis für das Doppelzimmer verrechnen.«

Unsere Vermieterin hieß Mevrouw Ceeskens und war schon seit mehr als zwanzig Jahren Witwe. Von ihrem verstorbenen Mann sprach sie selten. »In meiner Jugend gab es viel Bessere als meinen Chris«, sagte sie nur einmal beiläufig, überlegte kurz und fügte hinzu: »Aber auch viel Schlechtere.«

Mevrouw Ceeskens war eine sehr strenge und wortkarge Person. Jeden Morgen servierte sie uns im Eßzimmer schweigend das Frühstück. Sie wirkte wie ein Mensch, der am Abend eine schlechte Nachricht bekommen und deshalb die ganze Nacht nicht geschlafen hatte. Erst nach über einem Monat hörten wir einige längere Sätze von ihr. Es vergingen noch einige Wochen, und sie erklärte uns zu »Stammgästen«, setzte sich am Morgen manchmal zu uns an den Tisch und begann im Stil von Telegrammnachrichten kurze, meist recht uninteressante Geschichten aus ihrem Alltag zu erzählen. Uns stellte sie nie irgendwelche Fragen.

Einmal sprach ich sie auf Jan de Vries an. Sie runzelte die Stirn und gab einen verächtlichen Schnalzlaut von sich, der sich ein wenig wie »Ts« und ein klein wenig wie »Za« anhörte.

»Ja, ja, ich kenne den Herrn«, sagte sie. »Wäre besser, wenn ich ihn nicht kennengelernt hätte.«

Mehr war aus ihr nicht herauszubekommen.

Dabei mußte ich oft an den netten Mitreisenden aus dem Zug denken. Sein Geschäft mit den »garantiert billigen« Sachen von angeblich bester Qualität ging mir nicht aus dem Kopf. In meiner Phantasie erstand ein märchenhafter, mit dem schummrigen Licht roter, grüner und blauer Lampen beleuchteter Laden, auf dessen Regalen sich Seemannsmützen, Matrosenanzüge, Modellschiffe, Puppenhäuser, mit alten Münzen, Banknoten und Briefmarken gefüllte Schachteln und Schüsseln, Grammophone und bunte Spielsachen, vor allem Faschingsmasken, stapelten. Daß De Vries Faschingsmasken verkaufte, stand für mich außer Zweifel, vielleicht weil ich mir ein ähnliches Teufelsgesicht mit roter Zunge und spitzen Hörnern wünschte, wie es Gerhard Elschik, mein Klassenkamerad und Banknachbar in der Volksschule, bei einem Faschingsabend getragen hatte. Aber die Eltern reagierten auf meinen Wunsch, De Vries' Laden aufzusuchen, nur mit Verärgerung und Unverständnis.

»Glaubst du, wir haben nichts Besseres zu tun?« fragte Vater.

»Garantiert billige Sachen!« versuchte ich ihn umzustimmen. »Beste Qualität!«

»Sei doch vernünftig«, sagte Mutter. »Wir haben in unseren vier Koffern ohnehin kaum Platz. Warum sollen wir denn noch etwas kaufen?«

»Er schwatzt uns sicher wieder die Ohren voll«, meinte Vater, »und ich will wirklich nichts mehr von Niederländisch-Indien hören.«

»Ich möchte mir aber den Laden anschauen!« wiederholte ich. »Warum wollt ihr mit mir nicht hingehen? Ihr seid gemein!«

»Wie sprichst du mit uns!« schrie Vater. »Was sind das für Frechheiten? Noch so ein Satz, und du bekommst eine Ohrfeige, hörst du!«

Ich zog mich beleidigt in eine Ecke des Zimmers zurück.

»Schau«, erklärte Mutter. »Im Augenblick ist uns nicht der Sinn danach, diesen De Vries zu besuchen. Aber ich verspreche dir, wenn wir Amsterdam wieder verlassen müssen, am letzten Tag vor der Abfahrt, da gehen wir meinetwegen hin.«

Ich mußte mich vorläufig damit zufriedengeben.

Von den fast vier Monaten, die ich in Amsterdam verbracht habe, ist mir vor allem die Langeweile in Erinnerung. Zwar gingen meine Eltern oft zu Behörden und Konsulaten, doch ich mußte immer im Warteraum zurückbleiben, während sie in einem Büro verschwanden. Ich wartete, umgeben von Erwachsenen, deren Gespräche ich nicht verstand.

Meinen Eltern wurde schon bald klar, daß es aussichtslos war, in den Niederlanden auf eine Arbeitsbewilligung zu hoffen. Nicht nur in Österreich war Wirtschaftskrise, ausländische Arbeitskräfte wurden auch in Holland »abgebaut«. Neuzuwanderer hatten keine Chance. Und in den Konsulaten anderer europäischer Staaten war das, was meine Eltern zu hören bekamen, ebenfalls nicht ermutigend. Trotzdem war Vater lange nicht bereit aufzugeben. »Versuchen wir es noch bei den Schweden!« sagte er. »Vielleicht klappt es dort.« Oder: »Bei den Dänen sind wir noch nicht gewesen. Die Dänen waren immer sehr philosemitisch. Während des Krieges haben sie alle ihre Juden retten können. Vielleicht haben sie Verständnis für unsere Lage.« Mutter seufzte nur, und wir gingen ins nächste Konsulat.

Unterbrochen wurde diese Eintönigkeit durch einige wenige Fahrten nach Zandvoort, zum Meer, nach Haarlem, Den Haag, Utrecht und Leiden. Überall mußten wir die Sehenswürdigkeiten besichtigen: Kirchen, Schlösser, Museen. Das alles interessierte mich nicht besonders, aber Vater bestand darauf: »Wenn wir in diesem Land schon nicht bleiben dürfen, so wollen wir es uns wenigstens ordentlich anschauen.«

Da wir sparen mußten, war an eine Übernachtung außerhalb Amsterdams nicht zu denken. Jede Stadt mußte an einem Tag bewältigt werden.

Die Besichtigungstour wurde am Vortag strategisch geplant. Abfahrt um sieben Uhr früh. Gemäldegalerie um acht. Schloßpark und Schloß um elf. Verzehr von Butter- und Marmeladebroten zum Mittagessen auf der Straße um halb eins. Museum für moderne Kunst um eins. Ein weiteres Museum oder eine Ausstellung um halb drei. Bummel durch die Innenstadt mit der Besichtigung des Doms und anderer historischer Bauwerke von vier bis sieben. Rückfahrt um acht. Selbstverständlich wurde alles zu Fuß abgegangen, um das Geld für Bus oder Straßenbahn zu sparen. Nach solchen Tagen war ich meist völlig erschöpft.

Während ich die Sehenswürdigkeiten längst vergessen habe, erinnere ich mich an die wenigen Menschen, denen ich in Holland begegnet bin. Zu diesen gehörte auch Herr Nansen, ein ranghoher norwegischer Diplomat.

Als ich ihn kennenlernte, hatte ich gerade eine Stunde im Warteraum des norwegischen Konsulats zugebracht. Die Bilder an den Wänden, Hochglanzphotographien in schmalen Rahmen aus Aluminium oder weißem Kunststoff, zeigten Fjordlandschaften zu verschiedenen Jahreszeiten. Im schwedischen Konsulat waren es Wald-, Meer- und Seenimpressionen gewesen, im dänischen Wiesen und Heiden, deren Grün in der Ferne das Blau des Himmels berührte. Der Himmel war auf allen Bildern in allen Warteräumen wolkenlos.

Es war früh am Morgen. Ich hatte die Schuhe ausgezogen, mich auf dem Ledersofa ausgestreckt und war sofort eingeschlafen. Die Dame am Empfang protestierte nicht, und die wenigen Menschen im Raum hatten offensichtlich auch nichts dagegen.

Im Traum setzte mir De Vries im schummrig-bunten Licht seines Ladens einen Kalbskopf aus Pappe auf. Ich aber wollte kein Kalb sein und zeigte mit dem Finger auf die Krokodilsmaske in einem der oberen Regale. »Hol sie dir«, sagte De

Vries, doch die Maske lag viel zu hoch, als daß ich sie hätte erreichen können. Verzweifelt suchte ich nach einem Stuhl oder einer Leiter, aber in dem Gerümpel waren sonderbarerweise weder Stühle noch Leitern zu finden. »Also bleibst du eben vorerst ein Kalb«, meinte De Vries. Dann kamen die Eltern herein und lachten mich aus, und es war mir sehr peinlich, einen Kalbskopf zu tragen. Ein fremder Mann stand im Raum und lachte ebenfalls.

»Was für ein Glück, daß wir eine so weiche Couch haben«, sagte der Mann in korrektem Deutsch mit einem Akzent, bei dem er die Vokale stark dehnte. »Das ist also der Sohn. Guten Morgen. Gut geschlafen?«

»Ja«, murmelte ich schüchtern. Erst langsam begriff ich, daß ich mich nicht mehr in De Vries' Laden befand. Zur Sicherheit befühlte ich mein Gesicht. Tatsächlich war der Kalbskopf verschwunden.

Der Norweger war etwa fünfzig Jahre alt. Er war um einiges größer als Vater, hatte strohblonde Haare und einen dünnen, schütteren Oberlippenbart. Auch seine Wimpern und Augenbrauen hatten die Farbe matten Sonnenscheins. Einen so blonden Menschen hatte ich noch nie gesehen.

»Das ist Herr Nansen«, sagte Mutter und erklärte, da ich den Blick gesenkt hatte und schwieg, dem Norweger: »Er ist heute nicht gesprächig. Das ist nicht immer so. Manchmal redet er so viel auf einmal, daß man ihn gar nicht stoppen kann.«

Mit seiner großen Hand fuhr mir Herr Nansen durch die Haare und wandte sich dann wieder den Eltern zu: »Also es bleibt dabei. Ich werde mich für Ihren Fall einsetzen. Sie kommen in zehn Tagen wieder hierher, und ich werde Sie über den Stand der Dinge informieren.« Er drückte kurz Vater und dann etwas länger Mutter die Hand. Es überraschte mich ein wenig, daß er ihr die Hand dann noch auf die Schulter legte.

»Wissen Sie«, sagte er, »bei Ihrer Qualifikation dürften Sie in Oslo keine beruflichen Probleme haben. Was jedoch Ihren Mann betrifft ...«

»Ich nehme jede Arbeit an«, sagte Vater schnell. »Ich bin nicht anspruchsvoll. Ich bin sehr flexibel.«

Auf dem Weg zurück zur Pension war Vater sehr fröhlich. »Norwegen! Stellt euch vor, Norwegen!« wiederholte er mehrmals mit weicher Stimme, so als würde er einer Geliebten Koseworte ins Ohr flüstern. »Das ist ein Land, in dem sich leben läßt: sauber, ordentlich, reich, kein Antisemitismus, von Ausländerfeindlichkeit habe ich auch nichts gehört, die soziale Versorgung ist gut, das Wetter ist ähnlich wie in Leningrad, die Menschen freundlich, die Landschaft wunderschön … Es ist natürlich etwas entlegen, nicht im Zentrum Europas. Etwas langweilig soll es dort auch sein. Aber das sind alles Kleinigkeiten.«

Vater ging aufrecht wie noch nie, strahlte wie noch nie. Schnell und leicht war sein Gang wie der jenes jungen Mannes, den ich nie gekannt hatte und der er vielleicht nie gewesen war. Tanzschritte. Jubel- und Siegesschritte. Selbstverliebte Schritte.

»Noch haben wir das Visum nicht«, wandte Mutter ein. In ihrer Stimme war keine Spur von Euphorie. »Bevor ich den Stempel in meinem Paß nicht persönlich gesehen habe, bin ich skeptisch. Ich traue den Versprechungen dieses Nansen nicht.«

»Obwohl gerade du ihm ja besonders sympathisch zu sein scheinst. Wie er dich angeschaut, deine Hand gedrückt, seine Hand auf deine Schulter gelegt hat. Gnädige Frau hin, gnädige Frau her … Wenn ich nicht wüßte, was du für ein Mensch bist, könnte ich eifersüchtig werden. Insgeheim glaubt er vielleicht, daß du mit ihm …«

»Sei still! Das Kind!« Mutter schaute mich an, aber ich tat so, als hätte ich gar nicht zugehört.

Mutter war sechsunddreißig Jahre alt und eine gutaussehende Frau. Was Vater gesagt hatte – das spürte ich –, hatte irgendwie mit den netten Damen hinter Fensterglas im Rotlichtviertel zu tun, nur auf eine Art und Weise, die mir unangenehm war und mich ängstigte.

»So ein widerlicher, blonder Mensch«, sagte Mutter. »Man könnte womöglich alles von ihm behaupten, nur nicht, daß er schön ist.« Sie lachte.

»Aber du bist für ihn eine feurige Jüdin, ein südländischer Typ. Das mögen sie sicher, diese Nordländer«, erklärte Vater. Nun lachte Mutter noch lauter.

Das nächste Mal hau ich diesem Nansen eine runter, dachte ich und ballte die Fäuste.

Ich brachte nie den Mut auf, den großen Norweger auch nur anzurühren, und das, obwohl mich die Eltern hin und wieder zu den Gesprächen im norwegischen Konsulat mit ins Büro nahmen. Herrn Nansens immerfort gute Laune übertrug sich meistens auf meinen Vater. Nach jedem Gespräch schöpfte er neue Hoffnung. Nansens Begrüßungsworte waren jedesmal: »Noch nicht. Aber es kann nicht mehr lange dauern.« Daraufhin erklärte er uns – auch dies gehörte bald zum Ritual –, daß er den Leiter der norwegischen Ausländerbehörde kenne: »Wir haben zusammen in Oslo Jus studiert. Ich habe ihm einen Brief geschickt, mit der Bitte, Ihren Fall prioritär zu behandeln. Kommen Sie nächste Woche wieder. Da habe ich die Papiere sicher schon für Sie parat.«

»Na seht ihr«, erklärte Vater nach jedem Gespräch, »die Chancen stehen gut. Es ist nur noch eine Frage der Zeit.«

»Wenn du daran glauben möchtest«, gab sich Mutter meist geschlagen.

So verging die Zeit, und es wurde Herbst. Das Wetter erlaubte immer seltener lange Spaziergänge. Die Tage verbrachten wir im kleinen Zimmer unserer Pension. Meine Eltern diskutierten, lasen oder spielten Karten. Regelmäßig ging Mutter in den Supermarkt um die Ecke. Morgen, Tag und Abend fielen zusammen. Die Zeit schien jegliche Bedeutung verloren zu haben und war doch in jedem Gespräch gegenwärtig, lastete auf uns. Die kümmerlichen Ersparnisse meiner Eltern schmolzen dahin.

Während der Regen gegen die Fensterscheibe prasselte, lag

ich auf meinem Bett, schaute auf die seit langem nicht mehr geweißelte Decke und stellte mir vor, wie meine Wiener Schulkameraden im Klassenzimmer saßen oder im Hof miteinander spielten.

Oft zerschnitt ich ein Blatt Papier und rollte aus den Schnipseln kleine, weiße Kügelchen, die ich mit Speichel anfeuchtete, um sie zu kneten und ihnen Gestalt zu verleihen. Danach legte ich sie auf den ockergelben Überzug meines Bettes, der nach Staub roch. Die Kügelchen wurden in mehreren Reihen angeordnet, die zusammen ein Rechteck bildeten. Jedes von ihnen hatte einen Namen. Christian war etwas dicklich, deshalb war auch die Kugel größer. Robert war der Kleinste und somit fast nur ein Brösel. Tobias erinnerte ein wenig an ein Viereck. Die Mädchen machte ich schmal und länglich wie kleine Insekten. Die Sitzordnung war wie im letzten Schuljahr. Ich wußte noch genau, wo jeder meiner Klassenkameraden gesessen war.

Natürlich war ich selbst immer die schönste und größte Kugel. Nur die Lehrerin war größer. Für sie brauchte ich meist ein halbes oder sogar ein ganzes Blatt Papier. Wenn sie jemanden zur Tafel rief, rollte ich die Kugel aus der Reihe heraus und zum Bettrand hin.

Vater wurde durch mein Spiel öfter gestört, denn selbstverständlich führten die Kugeln Gespräche, lasen ihre Schulaufsätze laut vor, tratschten, wurden von der Lehrerin ermahnt und in die Ecke gestellt.

»Kannst du dich nicht still beschäftigen?« fragte er mit gereizter Stimme. »Außerdem ist das ganze Bett voll mit Papier. Frau Ceeskens wird sich beschweren. Blöde Einfälle hast du manchmal. Denk dir ein anderes Spiel aus.«

»Laß ihn in Ruhe«, sagte Mutter. »Soll er doch spielen, wie er mag. Was soll er denn sonst tun?«

Nach Unterrichtsschluß ging ich mit den Kugeln in den Park, also ans andere Ende des Bettes, wo sie einen Kreis um mich bildeten. Dort las ich ihnen aus den Kinderbüchern vor, die mir Großmutter aus Leningrad nach Wien geschickt hatte.

Selbstverständlich hatten die Kugeln inzwischen alle Russisch gelernt.

Mitte Oktober 1975 teilte uns Herr Nansen mit, daß die Ausländerbehörde in Oslo uns kein Visum ausstellen werde. Zum Abschied drückte er meiner Mutter kräftig die Hand, streichelte sie, wollte gar nicht aufhören, und ich bemerkte einen eigentümlichen Glanz in seinen wäßrigblauen Augen. Wieder verspürte ich den Wunsch, den Mann zu schlagen, und hatte ein ungewohntes Gefühl von Angst und Abscheu zugleich. Wir sollten es, meinte Nansen, in zwei Jahren wieder versuchen. Bis dahin werde sich die wirtschaftliche Lage vielleicht gebessert haben.

Auf der Straße drehte sich Vater um und musterte einige Augenblicke das Konsulatsgebäude, einst ein gutbürgerliches Haus.

»Sechs Wochen«, sagte er bitter, »sechs Wochen lang haben wir gewartet. Für nichts.«

»Laß uns gehen!« drängte Mutter. Sie wirkte gelassen, beinahe heiter. »Man soll über bestimmte Sachen lieber nicht nachdenken.«

»So nahe waren wir dran«, schrie Vater, blieb stehen und zeigte mit Zeigefinger und Daumen der rechten Hand einen Abstand von etwa fünf Zentimetern an. »So nahe dran, verdammt! So nahe dran, um alles zu beenden, um endlich neu zu beginnen.«

»Beherrsch dich!« sagte Mutter trocken. »Laß dich doch nicht so gehen! Denk an das Kind!«

Vaters Gesicht, vorhin noch ganz rot, wurde plötzlich weiß. Er begann zu schwanken, mußte sich gegen eine Hausmauer lehnen und verschnaufen. Jetzt fällt er gleich um, dachte ich und klammerte mich an Mutter. Immer wenn ein Elternteil krank wurde oder sich nicht wohlfühlte, bekam ich es mit der Angst zu tun.

Ich schloß die Augen, um Vater nicht sehen zu müssen. »So nahe dran«, hörte ich ihn murmeln und dann Mutters Stimme: »Beinahe zählt nichts, es ist so, als wäre es nie gewesen.«

Augenblicke später hatte Vater den Schwächeanfall überwunden, und wir gingen weiter.

»In zwei Jahren?! Ha, ha«, murmelte er nach einigen Minuten. »Und was sollen wir bis dahin tun? Daumen drehen und uns von Luft ernähren?«

»Meine Antwort kennst du«, sagte Mutter.

Mutters Standpunkt war klar. In den vorangegangenen Wochen hatte sie Vater fast täglich bedrängt, wir sollten nach Israel zurückkehren. »Uns geht langsam das Geld aus«, erklärte sie. »Bald können wir nicht einmal mehr den Flug nach Tel Aviv bezahlen.«

Wochenlang hatte Vater auf Mutters Argumente nur mit einem kategorischen »Nein! Kommt nicht in Frage!« reagiert. Erst an jenem Tag, als Herr Nansen uns vom Scheitern seiner Bemühungen informiert hatte, gab Vater nach.

Am Abend wollte er einen Spaziergang machen. Obwohl es regnete, nahm er keinen Schirm mit, zog sich nur mit hastigen Bewegungen den Mantel über, ohne ihn zuzuknöpfen. Ich wollte mit ihm gehen, doch Mutter hielt mich zurück: »Laß ihn! Der große Mann muß nachdenken. Da braucht er die kreative Einsamkeit.«

Eine halbe Stunde später war Vater wieder zurück, machte eher einen gelösten als einen nachdenklichen Eindruck.

»Israel ist ja doch das Land der Juden, unser Heimatland trotz allem«, rief er, kaum daß er eingetreten war. Den nassen Mantel warf er nachlässig auf sein Bett und trocknete sich nicht einmal die Haare ab. »Wir werden lernen müssen, seine Schwächen hinzunehmen.«

»Welch späte Erkenntnis«, sagte Mutter leise.

Vater lief im Zimmer auf und ab, er sprach rasch und mit lauter Stimme. Manchmal blieb er stehen und schaute abwechselnd Mutter und mich an. Was er genau sagte, weiß ich heute nicht mehr. Jedenfalls wunderte ich mich darüber, daß er seine Ansichten so schnell und radikal geändert hatte. Was er so lange über Israel behauptet hatte, sollte plötzlich nur »eine bedingte Gültigkeit« haben. Er sei bereit, seine »Ansprüche einzuschränken«, »utopische Wunschvorstellungen aufzugeben«, der »Realität ins Antlitz zu blicken« und »dem Land noch eine zweite Chance zu geben«. Ich konnte den Eindruck nicht loswerden, daß Vater mehr mit sich selbst als mit Mutter und mir sprach.

»Und du?« fragte er mich plötzlich. »Du hast doch nichts dagegen, wenn wir nach Israel zurückkehren?«

»Nein!« antwortete ich. »Ich möchte sehr gern nach Israel.« In Wirklichkeit war es mir egal, wohin wir fuhren. Ich wollte endlich wieder in die Schule gehen und mit anderen Kindern spielen dürfen.

Am nächsten Tag buchte Mutter bei der israelischen Fluglinie El-Al drei Plätze für den nächsten Linienflug nach Tel Aviv.

Uns blieben noch drei Tage. Als wir Mevrouw Ceeskens von unserer bevorstehenden Abreise berichteten, wünschte sie uns alles Gute und schenkte mir ein kleines Spielzeugauto, das einmal ihrem Neffen gehört hatte. Wohin wir fuhren, fragte sie nicht.

Da erinnerte ich Mutter an ihr Versprechen.

»Was? Du hast diesen De Vries immer noch nicht vergessen?« fragte sie erstaunt.

»Er vergißt nie etwas. Das hat er von mir«, sagte Vater.

»Ich möchte eine Maske haben«, erklärte ich. »De Vries verkauft bestimmt Faschingsmasken, und ich möchte eine Teufels- oder eine Tiermaske haben, so einen Krokodilskopf!«

»Nun ist er völlig übergeschnappt«, ereiferte sich Mutter. »Du bist wie dein Vater, bildest dir etwas ein, und dann muß es eben so sein. Woher willst du wissen, ob dieser Mann so etwas überhaupt verkauft? Ein klein wenig logisch solltest du auch in deinem Alter schon denken können.«

»Es gibt dort sicher Masken«, wiederholte ich, »und andere Spielsachen. Das weiß ich. Ich möchte mir diesen Laden anschauen. Du hast es versprochen.«

Am Tag vor unserem Abflug machten wir uns auf den Weg in die Bakermaatstraat. »Für alle Fälle« hatten sich meine Eltern De Vries' Visitenkarte aufgehoben.

Die Straße war keine vier Meter breit. Die Gebäude waren eng, klein, windschief und drohten jeden Augenblick einzustürzen. In den Fenstern hingen Spitzengardinen in Beige, Creme und Rosa. Auf den Simsen standen Blumentöpfe. Über den Auslagen der Geschäfte klebten bunte Holzbuchstaben, und die Fassaden der Häuser waren mit Graffiti verziert – nackten, vollbusigen Frauen, grimassenschneidenden Affen, Elefanten, Teufeln, Putten, Fabelwesen.

»Masken!« schrie ich und begann vor Freude zu hüpfen und in die Hände zu klatschen. »Schaut doch! Schaut!«

Die Straße war voller Leute, die in Grüppchen herumstanden und sich laut unterhielten. Manche von ihnen trugen orangefarbene oder gelbe Hosen, Lederjacken auf nacktem Oberkörper, hatten grün oder blau gefärbte Haare und dicke, silberglänzende Ohrringe. Einige Frauen trugen Miniröcke, rosafarbene Strümpfe, Schuhe, Stiefeletten oder Pantoffeln mit zehn Zentimeter dicken Sohlen, phantasievoll geschnittene Blazer oder Jäckchen und eine mindestens zwei Zentimenter dicke Schminkschicht im Gesicht.

Aus den Kneipen drang laute Musik. Es roch nach Tabak und einer Mischung aus Heu und frischem Gras. Die Radfahrer rasten laut klingelnd an uns vorbei. Manchmal zwängte sich ein Auto durch die Straße. Unwillig und schimpfend gingen die Menschen zur Seite.

»Was ist denn das für eine komische Gegend?« knurrte Vater.

»Hausnummer dreißig«, sagte Mutter. »Wir müssen gleich da sein.«

Das Warten hatte sich gelohnt. Mit der Krokodilsmaske, von der ich geträumt hatte, würde ich durch diese Straße gehen und alle beißen, die mir nahekämen.

Ich freute mich, De Vries wiederzusehen, spürte schon seinen schelmischen und neugierigen Blick. Bestimmt würde er mir wieder ein Ei schenken und »Kokoko« sagen.

Da war auch schon das Haus, der Laden. Eine grüngestrichene Tür ohne Schnalle, eine Aufschrift – die roten Lettern kunstvoll geschwungen –, eine Vitrine, an der Abziehbilder klebten: Herzchen, Blumen, Pfeile, die nach unten zeigten, Flugzeuge, Raketen, Tiere.

Genauso hatte ich es mir vorgestellt. Wieder klatschte ich vor Freude in die Hände.

»Komm, Papa, komm schneller!« schrie ich und zog ihn am Ärmel.

Plötzlich erstarrte ich, ließ den Ärmel los, spürte einen Kloß im Hals. Tränen schossen mir in die Augen.

Die Vitrine war leer, das Innere des Ladens dunkel. Ein Blatt Papier mit eingerissenen Rändern war an die verschlossene Tür geheftet. Mit schwarzem Tuschstift, nachlässig und ganz ohne Schnörkel, waren darauf die Worte TE KOOP geschmiert. Nach fast vier Monaten in Amsterdam verstand ich, was das bedeutete.

Weinend hämmerte ich gegen die Tür zu De Vries' leergeräumtem Geschäft.

V. »Mawet le Arawim!«

Das Lamm hatte ein weißes Fell. Nur auf seiner Stirn war ein schwarzer Fleck etwa von der Größe einer Münze. Ich kniete mich nieder und sagte: »Bääääh!« Das Lamm hob den Kopf und sah mich an. Seine Augen drückten stumpfe Gleichgültigkeit aus. In regelmäßigen Abständen, langsamer und seltener als bei Menschen, bewegten sich die Lider auf und nieder. Vorsichtig streckte ich die Hand aus, streichelte zaghaft den Hals des Tieres, umarmte es, vergrub die Nase in seinem weichen Fell. Wie Schafe in solchen Fällen reagieren, ob sie vielleicht ausschlagen oder gar beißen, wußte ich nicht. Aber das Lamm ließ mich gewähren.

Ein wenig wunderte es mich natürlich schon, daß ein Lamm, mit einem Strick an das Stiegengeländer gebunden, im zweiten Stock unseres Wohnblocks am Gang herumstand. Es faszinierte mich so, daß ich den beiden Hühnern im tragbaren Holzverschlag keine Beachtung schenkte. Ihr Gackern hatte ich schon unten im Erdgeschoß gehört und sofort vermutet, daß es sich wieder einmal um ein zukünftiges Festessen für die Familie Ulijaf handeln mußte. Frau Ulijaf hatte schon einmal, zum Entsetzen meiner Eltern und anderer Hausbewohner, im Stiegenhaus ein Huhn geschlachtet.

Die Ulijafs waren mit ihren vier Söhnen und drei Töchtern aus Usbekistan nach Israel eingewandert und hatten die Wohnung unter uns bezogen. Sie sprachen einen dem Tadschikischen ähnlichen iranischen Dialekt, den sie Bucharisch nannten, eine Art Jiddisch Zentralasiens. Die jüngeren der Ulijaf-Kinder gingen in dieselbe Klasse wie ich. Ich verstand mich gut mit ihnen.

»In diesem Ort werdet ihr euch wohlfühlen«, hatte der Beamte von der israelischen Einwanderungsbehörde meinem Vater erklärt, nachdem meine Eltern und ich, aus Amsterdam kommend, Ende Oktober 1975 wieder nach Israel zurückgekehrt waren. »Der Ort liegt in der Nähe von Tel Aviv, im Urzentrum der jüdischen Besiedlung von Erez Israel, zwischen Rischon-le-Zion und Rehowot, und in der neuen Siedlung wohnen fast nur Zuwanderer aus der Sowjetunion.«

Der Beamte hatte uns allerdings nicht mitgeteilt, daß die meisten Zuwanderer nicht aus Rußland, sondern aus dem fernen Zentralasien oder aus dem Kaukasus stammten.

»Ich habe Leningrad verlassen, um unter Menschen wie ich in einem jüdischen Heimatland zu leben«, klagte Vater. »Stattdessen bin ich in einem Kischlak, einem Dorf irgendwo zwischen Klein-Usbekistan, Klein-Tadschikistan und Klein-Kirgisien gelandet. Da hätte ich ja damals vor zwanzig Jahren, nach dem Ende meines Studiums, das lukrative Job-Angebot aus der Region Samarkand nicht auszuschlagen brauchen. Dort hätte ich, im Unterschied zu Leningrad, eine Juristenkarriere machen und sogar stellvertretender Staatsanwalt werden können. Aber es war mir wichtiger, in Europa zu bleiben. Und was ist jetzt?«

Während die meisten Zuwanderer aus Samarkand, Taschkent oder Buchara längst keine Schafe mehr im Wohnblock schlachteten, stammten die Ulijafs aus einer Kleinstadt an der usbekisch-tadschikischen Grenze und waren nicht bereit, alte Gewohnheiten so schnell aufzugeben. Zweifellos war das Lamm ihr Eigentum.

Tatsächlich öffnete sich bald eine der drei Wohnungstüren im dritten Stock, und Herr Ulijaf, ein korpulenter, älterer Mann mit feucht glänzenden Augen und grauweißem Vollbart, stand vor mir und lachte. Ich zuckte zusammen, ließ das Lamm los, errötete und murmelte verlegen: »Ich wollte nur wissen, wie es riecht.«

»Es wird bald noch viel besser riechen«, sagte Herr Ulijaf. »Am Abend gibt es ganz köstlichen Plow, Reisgericht mit Lammfleisch. Heute ist nämlich die Verlobungsfeier meines ältesten Sohnes.«

»Sie meinen, Sie werden dieses kleine Lämmchen töten?« fragte ich leise. »Dieses kleine, hübsche, flauschige Lämmchen?«

»Was hast du denn gedacht?«

»Ach, lassen Sie es doch leben, Herr Ulijaf!«

»Unsinn! Lämmer sind zum Essen da, nicht zum Streicheln. Das ist doch kein Hund. Ihr Großstadtmenschen habt eigentümliche Vorstellungen.«

Herr Ulijaf legte mir die Hände auf die Schultern und sagte in seinem nicht fehlerfreien Russisch und mit schwerem Akzent: »Die Verlobung meines Sohnes ist ein großes Ereignis. Sie ist eine gute Partie. Das Mädchen kommt aus einer anständigen Familie. Der Vater war ein angesehener Mann in Buchara. Viele haben Rat bei ihm gesucht. Auf alle wichtigen Fragen des Lebens wußte er eine Antwort. Daß mein Sohn die Tochter dieses Mannes heiratet, ist eine große Ehre für mich und die ganze Familie. Zur Verlobungsfeier sind alle Verwandten und Freunde eingeladen, mein Bruder aus Beerschewa und meine Schwester aus Afula, der Cousin aus Ramat Gan und mein bester Freund aus Haifa, um nur die wichtigsten zu nennen. Zur Hochzeit in einem Monat wird sogar mein Neffe aus New York anreisen. Sag deinem Vater das. Sag ihm, daß auch er, deine Mutter und du herzlich eingeladen seid, denn wo gefeiert wird, sollen die Nachbarn nicht fehlen.«

Herr Ulijaf ließ mich los, drehte sich um und schrie etwas auf Bucharisch. Wenige Augenblicke später erschien Frau Ulijaf, eine müde und abgearbeitet wirkende Frau, deren Lächeln eine Reihe schiefer, von Zigarettenrauch gebräunter Zähne offenbarte. Sie reichte mir eine jener orientalischen Süßigkeiten, die mir Gaumen und Zähne verklebten. Ich stopfte die Leckerei in den Mund, bedankte mich und ging die Treppe hinauf, läutete einige Male vergeblich an unserer Wohnungstür, wunderte mich, daß Vater nicht zu Hause war, sperrte auf, ging in die Küche und begann meine Schultasche auszuleeren. Es waren aber nicht meine Schulhefte und Schulbücher, die ich herausholte, sondern etwa ein halbes Dutzend

Orangen, die ich im *Pardess* – der Orangenplantage – gepflückt hatte.

Unser Haus lag am Ende einer Stichstraße, die vom Ortskern zur Wohnsiedlung führte. Wählte ich nach der Schule die Abkürzung durch den Pardess, konnte ich die Straße umgehen. Ich legte mich flach auf den Boden und kroch durch den »Tunnel«, den wir Kinder der Siedlung gegraben hatten, unter dem Drahtmaschenzaun hindurch. Beim Orangenpflücken genoß ich das aufregende Gefühl der Gefahr, die in Gestalt des Wärters, eines mit einem Schlagstock bewaffneten und fluchenden älteren Arabers, jederzeit auftauchen konnte. Einmal hatte ich sein Keuchen schon dicht hinter mir gehört und war noch im letzten Augenblick durch den Tunnel entkommen. Am nächsten Tag war das Loch zugeschüttet, so daß wir es an einer anderen Stelle neu graben mußten. Ich wußte, daß Vater diese Ausflüge in den Pardess nicht billigte. Bevor ich das Haus betrat, klopfte ich mir deshalb immer sorgfältig die Erdreste von der Hose und der blauen Schuluniformjacke. »Irgendwann erwischt dich dieser Kerl«, warnte mich Vater, »und dann Gnade dir Gott … Deine Mutter und ich prügeln dich ja nur sanft, eher symbolisch. Aber der Wärter wird sich bestimmt nicht zurückhalten.«

Ich dachte daran, daß auch Mutters symbolische Ohrfeigen durchaus schmerzhaft sein konnten, und ließ mich in meinem Verhalten nicht beirren.

Jeden Abend schnitt Mutter die Orangen in kleine Stücke, verrührte sie in einer Schale mit Joghurt und bestreute sie mit Zucker. Während wir diesen Nachtisch aßen, meinten meine Eltern in gutmütigem Ton, ich solle zumindest auf meine Kleidung achtgeben, wenn ich unter dem Zaun hindurchkrieche.

An jenem Tag legte ich also, wie immer, die Orangen auf den Küchentisch, ging in mein Zimmer und zog mich bis auf die Unterhose aus. Es war Mitte April und schon sehr heiß. Seit fast einer Woche wehte der Chamsin, der heiße Wüstenwind aus dem Süden.

Ich wunderte mich immer mehr, warum Vater noch nicht

zu Hause war. Zwar wußte ich, daß er nach Tel Aviv gefahren war, um etwas zu erledigen, doch am frühen Nachmittag sollte er längst wieder zurück sein. Wenn er nicht bald käme, müßte ich Mutter in der Arbeit anrufen, obwohl sie mir verboten hatte, sie dort, außer in Notfällen, zu stören. Ich gab Vater noch eine halbe Stunde. Dann, beschloß ich, würde ich den folgenschweren Anruf wagen.

Ich trug einen Stuhl hinaus auf den Balkon. Fast bis an den Horizont reichte die Plantage, ein Flickenteppich in Grün und Orange. In weiter Ferne konnte man die Häuser von Rischon-le-Zion erkennen – kleine Würfel in Weiß und Grau. Am Samstag, dem einzigen freien Tag der Woche, durchquerten meine Eltern und ich auf dem eingezäunten und somit legal begehbaren Weg den Pardess, machten einen Bogen um den aus langgezogenen, eingeschossigen Betonbauten bestehenden *Schikkun* (Siedlung), wo fast ausschließlich nordafrikanische Juden wohnten. Von dort ging es leicht hügelan über eine steinige, von Kakteen und Agaven bewachsene Fläche zur Stadt. Der Schirut, das Sammeltaxi, brachte uns von Rischon-le-Zion nach Tel Aviv oder Netanja ans Meer, denn am Schabbat verkehrten die Busse erst am Abend nach Sonnenuntergang.

Daß die Nordafrikaner, die »schwarzen« Juden, gefährliche Zeitgenossen seien, gehörte zu den ersten Lektionen, die man mir in Israel beibrachte. Schmutzig und arbeitsscheu seien sie, allesamt verbrecherische Naturen, hieß es. Eine Schande für unser schönes Land. Mir hatten sie jedenfalls noch nie etwas getan. Mein Schulkamerad Izchak, dessen Eltern aus Algerien stammten, brüstete sich damit, die arabische Sprache perfekt zu beherrschen, »um später bei den Arabern zu spionieren«. Ein Meisterspion wäre auch ich gern geworden, doch da waren mir die Orientalen mit ihren Sprachkenntnissen weit voraus.

Vom Balkon aus war der Schikkun der Nordafrikaner nicht auszumachen, und ich beneidete meinen Freund Ljowa, der aus seinem Zimmer auf die Straße, auf eine Rasenfläche und auf eine Baustelle sehen konnte. Das war viel aufregender als die Orangenplantage. Jeden Freitagnachmittag entzündete eine dagestanische Familie auf der Rasenfläche vor dem Haus ein Feuer, um Fladenbrot zu backen, Fleisch zu braten und sich auf Klappstühlen oder einfach auf der Erde sitzend zu unterhalten.

»Da merkt man erst, daß Israel in Asien liegt«, beschwerte sich Ljowas Mutter, die aus Moskau stammte, bei meinen Eltern. »Halbasien«, entgegnete Mutter, »Halbasien! Man soll schließlich nicht übertreiben.«

Und dabei hatten mir die Eltern erklärt, die Kaukasusrepublik Dagestan liege in Europa. Viele Erwachsene – das wußte ich inzwischen längst – hatten keine Ahnung von den wesentlichen Dingen des Lebens. Ich hingegen konnte fast alle Hauptstädte der Welt auswendig aufsagen...

Ich hörte, wie die Tür geöffnet wurde, und lief Vater freudig entgegen.

»Wo warst du so lange?« rief ich. »Was sind denn das für Flecken auf deinem Hemd?... Was ist denn mit deiner Nase passiert?«

Vater stieß mich beiseite. »Bleib mir ja vom Leibe!« keuchte er mit kaum hörbarer Stimme. Fremd und feindselig wirkte er, nicht der Mensch, den ich kannte. Seine Augen schauten durch mich hindurch. Sein rosafarbenes Hemd war mit Flekken übersät. Erst nach einigen Augenblicken verstand ich, daß es sich um Blut handelte. Am meisten aber erschreckte mich sein Gesicht. Die Nase war geschwollen. An der Oberlippe hatte sich eine blutige Kruste gebildet. Das ganze Gesicht schien auf die Seite gerutscht zu sein. In seiner Hand hielt Vater einen Plastiksack, der fast bis über den Rand mit Äpfeln gefüllt war. Er stellte ihn mitten im Wohnzimmer auf den Boden, so daß er umfiel und die Äpfel herausrollten. Und es war gerade diese Nachlässigkeit, die mich verwirrte und erschreckte. Wirre Gedanken gingen mir durch den Kopf: Ist dieser Mann wirklich noch mein Vater oder jemand, der nur so ähnlich aussieht?

Ich begann zu weinen, zog Vater am Ärmel, erwartete eine

klärende Phrase, ein beruhigendes Wort. Doch der Mann riß sich los, lief ins Schlafzimmer und ließ sich aufs Bett fallen. »Bring mir ein nasses Tuch«, bat er leise.

»Welches Tuch?« stammelte ich.

»Irgendeines! Ein Geschirrtuch! Einen Putzfetzen. Ist mir egal. Bist du schwer von Begriff?«

Weinend schlich ich in die Küche, nahm das Geschirrtuch vom Haken, hielt es unter warmes Wasser und brachte es ihm. Er wischte sich damit Haare und Gesicht ab und warf mir das blutige Tuch wieder zu.

»Kaltes Wasser, du Idiot!« schrie er. »Kaltes!«

Nachdem ich den Befehl ausgeführt hatte, lief ich ins Wohnzimmer, ging zum Telephon, wählte Mutters Nummer. Ohne Zweifel war ein Notfall eingetreten, der es mir erlaubte, dies zu tun. Am anderen Ende der Leitung hörte ich eine fremde weibliche Stimme. Die Frau sagte etwas schnell auf Hebräisch, das ich nicht verstand. Ich nannte meinen Namen und stammelte: »Ani rozeh ledaber ima, bewakaschah« (Ich möchte Mutter sprechen, bitte). »Beseder« (In Ordnung), sagte die Stimme. Einen Augenblick später war Mutter am Apparat. Meine etwas wirren Erklärungsversuche unterbrach sie bald mit einem trockenen: »Jetzt sei ruhig und hol mir deinen Vater. Er soll mir erzählen, was er wieder angestellt hat.«

»Vater!« rief ich in Richtung Schlafzimmer. »Du sollst mit Mutter reden. Sie will wissen, was du angestellt hast.«

Unsicheren Schrittes, das Tuch an die Nase gepreßt, wankte Vater auf mich zu, riß mir den Hörer aus der Hand und flüsterte wütend: »Wer hat dir erlaubt, Mutter anzurufen?! Geh aus dem Zimmer!«

Aber natürlich ging ich nicht.

Bruchstückhaft entstand nun Vaters »unangenehmes Erlebnis« – so nannte er es – vor meinen Augen.

Vater war auf dem Tel Aviver Obstmarkt gewesen, um mir ein Kilo Äpfel zu kaufen. »Für deinen Sohn wollte ich Äpfel kaufen, damit er nicht immer Orangen stehlen muß.« An einem Stand kostete das Kilo, relativ billig, acht Pfund. Schon hatte Vater die Äpfel in die Tasche gepackt und dem Verkäufer, »so ein frecher, dicker Kerl, ein typisch jüdischer Betrüger, so ein Stedtljud«, einen Fünfzig-Pfund-Schein gegeben, als er erstaunt feststellen mußte, daß man ihm nicht zweiundvierzig, sondern nur zwei Pfund Rückgeld gegeben hatte.

»Ich sage ihm: Und wo sind die restlichen vierzig?« schrie Vater ins Telephon. »Und er antwortet mir: Wieso vierzig? Du hast mir doch zehn gegeben. Nein, fünfzig, sage ich. Zehn! sagt er. Fünfzig! sage ich. Nimm deine Äpfel und hau ab, sagt er. Da habe ich eine Kiste voller Äpfel vom Stand genommen und auf den Boden geworfen. Dann hat er mir einen Faustschlag ins Gesicht versetzt, und ich habe zurückgeschlagen, habe eine leere Kiste genommen und sie ihm auf den Kopf gesetzt. Geblutet hat er, an der Stirn und an der Wange ...«

Die beiden Kontrahenten wurden bald von der Marktpolizei festgenommen und abgeführt. Das Gespräch im Polizeirevier ist für Vater günstig verlaufen. »Was? Du schon wieder?« hat der zuständige Wachbeamte zum Verkäufer gesagt. »Hast du wieder jemanden beschissen?«

Damit war die Sache fast geklärt. Beide Seiten verzichteten auf eine Anzeige. Der Verkäufer gab Vater die vierzig Pfund zurück und drei Kilo Äpfel »als Geschenk« dazu.

»Nichts für ungut, hat mir der Mistkerl noch gesagt und auf die Schulter geklopft. Jetzt hab' ich also eine geschwollene Nase, ein Cut an der Oberlippe und Äpfel für die nächsten zwei Monate.«

Mutter weigerte sich, wie ich bald verstand, vorzeitig von der Arbeit heimzukommen, um Vater zu verarzten und zu trösten.

»Was heißt: ich bin auch schuld und soll mich um meine Nase selber kümmern«, ereiferte sich Vater. »Ich bin fertig, kann kaum mehr auf den Beinen stehen.« Schließlich reichte er mir wortlos den Hörer und ging aus dem Zimmer.

»Du sollst deinem lieben Vater, deinem großen Vorbild, kalte Umschläge machen und aufpassen, daß er sonst nichts anstellt«, sagte Mutter mit einer Mischung aus Trauer und Ironie. »Ich hab' hier noch eine dringende Arbeit zu erledigen. Ich komme heute etwas später ... Und ... Ach ja, iß nicht zu viele Äpfel auf einmal, auch wenn du weißt, daß sie nur wenig gekostet haben. Du könntest davon Bauchschmerzen bekommen. Wasch sie auch ordentlich. Es könnte noch Blut an ihnen kleben ... Also, bis heute abend.«

Dann legte sie auf.

Ich brachte Vater, der wieder regungslos im Bett lag, kalte Umschläge.

»Laß mich jetzt allein«, sagte er, und ich begann Hausaufgaben zu machen.

Doch mir war nicht der Sinn nach Bruchrechnen und auch nicht nach hebräischen Vokabeln. Ich saß mit dem Kugelschreiber in der Hand und starrte eine gute halbe Stunde auf die unlösbar scheinende Aufgabe: 1/2 + 3/16 = ?

Ich mußte daran denken, wie Vater vor sehr langer Zeit – mehr als drei Jahre lag dieses Ereignis zurück – sich in Wien mit dem Vater meines Freundes Viktor geprügelt hatte. Damals war ich so entsetzt gewesen, daß ich nie jemandem davon erzählt hatte.

Ein weiterer Zwischenfall fiel mir ein. Er lag nur ein halbes Jahr zurück. Wir waren am Flughafen Tel Aviv-Lod angekommen, hatten unser Gepäck geholt und uns in die Vorhalle begeben. Ein junger Mann – enge Jeans, Rollkragenpullover, dichtes krauses Haar – mit einer Kamera in der Hand begann, ohne ein Wort zu sagen, meinen Vater zu photographieren.

»He, was soll das, laß das!« Vater sprach nur gebrochen Hebräisch, konnte sich aber, wenn es wirklich sein mußte, entgegen seiner Behauptung, eine »sprachliche Niete« zu sein, in recht vielen Sprachen überraschend gut verständigen.

Ein anderer junger Mann, der dem ersten zum Verwechseln ähnlich sah, mit dem Unterschied, daß er keine Kamera bei sich hatte, tauchte aus der Masse der Fluggäste auf und erklärte, sein Name sei Chaim, er sei Journalist einer bekannten israelischen Tageszeitung, der andere heiße Benjamin und sei, wie man sehe, Photograph. Er werde einen Zeitungsartikel über meinen Vater schreiben, den berühmten Leningrader Zionisten und Untergrundkämpfer gegen das sowjetische

Terrorregime, der seiner neuen Heimat Israel alsbald den Rücken gekehrt hatte und nun, geläutert wohl und eines Besseren belehrt, zum zweiten Mal die *Alija,* die Einwanderung nach Israel, versuche.

»Könntest du mir ein paar Fragen beantworten!« verlangte er von Vater in einer Mischung aus unverfrorener Unverschämtheit und Naivität.

»Nein!« schrie Vater. »Ich will das nicht! Keine Photos und kein Artikel!« Da blitzte wieder die Kamera.

»Hör auf zu photographieren, du Hurensohn!« brüllte Vater und ging auf den Photographen los. Mutter hielt ihn zurück: »Laß ihn, du kannst es doch nicht verhindern.« Ich aber war stolz, daß Vater eine so wichtige Persönlichkeit war. Am nächsten Tag würde ich sein wutentbranntes Gesicht mit der schiefsitzenden Brille in der Zeitung bewundern können.

»Jetzt mache ich noch schnell ein Photo von dir und dem Kind«, sagte der Photograph zu Mutter und knipste. Da platzte Vater der Kragen. Er belegte die beiden lästigen Reporter mit Flüchen und ging mit Fäusten auf sie los. Was mich am meisten überraschte, war die Gelassenheit der beiden. Anstatt zurückzuschlagen, lachten sie ihn aus.

»Du glaubst doch nicht, daß du uns verprügeln kannst«, höhnte der eine, während er Vaters unbeholfenen Fausthieben auswich. Der andere machte aus sicherer Entfernung ein weiteres Photo. Noch bevor die Flughafenpolizei eingreifen konnte, war alles vorbei. »Vielen Dank für das Gespräch!« hörte ich die Stimme des Reporters aus der Ferne. Dann verschwanden beide in der Menge.

»Die ganze Welt trampelt nur auf mir herum«, murmelte Vater. Ich sah, wie er am ganzen Körper zitterte.

»Willkommen in Israel«, sagte Mutter.

1/2 + 3/16 = ? Ich runzelte die Stirn, schrieb 13/16 ins Heft, überlegte kurz, strich das Geschriebene durch und ersetzte es durch 11/16. Dann öffnete ich das Fenster und atmete mit Genuß den süßlichen Duft von Orangen ein. Es war später Nachmittag. Der Himmel über der Plantage hatte jetzt eine rötlich-gelbe Farbe. Die Häuser von Rischon-le-Zion waren hinter einem Dunstvorhang verschwunden, und es schien mir, als bestünde die ganze Welt nur aus wohlriechenden Orangen, als gäbe es keine Feindschaften mehr, als wäre jede Auseinandersetzung, jede Prügelei sinnlos und überflüssig. In diesem Augenblick rief Vater nach mir. Schwach und wehleidig klang seine Stimme, fast wie die eines Kindes, und gerade dieser Umstand berührte mich so unangenehm, daß ich mir wünschte, er würde wieder schreien und schimpfen.

Als ich das Schlafzimmer betrat, sah ich ihn auf dem Bett sitzen. Er atmete schwer, stand dann langsam auf, wobei er sich mit beiden Händen auf dem Nachtkästchen abstützte.

»Du siehst, was mit einem Menschen geschieht, der sich prügelt«, erklärte er. »Du wirst in deinem Leben die Probleme anders lösen, denn du bist ein viel ruhigerer und besonnenerer Mensch, nicht so temperamentvoll und aufbrausend wie ich. Richtig ist mein Verhalten deshalb noch lange nicht.«

Ich nickte, hatte allerdings nicht den Eindruck, daß Vaters Worte ehrlich gemeint waren. Ich war neuneinhalb Jahre alt und hatte die Nuancen seines belehrenden Tonfalls schon seit langem zu deuten gelernt. Ich folgte den Bewegungen seiner Lippen. Die Blutkruste über der Oberlippe behinderte ihn beim Sprechen, so daß er den Mund zu einer häßlichen Grimasse verzog. Da auch er verstand, daß ich ihm nicht ganz glauben konnte, fügte er hinzu: »Man darf sich im Leben nicht immer alles gefallen lassen. Als ich etwas älter war als du, waren unter meinen Schulkameraden viele Schläger und Bandenmitglieder, verwahrloste Kinder, deren Väter an der Front, im Lager oder schon tot waren. Das war während des Krieges, mußt du wissen ... Da habe ich mich erst durchsetzen müssen, habe mich so lange geprügelt, bis niemand mehr wagte, mich anzurühren.«

Nach diesen Worten schwankte er in die Küche, um für mich einen Orangen-Apfel-Salat mit Joghurt zuzubereiten. Ich müsse etwas essen, erklärte er. Er selbst habe nach der Aufregung des Tages keinen Hunger.

»Was ist das für ein Land«, sagte er, während ich aß. »Das reinste orientalische Chaos. Es war schon richtig, daß wir vor vier Jahren von hier weggefahren sind. Und nun sind wir also wieder hier gelandet ...«

Es war das übliche Lamento, das ich mir, seit wir nach Israel zurückgekehrt waren, tagaus, tagein anhören mußte.

Orange mit Apfel schmeckt eigentlich nicht so recht, stellte ich fest, aß jedoch fertig, um Vater nicht zu verärgern. An diesem Tag mußte ich nachsichtig mit ihm sein.

Plötzlich ertönte ein durchdringender, markerschütternder Laut, so als würde ein Kind um Hilfe schreien. Der Schrei erstarb in einem Röcheln.

»Jetzt haben die das Schaf im Stiegenhaus geschlachtet!« sagte Vater und schüttelte den Kopf. »Sind wir hier in einem zivilisierten Land oder in einem Dorf in Mittelasien? Hast du vielleicht in Wien jemals etwas derartiges erlebt? Heute werden sie wieder die halbe Nacht die Trommeln schlagen, so daß keiner von uns schlafen kann.«

»Das war kein Schaf, sondern ein Lamm«, erklärte ich mit trauriger Stimme.

»Ist mir doch egal, was es ist. Auch wenn's ein Kamel wäre, gehört es nicht ins Haus. Wenn das so weitergeht, leben wir alle bald in einem Stall.«

»Ulijafs ältester Sohn feiert Verlobung«, erklärte ich. »Er heiratet eine Frau, deren Vater der klügste Mann von Buchara gewesen ist. Und deshalb sind auch wir eingeladen. Um ihn kennenzulernen.«

»Das wäre ja noch schöner! Ich kann mir schon vorstellen, was das für ein orientalischer Weiser ist. Wird wohl über die Weisheit des Schlachtens im Wohnblock referieren. Nein, danke. Ohne mich.«

So gern ich einer usbekischen Verlobung auch beigewohnt hätte, ich wußte, daß Vater dies nie erlauben würde. Insgeheim freute ich mich auf den schnellen Rhythmus der Trommeln und die scharfen Gerüche von Gewürzen und gebratenem Fleisch. Ich sah Vaters Wut voraus, hörte schon Mutters nervöse Stimme. Ich selbst würde mich im Bett ausstrecken, die Augen schließen, lauschen, riechen und mir vorstellen, ich sei ein zentralasiatischer Krieger, ein berühmter Feldherr und gefeierter Held, zu dessen Ehren nach der gewonnenen Schlacht gegen die mongolischen Reiterhorden ein märchenhaft üppiges Fest in der von vergoldeten Kuppeln und hochaufragenden Minaretten gekrönten Stadt Samarkand gegeben wird. Irgendwie freute ich mich über Vaters voraussehbaren Ärger. Ich würde grinsen und mir eine noch lautere Musik und noch schrillere Töne wünschen ... Sogleich bekam ich ein schlechtes Gewissen.

An gewöhnlichen Tagen ging ich am späten Nachmittag noch hinaus, um mit den anderen Kindern zu spielen oder durch die Wohnsiedlung und den alten Ortskern zu schlendern. Hinter dem Ort lag ein mit dreifachem Stacheldraht gesichertes Militärlager. Gern beobachtete ich, wie Militärfahrzeuge durch den Haupteingang an dem schwerbewaffneten Posten vorbei ein und aus fuhren. In der Nähe des Lagers konnte man im Geröll alte Stahlhelme und eine Menge großer und kleiner Patronenhülsen finden. Die Helme durfte ich nicht mit in die Wohnung nehmen. Doch wie alle Kinder der Siedlung hatte auch ich eine schöne Patronensammlung angelegt. An diesem Tag wollte ich aber Vater nicht allein lassen. Schließlich hatte ich Mutter versprochen, auf ihn aufzupassen.

»Bald werde ich dich von hier wegbringen«, erklärte Vater wieder einmal. »Die USA, Kanada oder Schweden – das sind anständige Länder, in denen es gesittet zugeht.«

Da ich solche Sätze seit Monaten zu hören bekam, maß ich seiner Äußerung keine allzu große Bedeutung bei. Vater schmiedete Pläne, Mutter arbeitete und besuchte zweimal in der Woche in Tel Aviv einen Hebräischkurs, und wir waren immer noch in Israel. Ich wollte nicht schon wieder fort.

Ich machte die Hausaufgaben fertig, sah auf die Uhr, ging wieder ins Wohnzimmer und schaltete den Fernseher ein. Zeit für die Abendnachrichten.

»Deine Mutter sollte eigentlich schon zu Hause sein«,

murmelte Vater, während er sich neben mich auf das Sofa setzte.

»... Über die Anzahl der Toten«, ertönte die Stimme der Nachrichtensprecherin, »liegen uns noch keine genauen Angaben vor. Der Attentäter hatte die mit einem Zeitzünder versehene Bombe in einer Einkaufstüte versteckt gehabt und unter den Sitz geschoben, bevor er, höchstwahrscheinlich noch im Stadtgebiet von Tel Aviv, aus dem Bus gestiegen ist ...«

»Was ist das wieder für eine Schweinerei?!« seufzte Vater. Er wirkte gereizt. »Auch das noch!«

Das Gesicht der jungen Sprecherin war zu einer Maske aus Schrecken erstarrt, während sie den Text mit feierlicher Empörung vom Blatt las. Jedes Wort ein Hieb, jeder Satz eine Vergeltungsaktion. »Dieser feige Terroranschlag, ein weiterer Angriff auf unser leidgeprüftes Volk, wurde vor zwanzig Minuten auf einen Linienbus der Strecke Tel Aviv – Rischon-le-Zion – Rehowot – Ramle verübt.«

Vater sprang auf. Einige Augenblicke stand er regungslos vor dem Fernseher, nach vorne gebeugt und beide Hände auf den Apparat gestützt, und starrte in den Bildschirm.

»... Die Verletzten wurden in das Krankenhaus von Rischon-le-Zion eingeliefert. Für nähere Hinweise rufen Sie die Nummer ...«

Nun begann auch ich zu verstehen. Ein unangenehmes Gefühl stieg mir vom Magen in den Hals. Dann spürte ich ein immer stärker werdendes Pochen, das sich von der Brustgegend bis zu den Schläfen ausbreitete.

»Hast du die Nummer verstanden?« schrie Vater und begann im Zimmer auf und ab zu gehen. »He! Ich rede mit dir! Hast du die Nummer verstanden?«

Aber weder hatte ich die Nummer verstanden, noch brachte ich ein Wort heraus.

»Diese verdammten hebräischen Zahlen!« brüllte Vater und lief zum Telephon.

Dann hörte ich, während ich immer noch auf dem Sofa saß und in den Fernseher starrte, wie er in gebrochenem Hebräisch fragte, ob meine Mutter vielleicht noch im Büro sei. Nein.

Wann sie denn weggegangen sei. Vor einer Stunde? Eine Stunde?! Dann sei es doch sehr wahrscheinlich, nein, es sei so gut wie sicher, daß ... Er solle nicht in Panik geraten? In einem solchen Fall solle er nicht in Panik geraten und einfach warten? ... Daß es sich um eine Situation handle, die fast jeder Israeli durchgemacht habe, sei ihm auch keine große Hilfe ... Nein, die Nummer habe er nicht verstanden ... Ja, er werde im Krankenhaus von Rischon-le-Zion anrufen ... Toda Rabah (Vielen Dank) ... Schalom.

Vater legte auf und begann im Telephonbuch zu blättern. Seine Finger zitterten, gehorchten ihm nicht, zerrten an den Seiten, glitten im Zickzackkurs über die hebräischen Buchstaben und Wörter, über die endlosen Zahlenreihen – ein unbegreiflicher Code zur Geheimsprache der Buchstaben.

»Sie hätten für diese Sprache auch eine normale Schrift wählen können, als sie diesen Staat gegründet haben«, sagte Vater in einem Tonfall, als wäre die dreitausend Jahre alte Schrift eigens dafür erfunden worden, ihm das Leben schwerzumachen. »Die Türken sind schließlich auch zum lateinischen Alphabet übergegangen. Eine weise Entscheidung.«

Das Buch glitt ihm aus den Händen, klatschte auf den Boden. Vater fluchte, gab dem Telephonbuch einen Tritt, blieb einige Augenblicke mit verschränkten Armen im Zimmer stehen, sah zu mir herüber, wurde rot, senkte die Augen, machte, etwas unsicher, zwei oder drei Schritte auf mich zu und schrie: »Was sitzt du herum wie ein Idiot und starrst mich an! Paß lieber auf, was sie da im Fernsehen sagen. Womöglich wiederholen sie ja die Nummer.«

Sie hatten die Nummer schon zweimal wiederholt und sogar eingeblendet, aber ich hatte sie mir trotzdem nicht gemerkt. Ich hatte weder Papier noch Bleistift bei der Hand, verstand, daß ich versagt hatte, beobachtete Vaters entstelltes Gesicht, spürte seine Angst, seine Unsicherheit und war mir von einem Augenblick zum anderen plötzlich ganz sicher, daß Mutter etwas Furchtbares zugestoßen war, daß sie nicht nach Hause kommen und daß ich sie nie mehr wiedersehen würde.

Auf dem dunkelblau lackierten Kästchen neben dem großen Spiegel, der im Wohnzimmer hing und fast bis an die Decke reichte, lag Mutters alte, braune, ausrangierte Tasche. Ich holte sie, preßte sie an meine Brust und begann zu weinen. »Mama«, flüsterte ich, »bitte, komm zurück.« Und es war mir gleichgültig, ob Vater mit mir schimpfen oder mich anschreien würde. Die Fernsehsprecherin sprach immer noch mit Emphase von dem »großen Unglück«, das unser Land ereilt habe. Am liebsten hätte ich ihr den Mund gestopft.

»Auf den Bus der Vorortelinie Tel Aviv – Ramla über Rischon-le-Zion und Rehowot wurde heute ein Terroranschlag verübt.« Die mit feierlichem Ernst vorgebrachten, sich ständig wiederholenden Phrasen erinnerten an Kriegsberichterstattung. Und war es denn etwas anderes als Krieg? Hatte uns nicht die Lehrerin in der Schule erklärt: »Wir zahlen einen hohen Preis, um in diesem Land zu leben. Doch es ist das einzige Land, in dem wir stolz sein können, Juden zu sein. Ein anderes Land haben wir nicht.«

In jenem Augenblick allerdings war ich weder stolz darauf, Jude zu sein, noch war es für mich von Bedeutung, daß »wir« kein anderes Land hatten.

Das Märchen, das mir Mutter am Vortag vorgelesen hatte, fiel mir ein. Vielleicht wird sie mir nie mehr etwas erzählen, nie mehr etwas zu mir sagen können. Ich drückte die Handtasche noch fester an den Körper.

Doch Vater schimpfte nicht, sondern hob mich hoch und trug mich zum Sofa zurück. Ich saß auf seinem Schoß, und er streichelte meinen Kopf, meine Wangen und Schultern. »Es ist ihr ganz bestimmt nichts zugestoßen«, sagte er mit ruhiger Stimme. »Ganz bestimmt nicht! Du wirst schon sehen.«

Ich aber blieb stumm.

»Du wirst schon sehen«, wiederholte Vater nachdenklich, abwesend, fast als spreche er mit sich selbst. Dann blickte er mir plötzlich direkt ins Gesicht und sagte mit betonter Fröhlichkeit: »Du weißt doch, was sie immer sagt: So schnell stirbt es sich in unserer Familie nicht. Wir alle werden noch sehr alt und werden noch einiges zu durchleiden haben in unserem

Leben.« Er lachte. Es klang gezwungen, beinahe zynisch. Und obwohl ich den Worten meines Vaters keinen Glauben schenkte, fühlte ich mich dennoch besser und versprach, nun aufmerksam zu sein und mir die Nummer zu notieren.

Das tat ich dann auch, während Vater im Krankenhaus von Rischon-le-Zion anrief und erfuhr, daß sich Mutter nicht unter den Verletzten befand. Allerdings stehe bei manchen der Eingelieferten die Identität noch nicht fest. Man gab ihm eine andere Nummer, die mit jener identisch war, die ich aufgeschrieben hatte. Sofort rief Vater dort an, redete in einem noch gebrocheneren Hebräisch als zuvor und erklärte mir, nachdem er aufgelegt hatte, Mutter sei, soweit es sich zu diesem Zeitpunkt sagen lasse, weder unter den Toten noch unter den Verletzten.

»Jetzt können wir nur noch warten.«

Die nächsten Minuten saßen wir schweigend auf dem Sofa. Vater umarmte mich und ich Mutters Handtasche. Über den Bildschirm flimmerten weitere Nachrichten, aber ich nahm sie nicht mehr wahr, und von unten, aus Ulijafs Wohnung, drang ein immer lauter werdender Lärm: Stimmen, Musik …

»An einem solchen Abend feiern diese Leute Verlobung!« seufzte Vater. »Hören sie denn keine Nachrichten?«

Das Telephon läutete. Wir stürzten beide zum Apparat. Vater war schneller, hob ab.

»Ja? Hallo!« schrie er in den Hörer, und an seinem Gesichtsausdruck erkannte ich, daß es nicht Mutter sein konnte. »Es ist Eva«, flüsterte er mir zu. Eva war eine Bekannte, die in Jerusalem wohnte und nun besorgt anrief. Sie wußte, daß unser Ort an der Buslinie Rischon-le-Zion – Rehowot lag.

»Daß die Menschen einem ständig einzureden versuchen, man solle sich keine Sorgen machen«, murmelte Vater nach dem Gespräch. »Als ob diese Eva verstehen könnte, wie ich mich jetzt fühle. Aber: bla, bla, bla. Und: mach dir nicht zu viele Gedanken. Und: wird schon alles in Ordnung sein … Wie kann sie das wissen?«

Einige Zeit später läutete es an der Tür, und wieder sprangen wir beide vom Sofa auf und liefen in den Vorraum. Noch bevor er geöffnet hatte, rief mein Vater den Namen meiner Mutter. Doch es war leider nur Herr Ulijaf, der, schon sichtlich angeheitert, mit breitem Lächeln und gerötetem Gesicht im Flur stand. Wir sollten doch hinunterkommen, meinte er, und mit ihm die Verlobung seines Sohnes feiern. Vater lehnte ab, wohl viel zu unfreundlich, denn das Gesicht von Herrn Ulijaf verfinsterte sich.

Für einen Bewohner Zentralasiens gab es keine schwerere Beleidigung, als auf eine förmlich ausgesprochene Einladung zu einem Fest eine schroffe Absage zu erhalten. Das war mir wohlbekannt, hatte ich doch das russische Kinderbuch *Anekdoten, Histörchen und unglaubliche Wahrheiten aus dem fernen und märchenhaften Mittelasien* gelesen. Ich mußte an Blutrache denken, an verfeindete Familien, die sich über Generationen, ja sogar über mehrere Jahrhunderte hinweg bekriegen. Deshalb ging ich hinaus auf den Gang, faßte Herrn Ulijaf, der sich schon wortlos abgewandt hatte, am Ärmel und rief: »Meine Mutter war in dem Bus, der explodiert ist.«

»Die Zunge soll dir abfallen!« schrie Vater. »Hast du noch nie gehört, daß man bestimmte Befürchtungen nicht aussprechen darf, daß das ein böses Omen ist?!« Doch Vaters Worte jagten mir keine Angst ein. Ich glaubte nur an ein einziges böses Omen, nämlich an jenes, vor dem mich Mutter gewarnt hatte: »Wenn du über den rechten Fuß stolperst«, hatte sie gesagt, »sag dreimal Pfui, um den bösen Blick der Leute von dir fernzuhalten.« Wann immer ich stolperte, murmelte ich meist hastig: Pfui-pfui-pfui – pfui-pfui-pfui – pfui-pfui-pfui. Dreimal dreimal, sagte ich mir, hält besser.

Nachdem ich Herrn Ulijaf erklärt hatte, was geschehen war, begann dieser laut und in einer sehr blumigen Sprache seine Bestürzung auszudrücken, sprach von den »schweren Zeiten der Prüfung, deren Sinn der menschliche Verstand und auch die Seele nicht erfassen kann«, erklärte, daß man »auf Gottes Hilfe hoffen muß« und versprach, sobald wie möglich ein Stück Lammfleisch zu uns heraufzuschicken. Dann klopfte er

Vater auf die Schulter. Dieser zuckte zusammen, murmelte ein paar nichtssagende Phrasen und schloß die Tür.

»Auf Gottes Hilfe?!« meinte er und lächelte bitter, als wir wieder auf dem Sofa saßen. »Was hat Gott schon für uns getan.«

Als es wieder an der Tür klingelte, blieben wir beide sitzen. Das wird Frau Ulijaf mit dem Fleisch des armen, gemordeten Lämmchens sein, dachte ich, während Vater zu mir sagte: »Mach du auf! Ich kann die Gesichter dieser Usbeken heute nicht ertragen.«

Ich aber schüttelte den Kopf und rührte mich nicht von der Stelle. Dann hörte ich, wie ein Schlüssel im Schloß umgedreht wurde. Nie zuvor und nie danach hatte sich dieses Geräusch für mich so wunderbar, so melodisch angehört. Kein Konzert, wie schön die Musik auch war, konnte ein solches Glücksgefühl bei mir auslösen. Diesmal war ich schneller als Vater, und ich erinnere mich, daß Mutter beruhigende Worte zu mir sagte, daß Vater zu weinen begann und mir das in keiner Weise unangenehm war, obwohl bei mir Tränen der Eltern meist Angst und Unbehagen hervorriefen.

Den »Bombenbus« habe sie um genau fünf Minuten verpaßt und sei erst mit dem nächsten gefahren, erzählte Mutter. Lange Zeit sei der Bus vor der Absperrung gestanden, welche die Polizei nach dem Anschlag vor der Ausfahrt aus Rischon-le-Zion errichtet hatte. Über Nebenstraßen und nichtasphaltierte Feldwege sei der Verkehr umgeleitet worden. Noch nie habe sie so viel Militär und Polizei an einem Ort gesehen. Und dann sagte sie denselben Satz wie meine Lehrerin: »Wir zahlen einen hohen Preis dafür, um in diesem Land zu leben.«

Während Mutter sprach, stand sie immer noch im Wohnzimmer. Ich lief aufgeregt um sie herum, befühlte ihre Arme, ihre Beine, ihr schulterlanges, blondes Haar, das roch, wie nur ihr Haar riechen konnte. Sie war es wirklich. Ganz lebendig, unversehrt. Mutter lachte und fragte plötzlich: »Was willst du eigentlich mit meiner alten Handtasche anfangen?«

Ich bemerkte, daß ich die Tasche immer noch umarmte, wurde rot, murmelte: »Das ist nur so. Zum Spaß.« Ich stellte sie wieder auf das Kästchen neben dem Spiegel.

Ich weiß noch, daß meine Eltern lange Zeit auf dem Sofa saßen und leise miteinander sprachen, daß ich mich wohl und plötzlich so müde fühlte, daß mein Kopf auf Mutters Schulter fiel, ich die Augen schloß, daß ich einen Bus sah, der über eine Wiese bergab rollte, daß in der Ferne ein Graben und dahinter ein dichter Wald zu erkennen war und daß die Menschen im Businneren alle standen, schweigend, und sich an den Händen hielten ...

Wieder läutete es. Ich sprang auf, lief in den Vorraum, öffnete. Frau Ulijaf hielt ein silberglänzendes Tablett in der Hand, auf dem ein kunstvoll zubereiteter Braten lag. Auf der dunkelbraunen, gewellten Kruste sah man Pfefferkörner und Kümmel. Neben Frau Ulijaf stand Herr Ulijaf und grinste. Als er meine Mutter sah, begann er zu strahlen. »Adonaj gadol! Der Herr ist groß!« sagte er, faßte Vater an den Schultern, zog ihn zu sich, küßte ihn auf beide Wangen. Hinter Herrn Ulijaf standen seine beiden Söhne, die Zwillinge David und Aaron, meine Klassenkameraden, die etwas ältere Tochter Rahel und Schimon, der Älteste, ein unscheinbarer junger Mann, der etwas verlegen zu Boden schaute.

Die Braut war fast einen Kopf größer als der Bräutigam. Hinter ihr stand in aufrechter, steifer Haltung ein alter, sehr schlanker Mann mit einem wallenden, schlohweißen Bart. Er trug eine Tübetejka, die traditionelle, an einen kleinen Topf erinnernde Kopfbedeckung aus Zentralasien.

Die ganze Gesellschaft drängte lautstark in unsere Wohnung. Herr Ulijaf stellte die Weinflasche auf den Wohnzimmertisch, Frau Ulijaf und die Braut nahmen die Küche in Beschlag und begannen das Fleisch zu tranchieren. Der Weise aus Buchara – es war der alte Mann mit der Tübetejka – setzte sich auf das Sofa vor den Fernseher. David und Aaron überschütteten mich mit Fragen, und Herr Ulijaf beglückwünschte Mutter zu ihrer »Wiedergeburt«. Vater war so erleichtert über den glücklichen Ausgang des Abends, daß er, anstatt über diesen ungebetenen Besuch zu protestieren, den Bräutigam einlud, sich an den Tisch zu setzen. Mutter erzählte mehrere Male, wie sie den Bus versäumt, und Vater, wie er sich am Markt geprügelt hatte. Ich aber machte mich über den Braten her, und es störte mich plötzlich gar nicht, daß ich das Lämmchen verspeiste, das ich noch vor wenigen Stunden gestreichelt hatte.

Was danach geschah, weiß ich nicht mehr genau, denn nach dem Essen und einem Schluck Wein, den man mir zu trinken gegeben hatte, um auf das Brautpaar, auf meine Mutter und auf den Staat Israel anzustoßen, verspürte ich eine so starke Müdigkeit, daß ich auf dem Sessel einschlief und so die gewichtigen Worte des bucharischen Weisen versäumte, die dieser wortkarge und strenge Mann zweifellos noch von sich gegeben hat.

Als ich am nächsten Morgen aufwachte, lag ich ausgezogen in meinem Bett. Aus dem elterlichen Schlafzimmer hörte ich Vaters Schnarchen, und Mutter war schon wieder mit dem Bus zur Arbeit gefahren.

Später erfuhr ich, daß das »Festessen« in unserer Wohnung nicht besonders lange gedauert hatte. Die Ulijafs hatten sich bald wieder verabschiedet, erzählte mir Mutter, weil sie ihre zahlreichen Gäste nicht zu lange allein lassen wollten. Die ganze Nacht, bis in die Morgenstunden hinein, hatten sie durchgefeiert, Musik gespielt und Trommeln geschlagen, so laut, daß die Wände dröhnten. Sie hatten im Stiegenhaus getanzt, vor dem Haus ein Lagerfeuer errichtet und gegrillt, so daß man alle Fenster habe schließen müssen. Nur habe Vater auf die nächtliche Ruhestörung diesmal gelassen reagiert.

Der Terroranschlag war in der Schule an jenem Tag das einzige Gesprächsthema. In der großen Pause drängten sich Schüler und Lehrer im Direktorszimmer, wo ein kleiner Schwarzweißfernseher stand. Es wurden Bilder vom Begräbnis eines jungen Mädchens gezeigt. Nach jüdischem Gesetz muß ein

Toter so schnell wie möglich bestattet werden. Man hörte den Rabbiner den Kaddisch lesen. Man sah die Mutter der Toten, eine gutaussehende Frau Ende dreißig, mit schmerzverzerrtem Gesicht, geröteten Augen und zerzaustem Haar. Als man die Grube zuzuschaufeln begann, schrie sie auf, klammerte sich am Jackett ihres Mannes fest, zerrte an dessen Kragen, bis er riß. Was sie schrie, war kaum verständlich. Es war mir nicht klar, ob sie klagte oder Flüche ausstieß. Ihr ganzer Körper wurde geschüttelt. Der Vater des Opfers, dessen Blick ausdruckslos der Zeremonie folgte, umarmte die Mutter, ohne sie anzuschauen. Sie riß sich von ihm los, raufte sich die Haare. Andere Trauergäste redeten beruhigend auf sie ein. Schließlich wurde sie weggeführt.

Polizei, Armee und die Sicherheitsdienste machten Jagd auf die Terroristen, berichtete die Stimme der Fernsehsprecherin. Es gebe aufschlußreiche Indizien, die auf die Urheber des Anschlags hinwiesen. Deren Verhaftung sei nur eine Frage der Zeit. Schweigend hörten Lehrer und Schüler zu. Als die Schulglocke läutete, achtete niemand darauf.

Wie durch ein Wunder befand sich niemand aus unserer Ortschaft unter den Todesopfern. Dennoch war die Stimmung aufgeheizt, und in einer der Pausen hörte ich zum ersten Mal den Ruf »Mawet le Arawim!« (Tod den Arabern!), skandiert von einigen Schülern, die ein oder zwei Jahre älter waren als ich. Sie standen vor dem Zauntor und brüllten im Chor ihren Slogan einem imaginären Feind entgegen. Draußen auf der Straße war kein Araber zu sehen.

Während des Unterrichts erklärte uns die Lehrerin, daß man etwas derartiges wie *Tod den Arabern!* nicht sagen dürfe. Nicht alle Araber seien Terroristen. Auch unter ihnen gebe es anständige Menschen. Sie selbst kenne einige Araber, alles loyale Bürger Israels. Aber irgendwie klang das nicht sehr überzeugend aus ihrem Mund, so als sagte sie etwas, was sie sagen mußte, ohne daran zu glauben.

Nach der Schule wählte ich nicht den üblichen Weg durch den Pardess, sondern ging mit einer Gruppe von Schülern über die Straße, die hügelabwärts und dann durch den Ortskern führte. Unter ihnen befanden sich Ulijafs Söhne David und Aaron, mein bester Freund Ljowa, zwei Emigranten aus Riga, ein jüngerer Schüler aus der ersten Klasse, den ich nicht kannte, Ariel, Sohn irakischer Einwanderer, hochgeschossen und der beste Basketballspieler aller Volksschulklassen, zwei Mädchen aus Tbilissi und noch einige Kinder, an die ich mich heute nicht mehr erinnern kann.

David und Aaron hatten erzählt, daß meine Mutter nur knapp dem Tod entronnen sei, und nun mußte ich abermals, wie in all den Schulpausen zuvor, berichten, wie sie den Bus versäumt hatte.

»Diese verdammten Araber!« schrie Ariel. »Man sollte es ihnen heimzahlen!«

Die anderen quittierten diesen Satz mit Schweigen, was Ariel noch mehr aufbrachte. »Ihr Russen kennt sie noch nicht richtig, diese Araber«, sagte er mit Verachtung in der Stimme und spuckte auf die Erde. »Schlappschwänze seid ihr, weich wie Brei, ängstlich wie Hühner. Meine Eltern, die haben diese Araber im Irak richtig kennengelernt. Meinen Großvater haben die umgebracht, die Araber. Und jetzt jagen sie Busse in die Luft.«

»Wie denn umgebracht?« fragte einer.

»Aufgehängt haben sie den Großvater, obwohl er ihnen nichts getan hat. Das war 1948, als der Staat Israel gegründet wurde. Es wurden damals viele Juden im Irak umgebracht. Meine Mutter hat mir oft davon erzählt. Die Araber hassen uns Juden.«

Ariel erklärte uns seinen »Racheplan«. Zuerst reagierten wir skeptisch, zögerten, machten dann aber doch mit.

Am Rand der Siedlung sammelten wir Steine, die wir in Hosentaschen und Schultaschen stopften. Wir krochen durch den Tunnel in den Pardess, wählten eine freie Stelle, an der sich die beiden Hauptalleen der Plantage kreuzten, und machten so lange Lärm, bis der Wärter schreiend und stockschwingend auf uns zugelaufen kam. Er war der einzige Araber im Ort, den wir kannten.

»Verschwindet hier!« schrie er. »Ihr habt hier nichts verloren.« Es war keine Wut in seiner Stimme. Er tat nur seine Arbeit.

In diesem Augenblick gab Ariel das vereinbarte Zeichen. »Mawet le Arawim!« rief er, und wir stimmten ein. Ein Hagel von Steinen flog dem Wärter entgegen.

Der alte Mann ließ den Stock fallen und bedeckte mit beiden Händen sein Gesicht. Dann fluchte er auf Arabisch, hob den Stock wieder auf und versuchte jemanden von uns zu fassen, lief zuerst dem einen, dann dem anderen nach. Doch er war allein, und wir waren mindestens zu zehnt, umringten ihn, brüllten, lachten und bewarfen ihn von allen Seiten. Kurz sah ich sein verzweifeltes, wutverzerrtes Gesicht und die Wunde auf der Stirn, von der das Blut an den Wangen und an der Nase herunterrann.

Der Jäger wurde zum Gejagten. Auf Hebräisch und Arabisch um Hilfe schreiend, lief der Araber zum Ausgang des Pardess. Er fiel hin, sprang wieder auf, lief hinkend weiter. Wir verfolgten ihn, durch das Tor und in den Ort hinein, bis uns die Steine ausgingen.

»Seid ihr wahnsinnig geworden!«

Ich drehte mich um und sah, wenige Schritte von mir entfernt, einen uniformierten Polizeibeamten. Noch ehe ich reagieren konnte, waren alle anderen Mitglieder unserer »Rachegang« verschwunden. Nur der Araber war noch da. Mit der linken Hand bedeckte er die Platzwunde an seiner Stirn. Den rechten Arm ausgestreckt, zeigte er mit dem Finger auf mich: »Da ist er, der Hundesohn!« brüllte er. »Da! Da! Da! Der kleine Hundesohn!« Seine Zunge gehorchte ihm kaum. Die hebräischen Worte betonte er falsch, verwechselte die Vokale. Seine Augen waren weit aufgerissen.

Der Polizist faßte mich am Ohr. Der Schmerz lähmte mich beinahe. Ich konnte nicht einmal schreien, war ohnehin außer Atem, niedergeschlagen.

Von den »kleinen Übeltätern und Banditen«, wie sich der Polizeichef des Ortes später ausdrückte, war ich der einzige, der gefaßt worden war. Und während mir der Polizist auf der Wachstube noch zwei Ohrfeigen gab, Name, Adresse und Telephonnummer notierte, saß in der anderen Ecke des Zimmers der Araber, drückte sich ein schmutziges Taschentuch an die Stirn und schimpfte leise vor sich hin. Zwei Polizisten redeten beruhigend auf ihn ein, klopften ihm auf die Schulter. Was sie sagten, konnte ich nicht hören. Doch zu meinem Glück war das Ergebnis des Gesprächs, daß der Mann auf eine Anzeige verzichtete.

»Du darfst anderen Menschen nicht weh tun! Das ist verboten. Es ist ein Verbrechen!« erklärte mir der Polizeichef. Er versuchte seiner Stimme eine strenge Note zu geben. Doch er war ein gutmütiger, untersetzter Herr mit Glatze. Der ganze Ort kannte ihn als unbeholfenen, ein bißchen langweiligen Zeitgenossen, der sich nur für Fußballübertragungen im Fernsehen begeistern konnte. Diesmal klangen seine Worte eher traurig als streng. »Die Araber Israels sind Bürger unseres Staates. Nicht alle von ihnen sind Terroristen. Wenn du alle über einen Kamm scherst, bist du ja so wie die Nazis.«

Er sagte, was er zu sagen hatte, drohte, mich »jetzt gut im Auge zu behalten«, wollte die Namen der anderen Steinewerfer wissen, ließ mich aber in Ruhe, als ich diese Auskunft verweigerte.

»Was haben wir für Kinder großgezogen?« sagte er und seufzte. »Früher war alles anders ... Na ja, ich weiß nicht, was werden wird ... Das ganze Land geht langsam den Bach runter ... Aber *ich* kann's ja sowieso nicht verhindern. Wer kann das schon.« Er machte eine wegwerfende Handbewegung, wandte mir den Rücken zu, drehte sich noch einmal um, zeigte mir die Faust. »Paß auf, du!« schrie er. »Komm mir ja nicht noch einmal unter die Finger, sonst ...« Doch er vollendete den Satz nicht, fluchte nur leise und ging in sein Büro.

Fast den ganzen Nachmittag blieb ich im Polizeirevier sitzen, starrte in eine Ecke und hatte das Gefühl, ich sei nicht mehr ich, sondern jemand anderer, der einen alten Mann mit Steinen beworfen hatte, obwohl er eigentlich keine Lust dazu gehabt und nur mitgetan hatte, weil er nicht als Drückeberger und Feigling dastehen wollte. Vielleicht ist das alles nicht geschehen, sagte ich mir. Nichts als Einbildung. Ein Traum.

Wie im Traum sah ich meine Eltern mit den Polizisten verhandeln. Mutter lächelte, nickte, sprach sehr lange und viel, entschuldigte sich mehrmals, und Vater drückte meine Hand, daß es weh tat.

»Der Apfel fällt nicht weit vom Stamm«, seufzte Mutter, als wir draußen waren. »An einem Tag ist der Vater auf dem Polizeirevier, am nächsten der Sohn. Eine wirklich schöne Familie.«

»Ich habe ihm so etwas nicht beigebracht. Mein Einfluß war das nicht!« entgegnete Vater gereizt.

Dann schauten beide zu mir herunter, und Mutter sagte: »Und du bist überhaupt still! Sag ja kein Wort! Sag ja kein Wort! Hörst du?«

Doch ich war ohnehin still. Was hätte ich auch sagen sollen?

VI. Ostia

Die orangefarbenen italienischen Busse hatten ihre Auspuffe auf dem Dach. Dichter, dunkelgrauer, manchmal auch etwas bläulicher Rauch drang aus dem Rohr. Wenn ich ihn betrachtete, wurde mir schlecht. Wenn ich das Gefährt bestieg, wurde mir noch übler. Dabei waren die italienischen Busse moderner und komfortabler als die uralten israelischen Linienbusse, wo man noch an einer Schnur ziehen mußte, um den Haltewunsch anzuzeigen. In Israel war mir allerdings während der Fahrten nie übel geworden. Jetzt aber hatte ich das Gefühl, ich müßte nach jeder Kurve in die Knie gehen. »Nur noch zwei Stationen!« flüsterte Mutter. »Halt durch!« Aber es war zu spät. Ich verspürte den ekligen Geschmack von Magensäure und halbverdauter Speise schon im Hals. Ich beugte mich vor und erbrach das Frühstück auf die schwarzen Lackschuhe der Frau, die neben mir stand. Die Frau, eine korpulente, elegant gekleidete Dame um die Fünfzig, machte einen Schritt zurück und begann so laut und schrill zu schreien, als hätte man ihr einen Messerstich versetzt. Andere Fahrgäste sprangen von ihren Sitzen auf, gestikulierten wild und redeten alle auf einmal und alle sehr schnell in ihrer Sprache, die ich nicht verstand. Mutter wiederholte immer nur »Scusi! Scusi! Scusi!« – eines der wenigen italienischen Wörter, die sie kannte. Dann zog sie mich aus dem Bus, der glücklicherweise soeben angehalten hatte. Schnell gingen wir in eine Seitengasse, schauten uns ängstlich um. Die Dame mit den Lackschuhen war uns nicht nachgelaufen.

»Vielleicht ist er einfach zu müde«, sagte Vater und streichelte meinen Kopf. Mutter zeigte auf ein Kanalgitter am Straßenrand und sagte: »So! Da kannst du dich auskotzen!« Ich betrachtete das Kanalgitter, dachte an den Bus und gehorchte …

In Zukunft fuhren wir mit der Straßenbahn, was entsprechend länger dauerte. Unendlich lang. So ist meine Erinnerung an die Ewige Stadt vor allem mit diesen Straßenbahnfahrten verbunden. Kolosseum, Forum Romanum oder der Petersdom sind nur schemenhaft in meinem Gedächtnis gespeichert.

Die Straßenbahn war ein klappriges Gefährt, das auf einer Kreisroute durch Rom fuhr, immer in eine Richtung, so daß man nie auf demselben Weg zum Ausgangspunkt zurückkehren konnte.

Meine Eltern suchten alle Hilfsorganisationen für Emigranten und Flüchtlinge auf, die es in Rom gab. Es waren viele. Während der Fahrten durch die im Chaos des Autoverkehrs erstickende Stadt schlief ich meist ein, träumte von Winter und Schnee und von einem zugefrorenen Teich, auf dem ich Schlittschuh laufen würde. Benommen wachte ich in der römischen Sommerhitze wieder auf.

Wir waren schon das zweite Mal in Rom. Die Emigration hatte uns von Rußland nach Israel, dann nach Wien, nach Rom, wo wir monatelang vergeblich versucht hatten, ein Einreisevisum in die USA zu erwirken, dann wieder nach Wien, drei Jahre später in die Niederlande, wieder nach Israel und nun also zum zweiten Mal nach Rom geführt. Vielleicht würde es diesmal mit dem amerikanischen Visum besser klappen.

In den zehn Jahren meines Lebens hatte ich jedenfalls schon manches erlebt und dabei noch großes Glück gehabt. Beispielsweise war da die Sache mit dem Flugzeug. Wir hätten ursprünglich mit einer Alitalia-Maschine von Tel Aviv nach Rom fliegen sollen. Als wir am Flughafen ankamen, erklärte man uns, daß das Flugpersonal von Alitalia streike. Als Ersatz bot sich eine Air-France-Maschine nach Paris an. Von dort sei ein Weiterflug nach Rom, ohne dafür einen Zuschlag zahlen zu müssen, noch am selben Tag möglich. »Oder ihr wartet bis morgen«, erklärte uns die junge Dame am Schalter. »Da gibt es einen El-Al-Direktflug.« Meine Eltern überlegten kurz und beschlossen, lieber einen Tag zu warten, vielleicht weil sie wußten, wie sehr ich mich vor dem Fliegen fürchtete. Sie wollten mir einen zusätzlichen Flug ersparen.

Die Air-France-Maschine wurde von arabischen Terroristen nach Entebbe in Uganda entführt, während wir wohlbehalten in Rom landeten. »Man muß ja im Leben nicht alles haben«, erklärte Mutter später.

Eines Tages brachte uns die Straßenbahn in ein altes Viertel von Rom, wo sich in einem erdfarben gestrichenen Haus der Sitz des Tolstojfonds befand. Der Tolstojfonds war eine philanthropische Organisation, die sich dem Gedankengut des großen Schriftstellers und Philosophen verpflichtet fühlte und von alten russischen Emigranten oder deren Nachkommen geleitet wurde, von Menschen meist adliger oder großbürgerlicher Herkunft, welche, von den Bolschewiken vertrieben, in vielen Ländern Westeuropas, so auch in Italien, eine Bleibe gefunden hatten.

Unter einem weiß eingerahmten Bild des großen Humanisten saß Signora Saizeva hinter einem massiven Eichenschreibtisch, der ihre Welt recht augenfällig von jener der Bittsteller zu trennen schien. Lidia Saizeva war eine Frau in den Vierzigern, offenbar schon in Rom geboren, was ihrer melodiösen Aussprache des Russischen und der recht eigentümlichen Betonung der Vokale zu entnehmen war. Ich erinnere mich, daß sie ein breites Gesicht mit ausgeprägten Backenknochen und einen gedrungenen, sehr fest wirkenden Körper hatte, der wie ein Paket in ein viel zu enges, milchfarbenes Kleid mit glänzenden Metallknöpfen und einem breiten Gürtel aus schwarzem Kunststoffleder eingepackt war. Ich weiß auch noch, daß sie während jenes Gesprächs das rechte Bein lässig über das linke geschlagen hatte und es im Takt eines für uns unhörbaren Liedes wippen ließ. Fasziniert betrachtete ich die rotlackierten Zehennägel und das Fußkettchen, das in seiner Zierlichkeit nicht unbedingt mit dem imposanten Volumen ihrer Wade harmonierte. Gelegentlich langte Signora Saizeva in eine Schachtel mit Pralinen und führte die kleinen Köstlichkeiten mit phlegmatischer Grazie zum Mund.

»Ich weiß wirklich nicht, wie unsere Organisation Ihnen helfen kann«, sagte Signora Saizeva. »Einige russische Juden sind schon bei uns gewesen und haben nach Unterstützung verlangt. Aber ich persönlich halte es nicht für sinnvoll, ihnen etwas zu geben ...«

»Wir wollen kein Geld«, beeilte sich Mutter zu versichern. »Unsere Bitte geht eher dahin, daß Sie uns bei den Einwanderungspapieren nach Amerika helfen.«

»Tausende russische Juden warten in Italien auf die Weiterreise nach Amerika«, sagte Saizeva. »Vor kurzem war so ein alter Jude bei mir, ein ehemaliger Kommunist. Den habe ich natürlich vor die Tür gesetzt. Das war sicher einer jener jüdischen Bolschewiken, die unser heiliges Rußland zugrunde gerichtet und meinen Vater vertrieben haben.«

Sie schob eine Praline in den Mund, schleckte sich langsam und gründlich die Fingerspitzen der rechten Hand ab und schaute meine Eltern mit einem spöttischen Lächeln an. Ich sah, wie Vater rot vor Wut wurde und wie Mutter ängstlich zu ihm hinüberschielte. Ich erwartete, ja ich hoffte, daß er aufspringen und der Frau in ihr wohlgenährtes Gesicht schlagen würde. Doch es geschah nichts dergleichen. Die Eltern schwiegen, während Saizeva zu erklären begann, daß in erster Linie die jüdischen Organisationen für die Juden zuständig seien, und wenn diese nicht helfen könnten, dann könne niemand helfen. »Als israelische Staatsbürger haben Sie kaum Chancen auf ein amerikanisches Visum. Und Italien nimmt heutzutage auch keine neuen Gastarbeiter oder Zuwanderer auf. Aber Sie wollen ja sowieso nicht in Italien bleiben. Warum kehren Sie nicht nach Israel zurück, wo Sie hingehören? Israel ist das Land der Juden. Die Juden haben jetzt schließlich eine Heimat. Wir russischen Emigranten haben nicht so viel Glück. Unser Land ist in den Händen volksfremder, religionsfeindlicher Elemente. Für uns gibt es kein Zurück.«

»Jeder hat das Recht, dort zu leben, wo er will«, platzte ich mit einer Meldung heraus, obwohl mir doch meine Eltern strengstens verboten hatten, mich in das Gespräch einzumischen. Da begann Saizeva zu lachen, und es war ein lautes, durchdringendes Lachen, das schließlich in ein Kichern überging.

»Das ist der beste Witz, den ich seit langem gehört habe«, meinte sie.

Meine Eltern befahlen mir, still zu sein.

»Also, warum kehren Sie nicht einfach nach Israel zurück?« unterbrach sie Saizeva.

Weitschweifig erläuterte Vater seinen Standpunkt, sprach über die schwierige wirtschaftliche Lage, den Krieg und die schlechte Behandlung von Emigranten, die Korruption und die beherrschende Rolle politischer Parteien, die Dominanz religiöser und orthodoxer Gruppen, die Orientalisierung, die verschiedenen Einwanderergruppen, die einander nicht ausstehen könnten, den lockeren, für ihn unerträglichen israelischen Lebensstil, die nichtendenwollenden Konflikte. Schließlich erklärte er, daß er sich für seinen Sohn, also für mich, ein besseres Leben erhoffe, als es in Israel möglich sei. »Israel ist eine Mischung aus Basar und Diskothek«, sagte er.

»Das überzeugt mich alles nicht.« Saizeva machte eine wegwerfende Handbewegung. »Außerdem haben Sie ja früher schon einige Jahre in Österreich gelebt. Fahren Sie doch dorthin zurück. Sie haben sicher gute Chancen, eine Arbeitsbewilligung zu bekommen. Die wirtschaftliche Lage ist in Europa besser als vor einem Jahr.«

Wieder begann Vater weitschweifig seinen Standpunkt zu erklären, sprach von den alten Nazis und von seiner während des Krieges ermordeten Großmutter.

Saizeva zuckte mit den Achseln. »Was geht mich Ihre Großmutter an«, sagte sie. »Sie ist nun einmal seit über dreißig Jahren tot, und die Zeiten des Mordens sind längst vorbei. Sogar der österreichische Kanzler ist Jude. Haben Sie das gewußt?«

Tolstoj mit seinem dichten, gottvaterähnlichen Bart schaute gütig auf uns herab, während seine Jüngerin in die Schublade griff und eine Anzahl bunter Broschüren, dichtbedruckter Blätter und Formulare herausholte.

»Die Australier nehmen nur hochqualifizierte Fachkräfte«, erklärte sie, während sie in den Unterlagen blätterte. »Nach Neuseeland kommen Sie nur dann, wenn Sie schon Verwandte im Land haben. Kanada hat die Grenzen praktisch dichtgemacht. Da hätten Sie's vor zwei Jahren versuchen sollen. Wenn Sie Neger unterdrücken wollen, schauen Sie einmal im südafrikanischen Konsulat vorbei. Vielleicht haben Sie ja dort Glück.«

Südafrika kannte ich nicht. Ich stellte mir Vater vor, wie er mit einer Peitsche in der Hand eine Handvoll Neger durch den afrikanischen Dschungel jagte. Meine Eltern sahen einander an.

»Kommt nicht in Frage«, sagte Mutter.

»Nun, wie Sie wollen«, meinte Saizeva mit gleichgültiger Stimme. Ohne aufzublicken, blätterte sie weiter in ihren Unterlagen. »Bleibt nur noch Lateinamerika: Argentinien, Brasilien, Venezuela, Ecuador und einige andere Länder.«

»Also, ich weiß nicht«, murmelte Vater.

»Sie haben keine andere Wahl«, versicherte Saizeva scharf. »Entweder Israel oder Lateinamerika. Warum nicht Argentinien? Dort leben schließlich Hunderttausende Juden.« Und sie drückte den Eltern einige der Broschüren in die Hand und gab ihnen die Adressen der entsprechenden Konsulate.

Ich war von dieser Wendung nicht sehr erfreut, denn mit Lateinamerika verband ich nur Karneval, Tanz und Tango. Nichts davon interessierte mich auch nur im geringsten. Außerdem wußte ich, daß der größte aller Nazis nach Hitler – Eichmann – in Argentinien gelebt hatte und daß es dort noch viele Menschen gab, die ähnliche Verbrechen begangen hatten wie er. So hatte es jedenfalls meine israelische Lehrerin einmal in der Geschichtestunde erzählt. Diese Verbrecher würden vielleicht auch heute noch Jagd auf jüdische Kinder machen. Fraglos wollte mich diese böse, dicke Frau mit den kleinen, grauen Augen in den Tod schicken. In meinem Inneren spürte ich Wut und Verzweiflung aufsteigen. Am liebsten hätte ich den schweren, eiförmigen Briefbeschwerer vom Tisch genommen und damit die Fensterscheibe eingeschlagen. Stattdessen stand ich von meinem Stuhl auf, zögerte einen Augenblick, griff nach Saizevas Pralinenschachtel, stopfte mir gleich mehrere der braunen Leckereien auf einmal in den Mund, kaute verbissen, so daß mich die Zähne schmerzten, stopfte nach.

Vater entriß mir die Schachtel, Mutter gab mir eine Ohrfeige. Dann schrien mich beide an, erklärten mir, sie würden mich grün und blau schlagen, so daß ich noch meinen Enkeln mit Schaudern davon erzählen werde. Mutter begann sich bei Signora Saizeva zu entschuldigen. Doch diese sagte nur trokken »Auf Wiedersehen«, legte die Pralinenschachtel in die Schreibtischschublade und drehte den Schlüssel um.

Schweigend gingen wir zur Straßenbahnstation. Der Verkehrslärm vermischte sich mit den Stimmen der Passanten und der Musik, die aus den Bars und Cafés zu uns drang. Mein Mund, den ich weit geöffnet hielt, fühlte sich an, als hätte dort eine Schokogranate eingeschlagen. Plötzlich begann Vater zu lachen. »Habt ihr ihr Gesicht gesehen«, fragte er und lachte immer lauter, »als sie die Schachtel in die Schublade sperrte? Dieses dumme Weibsstück.«

»Hör auf!« schrie Mutter, ergriff Vater, der mit dem Lachen nicht aufhören konnte, an den Schultern und schüttelte ihn. »Hör auf! Hör auf! Hör auf!« Es war einer jener wenigen Augenblicke in meinem Leben, daß ich in Mutters Augen Tränen sah.

Nach der langen Straßenbahnfahrt ging es mit dem Vorortezug, vorbei an der endlos sich dahinziehenden Trostlosigkeit von Einfamilienhäusern, Wohnblöcken, Industrieanlagen, Feldern, Autobahnen und Schnellstraßen, »nach Hause«, nach Ostia. Wir hatten uns in diesem Badeort einquartiert, weil dort Zimmer und Wohnungen viel billiger waren als in Rom. Der Ort, der nahe den Ruinen des antiken Hafens direkt am Meer lag, bestand zu einem großen Teil aus Gebäuden der Nachkriegszeit. Er gehörte zum Stadtgebiet von Rom und war ein beliebtes Ausflugsziel, an den Wochenenden füllten sich die Strände.

Irgendwann hatte eine Familie aus Rußland, die auf ihr amerikanisches Visum wartete, in Ostia ein billiges Zimmer gemietet. Dieser Familie folgten weitere. Bald ging die Zahl der »ebrei russi« in die Hunderte, später in die Tausende. Von so manchem Einheimischen wurden sie sogar mit »dobri den« begrüßt und mit »dosvidania« verabschiedet. Als wir im Sommer 1976 nach Italien kamen, war der Ort fest in russischer Hand. Die meisten Emigranten, die sogenannten »Direktfahrer«, blieben nur wenige Wochen. Jüdische Hilfsorganisationen zahlten ihnen das Quartier, bis das amerikanische Visum eintraf. Länger als die Direktfahrer blieben jene, die, wie meine Eltern, schon in Israel gelebt und als israelische Staatsbürger nur wenig Chancen auf die positive Erledigung ihres Einwanderungsantrages hatten, oder Personen, die als ehemalige Mitglieder der Kommunistischen Partei oder wegen sonstiger »dunkler Flecken« in ihrer Biographie nicht in die USA einreisen durften. Besonders letztere waren als staatenlose Ausländer in einer prekären Lage: In die UdSSR konnten sie nicht zurück. Nach Israel wollten sie nicht. Von den italienischen Behörden wurden sie nur geduldet. Ohne Chancen auf eine Arbeitsbewilligung, ohne eine offizielle Aufenthaltsgenehmigung, ohne Krankenversicherung und meist fast ohne Geld harrten sie monatelang in Ostia aus.

Die Familie, bei der wir ein Zimmer gemietet hatten, hieß Coreanu. Signor Coreanu war ein alter Bekannter, denn schon während unseres ersten Romaufenthalts hatten wir bei ihm gewohnt. Nico Coreanu verrechnete uns für sein Zimmer eine sehr geringe Miete, denn er stammte aus Rumänien, war selbst einmal Flüchtling gewesen, hatte Verständnis für unsere Lage.

Die Wohnung lag direkt am Hauptplatz von Ostia, der, unweit vom Bahnhof, nur wenige Straßenzüge vom Strand entfernt war. In den späten Abend- oder frühen Morgenstunden, wenn der Verkehrslärm nicht alles übertönte, konnte man die Brandung hören.

Wir gingen durch das Tor, dann durch einen kleinen Innenhof, unter der trocknenden Wäsche hindurch, und die

Treppe hinauf in den zweiten Stock. Noch ehe wir ganz oben waren, sahen wir unseren Gastgeber im Stiegenhaus stehen, die schlanke, athletische Figur nur mit Unterhemd und Shorts bekleidet, lächelnd, uns die Arme entgegenstreckend.

»Ich erkenne euch an euren Schritten«, sagte er. Als Sohn aus einem großbürgerlichen Haus sprach Coreanu neben seiner Muttersprache und Italienisch auch fließend Französisch, Englisch und Russisch. »Jeder Mensch hat einen eigenen, unvergleichbaren Schritt, so individuell wie ein Gesicht oder ein Fingerabdruck.«

Diese Feststellung erstaunte mich so, daß ich stolperte, dann vorsichtig den einen Fuß vor den anderen setzte und nur mit Schwierigkeit die Wohnungstür erreichen konnte.

»Habt ihr schon gehört?« fragte Coreanu.

»Was?«

»Die entführte Air-France-Maschine ist in Entebbe von einem israelischen Kommando befreit worden.« Aus Coreanus Stimme klang Jubel. Er ergriff Vaters Hand und klopfte ihm auf die Schulter, so als wäre dieser persönlich an der Befreiungsaktion beteiligt gewesen. Dann schilderte er detailreich die Ereignisse am Flughafen der ugandischen Hauptstadt, wie er sie aus den Fernsehnachrichten kannte.

»Hurra!« schrie ich und machte einige Freudensprünge. »Die Unsrigen haben gesiegt! Anachnu chosakim! Wir sind stark.«

»Hüpf nicht herum. Geh lieber in die Wohnung!« Aus den Augen meiner Mutter blitzte leichter Spott.

»Ach, er soll doch springen, so viel er will«, meinte Coreanu. »Das stört hier niemanden im Haus.«

In diesem Augenblick erschien Carmen, Coreanus Frau, eine füllige Italienerin mit dunklen Barthaaren über der Oberlippe. Sie sagte schnell etwas in ihrer ratternden, vokalreichen Sprache, die mir so gefiel. Carmen sprach nur Italienisch oder, wie ihr Mann behauptete, eigentlich nur römischen Dialekt.

»Meine Frau meint«, erklärte Coreanu, »sie sei sehr froh, daß ich nie mit dem Flugzeug unterwegs bin, sondern immer nur mit dem Zug oder dem eigenen Wagen.«

»Wir wären beinahe mit dieser Maschine nach Paris geflogen«, sagte ich stolz, als hätte ich selbst soeben heil die Flugzeugentführung überstanden. Coreanu übersetzte. Carmen machte eine theatralische Geste, schlug die Hände vors Gesicht und gab einen Schreckensschrei von sich. Dann umarmte sie mich und sagte: »Povero bambino!«

Sogar für meine Eltern waren für kurze Zeit Saizeva und die Erlebnisse des Tages in weite Ferne gerückt. Aufgeregt überhäuften sie Signor Coreanu mit Fragen, die dieser nicht alle auf einmal beantworten konnte. Ob bei der Aktion Menschen umgekommen seien? Wie es den Geiseln gehe? Wie Idi Amin reagiert habe?

»Jedenfalls war es ein meisterhaft durchgeführter Befreiungsschlag«, erklärte Coreanu.

»Ach«, sagte Vater mit weicher, sogar ein wenig zitternder Stimme, »wenn ich das höre, bin ich fast wieder stolz darauf, israelischer Staatsbürger zu sein.«

An jenem Abend stand ich lange auf dem Balkon unseres Zimmers und sah hinunter auf den Hauptplatz von Ostia, der von allen russischen Emigranten schlicht Piazza genannt wurde. In der Mitte befanden sich ein mit Beton eingefaßtes Wasserbecken und ein Springbrunnen, der von einer Grünfläche mit Palmen und Zypressen umgeben war. Jugendliche auf Mopeds und Mofas drehten mit lautem Knattern Runden um den Platz. Man hörte Schreie, Lachen, Pfiffe. Ein lauer Wind wehte den Geruch des Meeres zu mir herüber. Die Atmosphäre erinnerte an Israel, und für einige Augenblicke konnte ich mich der Illusion hingeben, jenes Land, das auch mein eigenes hätte werden können, nie verlassen zu haben. Ich sah mich in ferner Zukunft als Angehöriger einer Einsatztruppe auf ein zu eroberndes Objekt zustürmen, sah die dankbaren Augen von Frauen, deren Retter ich war …

Plötzlich hörte ich den Satz: »Argentinien ist vielleicht gar keine so schlechte Idee«, drehte mich um, erblickte Vater, der mit Saizevas Broschüren in Händen den Balkon betreten hatte und mir etwas über Rindfleisch, Pampas und die Juden von Buenos Aires zu erzählen begann. Da erinnerte ich mich wieder daran, daß ich nicht mehr in Israel und somit ein *Jored* war – ein Abtrünniger, ein verachtenswerter Verräter an der Sache, der seinem Heimatland den Rücken gekehrt hatte.

Ich dachte an den Tag zurück, als mir meine israelische Volksschullehrerin erklärt hatte, was ein Jored ist. Es war vor drei Wochen. »Du wirst zu einem Jored, wenn du das Land verläßt. Warum tun dir deine Eltern so etwas an? Aus dir wäre ein guter Israeli geworden. Vielleicht ein wichtiger Mensch für unser Land. Weißt du nicht, daß es schändlich und feige ist zu flüchten, während andere unser jüdisches Vaterland aufbauen und verteidigen? Dein Leben gehört nicht nur dir allein.«

Die Lehrerin war noch jung. Sie sprach mit einer Überzeugung, die jeden Widerspruch von vornherein ausschloß. Ich sah zu Boden und spürte, wie meine Wangen und Ohrenspitzen rot anliefen. Am liebsten hätte ich die Lehrerin in ihre zierliche Hand gebissen, an der ein Silberring glänzte. Doch nachdem ich alle Vor- und Nachteile abgewogen hatte, biß ich nicht zu, sondern wiederholte schnell das, was Vater mir tagtäglich vorredete.

»Deine Eltern glauben offensichtlich, das Schicksal sei ihnen etwas schuldig«, sagte die Lehrerin, nachdem ich meine Erklärungen beendet hatte. »Es ist nicht die Schuld Israels, daß ihr in Rußland unter Antisemitismus und Armut gelitten habt. Andere haben auch gelitten und haben es noch schwerer gehabt. Meine Eltern haben in der Pionierzeit unseres Staates noch in Zelten gelebt und sind trotzdem immer Optimisten geblieben.«

Ich stellte mir das Leben im Zelt recht unangenehm vor, vor allem weil Zelte meist keine Wasserleitungen und Toiletten haben.

Mutters Stimme riß mich aus meinen Erinnerungen. »Dein Vater ist ein Idiot«, hörte ich sie sagen. »Und bei dir denke ich manchmal, daß du nicht viel anders bist. Oft, wenn du Unsinn redest und Sachen machst, wie heute im Tolstojfonds, greife ich mir an den Kopf und frage mich, ob du mein Sohn bist oder ob nicht viel eher in der Klinik eine Verwechslung stattgefunden und man mir ein fremdes Baby zugeschoben hat. Doch du kannst nichts dafür und bist außerdem ein Kind. Dein Vater aber ist ein erwachsener Mann, und eine Verwechslung ist leider ausgeschlossen. Jetzt will dieser Mensch nach Argentinien, wo die politische Lage instabil ist, seit einigen Monaten eine Militärjunta an der Macht ist und die Armut grassiert!«

»So arm ist das Land auch wieder nicht«, verteidigte sich Vater, »und eine Rechtsdiktatur ist immer noch harmloser als ein kommunistisches Regime. Juntas kommen und gehen. Die Sowjetunion besteht aber schon seit über einem halben Jahrhundert, und es wird sie sicher noch weitere hundert Jahre geben, während Argentinien in wenigen Jahren sicher wieder eine Demokratie ist.«

»Du weißt ja nicht einmal, ob die Argentinier überhaupt irgendwelche Einwanderer aufnehmen. Ich werde jedenfalls nicht in deren Botschaft gehen. Das kannst du allein tun. Außerdem ist Spanisch eine so häßliche Sprache. Ich habe einmal einen Spanier reden gehört. Hört sich an wie ein Maschinengewehr mit S-Fehler.«

»Es ist die Sprache von Cervantes.«

»Cervantes ist mir egal.«

Ich wollte nicht mehr zuhören, ging wieder ins Zimmer, zog die Balkontür hinter mir zu und öffnete meinen »Bücherkoffer«. Der Koffer, klein, dunkelblau, mit Schutzplättchen aus Eisen an den Ecken, stand neben meinem Bett.

Daß dieser Koffer überhaupt die Reise nach Italien hatte antreten dürfen, grenzte fast an ein Wunder. »Während wir nur das Allernotwendigste mitnehmen«, hatte sich Mutter empört, »kannst du dich nicht von deinen Büchern trennen, die du ohnehin alle schon gelesen hast.« Die Kinderbücher, die mir Großmutter nach Wien und später nach Israel geschickt hatte, erzählten von der heilen Welt der jungen Pioniere, von Seeabenteuern, Schlittenfahrten durch die Taiga oder den Heldentaten von Revolutionären. Zwar wußte ich damals schon sehr wohl, daß es eine erfundene, ja erlogene Welt war. Doch auf das Vergnügen, sich ihr immer wieder hingeben zu können, wollte ich keinesfalls verzichten. Der Partisanenjunge, der fast im Alleingang eine ganze deutsche Division gefangennahm, war trotz allem mein Vorbild.

»Also gut«, gab sich Mutter schließlich geschlagen, »pack deine wichtigsten Bücher in diesen kleinen Koffer. Bis Rom darfst du sie noch mitnehmen.«

Ich schlug das Buch über den Partisanenjungen auf. »Sascha versteckte sich im Gebüsch«, las ich. »Nur wenige Meter von ihm entfernt, auf dem Waldweg, glänzten die Stahlhelme der Faschisten im Morgenlicht. ›Na wartet, ihr Mörder, jetzt werde ich's euch zeigen‹, flüsterte Sascha und entsicherte gekonnt seine letzte Handgranate ...«

Ich konnte nicht mehr weiterlesen. Die Buchstaben verschwammen vor meinen Augen. Ich mußte wieder an Israel denken, an die letzten Wochen und vor allem an meine Schulkameraden.

Da war natürlich Dima, mit dem ich Russisch sprechen konnte und nicht nach Worten zu ringen hatte wie im Hebräischen. Ich dachte an den fetten Daniel, den alle »Arsch mit Ohren« nannten, wofür er Schläge in die Magengegend austeilte und sich dadurch einen gewissen Respekt verschaffte. Ariel, der Klassenbeste, der mich zum Steinewerfer machte, wofür ich mich immer noch schäme. Timna, die ihren Rock mit einer gekonnten Handbewegung glattstrich, bevor sie sich hinsetzte. Der stille, zurückhaltende Juda, der tödlich beleidigt und den Tränen nahe war, wenn man ihn darauf hinwies, daß sein Hosenschlitz offen sei.

Meine Beziehung zu den Mitschülern war von Anfang an gespannt. Vorerst war mir eine seltsame Aversion der Schüler aufgefallen, die allem galt, was an christliche Religion oder Symbole erinnerte. Ein Kettchen, das ich um den Hals trug, war der erste Stein des Anstoßes. Es ist ein Wunder, daß niemand an diesem Kettchen gezogen, es abgerissen und triumphierend in die Höhe gehalten hat. Dabei war es ein harmloser Anhänger – mein Sternzeichen –, den mir Mutter zum Geburtstag geschenkt hatte, im Irrglauben, ich würde mich darüber freuen. Versilbertes Blech, billige Dutzendware. Mir bedeutete er wenig.

Warum ich mich aus einer Trotzreaktion heraus weigerte, diese kleine Nichtigkeit meinen neugierigen Mitschülern zu zeigen, konnte ich mir selbst nicht ganz erklären. Jedenfalls sprach es sich sehr bald herum, ich trüge ein Kreuz um den Hals, das »goischste« Zeichen überhaupt. Schließlich hätten ja alle gewußt, daß ich eigentlich ein »Goi«, ein Nichtjude wäre. Was könne man von einem kauzigen Individuum auch erwarten, das nicht einmal beschnitten ist?

Ich mied das Betonhäuschen im Hof, das Klo, und lief stattdessen in die nahen Büsche hinter dem Schulgebäude, denn schon in der ersten Schulwoche hatten mir der fette Juda und zwei andere während der großen Pause in diesem Häuschen aufgelauert. Während ich festgehalten wurde, zeigte mir Juda das stumpfe Küchenmesser, mit dem er das kleine Problem ein für allemal aus der Welt zu schaffen beabsichtigte.

»Eine kleine Operation, es tut auch gar nicht weh!«

Dann begannen die drei heftig darüber zu diskutieren, wer den Schnitt vornehmen sollte.

»Ich kann das am besten, es ist schließlich mein Messer«, meinte Juda.

»Du verstehst nichts davon«, widersprach einer der beiden anderen, ein etwas älterer Junge. »Mein Vater ist Rabbiner, der macht sowas wie am Fließband. Ich habe gesehen, wie das geht. Du verpfuschst ja alles nur, du Dilettant.«

»Ich schlage dir die Zähne ein, was geht mich dein blöder Vater an«, war die Antwort.

Ich nützte die Chance, schlug wild um mich, hörte ein Brüllen. Offenbar hatte ich erfolgreich getreten, denn man ließ mich los, und ich konnte entkommen. Das Ereignis war mir eine Lehre. In Hinkunft war ich vor meinen Schulkameraden immer auf der Hut.

»Trägst du wirklich ein Kreuz um den Hals?« fragte die Lehrerin.

Ich gestand die Wahrheit, und bald wußte es die ganze Klasse. Alle haben den Anhänger in Händen gehalten und haben sich gewundert, daß ich kein »Magen David«, den sechszackigen Stern, um den Hals hängen hatte. Aber ein »Slaw«, ein Kreuz, war es gottlob nicht.

Die »Kreuzophobie« nahm auch sonst recht obskure Formen an. Warum waren in den Mathematikschulbüchern keine normalen Pluszeichen zu finden, sondern nur auf den Kopf gestellte T's? Warum schrien die Mitschüler entsetzt auf, als ich in der Zeichenstunde ein Kreuz in das Fenster eines Hauses zeichnete, so wie ich es schon immer getan hatte, um den Rahmen und Flügel anzudeuten? War auch das Fenster ein christliches Symbol? Ich wurde immer vorsichtiger. Als ich mit meinen Eltern in Ramle – einer etwas größeren Stadt zwischen Tel Aviv und Jerusalem – Bekannte besuchte und plötzlich eine Kirche erblickte, die das gefährliche Symbol offen und neckisch auf der Kirchturmspitze trug, war ich, nach alldem, was ich erlebt hatte, sehr erstaunt. Konnte denn so etwas im Lande Israel legal sein? War das erlaubt? ... Die Eltern lachten mich aus.

Wenige Tage vor unserer Abreise nach Rom machte ich den großen Fehler, einem meiner Mitschüler davon zu erzählen, daß ich das Land verlassen werde. Er beschimpfte mich, nannte mich einen Jored. Kurze Zeit später hatte sich diese Neuigkeit in der ganzen Klasse herumgesprochen. »Jored!«, »Hundesohn!«, »Goi!«, »Hurensohn!«, »Nazi!« tönte es von allen Seiten. Nachdem mir der fette Juda ins Gesicht gespuckt hatte, versteckte ich mich im hintersten Winkel des Hofes und kam erst Minuten nach dem Läuten der Schulglocke wieder in die Klasse.

Am frühen Nachmittag wurde auch noch eine der zahlreichen Luftschutzübungen abgehalten. Die Sirene heulte. Alle liefen wie vorgeschrieben in den Bunker, nur ich nicht. Denn in der Enge des Kellers saßen alle dichtgedrängt. Da hätte ich leicht einen Fausthieb, einen Schlag in die Magengegend oder einen anderen hinterhältigen Angriff hinnehmen müssen. Ich blieb im leeren Schulgebäude, starrte aus dem Fenster, schluckte die Tränen hinunter und wartete auf Entwarnung. Draußen war strahlender Sonnenschein. In der Ferne hörte man das Schreien eines Esels.

Die Lehrerin schrie und schimpfte. Wenn es nun keine Übung, sondern ein wirklicher Angriff feindlicher Armeen oder eines Terrorkommandos gewesen wäre?!

»Ihm werden die Terroristen nichts tun. Er ist ja einer von ihnen«, hörte ich jemanden sagen. Die Lehrerin erklärte, daß man mit solchen Dingen nicht spaßen dürfe, und schickte mich vorzeitig nach Hause.

Als ich am nächsten Morgen das Klassenzimmer betrat, empfing mich Totenstille. Alle starrten mich an. Ich zog den Kopf ein, blieb einige Augenblicke in der Tür stehen und ging wortlos an meinen Platz. Ich hörte, wie hinter mir eine Schülerin sagte: »Kennst du diesen Menschen?«

»Nein«, antwortete die Nachbarin, »der ist mir unbekannt, muß irgendein Goi sein, der sich zu uns verirrt hat, ein Verräter.«

»Und mit Verrätern reden wir doch nicht, nicht wahr?«

»Nein, mit denen reden wir nicht.«

Dieser Tag wurde zu einem der entsetzlichsten meines Lebens. Irgendwer hatte mir eine tote Ratte in die Schultasche gelegt. Während des Unterrichts griff ich in die Tasche, um ein Heft herauszuholen. Meine Hand glitt über etwas Weiches und Haariges. Ich packte das Ding, zog es heraus und mußte laut schreien, während die Mitschüler zu kichern begannen.

»Wer war das?« fragte die Lehrerin streng, während sie die Ratte an ihrem kahlen, schuppigen Schwanz packte und den Schülern vor ihre Gesichter und Nasen hielt. »Du, Juda?« Sie schaukelte das tote Tier mit dem weitaufgerissenen Maul, den schwarzen Knopfaugen und der großen, dunkelroten Wunde am Hals über Judas Kopf.

»Nein, nein, Frau Lehrerin«, stammelte Juda mit weinerlicher Stimme, »ich ekle mich vor Ratten.« Er drehte den Kopf weg.

Der Übeltäter konnte nicht ausgeforscht werden.

Während der sich schleppend dahinziehenden Schulpausen wollte ich losheulen, aber es schnürte mir die Kehle zu. Hatten sie recht? Natürlich hatten sie recht. Ich war wirklich zu einem Verräter geworden, zu einem Jored. Sogar Dima sprach nicht mehr mit mir. Wenn ich versuchte, ihm zu erklären, warum meine Eltern das Land verlassen wollten, zischte er nur: »Verschwinde, du Mistkerl!«

Ich wurde nicht einmal geprügelt. »Wir wollen uns nicht die Hände schmutzig machen«, hatte Daniel gesagt.

Einen Tag vor unserem Abflug verließ ich die Schule schon während der großen Pause. Die Erlaubnis der Lehrerin oder des Direktors holte ich erst gar nicht ein. Was hatten die mir noch zu verbieten. Am nächsten Tag würde ich schon nicht mehr im Land sein. Ich packte meine Tasche, ging durch Gänge und Stiegenhäuser hinaus auf den Hof, vorbei an den spielenden Mitschülern, von denen mich keiner anschaute. Ich lief über den Weg, der quer durch die Orangenplantage führte, atmete zum letzten Mal den angenehmen süßlichen Duft ein, den die Orangenbäume verströmten, blieb kein einziges Mal stehen, drehte mich nicht mehr um.

Nie mehr, nie mehr kehrst du dorthin zurück, sagte ich mir.

Nun befand ich mich also in Ostia, an einem Ort, wo mich keiner mehr als Jored beschimpfen konnte, obwohl ich nun endgültig zu einem geworden war. Statt auf der Schulbank, verbrachte ich meine Zeit in den Wartesälen von Ämtern, Organisationen und Konsulaten, obwohl meine Eltern mich immer seltener nach Rom mitnahmen. Ich hatte nicht nur Saizevas Pralinen gegessen, sondern auch den Leiter einer jüdischen Hilfsorganisation einen Dummkopf genannt und während eines Gesprächs im amerikanischen Konsulat an unpassender Stelle plötzlich zu kichern begonnen. »Das Kind ist völlig unberechenbar geworden! Ist ja auch kein Wunder«, beschwerte sich Mutter.

Da Signor Coreanu und seine Frau tagsüber zur Arbeit gehen mußten, wurde ich der Obhut von Sinajida Borisowna überantwortet, einer gutmütigen, älteren Dame, die aus der westukrainischen Stadt Lwow stammte und sich schon seit mehreren Monaten in Ostia aufhielt. Um ihren Lebensunterhalt zu verdienen, backte sie jeden Abend in der Küche ihrer Vermieterin Piroggen mit Marmelade, die sie um 200 Lire das Stück auf der Piazza verkaufte. Die Polizei drückte bei diesem illegalen Geschäft beide Augen zu. Dafür wurden die Uniformierten jeden Tag kostenlos mit den für sie exotischen russischen Leckereien verköstigt.

In der Früh half ich Sinajida Borisowna, das kleine Tischchen auf Rädern, das ihr als Verkaufsstand diente, aus dem Hof ihres Hauses auf die Grünfläche der Piazza zu schieben. Wir nahmen auf Klappsesseln Platz, die »Signora Piroga« und ihr »bambino«.

»An guten Tagen«, erklärte mir Sinajida Borisowna gleich zu Beginn stolz, »nehme ich bis zu fünfzig Miljen ein.«

Da die russischen Emigranten sich mit den vielen Nullen der italienischen Währung schwertaten, wurde für den internen Gebrauch die »Milja« eingeführt, was eine Verballhornung des italienischen »Mille« darstellte und demnach 1000 Lire ausmachte.

Eine italienische Großfamilie umstellte den Verkaufsstand, ein Ehepaar mit fünf Kindern.

»Sette pirogi, per favore«, verlangte der Familienvater, erhielt das Gewünschte und war plötzlich mit einem Preis von »eine Milja, vierzig Kopeken« konfrontiert. Doch der Italiener ließ sich von der sonderbaren Preisangabe nicht irritieren und zahlte die verlangten 1400 Lire. Der Preis der Piroggen war in der ganzen Stadt bekannt.

Manchmal wurde Sinajida Borisowna von ihrem Mann abgelöst, einem schweigsamen, mageren Herrn mit leicht ergrautem Vollbart und Tränensäcken unter den Augen. Mit mir wechselte er kaum je ein Wort. Schweigend rauchte er eine Zigarette nach der anderen.

Sinajida Borisowna hingegen sprach fast ohne Unterbrechung, den Kopf meist hoch erhoben, als würde sie in den Dachwohnungen der umliegenden Häuser ein unsichtbares Auditorium suchen: »Sei froh, mein Kind, daß du deine Eltern hast. Ganz egal, wo du bist, ob am Eingang zur Hölle, am Mond oder auf einer einsamen Insel, bleibt das elterliche Heim für dich ein warmes Nest.«

»Ja, ja«, murmelte ich und begann eine Pirogge zu essen. »Gestern abend haben die Eltern wieder gestritten.«

»Laß sie streiten. Wer streitet, nimmt den anderen wahr. Wer zu streiten aufhört, hat sich aufgegeben, ist schon nicht mehr am Leben. Meine Eltern haben fast immer miteinander gestritten. Am Ende sind sie nur mehr dagesessen, haben kein Wort gesprochen und auf ihren Hungertod gewartet. Das war 1941, im Ghetto.«

Ich zuckte zusammen, legte die Pirogge weg und fragte leise: »Sind sie verhungert?«

»Ja. Zuerst der Vater und drei Tage später die Mutter. Aber vielleicht sollte ich dir solche Sachen nicht erzählen ... Iß deine Pirogge. Es ist schlecht fürs Geschäft, wenn sowas Angeknabbertes auf dem Tisch liegt.«

»Ich habe keinen Appetit mehr.«

»Dann werde ich sie fertigessen, wenn du erlaubst.«

Sie aß meine Pirogge und wischte sich mit dem Handrükken das Fett von den Lippen: »Meine Tochter ist schon seit zwei Jahren in Amerika, in Philadelphia. Sie schreibt mir regelmäßig Briefe, schickt manchmal Geld. Wenn wir telephonieren, sagt sie immer: ›Mamma, laß dich nicht unterkriegen!‹ Sie ist schon ein braves Mädchen, meine Tochter. Auch ihr Ehemann ist ein netter Mensch.«

»Warum dürfen Sie denn nicht nach Amerika einreisen, Sinajida Borisowna?«

»Weil mein Mann und ich Mitglieder der Kommunistischen Partei gewesen sind. Mein Mann war Lehrer, hat sogar eine Zeitlang Marxismus-Leninismus unterrichtet. Kein gutes Eintrittsbillett ins Land der Freiheit. Ein Beamter des US-Konsulats hat uns den Tip gegeben, wir sollten schreiben, man habe uns gezwungen, der Partei beizutreten, uns sonst mit Repressalien gedroht. Was für ein Unsinn! Wir sind ja beide noch als ganz junge Leute in den dreißiger Jahren Kommunisten geworden. Damals hat Lwow zu Polen gehört, und im Polen der Zwischenkriegszeit war die Kommunistische Partei verboten. Wer hätte uns zwingen können, einer verbotenen Gruppierung beizutreten?«

Sinajida Borisowna bediente einen Kunden, »Grazzje. Arrividäärtschi«, trank einen Schluck aus der Mineralwasserflasche. »Was verstehen die denn schon davon, diese Amerikaner. Die haben ja keine Ahnung, wie es damals in Polen gewesen ist. Furchtbares Elend! Unterdrückung! Da schien der Kommunismus die einzige Alternative. Wir wußten ja nicht, wie in der Sowjetunion unsere Ideale verraten und pervertiert werden. Diese Pharisäer! Das erfuhren wir erst nach 1945.«

»Und warum fahren Sie nicht nach Israel?«

»Was soll ich dort? Unsere Tochter ist in Amerika und hat versprochen, sich bei den Behörden für uns einzusetzen. Außerdem habe ich der Idee des Zionismus nie etwas abgewinnen können. Zu viele Juden auf einem Fleck. Für mich sind die Juden das Salz der Erde. Salz allein ist ungenießbar.«

Als ich den Eltern am Abend von Sinajida Borisownas Äußerungen erzählte, lachte Vater und sagte: »Es amüsiert mich immer wieder, daß diese alten jüdischen Kommunisten genauso antisemitisch argumentieren wie ihre nichtjüdischen Genossen. Sie halten sich immer noch an die Parteilinie, auch wenn ihnen die Partei einen Fußtritt versetzt hat, weil sie Juden sind.«

Vater hielt mir noch einen langen Vortrag über Judentum und Kommunismus, den er »kindgerecht« mit Anekdoten anreicherte. Ich wartete ungeduldig, bis er fertig war, und begann wieder in meinen Kinderbüchern zu blättern. Schließlich wußte ich, daß ihr Schicksal besiegelt war. Wann immer ich den Koffer öffnete, ermahnte mich Mutter: »Lies nur, lies! Bald landet sowieso alles auf dem Müll. Wenn wir von hier wegfahren, möchte ich diesen Koffer nicht mehr schleppen …

Später wird dir Großmutter neue Bücher schicken, und auch ich kaufe dir noch viele schöne Bücher.«

Doch eine Abfahrt war vorerst nicht in Sicht. Zwar hatte Vater seine Lateinamerikapläne »nach reiflicher Überlegung« aufgegeben, doch ein amerikanisches oder kanadisches Visum zu erwirken war aussichtslos. Und die italienischen Behörden weigerten sich standhaft, auch nur einem der ungebetenen jüdischen Gäste eine Arbeitsbewilligung auszustellen. Das Angebot, in der Markthalle um 600 Lire die Stunde schwarz zu arbeiten, hatte Vater abgelehnt. Sogar für einen rechtlosen Emigranten war ein solch niedriger Lohn nur Hohn. In den jüdischen Hilfsorganisationen *Joint* und *Hias* erhielten meine Eltern fast immer nur den Rat: »Fahren Sie nach Israel zurück! Schließlich braucht der jüdische Staat Zuwanderer.«

Von Tag zu Tag wurde die Atmosphäre zu Hause bedrükkender. Manchmal führte Vater lange Selbstgespräche. Mutter und ich hatten uns angewöhnt, nicht mehr zuzuhören. Mutter hatte ohnehin eine andere Beschäftigung gefunden. Bei einem Emigranten hatte sie ein Buch mit dem Titel *Basic English for Russian Native Speakers* erstanden und hatte begonnen Englisch zu lernen, »für den Fall, daß es doch noch klappen sollte«.

Jeden Abend wiederholte sie mit lauter Stimme immer dieselben Standardphrasen: »Excuse me, Sir, could you tell me, what time it is? Yes of course, it's half past five. Thank you very much.« Vater starrte unterdessen aus dem Fenster, als müßte er die Sterne am Himmel zählen. »Tell me, my dear«, fragte ihn Mutter, »how was your day?« »Laß mich in Ruhe«, antwortete er, »du gehst mir auf die Nerven. Kannst du nicht leise lernen?«

Leise war Mutter spätestens dann, wenn Vater sein kleines, schwarzes Transistorradio einschaltete, das er noch aus Rußland hatte, um über Kurzwelle *Die Stimme Amerikas* in russischer Sprache zu hören. Ich kannte die Kennmelodie, die jede Sendung einleitete, auswendig und summte sie, zum Ärgernis meiner Mutter, oft vor mich hin. Mutter konnte die *Stimme Amerikas* nicht ausstehen, weil Vater während der

Übertragungen weder Gespräche noch Schritte duldete. Still mußten wir dasitzen und zuhören. Allabendlich ertönte die englische Ansage: »This is the Voice of America from Washington D.C., broadcasted in Russian.« Da ich damals noch kaum Englisch sprach, verwechselte ich das Wort *Voice* mit *Boys* und stellte mir ein Dutzend sympathischer, gutgelaunter Burschen aus Amerika vor, die Vater mit Nachrichten beglückten…

Eines Tages fand ich mich im Hof von Sinajida Borisownas Haus ein und bemerkte sogleich, daß etwas nicht in Ordnung war. Meist begrüßte mich die Frau mit einem fröhlichen »Guten Morgen, junger Mann. Wie hast du geschlafen? Hattest du schöne Träume?« Diesmal jedoch nickte sie mir nur zu, stellte wortlos die Kiste mit den Piroggen auf den Tisch, wischte sich den Schweiß von der Stirn mit einem Taschentuch ab und machte sich auf den Weg. Sie wirkte ungewöhnlich bleich, mußte oftmals stehenbleiben und rasten.

Sie habe sich den Magen verdorben, erklärte sie mir, als wir unseren angestammten Verkaufsplatz erreicht hatten. Die halbe Nacht habe sie auf der Toilette zugebracht, sei müde, schwindlig, spüre, daß sie Fieber habe. »Mein Mann wird mich heute öfter ablösen«, sagte sie.

»Warum verkauft Ihr Mann heute nicht gleich selbst die Piroggen?« fragte ich.

»Weil ihr Männer für praktische Dinge nicht zu gebrauchen seid«, antwortete sie schroff.

Ich beschloß, Sinajida Borisowna in Ruhe zu lassen, schlug ein Buch auf und begann zu lesen.

Bis zum Nachmittag war Sinajida Borisownas Mann etwa fünfmal gekommen. Gegen vier erklärte er, er werde sein tägliches Nachmittagsschläfchen machen und gegen sechs wieder vorbeischauen. Um halb fünf griff sich Sinajida Borisowna an den Bauch, stöhnte laut auf und murmelte: »Ja, zum Teufel, was ist denn das? Jetzt muß ich schon wieder auf die Toilette.« Sie musterte mich prüfend. »Glaubst du, daß du mich für eine Viertelstunde ablösen kannst? Du bist ja ein kluger Bub.«

»Selbstverständlich!« sagte ich, erfreut über diese Abwechslung und geehrt durch das mir entgegengebrachte Vertrauen.

»Paß nur ja auf!«

»Sie können sich auf mich verlassen. Ich bin ja kein kleines Kind mehr.«

Ein leichtes Lächeln huschte über ihr von Fieber und Müdigkeit gezeichnetes Gesicht. »Na, wenn das so ist, dann bis bald. Sei brav«, sagte sie und steckte mir fünfhundert Lire zu.

Kaum war ich allein, fanden sich gleich mehrere Kunden an »meinem« Verkaufsstand ein. Ein älterer Mann mit weißem Anzug und Strohhut, der einen fuchsroten Boxer an der Leine hielt, eine Frau, zwei Kinder, etwa in meinem Alter, drei junge Männer um die zwanzig mit schulterlangen Haaren und ein Emigrant aus Buchara, den ich vom Sehen kannte. Ich teilte die Piroggen aus, wickelte sie bald gekonnt in das schöne, braune Packpapier, nahm das Geld entgegen, gab heraus, rechnete, sagte stolz die Beträge auf: quattrocento, duecento, seicento ... Die italienischen Zahlen hatte ich gelernt, weil meine Eltern die »Milja«-Berechnung immer als ungebildet und vulgär abgetan hatten. Ich nahm eine lässige Körperhaltung ein, saß im Klappsessel, hatte das rechte Bein angezogen, befeuchtete die Finger, wenn ich die Banknoten zählte, warf die Münzen wie beiläufig in die Holzschatulle, die Sinajida Borisowna als Kassa diente. Die Noten und Metallstücke häuften sich mit fröhlichem Rascheln und Klirren. Ich fühlte mich so, als sei ich ein berühmter Händler. Es war der Beginn einer vielversprechenden Geschäftskarriere, und ich war ein wichtiger Mensch, der alle Aufmerksamkeit auf sich zog. Der alte Mann bedankte sich höflich, die jungen Männer verspeisten die Piroggen auf einer Bank unweit des Springbrunnens, der Emigrant klopfte mir auf die Schulter und nannte mich seinen Freund. Und ich dachte mir, daß auch Rothschild so begonnen haben dürfte, ganz klein, als Straßenhändler.

Plötzlich waren alle fort. Ich lehnte mich zufrieden zurück, schaute in die Kassa und ... Ich wollte schreien oder noch lieber sofort sterben. Die Münzen waren noch da, aber alle Banknoten waren verschwunden. Verzweifelt schaute ich mich um, so als suchte ich bei den Passanten Hilfe und Trost. Doch keiner bemerkte mein Zittern und meine aufkommenden Tränen. Niemand blieb stehen, nicht einmal, um schnell eine Pirogge zu kaufen. Ich war allein, verloren, ein armseliger, dummer Junge, der sich das Geld stehlen läßt. Ich würde nie Kaufmann werden und als Bettler enden, wenn Sinajida Borisowna mich nicht vorher umbrachte.

Die jungen Männer, denen ich vorhin die Piroggen verkauft hatte, saßen immer noch lachend und plaudernd auf der Bank am Wasserbecken. Manchmal sahen sie zu mir herüber und grinsten unverschämt, so als würden sie mich verhöhnen. Hatten sie das Geld gestohlen? Zweifellos waren sie es gewesen, denn wer sollte es sonst gewesen sein. Der Emigrant? Das konnte ich mir nicht vorstellen. Ein Russe würde doch nicht einen anderen bestehlen. Der alte Mann mit Hund? Ein so alter und seriös aussehender Herr konnte doch kein Verbrecher sein. Die Frau und die beiden Kinder hatte ich die ganze Zeit nicht aus den Augen gelassen. Ich hätte es registriert, wenn jemand von ihnen in die Kassa gegriffen hätte.

Was sollte ich tun? Zu den jungen Leuten hingehen und auf Russisch, Deutsch oder Hebräisch sagen: »Entschuldigung, könnten Sie mir bitte das Geld zurückgeben, das Sie mir gestohlen haben, sonst wird Frau Sinajida Borisowna mit mir schimpfen«? Sie würden mich bestimmt zusammenschlagen.

Plötzlich bekam ich furchtbare Angst. All die fremden Menschen um mich herum, in deren Gesichtern ich erst jetzt bösartige, bedrohliche Fratzen erkannte, würden sich demnächst auf mich stürzen, mir die Uhr vom Handgelenk ziehen, das Kleingeld, die Piroggen, den Tisch und die Stühle entwenden, mich verschleppen oder sofort im Brunnen ertränken. Zitternd ging ich im Kreis um den Tisch herum und wartete sehnsüchtig auf Sinajida Borisowna.

Endlich sah ich sie die Straße überqueren. Sie lächelte mir zu, winkte schon von weitem, ihr Schritt wirkte sicherer und fester. Als sie meine Tränen sah, verfinsterte sich ihr Gesicht sofort. »Was ist passiert?« fragte sie mit scharfer Stimme. Ich wies mit dem Finger Richtung Kassa und stammelte etwas von Dutzenden Italienern, von gefährlich aussehenden Dieben und der Mafia, brachte die Worte kaum heraus.

»Ach, du dummes, unfähiges Kind!« schrie Sinajida Borisowna, holte aus und gab mir eine kräftige Ohrfeige.

»Polizei holen!« sagte ich, während ich mit beiden Händen das Gesicht bedeckte, um mich vor weiteren Schlägen zu schützen.

»Was für Polizei, du Dummkopf?! Mein Piroggengeschäft ist doch illegal. Wir können keine Anzeige erstatten. Stundenlang bin ich krank in der Hitze gestanden, um dieses Geld zu verdienen, und du läßt es dir stehlen. Gib mir die halbe Milja zurück. Sofort!« Ich gab ihr das Geld. Sie legte es in die Kassa und ließ sich in den Stuhl fallen. Ich sah, wie ein leichtes Zittern ihren ganzen Körper erfaßte, wie sie zuerst einen lauten Seufzer von sich gab und dann zu schluchzen begann. »Hitler und Stalin habe ich überlebt«, jammerte sie. »Ständig haben alle auf mir herumgetrampelt. Meine Parteigenossen haben mir ins Gesicht gespuckt, als ich den Ausreiseantrag gestellt habe. Die Amerikaner geben mir kein Visum. Mein Mann ist sowieso zu nichts zu gebrauchen. Und nun wird mir auf meine alten Tage von diesen Spaghettifressern auch noch das letzte Geld gestohlen, weil ein dummer Junge nicht aufpassen konnte. Wer weiß, vielleicht hast du es ja selbst gestohlen? Dir traue ich jetzt alles zu!«

Sofort leerte ich vor Sinajida Borisowna meine Taschen aus, legte drei Murmeln, ein Hundertlirestück und ein Taschentuch auf den Tisch. Die Frau legte die hundert Lire in die Kassa und hörte nicht auf zu weinen. »Ich möchte sterben! Nur sterben, damit alles ein Ende hat. Sterben!«

Ich zog sie am Ärmel, bettelte um Entschuldigung, hätte mich viel wohler gefühlt, wenn sie mich wieder geschlagen oder grob weggestoßen hätte. Aber sie sagte nur: »Geh mir aus den Augen. Ich möchte dich nie mehr wiedersehen!«

Um den Verkaufsstand hatte sich eine Menschentraube gebildet. Ich hörte besorgte und neugierige Stimmen, Russisch und Italienisch. Eine Frau, ebenfalls Emigrantin, nahm mich in Schutz: »Er ist doch höchstens zehn, elf Jahre alt.« Mir wurde alles zuviel. Ich lief davon, irrte lange ziellos durch die Stadt, bevor ich mich nach Hause wagte.

»Was fällt dieser dummen Pute überhaupt ein, mein Kind für sich arbeiten zu lassen!« ereiferte sich Vater. »Wenn sie krank ist, soll sie daheim bleiben. Und daß sie ihm eine Ohrfeige gegeben hat, ist überhaupt die allergrößte Frechheit. Mein Kind schlägt niemand außer mir!«

Die Eltern, Signor Coreanu, seine Frau und ich saßen im Wohnzimmer und besprachen mein »Mißgeschick«. Ich versuchte so still wie möglich zu sein und verspeiste langsam ein Stück Kuchen, das mir Carmen gegeben hatte.

»Wieviel hat man ihr überhaupt gestohlen?« fragte Coreanu.

»Weiß ich nicht«, antwortete ich.

Carmen sagte etwas auf Italienisch.

»Meine Frau meint, daß Ostia früher viel sicherer gewesen sei«, übersetzte Coreanu. »Da hätten sich die Leute noch geniert, eine arme Emigrantin oder ein Kind zu bestehlen. Aber heute sei Italien eben nicht mehr das, was es einmal war.«

»Mir wäre so etwas nie passiert«, erklärte Vater nach einer Pause. »Mir ist noch nie etwas gestohlen worden! Aber dieses Kind ...«

»Lassen Sie ihn doch, er hat heute genug durchgemacht«, unterbrach ihn Coreanu. »Er braucht jetzt einfach Zeit, um wieder zu sich zu kommen.«

Carmen legte mir ein weiteres Stück Kuchen auf den Teller und sagte etwas Freundliches, ein Kosewort vielleicht.

»So kann es nicht mehr weitergehen«, stellte Mutter fest, als wir wieder in unserem Zimmer waren. »Heute ist es nur ein Diebstahl, morgen etwas anderes. Wir sind hier schutzlos, ohne irgendwelche Rechte, praktisch vogelfrei. Das Kind treibt sich auf der Straße herum. Im Herbst muß er wieder zur Schule, und was ist dann?«

»Was schlägst du also vor?« fragte Vater.

»Laß uns nach Israel zurückkehren. Welchen Sinn soll das alles hier noch haben?«

»Was?« schrie Vater. »Nachdem wir alles aufgegeben haben? Nachdem wir den Entschluß gefaßt haben wegzufahren, sollen wir unverrichteter Dinge zurückkehren? Du hast gekündigt. Die Wohnung haben wir auch nicht mehr.«

»Nun«, schlug Mutter nach einiger Überlegung vor, »wir könnten es ja wieder in Österreich versuchen.«

»Was sollen wir dort? Ich möchte in einem Land leben, wo mein Sohn kein Fremder ist, wo er eine Zukunft hat. In Österreich bleibt er immer der Jud. Und in Israel muß er den ganzen Saustall, der in diesem Land herrscht, auch noch mit der Waffe in der Hand verteidigen. Nein, du kannst sagen, was du willst, aber ich fahre nicht nach Israel zurück.«

»Immer du, du, du!« schrie Mutter, und ihre Stimme bekam einen hohen, fast hysterischen Unterton. »Wenn es dir wirklich um deinen Sohn geht, dann soll er auch entscheiden.«

Und plötzlich sahen mich beide an, und ich bekam Angst und verstand nicht genau, was man von mir wollte. Vater stand auf und legte mir beide Hände auf die Schultern, schaute mir in die Augen. »Du sollst bestimmen, mein Sohn«, sagte er. »Sollen wir wieder nach Israel zurückkehren oder nach Österreich fahren oder weiter hier ausharren? Was sollen wir tun? Schließlich geht es ja um deine Zukunft.«

Ich suchte den Blick meiner Mutter. Doch ihr Gesicht wirkte ernst und konzentriert.

»Ich weiß es nicht«, murmelte ich. »Ich möchte lieber etwas lesen, und hungrig bin ich auch.«

»Du hast gerade zwei Stück Kuchen gegessen«, sagte sie streng, »und die Bücher kommen sowieso weg.«

»Wo möchtest du denn in der nächsten Zeit leben?« drängte Vater. »In Israel, in Österreich, hier in Italien, oder sollen wir es doch noch mit Lateinamerika versuchen?«

»Nein, nein!« Ich war selbst überrascht, wie leise und ängstlich meine Stimme klang. »Nicht Lateinamerika!«

»Gut, dann fällt diese Alternative weg. Willst du hier in Italien bleiben?«

Ich dachte an das gestohlene Geld und schüttelte den Kopf.

»Also Israel oder Österreich?«

Ich begann zu weinen. Nach Israel wollte ich nicht zurück, und an Österreich hatte ich auch keine guten Erinnerungen, mußte an die trostlosen Wohnungen und die vielen Menschen denken, die mich als »Tschusch« und Ausländerbub beschimpft hatten. Ich schluchzte laut. »Ich will nirgendwo hin«, konnte ich gerade noch herausbringen.

»Demnach möchtest du in Ostia bleiben«, stellte Vater fest.

Wieder schüttelte ich den Kopf.

»Das ist nicht logisch«, folgerte Mutter. »Wenn du nirgendwohin möchtest, dann willst du dableiben. Du bist doch schon groß, kannst schon Sinnzusammenhänge erkennen.«

Sinnzusammenhänge konnte ich erkennen, blieb den Eltern aber trotzdem eine Antwort schuldig. Immer noch heulend, begann ich im Zimmer auf und ab zu gehen.

»Wir sollten ihn in Ruhe lassen«, meinte Mutter.

Mein Blick fiel auf den Koffer, in dem die Bücher lagen. Einem plötzlichen Einfall folgend, ergriff ich den Koffer und lief aus dem Zimmer, vorbei an der verdutzten Carmen, den Blick zu Boden gerichtet.

Ich rannte die Stufen hinunter, überquerte die Piazza. Sinajida Borisownas Piroggenstand war nicht an seinem üblichen Platz. Sie wird sich das Abendgeschäft entgehen lassen, dachte ich, und alles nur wegen mir. Bei diesem Gedanken begann ich wieder zu heulen. Einige Frauen fragten mich etwas auf Italienisch, das ich nicht verstand. Ich lief weiter in Richtung Strand, kam außer Atem, der Arm schmerzte – ich war überzeugt, daß er länger geworden war. Wenn ich den Koffer noch eine Stunde trage, dachte ich, werde ich bald mit den Fingerspitzen die Zehen berühren können.

Ich stieg die Steinstufen von der Straße zum Strand hinunter, zog die Sandalen aus, nahm sie in die linke Hand, während ich mit der rechten den Koffer über den Sand schleifte.

Die Sonne war schon untergegangen, aber es war noch ziemlich hell. Das Meer wirkte in der Dämmerung fast schwarz, ein brüllendes, alles verschlingendes Monster. Es war kein Mensch mehr am Strand. Ich krempelte die Hosenbeine hoch, ließ die Sandalen in sicherer Entfernung vom Wasser liegen, hielt den Koffer mit beiden Händen fest und stakste ins Meer. Zu dieser Stunde, nach einem heißen Sommertag, erschien es mir wärmer als sonst. Mit beiden Armen holte ich aus, machte eine halbe Drehung und warf den Koffer ins Meer. Er platschte, tauchte unter, kam für einen Augenblick wieder an die Oberfläche und verschwand endgültig in den sich brechenden, schäumenden Wellen. Und ich hatte das Gefühl, als hätte ich das Teuerste, was ich besitze, verloren. Ich stellte mir vor, wie die Bücher Wasser aufsogen, zu undefinierbaren Klumpen wurden, wie die Buchstaben vom Salz zerfressen wurden, jene Buchstaben, die treue Wegbegleiter meiner Kindheit gewesen waren. Und während ich mir selbst sehr leid tat, wieder weinen mußte und mich an den Strand setzte, dachte ich an Mutters Worte, daß ich ja schon groß sei, und erkannte, daß ich eigentlich nicht groß sein wollte und daß das Leben schön und angenehm sein sollte, wie es nie gewesen war und nie sein würde.

Eine laute Stimme ließ mich aufschrecken. Ein dürrer Mann in Shorts und blaugestreiftem T-Shirt kam auf mich zu. Seine Stimme klang unfreundlich. So schnell ich konnte, rannte ich wieder den ganzen Weg zurück, über die Straße und die Piazza und durch das Tor und in den Hof, unter den Wäscheleinen hindurch und ins Haus. Oben im zweiten Stock war die Wohnungstür offen. Vater überhäufte mich mit Vorwürfen. Ich hätte verletzt oder tot sein können, schrie er. Ich hätte mich verirren können. Jemand hätte mir etwas antun können. Ich sah alles wie durch einen Nebel. Eine große Gleichgültigkeit hatte mich erfaßt. Ich war aus meinem Körper herausgetreten, nahm kaum mehr wahr, wie Mutter und Signor Coreanu auf Vater einredeten, wie Signora Carmen etwas ganz schnell und überzeugend auf Italienisch erklärte und wie der Wutanfall meines Vaters sich legte, wie seine Stimme ruhig und sogar zärtlich wurde, wie er einen versöhnlichen Scherz machte, wie Mutter mir etwas zu essen brachte. Ich aß schnell und mechanisch, ging zu Bett und schlief sofort ein.

Wenige Tage später reisten wir ab. Die Eltern hatten ganz ohne meine Hilfe die Entscheidung getroffen, nach Wien zurückzukehren. Zum Abschied umarmte mich Signora Carmen, nannte mich wieder Bambino und schenkte mir einen kleinen Teddybären. Der Bär war dunkelbraun und hatte blaue Augen aus Glas. Ich bedankte mich höflich, hatte aber für das Spielzeug keine Verwendung. Schließlich war ich schon groß. Signor Coreanu drückte Vater die Hand und meinte: »Das nächste Mal hoffe ich, Sie als Touristen wiederzusehen.« Alle lachten.

Die Prozession zum Bahnhof hatte ihre ritualisierte Ordnung. Vorne, schwer keuchend, Vater mit den beiden großen Reisekoffern und den obligaten Schweißflecken auf dem Hemd. Einige Schritte hinter ihm Mutter, mit dem kleinen Koffer, dem Rucksack und der Reisetasche. Dann folgte ich mit dem kleinen Rucksack und den beiden Tragtaschen aus Plastik, in denen sich der Proviant für die Reise befand. Auf der anderen Straßenseite stand Sinajida Borisowna und verkaufte Piroggen. Sie sah abgearbeitet aus. In unsere Richtung schaute sie nicht.

Hätten meine Eltern gewußt, daß wenige Wochen später die amerikanischen Einwanderungsbehörden auf Drängen der italienischen Regierung und der römischen Stadtverwaltung allen russischen Emigranten in Ostia im Zuge einer einmaligen humanitären Aktion die Einreise in die USA erlauben würden, wären sie sicher in Italien geblieben.

Während der Nachtfahrt nach Wien hörte Vater nicht auf zu reden. Er sprach von seinen Plänen, davon, daß Wien für uns auch nur eine Zwischenstation bedeute, daß er nicht der Mensch sei, der sich so schnell geschlagen gebe, daß die USA oder ein anderes Einwanderungsland, wo es für ihn und seine Familie eine bessere Zukunft geben werde, schon auf ihn warte. Je später die Stunde, umso euphorischer wurde Vater. Seine Augen waren rot vor Müdigkeit, das Gesicht erschien im Licht der matten Abteilbeleuchtung gelblich und schmal, wie das eines Revolutionärs, der Weltveränderungspläne schmiedet. Er beteuerte, daß jetzt ein neues Leben beginne, Rom eine Zäsur gewesen sei, die Brücken zur Vergangenheit, zu Rußland und Israel nun endgültig abgebrochen seien. »Es gibt keinen Weg zurück!« sagte er mit so lauter Stimme, daß ich aus dem Halbschlaf hochfuhr. »Jetzt heißt es neue Brücken bauen.« Und als wäre dies ein Ereignis, das die Worte meines Vaters symbolträchtig unterstreichen wollte, stürzte in derselben Nacht in Wien die Reichsbrücke ein.

VII. Baustellen

Meine erfolgreiche Schulkarriere habe ich in nicht unwesentlichem Maße Goethe zu verdanken. Besser gesagt, seinem berühmten Frühwerk *Die Leiden des jungen Werther*. Gelesen habe ich dieses Buch nie, nur einmal, mit zehn Jahren, kurz durchgeblättert, für unleserlich, uninteressant und überhaupt recht eigentümlich befunden. Ich hatte das Büchlein, eine dünne gelbe Reclam-Ausgabe, auf dem braunen Holzsitz der Stadtbahn gefunden, als ich zum Wiener Karlsplatz unterwegs war, um die größte U-Bahnbaustelle der Stadt zu besichtigen. Der weiträumige, von Prachtbauten gesäumte Platz war damals durch eine tiefe Baugrube verunstaltet, aus deren Inneren Betonpfeiler ragten.

Seit wir, aus Israel kommend, über Ostia nach Wien zurückgekehrt waren, fuhr ich die diversen Baustellen der Stadt ab. Als Schüler hatte ich auf den Strecken der Wiener Verkehrsbetriebe Freifahrt. Es faszinierte mich, wie die Stadt ihr Gesicht veränderte und wie die düsteren Mietskasernen der Kraft von Abbruchmaschinen weichen mußten. Dicke Seile wurden um Mauern, Holzbalken oder Querwände, auf denen Tapetenreste im Wind raschelten, gezogen. Dieselmotoren heulten auf. Ein kräftiger Ruck, und die hundert Jahre alten Wohnungen, in denen sich zerbrochenes Geschirr und anderes Gerümpel türmte, die Gänge mit ihren stinkenden Klokabinen und die Treppen mit den abgetretenen Stufen stürzten in sich zusammen und versanken in einer Wolke von Staub und Schmutz. Am meisten aber faszinierte mich, wie parallel zur klapprigen Stadtbahn die neuen U-Bahntrassen entstanden. Mit buntem Filzstift markierte ich auf einem Stadtplan die zukünftigen Linien und ärgerte meine Eltern mit langen Erklärungen.

»Das interessiert mich nicht. Ich habe andere Sorgen«, brummte Vater. Mutter hingegen erzählte spannende Geschichten vom Bau der Leningrader Metro. Tag und Nacht seien die Lastkraftwagen durch die Stadt gefahren, so daß die Bewohner der betroffenen Viertel an chronischem Schlafmangel litten, aber nach nur drei Jahren Bauzeit konnte die Untergrundbahn in Betrieb genommen werden.

Ich war jedenfalls froh, daß in Wien alles nicht so schnell ging. Die einzelnen Schritte der Veränderung wurden von mir durch Zeichnungen dokumentiert, mit dem jeweiligen Datum versehen und sorgfältig in einer Schublade verstaut.

»Mir scheint, du hast einen autistischen Sohn«, sagte Vater.

»Wundert dich das?«

»Ich bin nicht autistisch!« protestierte ich beleidigt und fragte: »Was heißt das überhaupt?«

»Dein Vater kann dir das am besten sagen.«

»Laß dir solche Sachen lieber von deiner Mutter erklären.«

Schon bald machte ich mir aber keine allzu großen Gedanken mehr über das eigentümlich klingende Wort und fuhr zur nächsten Baustelle. Auf einer dieser Fahrten fand ich das Buch.

Die Angaben zu Leben und Werk des Dichters in der Einleitung waren recht aufschlußreich. Das Theaterstück, in dem der Teufel höchstpersönlich vorkommt, wäre etwas nach meinem Geschmack gewesen. Aber ein Liebesroman in Briefform, der zudem mit einem Selbstmord endet – weswegen sollte ich das lesen? Welcher vernünftige Mann würde sich schon wegen einer Frau umbringen! Doch in einer Deutschstunde haben mir Werthers Leiden gute Dienste erwiesen.

Die immer modisch gekleidete Lehrerin konnte ihren Schülern keine Liebe zur deutschen Sprache und Literatur vermitteln. Rechtschreibung, Grammatik und eine korrekte Ausdrucksweise vermochte sie ihnen hingegen beizubringen.

»Wenn ihr erwachsen seid«, erklärte sie, »dann könnt ihr auf den Konjunktiv verzichten und überhaupt die Grammatik so handhaben, wie ihr es für richtig haltet. Schriftsteller zum Beispiel oder Journalisten dürfen das. Hier in der Schule müßt ihr aber den korrekten und allgemein üblichen Gebrauch der Sprache erlernen. Ein Satz wie: *Ich glaubte, es war ganz anders,* ist zum Beispiel falsch … Nicht wahr, Mayer? Ich habe das in deiner Hausübung gelesen.«

Hans Mayer, ein großgewachsenes Kind mit rundem Gesicht voller Sommersprossen, verdrehte die Augen und gab einen verärgerten Zischlaut von sich. Daß der Satz falsch war, schien ihm kein großes Problem zu sein.

»Wie muß es richtig heißen?« fragte die Lehrerin.

Mayer schwieg, grinste und senkte den Blick, während ein Mädchen aus der ersten Reihe freudig und ohne auch nur einen Hauch von Zweifel ausrief: »Ich glaubte, es *ist* ganz anders!«

Nun war die Lehrerin erst recht verärgert und wunderte sich, was man uns in der Volksschule beigebracht hatte. »Diese Volksschullehrer!« sagte sie mit einem verächtlichen Unterton. »Na ja, ich sehe schon, ich werde mit euch bei Adam und Eva anfangen müssen … Man muß schon dankbar sein, wenn ihr überhaupt lesen könnt.«

Dann kam sie wieder auf die Dichter zu sprechen, denen der freie Gebrauch der Grammatik erlaubt, während er uns strengstens verboten sei, und fragte schließlich: »Kennt jemand von euch Ignoranten auch nur irgendeinen deutschen Schriftsteller? Wenn ich schon von Schriftstellern rede, möchte ich wenigstens sicher sein, daß ihr überhaupt versteht, was ich meine.«

Sie ging zwischen den Bänken auf und ab und musterte mit prüfendem Blick unsere Gesichter. Man hörte das regelmäßige Klappern ihrer Stöckelschuhe auf dem Parkettboden.

Schweigen.

»Wenigstens *einen* Schriftsteller!« stöhnte sie.

»Goethe?« murmelte, diesmal um einiges unsicherer als vorhin, das Mädchen aus der ersten Reihe.

»Goethe! Na also! Ein großer Dichter. Kann mir jemand von euch auch noch sagen, was Goethe geschrieben hat?«

Wieder Schweigen.

Schließlich hob ich zaghaft die Hand.

»Du?« fragte die Lehrerin überrascht.

»*Die Leiden des jungen Werther*«, verkündete ich stolz, und nun schaute mich die ganze Klasse verwundert an. Als ich den Inhalt des Buches in groben Zügen nacherzählt hatte, wurde ich von der Lehrerin so überschwenglich gelobt und den anderen als Vorbild hingestellt, daß ich überzeugt war, meine Klassenkameraden würden mich in der Pause verprügeln.

»Nehmt euch ein Beispiel an ihm«, sagte die Lehrerin. »Er ist Ausländer! Er kann nicht einmal richtig Deutsch. Für ihn ist das eine Fremdsprache. Aber offensichtlich ist er ein intelligentes Kind, das sich für Bücher interessiert.«

Ab diesem Zeitpunkt war ich der Liebling der Deutschlehrerin. Sie lobte meine Aufsätze und beurteilte mich bei Schularbeiten und Grammatikprüfungen nachsichtig.

»Der Ausländer unter euch Eselsköpfen«, erklärte sie beispielsweise und hielt eine Arbeit von mir in die Höhe, »hat bei dieser Übung fünfzehn von zwanzig möglichen Punkten erreicht. Mayer! Neun Punkte! Nicht Genügend!«

Kein Wunder, daß die Mitschüler mich nicht mochten. Ansonsten stärkte die Sympathie der Lehrerin meine Position in der Schule erheblich. Schließlich war ich nur als außerordentlicher Schüler ins Gymnasium aufgenommen worden.

»Bis Jahresende muß er eine Deutschprüfung ablegen«, hatte der Direktor Mutter erklärt, »und außerdem einen Intelligenztest bestehen. Gerade mit ausländischen Kindern haben wir nicht nur wegen der Sprachprobleme, sondern auch aufgrund der schlechten oder von unserem System abweichenden Vorbildung keine besonders guten Erfahrungen gemacht. Im Augenblick haben wir überhaupt keine Ausländer in der Schule. Mein Vorschlag, gnädige Frau, wäre, daß Ihr Sohn vorläufig in die Hauptschule geht. Dort hat er es leichter und kann nach zwei oder drei Jahren immer noch ins Gymnasium wechseln.«

»Nicht alle Ausländer gehören automatisch in die Hauptschule«, entgegnete Mutter trocken. »Es gibt auch Ausnahmen. Mein Sohn ist eine solche Ausnahme.«

Ich war fraglos eine Ausnahme. Die Schulpausen verbrachte ich damit, Kräne, Baumaschinen, Abbruchruinen und Stadtbahnen zu zeichnen. Die anderen hänselten mich bald, schrien mir »Baustellenruss« nach, aber das berührte mich nicht. Hauptsache, sie ließen mich in Ruhe und die Lehrer störten mich in den Stunden nicht, wenn ich unter der Bank Fahrpläne zeichnete.

Der Klassenvorstand ließ Mutter in die Sprechstunde kommen. Ich sei unaufmerksam, wie abwesend, habe die Lehrerin gesagt. In fast allen Fächern mit Ausnahme von Deutsch, Geographie und Geschichte stünde ich an der Grenze zum Nicht Genügend, aber drei Fächer allein machten noch keinen Schulerfolg aus. Wenn man mich etwas frage, antworte ich nicht. Man müsse meinen Namen schon dreimal rufen, damit ich überhaupt reagiere. Ich erinnere sie an ihren Großvater kurz vor seinem Tod, habe die Lehrerin gemeint. Dieser sei den ganzen Tag auf einer Parkbank vor dem Haus gesessen und habe in die Ferne geschaut. Vielleicht sei es wirklich besser, ich gehe in die Hauptschule. Es gebe sogar Lehrer, die behaupten, ein Ausländer gehöre grundsätzlich nicht ins Gymnasium, aber natürlich wolle sie keine Namen nennen, und dies sei selbstverständlich auch nicht ihre Meinung.

»Was ist los mit dir?« wollte Mutter wissen. »Willst du wirklich in der Hauptschule landen wie der Sohn des Straßenkehrers, der Putzfrau oder des Dachdeckers? Dann bist du auf dem besten Wege, das zu werden, was sie von dir erwarten – jemand, der für sie die Drecksarbeit erledigt, der ihren Mist wegräumt. Hast du schon vergessen, wie sie Jovanka, Milena und mich in der Versicherung behandelt haben? Glaub ja nicht, daß sie dir jemals verzeihen, wer du bist. Wenn du nach oben kommen willst, mußt du schon viel besser sein als sie, und wenn du fällst, fällst du viel tiefer.«

Sie – das waren immer die Österreicher, die Eingeborenen.

»Du hast doch einmal gesagt, du möchtest Arzt werden«, sprach Mutter weiter. »Wenn du so weitermachst, wirst du bestenfalls Stadtbahnfahrer. Interessierst du dich überhaupt für etwas anderes als für Baustellen und Stadtbahnen?«

»Bis ich groß bin«, erklärte ich, »wird es keine Stadtbahnen mehr geben, also kann ich auch kein Stadtbahnfahrer werden. Da! Schau her!« Ich holte einen Stadtplan aus der Schreibtischschublade.

»Laß das!« brüllte Vater und schlug mir den Plan aus der Hand. »Du sollst deiner Mutter zuhören! Gleich hole ich den Riemen, und dann ...«

Voller Mitleid schaute ich Vater an. Daß er sich immer so aufregen mußte, ohne mich jemals wirklich geschlagen zu haben. Manchmal wünschte ich mir, er würde wenigstens einmal richtig auf mich losgehen. Dann könnte ich weinend ins Bett kriechen, und die Eltern müßten mich trösten.

»Wir bleiben sowieso nicht in Wien«, schrie ich schnippisch, »warum soll ich mich dann in der Schule anstrengen? Du sagst doch immer, daß wir nach Amerika, Australien oder Kanada auswandern. Dort werde ich dann lernen und ein guter Schüler sein.«

Meine Worte führten zum gewünschten Resultat. Mutter warf Vater vor, er habe mich mit seinen unrealistischen Plänen und Tagträumen verdorben. »Du siehst, wie das Kind jetzt reagiert«, sagte sie gereizt. »Ich hatte das Riesenglück, eine Arbeit in meinem Beruf zu finden, so daß wir endlich die größten finanziellen Sorgen los sind. Und was machst du? Du denkst wieder ans Wegfahren, kaum daß wir ein halbes Jahr hier sind, und verdrehst dem Kind außerdem den Kopf. Wirst du dich denn nie ändern? Du bist schuld, wenn das Kind Probleme hat!«

»Wieso ich? Ich tu doch alles nur für das Kind, für diesen undankbaren Bengel. Auf einmal soll *ich* jetzt schuld sein?«

Meine Eltern stritten, und ich konnte mich wieder an den Schreibtisch zurückziehen und eine weitere Zeichnung anfertigen, denn wenn sie einmal zu streiten begonnen hatten, beachteten sie mich nicht mehr. Schließlich saßen sie erschöpft auf ihrem Bett im Wohnzimmer, Rücken an Rücken, schweigend.

Am Abend nahm mich Mutter beiseite: »Mußt du deinen Vater so reizen? Du siehst doch, daß es ihm nicht gut geht, daß er traurig ist. Du weißt, daß er immer noch keine Arbeit gefunden hat. Ein Mann in seinem Alter und mit seiner Energie sitzt nicht gern zu Hause. Er ist noch zu jung fürs Pensionistendasein.«

Das erschien mir komisch, sogar absurd. Vater war doch schon über vierzig, also uralt. Und daß er keine Arbeit hatte, war für ihn, wie ich wußte, kein Problem. »Arbeiten allein ist nicht das Wichtigste im Leben.« Diesen Satz wiederholte Vater mindestens drei-, meistens fünf- bis sechsmal am Tag. Demnach mußte es stimmen. Einen traurigen Eindruck machte er auf mich auch nicht. Manchmal wurde er beinahe euphorisch, dann nämlich, wenn er meinen Schulatlas aufschlug und mir die Landkarte der Vereinigten Staaten zu erklären begann. »Ein großes, ein reiches Land«, sagte er meist mit verträumter Stimme. »Hier in New York wohnt deine Großtante Krejna, und hier in Philadelphia die Familie deines vor zehn Jahren verstorbenen Urgroßonkels Mojsche. In Amerika findet jeder Mensch sein Glück, wenn er nur hart genug dafür kämpft. Da bekommt jeder seine Chance.« Vater lächelte, streichelte meinen Kopf oder umarmte mich. »Du mußt Englisch lernen«, erklärte er mir. »Es ist die wichtigste Sprache der Welt. Wenn wir erst in Amerika sind, wird es auch deine Sprache sein.« Vater hatte aus der Universitätsbibliothek eine Reihe von Broschüren, Büchern und Bildbänden geholt, und nun studierte er mit mir die USA Staat für Staat, Großstadt für Großstadt.

Nach solchen Gesprächen machte ich oft einen Spaziergang durch die Brigittenau. Wie die Flugbahn eines Bumerangs hatten uns alle Wege immer wieder nach Wien und in diesen etwas heruntergekommenen Arbeiterbezirk zurückgeführt. Ich ging über die Wallensteinstraße und stellte mir vor, dies wäre der Broadway. Die schäbigen Mietskasernen wuchsen zu glitzernden Hochhäusern, die Türen der Tabakläden verwandelten sich, wurden zu Varieté- und Theatereingängen, das Schuhgeschäft an der Ecke Klosterneuburger Straße zum größten Modegeschäft der Welt. Im Bimmeln der Straßenbahnlinie Fünf erkannte ich das Rattern der *Elevated,* die Manhattans Zentrum durchschnitt. Ich ging weiter und kam zum East

River, dem Donaukanal, wo Überseedampfer und Luxusyachten, die Rettungszillen der Wiener Wasserpolizei, ankerten. Dann überquerte ich die Brooklyn Bridge, die Friedensbrücke, betrachtete in der Ferne die Freiheitsstatue, die Müllverbrennungsanlage Spittelau, betrat eine Stadtbahnstation, glitt hinunter in die New Yorker Subway, betrachtete die Menschen aus aller Welt – Schwarze, Inder, Juden, Chinesen, wurde angerempelt, beiseite gestoßen. »Heast, paß auf, du Depp!« hieß es dann oder »Bleda G'schropp!« … Der Zauber war vorbei. Verwirrt schaute ich mich um und fuhr zur nächsten Baustelle.

Die Befürchtungen der Eltern bewahrheiteten sich nicht. Nach einiger Zeit wurden meine Schulnoten besser. Der Intelligenztest attestierte mir ganz offiziell die notwendige Befähigung, ein Gymnasium zu besuchen, und die Deutschprüfung war bei der mir geneigten Lehrerin ohnehin eine Formsache. Von den Lehrern konnte mich nur der Turnlehrer nicht sonderlich gut leiden. In einer der ersten Stunden hatte er mir, wohl wegen des hörbaren slawischen Akzents, die Frage gestellt: »Bist du Jugoslawe oder was?«

»Ich bin das *Oder Was*«, antwortete ich wie aus der Pistole geschossen. Noch heute bin ich stolz auf diese schlagfertige Antwort, die in der Klasse einen Lacher verursachte. Doch die Zuneigung meines Lehrers hatte ich dadurch nicht gewonnen. Besonders sportlich war ich nie gewesen, und nun schwankten die Turnnoten zwischen Befriedigend und Genügend, aber das war mir ziemlich egal.

Es waren nicht meine Leistungen, die mich im Februar 1977 an den Rand eines Schulausschlusses brachten, sondern die Freundschaft zu Florian Zach.

Florian war still und unauffällig, in sich gekehrt, manchmal etwas langsam. Von den Klassenkameraden wurde er oft gehänselt. Mir aber war er sofort sympathisch, und wir wurden gute Freunde. Florians Bewegungen waren linkisch. Es schien, als mache er kleine Sprünge, als hüpfe er stets auf einem Bein. Er preßte seine Ellbogen gegen den Körper und zog die Schultern hoch, so als hieße es, sich einen Panzer zu schaffen, sich gegen die Außenwelt zu schützen. Florian zählte zu den Kleinsten der Klasse. Alles an ihm wirkte irgendwie schief, unfertig, wie eine zufällige Zusammenstellung von Körperteilen, die nicht zueinanderpaßten. Oft schloß er für lange Zeit die Augen, so als würde er schlafen. Doch er hatte eine Eigenschaft, die anderen fehlte: er konnte zuhören.

Vor allem aber ging er gern auf meine Phantasiespiele ein. Wenn ich zum Beispiel plötzlich zu lachen begann und sagte: »Stell dir vor, was ich herausgefunden habe: unser Turnlehrer kann fliegen«, meinte er, nach einigem Nachdenken: »Ja. Stimmt. Er fliegt durch das Schulfenster hinaus und dann über den Donaukanal zum Stephansdom und hinauf zum Turm. Am Turm aber bleibt er mit dem Hosenschlitz hängen ...«

»Und plumps, ist er schon abgestürzt«, vollendete ich den Satz.

»Aber seine Flügel bremsen ihn, und er gleitet durch das Küchenfenster eines der Häuser im Ersten Bezirk auf den Tisch einer Hausfrau.«

»... die ihn für ein Huhn hält und in den Suppentopf wirft.«

»Die Suppe und das Fleisch werden von den fünf Söhnen der Frau gegessen. Und kaum sind sie fertig, laufen, essen, rülpsen und pinkeln sie um die Wette und können sich nie entscheiden, wer der Beste ist.«

Wir prusteten los und konnten minutenlang nicht aufhören zu lachen, denn die besondere Vorliebe unseres Turnlehrers galt Wettbewerben. Die Schüler liefen, hüpften und krochen um die Wette, es gab Endausscheidungen, Finali, Kämpfe um die Plätze Drei, Fünf, Sieben und Neun. Und ständig wurde ein »Bester der Klasse« bestimmt: der beste Weitspringer, der beste Hüpfer auf einem Bein, der beste Schnurspringer. Die »Besten« wurden gelobt und von den Kniebeugen am Ende jeder Turnstunde befreit. Florian und ich gehörten nie dazu.

Zu Florian hatte ich Vertrauen. Ihm konnte ich sogar von meinen Erlebnissen in Israel, Italien oder Holland erzählen, wobei ich so mancher Episode oft eine eigenwillige Wendung gab. Im Rembrandthaus in Amsterdam, erzählte ich, hingen des Meisters große Werke. Oben aber, in einer Dachkammer, die niemand betreten dürfe, sitze der Meister selbst und male seine Bilder. Nur mir sei es gelungen, den Wächter an der Pforte zum Allerheiligsten zu überlisten und zu Rembrandt, den seit Jahrzehnten niemand mehr zu Gesicht bekommen habe, vorzudringen. Der Meister habe einen Umhang aus Samt und Seide getragen, an jedem Finger einen Ring aus Gold und Stiefel aus reinstem Hirschleder.

Florian hing an meinen Lippen. Seine Augen glänzten. Wir befanden uns auf dem Heimweg von der Schule. Um den Rest der Geschichte zu erfahren, mußte Florian meine Schultasche tragen und mich bis zum Tor des Hauses begleiten, in dem ich wohnte.

Freundlich sei er zu mir gewesen, der große Rembrandt, erzählte ich weiter, habe mich auf seinem Schoß sitzen lassen, mich lange angeschaut und dann die Gesichter meiner Eltern auf die Leinwand gemalt.

»Wie hat er das können?« fragte Florian erstaunt, aber ohne die Spur eines Zweifels an meinen Worten. »Er hat deine Eltern doch nie gesehen.«

»Das, lieber Freund«, verkündete ich mit triumphierender Geste, »können nur Genies!«

Florian fuhr mit mir sogar einmal zu den Baustellen der Stadt. Doch seine Begeisterung dafür hielt sich in Grenzen. Ich erinnere mich, wie die Stadtbahn uns durch die aufgegrabene Stadt trug. Straßen und Häuser waren in weite Ferne gerückt, lagen irgendwo hinter dem Bauzaun in einer anderen Welt. Über eine provisorische Holztrasse kroch der Zug im Schritttempo von Station zu Station. Wir standen im letzten Wagen am Rückfenster, und ich hörte nicht auf, Florian die einzelnen Bauetappen zu erklären. Florians Augen bettelten um Gnade. Doch mußten wir zweimal die Donaukanal-Wiental-Strecke abfahren, bevor ich mich meines Freundes erbarmte.

»Und? Wie hat es dir gefallen?« fragte ich.

»Nun ... äh ... Vor unserem Haus hat man vor kurzem auch die Straße aufgegraben«, murmelte er.

In Zukunft nahm ich Florian auf meine Touren durch die Stadt nicht mehr mit.

Die anderen Schüler machten sich über uns lustig. »Da haben sich zwei Trotteln gefunden«, hieß es. Aber was verstanden sie schon von meiner Fabulierkunst und von Florians Einfällen?

Unsere endlosen Gespräche, die wir auch nach Ende der Pausen im Flüsterton fortsetzten, störten den Unterricht. Während der meisten Stunden mußte ich in der ersten Reihe sitzen, während Florian an seinem Platz blieb. Nur in der Turnstunde fiel es dem Lehrer nicht so leicht, uns zu trennen.

»Hört endlich auf, zu tuscheln und zu kichern«, schrie der Lehrer. In seiner Stimme schwangen Verzweiflung und Wut mit. »Hört auf, sonst gebe ich euch beiden ein Nicht Genügend in Turnen. Jedesmal dasselbe Theater. Was soll ich nur mit euch machen?«

Nun mußten wir erst recht kichern. Ein Nicht Genügend in Turnen? Unerhört. Lächerlich.

»Wir tuscheln nicht. Wir unterhalten uns«, meinte ich einmal und betrachtete mit einem Hauch von Triumph das Gesicht des Turnlehrers. Es war Nachmittagsunterricht. Ich hatte zu Hause gut gegessen, und die stickige Luft im Turnsaal machte mich schläfrig. Ich versuchte die Müdigkeit dadurch zu überwinden, daß ich Florian eine Geschichte von einem Bombenangriff der vereinten arabischen Luftwaffen auf Tel Aviv auftischte. Doch sogar Florian, der fast alles zu glauben vorgab, was ich ihm erzählte, schüttelte diesmal den Kopf. »Jetzt verarschst du mich aber«, meinte er.

»Überhaupt nicht«, entgegnete ich. »Rund um mich sind die Bomben zu Hunderten gefallen. Die Erde hat gebebt. Ganz dunkel ist es geworden, weil so viele Flugzeuge am Himmel waren. Tausende! Das ganze Viertel lag in Trümmern. Ich war der einzige Überlebende.«

»Mir ist völlig egal, wieviel Bomben gefallen sind und

wie viele Flugzeuge am Himmel waren. Du sollst nicht tratschen, sondern spielen.« Der Lehrer stand vor mir und schrie mich an.

Aber ich verstand nicht, welchen Sinn es haben sollte, meine Mitschüler mit einem Ball abzuschießen. Völkerball war ein blödes Spiel.

»Warum soll ich jemanden mit einem Ball abschießen? Das ist doch blödsinnig.« Ich erschrak, hielt mir den Mund zu. Hatte ich das wirklich laut ausgesprochen?

Der Lehrer brüllte etwas. Die Nasenflügel bebten. Er kniff die Augen zusammen. »Du und Florian, ihr dürft euch in die Ecke stellen und weiterturteln. Ihr beiden, ihr erinnert mich an ein frischvermähltes Ehepaar, das sich nicht trennen kann. Du – der Ehemann. Florian – die Ehefrau.« Fast hörte es sich wie ein Zischen an.

Der Lehrer verstand sofort, daß er zu weit gegangen war. »Das war jetzt ein dummer Scherz, das hab' ich nicht so gemeint«, versuchte er seinen Ausfall zu korrigieren, aber seine Worte gingen im allgemeinen Gejohle unter.

»Na, wie geht's deiner Frau? Wart ihr miteinander im Bett? War's schön?«

Mein Mitschüler Hans Seterka stand vor mir. Schon nach dem Ende des Turnunterrichts am Vortag hatte er mich im Umkleideraum mit ähnlichen Äußerungen sekkiert. Eine solche Morgenbegrüßung war also zu erwarten gewesen. Ich schaute demonstrativ weg, versuchte den dickleibigen Klassenclown zu ignorieren.

»Die Gattin noch nicht da? Vielleicht geht sie ja fremd.«

Schweigen ist das beste, dachte ich.

»Der junge Werther leidet wegen Florian«, gab der lästige Mensch keine Ruhe. »Sind in Rußland alle Männer schwul?« fragte er. »Hat Florian überhaupt ein Glied?«

»Er schon, du sicher nicht, du blöde, arschgesichtige, depperte Schwuchtel!« antwortete ich und ärgerte mich sofort. Wozu sollte ich mich mit dem Idioten anlegen?

Dann ging alles sehr schnell. Plötzlich konnte ich nicht mehr atmen, mußte mich bücken. Hans hatte mir einen Schlag in die Magengegend versetzt. »Werd ja nicht frech, Russe«, sagte er.

Fritz Wengler, ein kleiner, pickeliger Knabe mit Hornbrille, begann zu kichern. »Werd nicht frech, Russe! Werd nicht frech, Russe! Das ist lustig!«

Und nun hörte ich von allen Seiten: »Du hast eine Frau. Das wissen wir genau. Du gehst mit Florian ins Bett. Du schwule Sau.«

Florian, der neben mir auf der Schulbank saß, begann zu weinen. »Ihr seid alle so gemein«, schluchzte er.

»Tröste doch dein Eheweib«, schrie Fritz Wengler mit seiner Fistelstimme. Ich stand auf und ging einige Schritte auf ihn zu, aber er versteckte sich hinter dem Rücken von Seterka.

»Was? Auf die Kleinen gehst du los, du Feigling!«

Hans gab mir eine Ohrfeige. Die Klasse johlte. Ich bedeckte mein Gesicht.

»Baustellenruss' wird zur Baustelle gemacht!« hörte ich jemanden rufen. War es nicht Mayer, dem meine Deutschlehrerin mich immer als Vorbild hinstellte?

»Der junge Werther leidet.«

»Und seine Frau schaut zu und weint. Wie rührend.«

Die Schulglocke rettete mich vor weiteren Attacken.

Die Mathematiklehrerin, unser Klassenvorstand, betrachtete mißtrauisch die Klasse, rückte die Brille zurecht, blätterte im Klassenbuch, trug mit ihrer türkisfarbenen Füllfeder etwas ein, klappte das Buch zu und betrachtete nun aufmerksam jedes einzelne Gesicht. Langsam begann ich zu verstehen, was sie beunruhigte. Es war die Stille: kein Flüstern, kein Kichern, keine lästigen Nebengeräusche auf den Boden fallender Bleistifte oder Kugelschreiber, keine Stanniol- oder Papierkugeln, die durch den Raum flogen, kein Scharren mit den Füßen. Man hörte nur das Ticken der Uhr an der Wand und Schritte draußen am Gang, die in der Ferne verhallten.

»Ist was los? Habt ihr was?« fragte die Lehrerin.

Keine Antwort.

Sie zuckte mit den Achseln.

»Na gut, dann gehen wir im Stoff weiter.«

In den Pausen setzte sich die Tortur fort. Die Angriffe richteten sich gegen mich, während man Florian in Ruhe ließ. »Wir vergreifen uns doch nicht an Mädchen«, erklärte Fritz Wengler.

»Ich bin kein Mädchen!« schrie Florian und begann wieder zu weinen.

»Er ist kein Mädchen, er ist ein Zwitter«, sagten die Mädchen.

»Memme, Weibsbild, Heulsuse«, ertönte es von allen Seiten.

Nach Unterrichtsschluß begleitete ich Florian wie jeden Tag zur Straßenbahnstation. Am Vormittag war nasser Schnee gefallen, und die schmutzigbraune Brühe unter unseren Füßen gab schmatzende Laute von sich.

Eine Zeitlang schwiegen wir.

»Vielleicht«, murmelte mein Freund und brach jäh ab. »Vielleicht«, begann er wieder, zögerte, blieb stehen, faßte mich am Ärmel, wurde rot. »Vielleicht sollten wir nicht mehr so oft miteinander spielen.« Er sah an mir vorbei.

»Ach, laß mich doch in Ruhe, du Idiot«, brüllte ich ihn an, stieß ihn weg. Er taumelte. Die Schultasche glitt ihm vom Rücken und fiel mit einem dumpfen Knall auf den nassen Asphalt. Ich lief davon, wollte nicht zurückschauen, drehte mich dann aber doch hastig um. Er stand da, die Schultern hochgezogen, die Arme auf der Brust verschränkt. Mit der zu groß geratenen, von seiner Mutter gestrickten Haube, die Stirn und Ohren bedeckte, hatte er eine entfernte Ähnlichkeit mit einem Schlumpf. Die Schultasche lag immer noch im Matsch vor seinen Füßen.

Von Mutter konnte ich keinen Trost erwarten.

»Ja und? Liegt er jetzt im Krankenhaus?« fragte sie trokken, nachdem ich erzählt hatte, ein Mitschüler habe mich geschlagen. »Warum hast du dich nicht gewehrt? Du mußt lernen, dich durchzusetzen.« Eiskalt wirkte ihr Gesicht. Ihre Mundwinkel zitterten leicht. Ich kannte den traurigen Glanz ihrer Augen. Mutter würde von ihrer Meinung nicht abrücken.

»Wie soll er sich denn durchsetzen?« fragte Vater. »Soll er sich mit der ganzen Klasse prügeln? Er ist nicht so wie ich. Er ist ein Träumer und kein Kämpfer.«

Vater lief im Zimmer auf und ab, während Mutter neben mir auf dem Bett saß. Wenn ich mich wegdrehte, spürte ich trotzdem ihren Blick.

»Schau mich an, wenn ich mit dir rede!« sagte sie. Ich biß mir in die Oberlippe, hielt den Atem an und hob zaghaft die Augen.

»Du sollst dich ja nicht auf Märkten herumprügeln wie dein Vater«, meinte sie, »aber in der Schule mußt du dir Respekt verschaffen. Wenn sie dich einmal prügeln, ohne daß du dich wehrst, prügeln sie dich immer.«

»Jetzt bist du zu hart mit dem Kind«, sagte Vater. »Und was hat außerdem meine Prügelei am Markt mit dem Ganzen hier zu tun… Vielleicht solltest du in die Schule gehen und mit dem Klassenvorstand reden.«

»Kommt nicht in Frage! Petzen? Das wär' ja noch schöner. Während meiner Schulzeit hat man solche Probleme unter sich, ohne Erwachsene und vor allem ohne Lehrer ausgetragen. Ein ehernes Gesetz.«

»Hier in Österreich sind die Sitten anders«, meinte Vater. »Die Leute sind autoritätshörig und feige, und die Kinder sind nicht anders. Wenn man sie richtig einschüchtert, lassen sie einen in Ruhe.« Für einige Augenblicke hielt er inne, überlegte. »Man muß auch dem vorbeugen, was noch kommen könnte, ja ziemlich sicher kommen wird. Vorläufig ist er für diese Kinder nur *der Russe,* aber wenn sie erst herausfinden, daß er Jude ist… Wer weiß, was denen ihre Eltern und Großeltern alles über Juden erzählt haben.«

»Dann geh doch selber in die Schule und erklär seiner Lehrerin, sie solle jene bestrafen, die ihn schlagen oder beschimpfen. Bin neugierig, ob das was bringt.«

»Ich? Also du redest wieder einmal Unsinn. Du weißt genauso gut wie ich, daß mein Deutsch nicht ausreicht, um all das zu sagen, was ich gerne sagen würde. Ja, wenn wir noch in Rußland wären, ja dann ...«

Mutter winkte ab. »Mach, was du willst«, sagte sie, »aber laß mich bei dieser Geschichte aus dem Spiel.«

»Dein Sohn ist der Leidtragende. Nur weil du deinen Dickschädel durchsetzen willst. Du, mit deinen Prinzipien!« schrie er.

»Das sagst ausgerechnet du! Du wagst es, so etwas zu sagen?«

Sie war aufgesprungen, stand vor ihm, die Hände in die Hüften gestemmt, Ellbogen nach außen, so wie sie es oft tat, wenn sie aufgeregt oder verzweifelt war und eigentlich toben oder weinen oder Geschirr zerschlagen müßte, etwas, was sie sich doch niemals erlaubte. Dann schrien sie sich an und durcheinander, zogen sich in die Küche zurück und ließen mich mit meinen Ängsten allein.

In der Nacht war Neuschnee gefallen. Ich schaute aus dem Fenster. Strahlend weiß glänzten die Dächer in der Sonne. Ein Tag zum Schneemann bauen, dachte ich. Florian und ich würden nach der Schule in den Augarten gehen und ...

Doch dann erinnerte ich mich wieder.

An der Augartenmauer entlang schlich ich Richtung Schule. Einige hundert Meter vor dem Schulgebäude blieb ich stehen, lehnte mich an die Mauer, schaute hinauf zu den Wipfeln der Bäume und beobachtete die Krähen, die in den Ästen saßen – sie wirkten wie schwarze Farbkleckse gegen den blauen Himmel, und wenn ich die Augen zusammenkniff, wie ein Trauerschleier, der sich über die Bäume gelegt hatte. Die schrillen Schreie der Vögel zerrissen die Stille.

So muß sich ein Verurteilter fühlen, wenn er zur Exekution geführt wird, dachte ich.

Als ich das Schulportal erreichte, war es acht Uhr. Unterrichtsbeginn. Ich hatte schon die Türklinke in der Hand, als ich jemanden meinen Namen rufen hörte. Ich drehte mich um und erkannte Florian und seinen Vater, der ein bekannter Wiener Musiker war. Seine Augen funkelten schelmisch. Er hatte die Hände auf die Schultern des Sohnes gelegt. Florian schaute zu Boden. Er hatte einen blauen Schal um den Hals gewickelt, die Strickhaube noch tiefer ins Gesicht gezogen, zitterte ein wenig, schmiegte sich an seinen Vater. Noch mehr als am Tag zuvor erinnerte er mich an einen Schlumpf.

»Ihr dürft euch nicht unterkriegen lassen!« sagte Florians Vater. Obwohl ruhig und freundlich ausgesprochen, wirkte es wie ein Urteil. »Heute noch gehe ich in die Sprechstunde von eurem Klassenvorstand.«

Ich schaute freudig zu ihm auf. Es war ein Satz, der Erlösung verhieß.

»Aber auch ihr müßt lernen, euch durchzusetzen. So ist nun einmal das Leben. Den Letzten beißen die Hunde.«

Aber es war keine Schärfe in seinen Worten. Aus seinem Mund klangen sie ironisch, beinahe wie ein Witz.

Florian und ich gingen langsam die Treppe hinauf. »Tut mir leid wegen dem, was ich gestern gesagt habe«, murmelte er. Ich ergriff seine Hand, ohne ihn anzuschauen.

Unsere Feinde standen vor dem Eingang zum Klassenzimmer und warteten auf uns. Hans Seterka war offenbar erst wenige Augenblicke vor uns gekommen. Er hatte noch den Mantel an, den er langsam aufknöpfte. Seine Schultasche hielt er in der Hand. Mayer lehnte an der Wand. Fritz Wengler putzte seine Brille mit einem nicht mehr ganz sauberen Taschentuch, betrachtete sie skeptisch, schleckte sie ab und begann sie von neuem zu putzen.

»Da ist ja unser Ehepaar«, fistelte Fritz. »Sogar Hand in Hand. Wie niedlich.«

»He, Florian«, schrie Hans, »halte dich vom Russen fern! Die Russen sind brutal und dumm. Sie haben kleinere Gehirne als wir … hat mein Großvater gesagt.«

Plötzlich schlug ich ihn. Es war leichter, als ich gedacht hatte. Ich hatte die rechte Hand zur Faust geballt, ausgeholt und zugeschlagen, dann noch einmal und noch ein weiteres Mal. Das Gesicht meines Gegners sah ich nicht, nur die roten Haare und das hohe, von Eisblumen bedeckte Fenster hinter seinem Rücken. Nach dem dritten Schlag verschwand der Haarschopf aus meinem Blickfeld.

Er lag am Boden und bedeckte das Gesicht mit seiner Schultasche. Ich begann ihn zu treten, spürte, wie mein Fuß in seinem Fett versank wie in einem riesengroßen Wackelpudding. Er war sehr leise, winselte eher, als daß er schrie.

»Hau ihn, hau ihn, die fette Sau!« Wessen Stimme war das? Jene von Fritz Wengler? Konnte es sein, daß er die Seite gewechselt hatte? Aber was ging mich Fritz Wengler an? Das ganze letzte Jahr spulte sich in meinem Kopf ab wie ein auf wenige Szenen zusammengeschnittener Film: Ostia, das gestohlene Geld und Saizeva, Israel, die Busexplosion und der Araber, die Verachtung der anderen, die ich erleiden mußte, weil die Eltern das Land verlassen wollten …

Die Klassenkameraden hatten einen Kreis um uns gebildet und schauten zu. Ich trat den am Boden liegenden Gegner so lange, bis ein Lehrer mich an den Ellbogen packte und wegzerrte.

Im Büro des Direktors fielen Worte, die ich nicht ganz verstand. Von einer »unakzeptablen Verhaltensweise« war die Rede. Man müsse »Vorfällen dieser Art vorbeugen«, »den guten Ruf der Schule wahren«, »das Übel mit der Wurzel ausreißen«, »ein Exempel statuieren«.

An der frischgeweißelten Wand hing ein Bild des Bundespräsidenten, ein Kruzifix und eine gerahmte Urkunde hinter Glas. Auch der Direktor selbst wirkte sehr amtlich, trug einen dunklen Anzug mit einer roten Nadel im Revers, ein weißes Hemd und eine dunkle Krawatte. Scharf stellte er seine Sätze in den Raum.

»Daß du ins Gymnasium gehen darfst, ist keine Selbstverständlichkeit«, erklärte er mir. »Und was machst du? Du prügelst einen Mitschüler halb zu Tode. Es ist noch gut, daß du ihm keinen Zahn ausgeschlagen hast. Dann hätten deine Eltern nämlich viel zahlen müssen. Weißt du das? Dein Glück auch, daß er den Mantel noch anhatte. Sonst hättest du ihm womöglich ein paar Rippen gebrochen. Das schlimmste aber ist, daß du einen Mitschüler, der schon am Boden war, getreten hast, einen wehrlosen Gegner. Das ist keine normale Prügelei mehr. Bei einer normalen Prügelei könnte man ja noch ein Auge zudrücken und es bei einer Ermahnung belassen. Aber das, was du gemacht hast, ist Brutalität. Brutalität! Hörst du! Ich weiß ja nicht, ob das in Rußland so üblich ist, bei uns jedenfalls nicht.«

Was sollte ich diesem Mann erklären? Was verstand er schon? Ich hatte in meinem Leben noch nie jemanden verprügelt. Vor sehr langer Zeit hatte ich zusammen mit meinem Freund Viktor jemanden zusammengeschlagen. Aber damals waren wir zu zweit. In Israel hatte ich einen Araber mit Steinen beworfen. Aber ich war einer von vielen.

Nervös spielte der Direktor mit seiner Füllfeder, drehte sie, nahm sie in die linke, dann in die rechte Hand, klopfte damit gegen die Tischplatte, legte sie schließlich wieder weg, begann seine Papiere zu ordnen, schob sie mit einer heftigen Handbewegung beiseite, lehnte sich über den Tisch zu mir, bellte mit lauter Stimme: »In der Hauptschule, da werden sie dich schon zurechtbiegen. Bei uns bist du die längste Zeit Schüler gewesen!«

Er brach ab, atmete tief durch, lehnte sich wieder zurück und sagte in einem etwas milderen Ton: »Nun gut. Es ist ja noch nichts entschieden. Morgen werde ich mit deinen Lehrern sprechen. Geh jetzt nach Hause. Heute hast du schulfrei.«

Draußen konnte man das rötlich-gelbe Rund der Sonne erkennen. Das Licht fiel, durch die winterliche Dunstglocke gefiltert, durch die Oberlichte auf den Schreibtisch. Ich rührte mich nicht vom Fleck. In meinen Gedanken ging ich den Karlsplatz ab, sah schöne, graue, glatte Betonwände in die Höhe wachsen, sah Platten übereinandergeschichtet und Durchgänge, die sich in perfekten rechten Winkeln kreuzten, folgte mit den Augen den Arbeitern in blauen Overalls und gelben Helmen. Und dann stellte ich mir vor, wie das Schulgebäude den Abbruchmaschinen weichen mußte, ja wie der ganze Bezirk dem Erdboden gleichgemacht wurde, wie man, so wie in New York, Wolkenkratzer errichtete, Häuser, in denen ganz andere, bessere Menschen zu Hause waren.

»Hast du nicht gehört? Du sollst gehen! Bist du taub oder was?«

Den ganzen Vormittag lief ich in der Stadt herum. Ich war am Schwedenplatz, am Stephansplatz, am Karlsplatz, am Franz-Josefs-Kai ... die Stadt, eine einzige Baustelle. Am liebsten wäre ich in eine Baugrube gestiegen, hätte mich in einem dunklen Tunnel versteckt, mich schlafen gelegt. Weder die Lehrer noch die Eltern hätten mich jemals gefunden. Irgendwann, dachte ich, vielleicht erst nach mehreren Wochen, würden Bauarbeiter auf meinen verwesenden, von Ratten angeknabberten Leichnam stoßen. Dann würde der Direktor sich die Haare raufen, frühzeitig in Pension gehen und sich sein Leben lang Vorwürfe machen.

Am Ring stieg ich in die Straßenbahnlinie T, ein klappriges Gefährt ohne Türen. Die Fensterscheiben dröhnten in den Kurven. Dreimal fuhr ich über den Ring, dann die Landstraßer Hauptstraße dreimal auf und ab, durch endlose Häuserschluchten.

Um diese Zeit war der Wagen fast leer. Nur manchmal schnappte ich Gesprächsfetzen einzelner Fahrgäste auf. Ich fuhr, die Stirn gegen die zitternde Scheibe gepreßt, und gab mich Selbstmordphantasien hin. Angenehme, tröstende Gedanken, denn ich wußte, daß die Eltern meine Versetzung in die Hauptschule nie verkraften würden. Was wäre ich dann noch in ihren Augen? Ein minderwertiges, armseliges, einfältiges Individuum, für das sie nur mehr Verachtung übrig hätten. Mutters Worte fielen mir ein: »... und wenn du fällst, fällst du viel tiefer.«

Das beste wäre wohl, aus dem Wagen zu springen und sich von einem nachkommenden Auto überrollen zu lassen. Ich mußte an die überfahrene Katze denken, die ich in Ostia gesehen hatte. Sie hatte in einer Blutlache gelegen. Ihr Maul war weit aufgerissen, die Augen glasig. Um den Kopf schwirrten Fliegen. Aus dem zerdrückten Körper ragten noch ein paar

Rippen wie die Balken aus einem halbzerstörten Bauwerk. Der dünne, durchsichtige Schlauch des Magens klebte am Asphalt. Erschrocken und angeekelt hatte ich mich von dem Tier abgewandt. Würde ich bald genauso aussehen?

Ich beschloß, nicht aus der Straßenbahn zu springen. Den Tod durch Ertrinken konnte ich mir genausowenig vorstellen. Ich war sehr empfindlich gegen kaltes Wasser, und es war ein frostiger Wintertag mit Temperaturen unter Null. Natürlich konnte ich mir die Pulsadern aufschneiden, aber ich hatte Angst vor scharfen Gegenständen. Sogar Küchenmesser rührte ich nur widerwillig an. Am sympathischsten erschien mir der Tod durch Gift. Ein schnelles und schmerzloses Entschlafen. Aber wo sollte ich das Gift auftreiben? Aussichtslos.

Nach der dritten Fahrt warf mich der Schaffner aus der Straßenbahn. Ich sah auf die Uhr. Es war halb zwei am Nachmittag, Zeit, nach Hause zu gehen. Vater wartete mit dem Mittagessen. Umbringen kann ich mich auch morgen, dachte ich. Jetzt habe ich Hunger.

Das Essen schmeckte mir nicht. Ich mochte Fertiggerichte nicht. Fischstäbchen. Dazu Ravioli aus der Packung. Das Ganze mit Margarine und Tomatenmark vermischt. Am Wochenende, wenn Mutter kochte, schmeckte es besser. Nach der Aufregung des Tages brachte ich, trotz des Hungers, ohnehin kaum einen Bissen hinunter. Lustlos stocherte ich mit der Gabel im Teller herum. Ich sah Hans am Boden liegen. Ich sah jemanden auf ihn einschlagen. War das wirklich ich? Ich betrachtete meine Hände. Die Finger der rechten Hand waren leicht gerötet, an einigen Stellen sogar aufgeschürft.

»Was ist geschehen?« fragte Vater, aber ich gab keine Antwort.

»Ich sehe doch, daß etwas geschehen ist. Wie geht es dir mit deinen Klassenkameraden? Hast du dich geprügelt?«

Ich zuckte zusammen, schwieg aber weiter.

»Du kannst es mir ruhig erzählen. Egal, was du getan hast, ich werde es verstehen und auf deiner Seite sein.«

Ich schob den Teller beiseite und lief heulend aus der Küche, ließ mich aufs Bett fallen, vergrub das Gesicht im Polster.

Bis Mutter gegen fünf Uhr nachmittags kam, redete Vater auf mich ein, während ich weinte und nicht zuhörte. In regelmäßigen Abständen verließ er das Zimmer. Ich hörte, wie er in der Küche nervös auf und ab ging. Zweifellos hätte er gern Mutter in der Arbeit angerufen und sich mit ihr beraten, wir hatten aber noch kein Telephon.

Mutter stellte mir keine Fragen. »Laß ihn in Ruhe«, sagte sie zu Vater im Befehlston. »Wenn er nicht reden will, sollst du ihn nicht zwingen.«

Ich kann mich heute kaum erinnern, was in den Pausen zwischen den sechs Unterrichtsstunden des nächsten Tages geschah. Hans Seterka war nicht in die Schule gekommen. Ich weiß noch, daß mir die anderen »Prügelruss« oder »Tretruss« zuriefen, sonst aber einen Sicherheitsabstand zu mir einhielten. Sogar Florian gab nur einsilbige Antworten, wenn ich ihn ansprach, und beobachtete aufmerksam alle meine Bewegungen. Es schien, als habe sogar er ein wenig Angst vor mir.

Der Klassenvorstand befahl mir, nach dem Ende des Unterrichts vor dem Lehrerzimmer zu warten. Der Direktor und die Lehrer würden zusammenkommen, um darüber zu entscheiden, was mit mir zu geschehen habe. »Da wird sich klären, ob du noch im Gymnasium bleiben darfst.«

Im Lehrerzimmer, hinter der hohen, silbergrau gestrichenen Tür, wird über mich geurteilt. Reglos stehe ich davor und warte. Ich bin allein. Ich habe den Anhänger, mein Sternzeichen abgenommen und halte es fest umschlossen in der rechten Hand. Vielleicht bringt mir das Glück, denke ich. Die scharfen Metallkanten bohren sich schmerzhaft in die Handfläche.

Jetzt nach Unterrichtsschluß sind die Gangfenster geöffnet. Der eiskalte Wind trägt Schneeflocken herein, aber ich spüre die Kälte nicht. Die Deckenlampen mit ihren emaillierten Tellerschirmen aus der Vorkriegszeit schaukeln und stöhnen leise. Ich höre, wie der Schulwart draußen den Weg freischaufelt, ein monotones Geräusch, das gelegentlich von dem eines vorbeifahrenden Autos übertönt wird. Die Stuckdekorationen am Haus vis-à-vis haben Hauben und Bärte aus Schnee.

Es kommt mir vor, als sei ich stundenlang am Gang gestanden. Doch als die Tür wieder aufgeht, ist es erst zwanzig Minuten nach zwei. Zuerst tritt der Direktor heraus. Er wirft mir einen ernsten Blick zu. Der Klassenvorstand bleibt vor mir stehen.

»Du darfst in der Schule bleiben«, sagt sie. »Ausnahmsweise. Bedanke dich bei deiner Deutschprofessorin. Sie hat sich für dich stark gemacht. Sie ist nämlich davon überzeugt, daß du ein intelligentes Kind bist und unbedingt ins Gymnasium gehörst. Sie sagt, daß du dich für Literatur interessierst und sogar Goethes *Leiden des jungen Werther* gelesen hast. Ungewohnt für einen Elfjährigen. Stimmt das?«

Ich nicke.

»Schön«, sagt sie. »Wir werden diesmal also ein Auge zudrücken, aber wehe, du verprügelst noch einmal irgendwen. Und, ach ja, sag deiner Mutter, sie soll in meine Sprechstunde kommen.«

Ich fühlte mich wie ein zum Tode Verurteilter, dessen Strick gerissen und dem deshalb das Leben geschenkt worden war. Überglücklich lief ich heim. Schon von weitem erblickte ich meinen Vater. Er ging vor dem Eingang unseres Hauses auf und ab, hatte weder Mantel noch Hut oder Stiefel an. Sein Gesicht war blaß.

»Wo bist du gewesen?« brüllte er mich an und packte mich am Mantelkragen. »Du hättest schon vor einer Dreiviertelstunde zu Hause sein müssen.«

Mein Gesicht muß gestrahlt haben, denn er ließ mich los und begann plötzlich ebenfalls zu lächeln.

In meinem Glück erzählte ich sofort alles. Es war mir egal, ob er mit mir schimpfen oder mich loben würde. Aber er tat nichts von beidem, sondern wurde nachdenklich, runzelte die Stirn, zog mich ins Haus.

Auch Mutter lobte mich nicht. »Wenn dein Gegner am Boden liegt, darfst du ihn nicht treten«, erklärte sie mir. »Dein Direktor hat schon recht. Und außerdem bist du nur ein Fremder in diesem Land. Vergiß das nie! Sogar wenn du dich prügelst, mußt du nicht nur besser, sondern auch fairer sein als die anderen. Dann werden sie dich respektieren. Ansonsten werden sie dich nur fürchten und hassen. Und du kannst es dir nicht erlauben, daß sie dich hassen, denn wenn sie dich hassen, hassen sie dich doppelt und dreimal so stark. Bei der ersten Gelegenheit, die sich ihnen bietet, werden sie dich fertigmachen.«

Im Nu war meine Freude verflogen. Irgendwann – dessen war ich mir jetzt sicher – würden sie mir auflauern, mir einen Sack über den Kopf stülpen und mich dann mit vereinten Kräften zusammenschlagen. In einem Buch hatte ich gelesen, dies sei in Internaten und beim Militär eine beliebte Methode, unliebsame Kameraden zu bestrafen.

Doch es geschah nichts dergleichen. Die Mitschüler ließen Florian und mich in Ruhe. Für sie blieb ich ein unberechenbares und gefährliches Tier, der »Prügelruss«, die »Tretmaschine«, bis schließlich das Vorgefallene in weite Ferne rückte. Meine Begeisterung für Baustellen ließ mit der Zeit nach, und *Die Leiden des jungen Werther* las ich auch dann nicht, als das Buch auf dem Lehrplan des Deutschunterrichts stand.

VIII. Das Bett

An einem Augustmorgen des Jahres 1980 wache ich früh auf. Die Jalousien sind hochgezogen, und die Sonnenstrahlen blenden mich. Ich strecke die Hand aus, um die Brille vom Schreibtisch zu holen, doch da ist kein Schreibtisch, und auch die große Karte der USA, die über dem Bett hängt, fehlt, genauso wie das Regal mit meinen Büchern, der Schrank, die Bilder, der Teppichboden und die Tapeten mit ihrem markanten geometrischen Muster. Einige Augenblicke bleibe ich verwirrt im Bett liegen. Ich habe geträumt, ich sei in Amerika. Amerika, hat mein Vater gesagt, sei ein Schmelztiegel, in dem jeder eingeschmolzen und gleichberechtigter Teil des Ganzen werde. Dort gebe es keine Gastarbeiter, nur Immigranten.

Plötzlich verstehe ich, daß es kein Traum ist, sondern Wirklichkeit. Ich bin vierzehn Jahre alt und tatsächlich in Amerika, in New York, Brighton Beach, einem Strandbezirk von Brooklyn, wo hauptsächlich jüdische Einwanderer aus der Sowjetunion wohnen und der deshalb Little Odessa genannt wird. Seit fast zwei Monaten sind wir schon hier. Der *Hias*, eine jüdische Organisation, finanziert uns, befristet auf ein halbes Jahr, eine kleine Wohnung.

Das Zimmer, in dem ich schlafe, ist nur notdürftig möbliert. Neben dem Bett steht ein Karton mit meinen Sachen. Die Brille liegt auf einem Stapel Zeitungen. Ich sammle die Feuilletonbeilage des *Nowoje Russkoje Slowo* (Das Neue Russische Wort), einer russischsprachigen Zeitung, die aus einem jüdischen Hauptteil, der von jüdischen Emigranten aus der Sowjetunion redigiert wird, und – etwa ab der Seite Sieben – aus einem antisemitischen Nebenteil besteht. Hier schreiben alte russische Emigranten und deren Nachkommen über die jüdische Weltverschwörung und den jüdischen Bolschewismus, durch den sie angeblich ihr Heimatland verloren haben. Die neuen Emigranten beklagen die antisemitische Politik der sowjetischen Machthaber. Beide Gruppen verbindet ihr Antikommunismus und die Beteuerungen, die USA seien das schönste, demokratischste und reichste Land der Welt. Am Blattende sind die Todesanzeigen zu finden:

»Nach langer, schwerer Krankheit verschied letzten Sonntag im 80. Lebensjahr Piotr Mikhailovich Bogomolzev, ehemaliger Kadett der Kaiserlich Russischen Armee, ehemaliger Buchhalter der Firma US-Steel, langjähriger Stellvertretender Vorsitzender des Vereins ›Russian World War I Veterans' Association in New York City, New Jersey and Connecticut.‹ Es trauern sein Sohn Sergei Bogomolzev, die Enkel Ralph Bogomolzev und Susan McAlister, ehemals Bogomolzeva, die Urenkel Robert, Peggy Sue und Helen sowie alle anderen Verwandten und Freunde.«

Ich lese die Zeitung, weil mein Englisch für die *New York Times* noch nicht gut genug ist. Nur einmal habe ich versucht, mich durch die sechzig Seiten der Wochenendausgabe durchzukämpfen, und bin daraufhin frustriert zum *Nowoje Russkoje Slowo* zurückgekehrt. Seit zwei Wochen bin ich in die Welt eines spannenden Romans in Fortsetzungen eingetaucht, der das Schicksal eines sibirischen Dorfes in den dreißiger Jahren schildert: täglich drei Romanseiten in der Literaturbeilage. An den Autor kann ich mich heute nicht mehr erinnern. Jeden Morgen laufe ich begierig zum Zeitungsstand. Bald werde ich das ganze Buch beisammen haben, die engbedruckten Seiten in eine Schuhschachtel legen und später alles noch einmal in einem Zug durchlesen. Mein Vater runzelt oft die Stirn und erklärt, ich hätte einen trivialen Geschmack.

An diesem Morgen ziehe ich mich schnell an und wecke meine Eltern. »Hol schon deine Zeitung«, brummt Vater. »Solltest lieber Englisch lernen.« Ich denke daran, daß Vaters Englischkenntnisse sich auf *How do you do, Hallo* und *Good bye* beschränken und daß auch er seine wichtigsten Informationen, wie alle Einwanderer aus Rußland, aus dem *Nowoje Russkoje Slowo* bezieht.

»Und nimm den Müll mit!« ruft Mutter. »Ja, und kauf mir im russischen Laden von Birnbaum ein Kilo Schwarzbrot. Geh ja nicht in den Supermarkt, dieses amerikanische Kautschukbrot ist nicht zu essen. Außerdem brauchen wir Butter, zweihundert Gramm Käse und ein Glas Marmelade. Meine Geldbörse liegt in der Handtasche, wie immer. Und, ach ja, vergiß nicht, paß auf da draußen! Wenn du eine Gruppe Farbiger siehst, geh auf die andere Straßenseite.«

Vor der Haustüre stolpere ich über einen prall gefüllten, übelriechenden Sack. Seit drei Tagen streikt die Müllabfuhr. Die Abfälle des ganzen Hauses türmen sich am Straßenrand. Ich werfe unseren Sack zu den anderen. Dann gehe ich Richtung Meer und biege in die Hauptstraße des Viertels ein. Etwa hundert Meter weiter befindet sich der Zeitungskiosk und gleich dahinter das kleine koschere Restaurant *Jeruschalaim,* die Clubräume von Mutter Odessa, Birnbaums Lebensmittelgeschäft und Liebmanns Obstladen. Ich kaufe den *Nowoje Russkoje Slowo,* beginne neugierig zu blättern, finde die gewünschten Seiten, überbrücke im Nu Raum und Zeit: Leonid Prigow, der Jäger, geht durch einen dichten Kiefernwald, und ich weiß, daß er den aus dem nahen Lager entflohenen Häftling bald finden wird. Erst als ich gegen etwas Großes und Weiches stoße, erkenne ich, daß ich mich nicht am Ufer des Ob, sondern in der Main Avenue von Brighton Beach befinde.

»Du bist es? So früh schon auf!« höre ich die Stimme von Boris Mojsejewitsch, einem Emigranten aus Leningrad, etwa Anfang Fünfzig, den alle Borja nennen. Er arbeitet an den Vormittagen in Liebmanns Laden und hält eine Kiste mit Orangen in der Hand. In die Lektüre versunken, bin ich an Birnbaums Lebensmittelgeschäft vorbeigegangen.

Borja blickt in meine Zeitung. »Was? Diesen Schund liest du?« Ich bin ein wenig beleidigt, daß alle den spannenden Roman als Schund bezeichnen. »Wenn es Schund wäre, würde es die Zeitung nicht drucken.« Boris Mojsejewitsch lacht und wechselt das Thema. Ich will schon umdrehen, doch der Mann hält mich am Ärmel fest und beginnt etwas zu erzählen, eine Geschichte, die ich eigentlich nicht hören möchte. Herr Liebmann, ein untersetzter Mann mit fleischiger Nase und runden, rötlichen Wangen, der, eine Pfeife rauchend, am Eingang zu seinem Geschäft steht, unterbricht ihn schließlich: »Hör auf zu quatschen, geh an die Arbeit. Fürs Herumstehen wirst du nicht bezahlt.« Und aus dem Inneren des Ladens ertönt eine unangenehm schrille, jugendliche Stimme: »Der Alte ist immer so geschwätzig. Am liebsten würde er den ganzen Tag immer wieder dieselben öden Stories erzählen.«

Die jugendliche Stimme gehört Lew (Ljowtschik) Blau aus Schitomir, den ich vier Jahre zuvor schon in Ostia kennengelernt habe und der ebenfalls in Liebmanns Laden jobbt.

»Was? Du auch hier?« hat er ausgerufen, als wir uns in New York das erste Mal über den Weg gelaufen sind. »Die Welt ist ein Dorf. Und wer nicht in Brighton Beach gewesen ist, hat die Welt nicht gesehen ...«

Ljowtschik hat eine sehr einfache Philosophie, was den Umgang mit Erwachsenen betrifft: »Man muß einfach cool sein bei diesen alten Krachern«, hat er mir erklärt, »dann lassen sie dir alles durchgehen. Die sind weich wie Butter. Man darf sich nur nicht unterkriegen lassen.«

Ich kann Ljowtschik, »diese überhebliche, widerliche Kröte«, wie ihn Borja nennt, nicht sonderlich gut leiden, aber insgeheim bewundere ich ihn schon. So wie er habe ich die Dinge noch nie betrachtet. So anschaulich hat sie mir noch niemand erklärt. Die Welt, die ich bis dahin immer als rätselhaft und kompliziert erlebt habe, nimmt, wenn ich mit Ljowtschik spreche, klare Konturen an. Wenn nur tatsächlich alles so einfach wäre!

Auch jetzt ist die Kröte so frech, daß mir der Atem wegbleibt: »Der Alte schwätzt, weil er keine Kraft mehr in den Knochen hat. Seine Zeit ist abgelaufen. Amerika ist für die Starken und Coolen da und nicht für die ewigen Lamentierer.«

»Muß ich mir das bieten lassen, von einem Rotzbuben, einem Dreikäsehoch«, empört sich Boris Mojsejewitsch. »Dabei bin ich Ingenieur, Akademiker. Warum bin ich nur in dieses Land gekommen? Ich muß verrückt gewesen sein. Seht mich doch an. Was tu ich auf meine alten Tage? Ich schleppe Orangenkisten. Ich habe, weiß Gott, Besseres verdient.«

»Ja, so ist es nun einmal, Herr Ingenieur«, sagt Liebmann. »So ist das Leben. Wenn du's nicht annimmst, wie's ist, bleibst du der ewige Verlierer. Du aber beschwerst dich ständig. Dabei ist Amerika das beste Land für Juden. Alle ordentlichen Juden fahren nach Amerika. Schau mich an. Ich war in Rußland nur ein kleiner Angestellter mit 120 Rubel im Monat, und jetzt bin ich Businessman.« Dann wendet er seinen Kopf Richtung Laden und schreit: »Und was dich betrifft, du kleine Nervensäge, noch so ein frecher Satz und du bist gefeuert. Ich kann deine Stimme ohnehin nur schwer ertragen.«

Ich will nicht mehr zuhören, bin ohnehin schon spät dran, muß bei Birnbaum's noch die Lebensmittel einkaufen. Birnbaums Frau packt mir alles in eine Tragtasche aus dunklem Packpapier, auf der ein Baum mit großen, grünen Birnen abgebildet ist. Darunter steht in grünen Lettern: *Birnbaum's Is Better Than The Best.* Konstantin Natanowitsch, alias Kostik, Birnbaum aus Cherson, ehemals Vorarbeiter in der Maschinenfabrik *Das rote Proletariat,* hat schnell gelernt. Auf dem Schild über seinem Geschäft ist das Wort »Koscher« zu lesen.

Alle ordentlichen Juden fahren nach Amerika. Dieser beiläufig dahingesagte Satz des »Obstmenschen« will mir nicht aus dem Kopf gehen. Es ist nicht das erste Mal, daß ich diesen Ausspruch gehört habe. »Ordentliche Juden fahren nach Amerika!« hatte auch Rav Pelzer in Wien oft gesagt. »Israel hingegen«, hatte er erklärt, »ist kein Land für Juden. Der Zionismus ist eine Häresie, denn nur der Erlöser, der Messias, wird den einen und einzigen, den ewigen Staat errichten. Unser Leid ist die Strafe für unsere Anmaßungen, und der Zionismus ist die größte Anmaßung seit der Zerstörung des Tempels durch die Römer.«

Während ich mit der Einkaufstasche nach Hause unterwegs bin, muß ich an den kleinen Chassiden aus Wien denken, dem meine Eltern und ich es zu verdanken haben, daß wir überhaupt nach Amerika einreisen durften. »Brooklyn«, hatte Rav

Pelzer erklärt, »ist das eigentliche Zentrum des Judentums. Auch Sie werden dort eine neue Heimat finden.«

Rav Pelzer war Leiter der Wiener Zweigstelle der chassidischen Vereinigung *Der glückliche Rebbe*. Eine jüdische Bekannte hatte meine Eltern auf diese Organisation aufmerksam gemacht. Die Büroräume, die gleichzeitig auch Wohnräume von Rav Pelzers Familie waren, befanden sich im dritten Stock eines Neubaus, an dessen Außenfassade nichts auf diese orthodox-jüdische Einrichtung hinwies. Neben der Taste auf der Gegensprechanlage war die Buchstabenkombination *DGR* nur für Eingeweihte zu entschlüsseln. Vor den Türpfosten im dritten Stock war zwar eine Mesusa angebracht, die kleine Pergamentrolle mit einem Auszug aus der Thora; doch weder ein hebräischer Schriftzug noch ein Schild ließ die Vermutung aufkommen, daß sich dahinter der Sitz einer jüdischen Einrichtung verbarg.

»Das ist wegen der Sicherheit«, erklärte Rav Pelzer. »Wir möchten nicht die Aufmerksamkeit auf uns lenken und schon gar nicht, daß ein Polizist vor der Haustür steht. Der Herr möge uns davor bewahren, auf die goische Polizei angewiesen zu sein.«

Es war Rav Pelzer, der uns den Rat gegeben hatte, ein Touristenvisum für die USA zu beantragen. »Zwanzig Familien habe ich schon nach Amerika gebracht«, erklärte er. »Juden aus Rumänien, Bulgarien, Ungarn. Sie alle hatten keine Einwanderungspapiere. Die Zentrale unserer Organisation in Brooklyn hat sie jahrelang unterstützt. Sie sind jetzt gläubige Juden, die nach den Gesetzen der Thora leben. Mit der Zeit konnten sie ihren Status legalisieren.«

Rav Pelzer schenkte mir eine zweisprachige Ausgabe der Thora auf Deutsch und Hebräisch. Ich solle mich auf meine Bar-Mitzwa vorbereiten, meinte er. Schließlich sei ich schon dreizehn. Wann immer die Eltern und ich den Rav besuchten, fragte er mich, wie weit ich in meinen Studien schon fortgeschritten sei. »Es ist eine spannende Lektüre«, antwortete ich jedes Mal, obwohl ich keine Zeile gelesen hatte. »Brav«, lobte der Rav. »Du wirst einmal ein ordentlicher Jude.«

Der Rav meinte, ich solle in Amerika eine jüdische Schule besuchen, solle mir Pejes wachsen lassen und den Talmud studieren. Das war die Bedingung dafür, daß er uns half, nach Amerika zu emigrieren. Meine Vorfreude auf New York wurde durch diese beängstigenden Aussichten erheblich gedämpft. Außerdem war ich ja nicht beschnitten. Zweifellos würden die Lehrer der jüdischen Schule nicht nur verlangen, daß ich mir Pejes wachsen lasse.

»Keine Angst«, erklärte mir Mutter. »Zu allem, was der Rabbi heute sagt, brauchst du nur zu nicken. Sei höflich und lächle, so wie ich es dir schon als Kleinkind beigebracht habe. Wenn wir erst einmal in Amerika sind, werden wir schon andere Wege finden, als dich in die Jeschiwa zu schicken.« Und Vater fügte lachend hinzu, der Rav entspräche jenem Klischee, das sich die Einheimischen von einem »Kaftanjuden« machten. Ob ich denn wirklich glaube, er werde zulassen, daß aus mir ein Kaftanjude werde?

»Was habe ich auch mit diesen religiösen Fanatikern zu tun«, sagte ich und kicherte. »Die sehen ja wirklich lächerlich aus. Und an diesen Schläfenlocken würd' ich gern einmal ziehen. Wär' das ein Spaß. Das Gejaule kann ich mir vorstellen ...«

Während ich die Thora, die mir der Rabbi geschenkt hatte, aus dem Bücherregal nahm, aufschlug und, vor- und zurückwippend, das Beten orthodoxer Juden karikierte, holte meine Mutter aus einer Schublade ein Photoalbum mit vergilbten Seiten, blätterte darin und legte es aufgeschlagen auf den Tisch.

»Was ist denn das für ein Typ?« fragte ich, nachdem ich das Photo eines älteren Mannes betrachtet hatte, der Rav Pelzer zum Verwechseln ähnlich sah.

»Das, mein Lieber, ist dein Urgroßvater. Auch so ein schläfengelockter Kaftanjude. Er wurde 1919 in Weißrußland von antisemitischen Banden ermordet.«

Ab diesem Zeitpunkt vermied ich es, mich über gläubige Juden lustig zu machen.

Bald begann ich Rav Pelzers Energie und Optimismus zu bewundern. Für jedes Problem gab es eine Lösung. So auch, als meine Eltern ihm berichteten, daß das amerikanische Konsulat in Wien sich weigere, uns ein Touristenvisum auszustellen. »No visas for people like you«, hatte der zuständige Beamte erklärt. Doch unser Freund Rav Pelzer ließ sich von diesem Mißerfolg nicht beirren. Seine Organisation habe auch andere Möglichkeiten, ihre Protegés nach Amerika zu bringen, erklärte er uns. Kurze Zeit später hatten wir unsere Visa ...

Nun bin ich also in Brooklyn, habe aber mit »Kaftanjuden« und anderen Einheimischen – Juden wie Nichtjuden – nur wenig zu tun gehabt. In Little Odessa treffe ich stattdessen immer wieder auf jenen Menschentyp, den ich schon von Israel, Ostia und Wien kenne, den »entwurzelten Sowjetmenschen«, so mein Vater, »der mit allen Vieren rudern muß, um sich in dieser Brühe über Wasser halten zu können«.

Anstatt die New Yorker Zentrale des *Glücklichen Rebbe* aufzusuchen, haben meine Eltern bisher auf herkömmlichere Art versucht, im neuen Land Fuß zu fassen. Bei allen jüdischen Hilfsorganisationen (nur nicht bei den chassidischen) sind sie bis jetzt gewesen, und bei der zuständigen Einwanderungsbehörde haben sie einen Antrag auf »Umwandlung des Touristenvisums in eine permanente Aufenthaltsgenehmigung« gestellt. Eine Vorgangsweise, die wenig Erfolg verspricht, wie uns ein Anwalt erklärt hat. Ich erinnere mich, wie Mutter versuchte, Vater umzustimmen: »Laß uns wenigstens einmal zu diesen Chassiden gehen und uns zumindest anhören, was sie uns vorzuschlagen haben. Vielleicht haben sie ja eigene Anwälte oder Beziehungen, die uns helfen könnten. Was soll Rabbi Pelzer von uns denken! Schließlich hat er viel für uns getan.«

»Rabbi Pelzer und all diese Schläfengelockten sind mir egal«, erwiderte Vater und verzog verächtlich das Gesicht. »Bei diesen religiösen Fanatikern muß man auf der Hut sein. Begibt man sich einmal in ihre Abhängigkeit, lassen sie einen nie mehr los. Ich sehe unseren Sohn schon in der Synagoge vorlesen.«

Als ich vom Einkaufen nach Hause komme, fragt mich Vater gereizt, wo ich so lange gewesen bin. Birnbaum's befinde sich doch gleich um die Ecke. Sie hätten Hunger, wollten endlich frühstücken. Ich stelle die Einkaufstasche auf den Küchentisch und beginne von Boris Mojsejewitsch, Ljowtschik und dem Obstverkäufer zu erzählen. »Dieser Borja hat mir wieder die Ohren vollgelabert«, erkläre ich.

»Ja, ja, dieser Meister des Brachialpessimismus«, brummt Vater. »Mein Mitleid hält sich in Grenzen. Schließlich hat er alle legalen Möglichkeiten in diesem Land. Nicht so wie wir. Wenn ich in seiner Lage wäre, würde ich Bäume ausreißen.«

»Gib nicht so an«, sagt Mutter.

Ich sitze beim Frühstück und betrachte meine Eltern. Mutter ißt langsam und konzentriert. Den Mund wischt sie regelmäßig mit einer Papierserviette ab. Ihrem Blick ist nicht abzulesen, woran sie denkt. Vater ißt schnell, stopft sich hastig die Marmeladebrote in den Mund. Er studiert die vorletzte Seite des *Nowoje Russkoje Slowo,* wo die Wohnungs- und Stellenannoncen zu finden sind. So gierig, wie er ißt, verschlingt er auch den Text mit den Augen. Manchmal wendet er sich an Mutter: »Hier wäre ein Job für dich: Mitarbeiter mit guten mathematischen Kenntnissen gesucht. Um schriftliche Bewerbung mit Lebenslauf wird gebeten ... Wenn wir doch endlich die Arbeitsbewilligung erhielten ...« »Mhm«, murmelt Mutter und ißt weiter. Vaters Worten schenkt sie keine weitere Beachtung. »Hier ist noch eine Anzeige«, erklärt Vater mit vollem Mund. »Hör dir das an ...«

Ich bin davon überzeugt, daß wir es verdienen, in Amerika zu leben. Viel eher als dieser Borja oder einige andere Individuen, die ich in Brighton Beach kennengelernt habe. Amerika ist für die Starken da. Wir sind stark. Ganz besonders Mutter. Allen Bürokraten und rechtlichen Hürden zum Trotz haben wir es geschafft, in dieses Land zu kommen. Wenn man an etwas fest glaubt, tritt es auch ein. Zugegebenermaßen haben die Eltern in den letzten Wochen nicht viel erreicht. Auch schimpft Vater oft über den Schmutz, die Kriminalität, die Farbigen, die angeblich die Straßen unsicher machen, und die anderen Emigranten, aber wir sind in Amerika. »Wir haben nicht so viel auf uns genommen, um sogleich wieder aufzugeben«, sagt er. »Dieses Land mag seine Schattenseiten haben, aber nur hier wird unser Sohn zu einem richtigen Einheimischen werden können, zu einem wie alle anderen auch.«

Wieder muß ich an Rabbi Pelzer in Wien denken, höre, wie er Vater – kaum zwei Monate sind seitdem vergangen – mit leiser Stimme sagt: »Man gibt Ihnen kein Visum? Es gibt eine Lösung für Ihr Problem.« Seine Stimme hat einen beinahe schelmischen Klang.

Es gebe einen amerikanischen Konsul, nämlich jenen in Luxemburg, der es mit dem rechtlichen Status und der Biographie potentieller »Touristen« nicht so ernst nehme. »Ein durch und durch korrupter Goi, aber auch solche muß es geben.« Elftausend Dollar werde uns die Aktion leider kosten, zehntausend für den Konsul und tausend für einen Herrn Chaimowitsch in Antwerpen, einen guten Bekannten des Rav.

Ich erinnere mich, daß die Eltern tagelang gestritten haben.

»Ich habe in meinem Leben noch nie ein Verbrechen begangen«, schrie Mutter.

»Es geht um die Zukunft unseres Sohnes!« schrie Vater.

»Wir können im Gefängnis landen«, schrie Mutter.

»Unsinn! Wir verstoßen doch gegen keine luxemburgischen Gesetze«, schrie Vater.

»Schöne Vorbilder sind wir für unseren Sohn.«

»Er ist alt genug.«

Wie immer in solchen Fällen, ließ mein Vater meiner Mutter so lange keine Ruhe, bis sie nachgab. Die Eltern wechselten den gewünschten Betrag – es war mehr als die Hälfte ihrer Ersparnisse – in Dollar, und wir fuhren nach Belgien.

Die ganze Nacht auf der Fahrt nach Brüssel hatte Vater nicht geschlafen. Er fühlte sich als Hüter des Geldes, das in seinem Bauchgurt lag. In jedem neuen Fahrgast, der unser Abteil betrat, sah er einen potentiellen Dieb.

Als wir im Schnellzug von Brüssel nach Antwerpen saßen, erklärte er Mutter, daß er wohl schon zu alt für solche Sachen sei. »Diese Aufregung halte ich nur schwer aus«, meinte er.

»Warum machen wir dann das Ganze?« fragte Mutter. »Ich weiß nicht, was uns in Amerika erwartet. Weißt du es? In Österreich sind wir finanziell abgesichert, haben uns gut eingerichtet.« Vater zuckte mit den Achseln. Dann zwinkerte er mir zu und sagte: »Frauen! Sie denken immer so praktisch. Verstehen nicht, daß man etwas tut, was man einfach tun muß.« Und ich fühlte mich geschmeichelt und schon so erwachsen, ein richtiger Mann, fast schon ein Komplize meines Vaters.

Die Adresse, die uns Rav Pelzer gegeben hatte, war nicht schwer zu finden. Nur fünf Minuten vom Antwerpener Hauptbahnhof entfernt stand das Gebäude, über dessen Eingang das Schild mit der Aufschrift *Cohen Diamanten Maatschappij* angebracht war. Zwei Damen mittleren Alters führten uns in ein gutbürgerlich eingerichtetes Wohnzimmer im ersten Stock. Durch das Fenster sah man auf die Bahntrasse und die breite Fläche des Rangierbahnhofs. Mijnheer Chaimowitsch werde bald kommen, wurde uns mitgeteilt. Die beiden Damen sprachen Deutsch, in das sie jiddische und flämische Wörter mischten.

Einige Minuten saßen wir schweigend auf dem Sofa, das fast die Hälfte des kleinen, stilvoll eingerichteten Zimmers füllte, und tranken Tee. Schließlich fragte eine der beiden Frauen, wie das Wetter in Wien sei. Mutter gab einen detaillierten Wetterbericht der letzten Tage ab. Die Damen nickten höflich. Daraufhin erzählte Mutter, daß der Herbst regnerisch und der Winter mild gewesen sei, was sie persönlich allerdings als sehr angenehm empfinde. Im Februar habe es jedoch starken Frost gegeben. Vater stellte die Tasse nervös auf den Tisch und warf Mutter einen strengen Blick zu. Doch diese ließ sich nicht beirren und kam auf das Wiener Wetter der letzten Jahre und das Wetter im allgemeinen zu sprechen, das bekanntlich immer wechselhafter und unberechenbarer werde. Und sie hätte vielleicht ein ganzes Referat über das

Wetter in diesem Jahrhundert gehalten, wenn nicht Mijnheer Chaimowitsch ins Zimmer getreten wäre. Sofort gingen die beiden Frauen mit einer leichten Verbeugung hinaus.

Chaimowitsch schüttelte Vater und mir die Hand. Mutter ignorierte er. Auch während des folgenden kurzen Gesprächs schaute er nur meinen Vater an. »Do you have the money?« fragte er. Ich übersetzte. Vater reichte ihm das Geld. Chaimowitsch zählte es, sehr schnell und eher nachlässig, und steckte es in seine Manteltasche. Offensichtlich machten wir auf ihn einen vertrauenswürdigen Eindruck. »Do you have the ten thousand for the goy?« fragte er, nachdem er einen Augenblick etwas gemurmelt, die Stirn gerunzelt und nach oben, Richtung Decke, geblickt hatte. Kann es sein, daß er ein Gebet spricht? dachte ich. Mit *goy* war offenbar der amerikanische Konsul in Luxemburg gemeint. »Yes«, antwortete Vater. Chaimowitsch öffnete die Tür und rief etwas auf Flämisch in den Vorraum. Ein älterer Mann mit freundlichem Gesicht, ebenfalls ein Chassid, betrat den Raum. Er wurde uns als Mijnheer Cohen vorgestellt, ein entfernter Verwandter des Geschäftsinhabers. Er werde uns nach Luxemburg begleiten und das Inoffizielle erledigen. Wir sollten ihm das Geld geben. »The goy knows him, he trusts him. Only him.«

Zum Abschied klopfte Chaimowitsch Vater auf die Schulter und meinte: »Austria is not a country for Jews. My parents lost most of their relatives during the Shoa. Many Nazis had been Austrians, even Hitler himself, as you know.«

Während der gesamten Bahnfahrt nach Luxemburg sprach Mijnheer Cohen kein Wort. Die meiste Zeit hatte er die Augen geschlossen, während sich seine Lippen langsam und kaum merklich bewegten. Vielleicht bittet er Gott um ein gutes Gelingen, dachte ich. Meine Eltern saßen steif und schweigsam auf ihren Sitzen und bemühten sich, weder Mijnheer Cohen noch einander anzuschauen. Ich schlief bald ein und wachte erst an unserem Zielort auf.

Wir nahmen ein Taxi, das Cohen bezahlte, und fuhren zum amerikanischen Konsulat. Im Wartezimmer fanden wir keine

Menschen vor, denn an diesem Tag war kein Parteienverkehr. Der Konsul empfing uns trotzdem. Während Cohen in das Büro des Konsuls ging, deutete er uns, wir sollten im Warteraum Platz nehmen. Schweigend setzten wir uns auf eine weichgepolsterte Bank. Kaum hatte ich mich umgesehen, war Cohen schon wieder bei uns. Er lächelte, nickte uns zu, hob den Daumen der rechten Hand. Offensichtlich war seine »Vermittlung« von Erfolg gekrönt gewesen. Nun durften auch wir den Konsul sehen.

Er war Ende dreißig, groß, blond, schlank, die Zähne strahlend weiß, die Haare kurz geschnitten, das Gesicht glattrasiert, an einem Finger der linken Hand ein goldener Ehering. Er trug einen beigefarbenen Anzug, aus dessen Tasche der Zipfel eines weißen Taschentuchs herausragte, und eine weinrote Krawatte, roch nach Duschgel und Eau-de-Cologne. Einen korrupten Beamten hatte ich mir jedenfalls ganz anders vorgestellt: gieriger Blick, zynischer Grinser, schmieriger Anzug, dicke, nervöse Finger, eine unangenehme, schneidende Stimme. Aber der Amerikaner hatte eine weiche, sogar ausgesprochen einnehmende Stimme. Er war freundlich und sprach perfekt Deutsch.

Was nun folgte, war ein Frage- und Antwortspiel, auf das uns Rav Pelzer schon vorbereitet hatte.

»Sie möchten also unser Land besuchen?« fragte er und lächelte.

»Ja.«

»Sie leben in Wien?«

»Ja.«

»Dann müßten Sie in Wien ins Konsulat gehen und das Touristenvisum dort beantragen.«

»Wir sind hier in Luxemburg auf Urlaub und hatten plötzlich die Idee, den Urlaub ein wenig auszuweiten und für zwei Wochen nach Amerika zu fliegen.«

»Ich verstehe.« Über das routinemäßig lächelnde Gesicht des Konsuls huschte ganz leicht das, was man wohl tatsächlich als zynischen Grinser bezeichnen konnte. Aber es war nur ein kurzer Augenblick.

»Dennoch ist unser Konsulat dafür nicht zuständig. Leider«, meinte der Konsul. Sein Gesicht war wieder freundlich, unverbindlich.

»Dann müssen wir also unseren Urlaub verschieben?«

»Nun ja, füllen Sie erst einmal die Formulare aus und kommen Sie morgen wieder. Ich werde mich bis dahin erkundigen, ob ich Ihnen vielleicht, entgegen den üblichen Gepflogenheiten, trotzdem ein Visum ausstellen darf. Ich werde bei der Rechtsabteilung unserer Botschaft nachfragen.«

Ich war erstaunt, vor allem aber fasziniert davon, wie reibungslos das Spiel ablief. Es stand fest, daß der Konsul uns das Visum ausstellen würde. Schließlich hatte er erst vor wenigen Minuten zehntausend Dollar kassiert. Selbstverständlich würde er seine Rechtsabteilung nicht kontaktieren. Er brauchte keine Erkundigungen einzuholen. Wir wußten das. Er wußte, daß wir es wußten, und wir wußten, daß er wußte, daß wir es wissen. Trotzdem sagte er: »Ich kann Ihnen nichts versprechen. Aber ich werde sehen, was sich machen läßt.«

Als wir das Konsulatsgebäude verlassen hatten, verabschiedete sich Mijnheer Cohen. Es stellte sich heraus, daß auch er Deutsch sprach, denn er reichte meinem Vater die Hand und sagte: »Auf Wiedersehen und viel Glück.« Mein Vater bat ihn, noch einen Augenblick zu warten, dann flüsterte er meiner Mutter etwas ins Ohr. Diese nickte, öffnete ihre Handtasche und reichte meinem Vater die Geldbörse, aus der er fünfhundert belgische Franken herausholte. »Für Ihre Mühe«, sagte er zu Cohen, doch dieser winkte ab. »Nein, nein, nicht notwendig. Ich habe das für Rav Pelzer gemacht. Er ist ein Freund.« Dann überlegte er kurz, wobei er wieder die Augen schloß und kaum merklich die Lippen bewegte, holte aus seiner Manteltasche einen Block und einen Stift heraus, schrieb schnell etwas auf, riß das Blatt heraus und reichte es meinem Vater. »Das ist die Adresse meines Vetters in Brooklyn, er heißt Israel Cohen. Wenn Sie Hilfe brauchen, wenden Sie sich an ihn. Sagen Sie, daß ich Ihnen die Adresse gegeben habe und daß Sie Rav Pelzer kennen.« Dann ging er schnell davon, noch bevor sich meine Eltern richtig bedanken konnten.

»Ich war mein ganzes Leben lang ein ehrlicher Mensch«, sagte Mutter. »Ich habe noch nie jemanden bestochen oder betrogen.«

»Auch mir ist das Ganze zuwider«, erklärte Vater. »Aber es geht ja um unser Kind, um seine Zukunft.«

Nun schauten beide mich an, und ich hätte gern etwas Gewichtiges, Verwegenes oder Freches gesagt. Aber es fiel mir nichts ein und so schwieg ich.

Wir übernachteten in einem Hotel und holten am nächsten Morgen unser Visum ab. Der Konsul wünschte uns »einen schönen und erholsamen Urlaub und viel Vergnügen in Amerika«. Diesmal machte er sich keine Mühe mehr, seinen Zynismus zu verbergen…

Nach dem Frühstück gehe ich zum Fenster, schaue hinaus auf die Straße. Little Odessa ist wie ein großes Dorf, wo fast jeder jeden kennt, und unsere Straße bildet die wichtigste Verbindung zwischen der Main Avenue mit ihren Geschäften und Vergnügungsstätten und jenem Kern des Viertels, in dem Russisch die Umgangssprache ist. Unsere Wohnung liegt im Erdgeschoß, und es gibt kaum einen Emigranten, der nicht mindestens einmal am Tag an unseren Fenstern vorbeigeht. Kaum jemand weiß, daß meine Eltern und ich in Israel und in Österreich gelebt haben. Niemand darf jemals erfahren, daß wir mit einem Touristenvisum nach Amerika gekommen sind, und schon gar nicht, daß wir es gekauft haben. Wenn ich das herumerzähle, hat mir mein Vater erklärt, kommen wir alle ins Gefängnis. Zuvor aber werde er mir den Kopf abreißen.

Auf der gegenüberliegenden Straßenseite sehe ich Borja vorbeigehen. Drei Stunden hat er, wie jeden Vormittag, im Obstladen gearbeitet und ist jetzt auf dem Weg nach Hause. Er wirkt abwesend, in Gedanken versunken, stolpert über eine leere Dose. Vielleicht spricht er mit sich selbst, aber durch die Fensterscheibe kann ich ihn nicht hören. Dieser ewige Lamentierer, denke ich. Für einen kurzen Augenblick hasse ich ihn. Wieso erdreistet sich dieser Mensch, unglücklich zu sein? Er hat ein legales Einwanderervisum, eine Sozialversicherungskarte, Anspruch auf Welfare. Mit Verachtung blicke ich dem Mann nach. Zu diesem Zeitpunkt ahne ich noch nicht, wie sehr gerade dieser Mensch meine Erinnerung an diesen Tag, ja an New York für immer prägen wird.

Er hat eine hohe Stirn, grüne Augen, eine breite, von roten Äderchen durchzogene Nase, ergraute Schläfen, Tränensäcke, eine gedrungene Figur, gebeugte Haltung. Der Rücken – rund wie der Panzer einer Schildkröte. Auch nach fast zwanzig Jahren erscheint das Bild von Borja, alias Boris Mojsejewitsch Fridkin, plastisch vor mir, höre ich seine hohe, immer besorgt und etwas gereizt klingende Stimme, als hätte ich erst vor kurzem mit ihm gesprochen, sehe ich seine schmalen, fast feminin wirkenden Hände, sehe, wie er in der Pause zwischen den Sätzen den Blick senkt und mit dem Zeigefinger der linken Hand die Lippen berührt. Diese Spannung des Schweigens zwischen den Sätzen ist heute fast noch mehr präsent als die Worte von damals.

Bald habe ich die Szene arrangiert, die Figuren plaziert, lasse eine alte, dicke Frau, Borjas Schwiegermutter, schweren Schrittes die Treppe emporsteigen und auf den Treppenabsätzen verschnaufen. Ihr Blick bleibt an der Feuerleiter draußen vor dem Gangfenster haften. »Einladung für Diebe und Mörder!« murmelt sie. »In einem solchen Land allgemein zugängliche Feuerleitern. So ein Unsinn!« In ihrer Handtasche sucht sie nach dem Schlüssel, findet ihn nicht sofort, flucht, hat ihn schließlich doch in der Hand, sperrt schnell eine schmutziggraue Wohnungstür ohne Namensschild auf.

»Und jetzt erklär mir: Wozu brauche ich dieses Amerika?« Borjas Schwiegermutter seufzt und setzt sich ängstlich auf den wackeligen Stuhl – das einzige Möbelstück im Wohnzimmer, das den Namen Möbelstück verdient. Der Stuhl knarrt beleidigt, neigt sich ein wenig auf die rechte Seite, gibt aber diesmal noch nicht nach, so daß die Schwiegermutter sich von ihrem täglichen Spaziergang zum Meer erholen kann. Sie atmet schwer. Das bunte Kleid der alten Frau, hellblau mit rosafarbenem Blümchenmuster, stammt noch aus Leningrad und klebt nun an ihrem schweißtriefenden Körper. Borja beobachtet ihre hängenden Brüste, die beim Atmen auf und ab hüpfenden Fettpolster an den Hüften und die unförmigen Schenkel.

»Widerlich!« denkt er. »Und Galja wird bestimmt auch einmal so aussehen. Nun gut, ich bin selbst kein Adonis. Aber trotzdem.«

»Ich schenke dir dieses Amerika und noch einiges dazu«, sagt die Schwiegermutter. »Eine Affenhitze ist das hier, beinahe wäre ich ohnmächtig geworden. Ein Sonnenstich wird mein Ende sein; hätte ich mir früher auch nicht träumen lassen ... Und überhaupt, man kann sich ja wirklich nicht auf die Straße trauen, wenn's nicht die Hitze ist, dann sind es diese Neger und Puertoricaner ...«

»Aber Gissja Isaakjewna«, sagt Borja, »haben denn Ihnen die Schwarzen bis jetzt etwas getan?«

»Na, mir nicht«, brummt die alte Frau, »aber du weißt doch ganz genau, daß man der kleinen Mila, du weißt ja, der Enkelin von Krejna ... nu, was schaust du mich so an, als ob du nicht wüßtest, von wem ich rede, natürlich kennst du sie ... du weißt also genausogut wie ich, daß man ihr das Halskettchen vom Hals gerissen hat ... Und Krejna selbst hat einmal so eine Gruppe gesehen, spät am Abend. Der eine hatte eine Kette, der andere so einen Holzknüppel, na du weißt schon, von diesem saublöden Spiel, wo man mit dem Stock einen Ball in die Höhe schießt, und alle laufen dann wie die Verrückten im Kreis ...«

»Baseball!«

»Genau! Einen Baseballschläger!«

»Na und?«

»Nichts und! Davongelaufen ist sie ihnen.«

»Krejna Solomonowna, davongelaufen? Die kann doch kaum mehr gehen!«

»Ach, was verstehst du schon davon! Hast du eine Ahnung, was *ich* alles kann, wenn so ein Neger mit einem Baseballschläger auf mich losgeht. Und außerdem, bist du etwa glücklich hier? Du, ein Ingenieur, arbeitest am Morgen in einem Obstladen und am Nachmittag als Anstreicher und malst die

Wohnung dieser Spekulantin aus Odessa aus. Nennst du das Leben? Und was ist mit den Möbeln? Ich habe es satt, auf der Matratze zu schlafen. Ich brauche ein Bett.«

»Alles braucht seine Zeit, Gissja Isaakjewna, Rom ist auch nicht an einem Tag erbaut worden.«

»Soll ich jetzt, in meinem Alter, an der Erbauung Roms auch noch mitwirken?« raunzt die Alte. »Was soll ich hier – die Straßen, die Leute, das Licht, die Sprache, alles ist anders. Und wer wird sich um das Grab meines Mannes kümmern? ... Oh ja, die Auswahl in den Geschäften, die ist groß, muß ich zugeben. Aber was bringt mir das bei meiner Diät? Kein Salz, kein Fett, kein Zucker, keine Wurst, kein Faschiertes, keine Eier. Was darf ich überhaupt noch essen? Nun sag mir, wozu brauche *ich* dieses Amerika?«

Was soll Borja schon viel sagen, er zuckt nur mit den Achseln. Er sieht sich, wie er allen im Viertel erzählt, auch als Opfer, als Opfer der verbitterten Alten, der man ihre liebste Straßenbahnlinie in Leningrad genommen hat, mit der sie immer zum Friedhof gefahren ist. In New York gibt es schon lange keine Straßenbahnen mehr.

Auf dem Rückweg vom Friedhof hat die Alte oft eine gute Bekannte besucht, die sie seit mehreren Jahrzehnten kannte. Das hat die gute Bekannte nicht daran gehindert, Gissja Isaakjewna eines Tages, während einer heftigen Auseinandersetzung, eine »alte, geizige, häßliche Saujüdin« zu nennen. Selbstverständlich hat sie es nicht so gemeint, sich auch sofort entschuldigt, aber Gissja Isaakjewna hat nach diesem Vorfall endgültig den Entschluß gefaßt, ihre Tochter nach Amerika zu begleiten. Auch diese Geschichte kennt das ganze Viertel.

Borja kann die Hitze nur schwer ertragen. In Leningrad sei es anders mit der Wärme und der Sonne gewesen. Fast immer habe man den Himmel betrachten können, ohne die Augen zusammenzukneifen. Trotzdem hätten die Dächer der Häuser geglänzt, als würden sie leuchten, sei die Stadt in ein magisches Licht getaucht gewesen. Er habe nur den Kopf zu heben brauchen, um emporzusteigen, hinaus aus dem Alltag der Gehsteige, hinauf zu den Kronen der Bäume, zu den Dächern, über das Wasser des Flusses und der Kanäle. Fliegen. Die Stadt von oben sehen. Jede verträumte Gasse habe er gekannt, jeden Winkel … Hier aber sei die Sonne so männlich.

Borja verabschiedet sich von der inzwischen ruhig, fast schon apathisch wirkenden Schwiegermutter, die mit geschlossenen Augen dasitzt. Das Licht scheint ihr genau auf den Kopf, ist so grell, daß es ihre tiefen, wie mit einem stumpfen Gegenstand ins Gesicht geritzten Falten glättet. Es ist eine südseitig gelegene Wohnung, in der es fast immer hell ist. Ein Glücksgriff.

Drei Stunden muß Borja arbeiten, vielleicht auch vier, eine Wohnung und neue Geschäftsräume ausmalen. Am Anfang ist es schwer gewesen, vor allem weil sein rechter Arm sich nur bis auf Schulterhöhe heben läßt – ein Geburtsfehler. Doch inzwischen ist Borja eingeübt, malt mit der linken Hand und hält sich mit der rechten an der Leiter fest, unangenehm, aber bei den paar Stunden Arbeit am Tag gerade noch erträglich.

Ich sitze auf der Treppe, die zum Eingang des Hauses führt, und lese. Ausnahmsweise ist es ein Tag ohne Behördengang, Arbeitssuche, lange U-Bahnfahrten. Und so genieße ich, da ich sonst meist meine Eltern begleiten und für sie aus dem Russischen ins Englische übersetzen muß, die freien Stunden.

Borja bleibt vor mir stehen und holt tief Luft.

»Guten Tag, Boris Mojsejewitsch«, murmle ich, alles andere als erfreut über dieses Zusammentreffen, und reiße mich unwillig von meinem Buch los.

»Als ob man heißen Wüstensand einatmet«, sagt er. »Mein Herz pocht so in meinen Schläfen, und mein Kopf explodiert gleich. Ich hätte meinen Hut aufsetzen sollen.«

»Sie schauen auch ziemlich blaß aus, Boris Mojsejewitsch«, sage ich, »fast als wäre Ihre Haut aus Papier. Sie sollten sich hinlegen. Sogar meine Eltern machen ein Mittagsschläfchen.« Ich mache eine Kopfbewegung Richtung Haus.

Borjas Mund verzieht sich zu einem leichten Lächeln. »Danke für den klugen Vorschlag, junger Mann. Nur müssen manche Leute arbeiten und können nicht den ganzen Tag lesen oder im Bett herumliegen.«

»Meine Eltern haben gestern den ganzen Tag …« setze ich zu einem Protest an.

»Ja, ist ja schon gut«, unterbricht er mich, »war nicht so gemeint. Du wirst noch lernen, nicht alles, was man sagt, gar zu ernst zu nehmen. Ich habe es wieder einmal vergessen: wie alt bist du?«

»Vierzehn.«

»Nun ja. Kein schlechtes Alter.«

Offenbar hat es Borja nicht eilig, zur Arbeit zu kommen. Stattdessen setzt er sich »nur für ein paar Minuten, zum Verschnaufen« neben mich auf die Stufe und erzählt mir mit allen Details, was an diesem Tag geschehen ist. Die Schwiegermutter ist Borjas Lieblingsthema: »Warum die sich in ihrem Alter das antut? Jeden Tag zum Meer und zurück. Irgendwann bekommt sie wirklich einen Sonnenstich«, meint er nach einer kurzen Pause, »oder es trifft sie der Schlag. Wäre ja auch kein Wunder mit ihren zweiundsiebzig Jahren.«

Belustigt schaut Borja einem kleinen schwarzen Jungen nach, der in einem T-Shirt mit der Aufschrift »Superman« an uns vorbeiläuft. »Ja, ja, jetzt sind sie niedlich«, sinniert er, »aber wenn die einmal größer werden, dann gehen sie mit Messern auf uns los. Warum sie sich nicht wie zivilisierte Menschen benehmen können! Nicht einmal in der U-Bahn können sie stillsitzen …«

Darauf möchte ich etwas sagen, komme aber nicht dazu, denn Borja schüttelt den Kopf und meint, daß er langsam so zu denken beginne wie die Alte. Schließlich seien aber auch die Schwarzen selbst schuld. Warum sie sich gerade den jüdischen Immigranten gegenüber so unverschämt verhielten, wo sie doch wissen müßten, daß sie sich damit eine ganze Gruppe zu Feinden machten. »Natürlich«, fügt er schnell hinzu, »wenn die Schwiegermutter allzu sehr in Fahrt kommt, weise ich sie zurecht und nehme die erbosten Reaktionen und beleidigten Mienen in Kauf. Du bist noch jung, du kannst wohl noch nicht abschätzen, wann der Moment zum Nachgeben gekommen ist und wann man dem Feind die Stirn bieten muß. – In diesem Zusammenhang fällt mir die Geschichte eines jungen Mannes aus Odessa ein«, setzt Borja unerbittlich und trotz meines demonstrativen Gähnens den Redeschwall fort, und ich senke resigniert den Kopf und beiße mir auf die Lippe.

Trotz allem dringen Borjas Worte durch die Hitze zu mir durch, und wieder klingt die Geschichte ein wenig anders, ein wenig dramatischer als das letzte Mal:

An einem ihrer allerersten Tage in Brighton Beach haben Borja und seine Frau Galja den »Mann aus Odessa« besucht, einen alten Bekannten, der zur ersten Einwanderergruppe aus der Sowjetunion gehörte, die sich in Brighton Beach niedergelassen hat. Damals haben in diesem Viertel fast ausschließlich Puertoricaner und Schwarze gewohnt. Da das russische Wort für Neger dem amerikanischen »negroe«, aber auch dem wenig schmeichelhaften »nigger« sehr ähnlich ist und da die schwarzen Jugendlichen oft aggressiv reagierten, wenn sie merkten, daß man über sie sprach, erfanden die Immigranten eigene Ausdrücke für die »gefährliche Rasse«. Das russische Wort für »Schwarze« oder gar der sehr unglücklich gewählte Begriff »Schokoladenleute« waren den damit Bezeichneten nur allzu bald bekannt, mit der entsprechenden Wirkung. Es folgten neue, nicht so offensichtliche Umschreibungen – Schneeflocken, Schneewittchen, Bleichgesichter, Weiße Zwerge und ähnliches.

Borja und Galja sahen nichts Außergewöhnliches darin, daß ihr Bekannter, der Mann aus Odessa, am anderen Ende des Bezirks, jenseits der berüchtigen 7th Avenue wohnte, die man nicht überqueren durfte. Zu jener Zeit waren sie noch in einer kleinen Pension für Immigranten untergebracht. Eine jüdische Organisation zahlte die Miete. Borja und Galja trauten den Putzfrauen, aber auch dem anderen Personal des Hotels nicht so ganz und trugen deshalb ihr geringes Vermögen – einen kleinen Geldbetrag und ein paar Wertsachen – in Zeitungspapier gewickelt ständig in einer Einkaufstasche mit sich herum, ein Laib Brot, eine Wurst, Kekse und Chips obenauf.

So marschierten sie also los, mit der Einkaufstasche in der Hand, überquerten die 7th Avenue, staunten über die alten Backsteinruinen, sahen die mit Brettern vernagelten Fenster, die ausgebrannte Fabrik, den Schutt, der die halbe Fahrbahn blockierte. Aus einem nicht gerade einladend aussehenden Etablissement dröhnte, wild hämmernd, amerikanische »Bumm-Krach-Klirr-Musik«, wie Borja sie zu nennen pflegte. Einige finstere Gestalten, die den Eingang zum Lokal versperrten, torkelten Borja und Galja entgegen und starrten sie verwundert an, schleuderten ihnen Flüche und Drohungen entgegen, lachten, verfolgten sie, verstellten ihnen für kurze Zeit den Weg, ließen sie aber doch passieren. Jemand schmiß einen Stein, der sein Ziel verfehlte. Da erst beschleunigten Borja und Galja ihren Schritt und erreichten schließlich einen trutzburgartigen Wohnsilo, bewacht von schwerbewaffneten Männern in sonderbaren, fast operettenhaft anmutenden Uniformen, mit der an beiden Ärmeln gut sichtbar angebrachten Aufschrift »Security Service«.

Der Bekannte aus Odessa war entsetzt, als er hörte, daß sie zu Fuß gekommen waren.

»Ihr dürft nur mit dem Taxi herfahren, wenn ihr mich besucht!« belehrte er sie. »Die Schneewittchen da draußen waren wohl so überrascht über eure Frechheit, ihr Viertel einfach mir nichts dir nichts zu Fuß zu durchqueren, daß sie euch in Ruhe gelassen haben. Was ihr da gemacht habt, war selbstmörderisch.«

»Ist es wirklich so schlimm?« fragte Galja.

»Und wie! Noch viel schlimmer!«

»Wißt ihr«, erzählte der Freund, »ich wurde in meinem Leben zweimal verprügelt. Das erste Mal von Antisemiten in Leningrad, drei sind es gewesen, die geschrien haben: ›Haut den Saujuden, rettet Rußland!‹ Und das zweite Mal war es schon hier, in Amerika. Vier Farbige haben mir Geldbörse, Uhr und sogar die Brille geraubt und mich zusammengeschlagen. Man muß verdammt aufpassen in dieser Gegend! Hört ihr! Einer der ›Guards‹ von draußen, auch ein Schwarzer übrigens, aber ein netter Kerl, ist dann noch rechtzeitig aufgetaucht und hat sie verscheucht, diese Banditen. Sonst würde ich womöglich gar nicht mehr hier vor euch sitzen, sondern das Gras schon von unten betrachten, wie man so schön sagt, he, he! Diese Neger da draußen sind Wilde oder eher noch Affen und die Gegend hier ein Dschungel.«

Borja runzelte die Stirn und stellte sich vor, wie sein Freund das dritte Mal in seinem Leben Prügel bezöge. Nichts ist lächerlicher und perverser als ein jüdischer Rassist.

»Ein jüdischer Rassist«, erklärt mir Borja, »ist wie ein Schwein, das den edlen und wichtigen Beruf des Metzgers preist.«

Ich lache.

»Trotzdem«, meint Borja, »was soll einem in diesem Land auch anderes übrigbleiben, als rassistisch, depressiv oder einfach meschugge zu werden. Die Zukunft sieht ja wirklich nicht rosig aus.«

Ich weiß schon, was nun kommen wird: sein ewiges Lamento über die Unsicherheiten des Lebens, die Kapriolen des Schicksals, angereichert durch das, was mein Vater verächtlich den »jüdischen Weltschmerz« nennt, in den man sich hineinfallen lassen kann wie in die warme Brühe am Strand von Brighton Beach. Das alles möchte ich nicht hören, will mir mein Amerikabild und die vielen Hoffnungen nicht nehmen lassen, mit denen ich in dieses Land gekommen bin. Rußland–Israel–Österreich–Italien–Österreich–Holland–Israel–Italien–Österreich und nun die USA. Ich bin des Reisens müde. Amerika ist das Land, in dem die Träume wahr werden. Welchen Sinn hätten die letzten zehn Jahre sonst gehabt? »Der ewige Miesmacher«, sagt Mutter über Borja. »Das Motto solcher Leute ist: denk negativ, damit dich nichts mehr enttäuschen kann. Positiv denken ist klug, negativ denken ist weise.«

Ausnahmsweise gibt Borja heute sogar zu, daß er russische Ehepaare kenne, denen es noch schlechter gehe als ihm und seiner Frau. Zumindest habe Galja, obwohl sie auch schon auf die Fünfzig zugehe, sich der fast unlösbaren Aufgabe verschrieben, alle erforderlichen Prüfungen zu bestehen, um auch in Amerika als Ärztin praktizieren zu können. Ein Unterfangen, das Nerven und Geld koste und zudem wenig Erfolgschancen verspreche, da es bis jetzt nur sehr wenigen gelungen sei, die umfangreichen und trickreichen Sprachprüfungen und den medizintheoretischen Test zu bestehen. Wohl sei es ein offenes Geheimnis, daß die medizinische Versorgung in den Vereinigten Staaten nicht gerade zu den besten der Welt gehöre. Die eingewanderten Ärzte seien zugegebenermaßen fachlich qualifizierter als ihre amerikanischen Kollegen. Vorläufig aber heiße es sich irgendwie durchschlagen, von einem Tag zum anderen. Natürlich erhalten sie auch Unterstützung von jüdischen Organisationen. Nein, sie können sich wirklich nicht beklagen.

»Weißt du, Kind«, sagt er, während er sich den Schweiß von der Stirn wischt, »die Sache ist die ... kennst du das Lied von Okudschawa über das Schicksal, in dem es heißt:

Wer hat uns denn Truhen voller Gold versprochen?
Wir malen sie uns selbst aus, solange wir jung sind.
Wir selbst erfinden unsere Geschichten und Lieder.
Und wehe dem, der uns zur falschen Zeit am Ärmel zupft.
Du bist unser Schicksal, wir sind deine schweigsamen Richter.
Wir erblicken das Glück und verlieren es wieder aus den Augen.

Nun, ich bin für dich ein Greis und nichts mehr als ein Richter, vielleicht ein beredter und kein so schweigsamer. Wenn du älter bist, wirst du's verstehen.«

Ich zünde mir eine Zigarette an, um zu demonstrieren, wie erwachsen ich bin. Vor meinem geistigen Auge ersteht Humphrey Bogart, lässig mit einer Zigarette im Mundwinkel. Aber Borja kommentiert meine Kühnheit nicht, hebt nur ganz leicht die Brauen.

»Kommst du mit?« fragt er plötzlich. »Ich bin heute, wie du schon bemerkt hast, irgendwie nicht ganz so ... auf der Höhe. Wenn du mir heute beim Anstreichen hilfst, bekommst du ein Drittel meines Tageslohns. Na, ist das nicht ein Angebot?«

Das Geld ist verlockend, aber ich bin erbost, daß Borja mein mannhaftes Zigarettenrauchen ignoriert hat, anstatt etwas zu sagen in der Art wie: *Lucky Strike, he? Gute Marke!* oder *Hatte in deinem Alter schon mit Selbstgedrehten begonnen, die hatten aber nicht dieses Aroma.* Wenigstens hätte er schimpfen können, so wie meine Eltern. Außerdem kann ich mir bei dieser Hitze nicht vorstellen, auch nur die kleinste Anstrengung auf mich zu nehmen. Borja geht mir sowieso auf die Nerven, und eigentlich will ich mein Buch weiterlesen. Ich schüttle also den Kopf und lasse den Rauch durch die Nase entweichen.

»Warum nicht?« fragt er.

»Weiß nicht, ist zu heiß.«

Er murmelt etwas, nickt mir zum Abschied zu und entfernt sich langsam Richtung Meer. Ich beobachte, wie seine gebückte, korpulente Figur in der Ferne kleiner wird. Der Schweißfleck auf seinem Rücken erinnert an ein großes, dickes Kreuz.

Damals bin ich sitzengeblieben. Wäre ich mit Borja mitgegangen, stünde er wohl nicht als Zerberus an der Pforte zu meinen Erinnerungen …

Heute folge ich Boris Mojsejewitsch durch die Straßen New Yorks an jenem Sommertag des Jahres 1980, nähere mich mit ihm dem Meer, kann es in der Ferne schon hören, riechen. Eine leichte Brise weht mir entgegen. Ich sehe, wie Borja unter dem Stahlgerüst der Subway hindurchgeht. Mit martialischem Getöse bahnt sich der Zug seinen Weg durch die Häuserschluchten. Langsam geht Borja an den rußgeschwärzten Fassaden der Backsteinbauten entlang, vorbei am koscheren Restaurant *Jeruschalaim* und dem Fischgeschäft namens *Ukraina.* Bald befindet er sich auf der Strandpromenade mit den um diese Zeit der gleißenden Mittagshitze geschlossenen Buden, trostlosen Verkaufsständen aus Wellblech und Holz. Nur ein Getränkekiosk hat offen, und der Verkäufer, ein Mann mit einem roten, aufgedunsenen Gesicht, kämpft sichtlich mit dem Schlaf. Einige Leute werden sich später erinnern, ihn auf der Strandpromenade gesehen zu haben. »Ich hab' mir schon gedacht: was macht der Typ um diese Zeit hier?« wird mir Ljowtschik später erzählen.

Die »Strandpromenade« ist ein langer Steg mit Brettern, die an manchen Stellen schon vermodert oder verbrannt sind. Man kann auf den nassen, unratübersäten Strand hinunterschauen, macht einen etwas größeren Schritt und läßt die gefährliche Stelle hinter sich. Wohnviertel, Promenade und Strand bilden einen halbkreisförmigen Bogen um die Bucht. Im Wasser sieht man um diese Stunde weder Surfer noch Boote, noch Badende. Alles scheint erstarrt vor Hitze. In weiter Ferne fällt der gelbe Streifen des Strandes mit dem Blaugrün des Meeres zusammen, bricht das Graurot der Häuser jäh ab, als stünden diese direkt am Wasser.

Der Strand ist fast leer.

Ein unangenehmer Laut schneidet durch die Stille, zuerst noch leise, dann schwillt er an. Ein Jugendlicher, mit einem großen Stereokassettenrecorder in der Hand, hüpft im Takt der Musik an ihm vorbei. »Muß das sein?« murmelt Borja, und auch eine ältere Frau beklagt sich halblaut, denn sie hat Angst vor dem Jugendlichen. Später wird sie erzählen, Borja habe geseufzt und die Strandpromenade verlassen.

Er geht wieder auf den Lärm der Züge zu. Da, auf halbem Weg zwischen Strandpromenade und Bahnstation, liegen die Geschäftsräume von Mrs. Berkins zukünftigem Laden. Dort arbeitet Borja als Anstreicher.

Mrs. Berkin ist eine joviale Matrone, die gelegentlich ins Geschäft stürmt, einen scharfen Inspektionsblick auf die frisch geweißelten Wände wirft, skeptisch den Kopf schüttelt und die Stirn runzelt. Oft klopft sie aber Borja freundschaftlich auf die Schulter, nennt ihn ihren »lieben Freund« und zahlt ihn pünktlich aus, drei Dollar pro Stunde.

Ihr fülliges Gesicht erinnert Borja an eine Pyramide, breit in den Wangen und um das Kinn, zugespitzt Richtung Stirn und Scheitel. Ihre ganze Figur wirke wie eine Pyramide. Schon der robuste Körper sei nach den Prinzipien der Pharaonengräber gebaut, vom Fundament der Hüften, der Beine, des Hinterteils verschlanke er sich hinauf zu den Schultern: »Wie zwei Pyramiden aufeinandergestellt. Eine große und eine kleine.«

»Ach, bist auch schon da!« schreit Mrs. Berkin. »Mußt dich ein bißchen beeilen, denn spätestens übermorgen kommen die Trucks mit den Möbeln.«

»Mmmmhm!« brummt Borja und nickt.

»O.K. also«, keucht Mrs. Berkin, »aber jetzt muß ich weg, muß mit der Subway in die Stadt. Dieser verdammte Cohen hat sein Office in Manhattan. Warum hat er sich nicht in Brooklyn eingerichtet wie alle anständigen Juden? Und das Appointment hat er für 2 p.m. angesetzt, bei dieser Affenhitze. Crazy ist das.«

Borja ist mit seinem Arbeitspensum, das er sich für diesen Tag vorgenommen hat, fast fertig, als Krejna Solomonowna den Raum betritt. Sie ist eine im ganzen Viertel hoch angesehene Expertin. Seit mehreren Monaten, manche meinen, schon seit dem Tag, als sie aus Odessa eingewandert ist, ist sie als Maklerin besonderer Art für den lokalen Möbelmarkt zuständig. Dieser »Möbelmarkt« ist eine gute amerikanische Tradition. Bald ist 1. September, ein beliebtes Datum, um zu übersiedeln. Der durchschnittliche amerikanische Bürger zieht in seinem Leben mehrmals um, von Des Moines nach Oklahoma City, von Nashville nach Montgomery, aus der 7th Street in New Paris in die 12th Street in New Munich. Manchmal vergißt er, wo er sich befindet, Geographisches ist ihm fremd, schließlich gibt es Autobahnschilder und Wegweiser. Der Supermarkt ist ohnehin immer um die Ecke ... Und Krejna Solomonowna, in ihrer unendlichen Güte und Weisheit, weiß nicht nur immer, wann und wo welche Möbel zu finden sind, sondern sie hilft auch, für ein kleines Entgelt, versteht sich, anderen Immigranten.

»Lassen Sie alles liegen und stehen«, schreit sie, kaum daß sie eingetreten ist. Später wird sie beteuern, doch nur ihre Arbeit getan zu haben, Gott sei ihr Zeuge, daß sie nur Gutes gewollt habe. Und sie wird ihre dürren Arme gen Himmel heben und an eine Zeichnung von Käthe Kollwitz erinnern. Doch das wird erst am nächsten Tag sein.

An diesem Tag aber ergreift sie ungeduldig Borjas Arm, treibt ihn zur Eile an, denn in der 18. Straße, Ecke U-Avenue ist sie fündig geworden. »Da sind gleich mehrere Familien ausgezogen«, erklärt sie, »und Sie wissen ja, am Abend, nachdem die Leute von der Arbeit heimgekommen sind, ist dann alles weg. Womöglich holen sich's sogar noch die Schneewittchen! Ich habe mit Ihrer Schwiegermutter gesprochen, und die hat Galja alarmiert. Beide sind schon unterwegs ...« Krejna Solomonownas Augen glänzen. »Weil Sie es sind, Boris Mojsejewitsch, und weil doch Galja und Ihre Schwiegermutter so nett zu mir sind ... Es ist ja so schwer, anständige Leute zu finden, heutzutage.«

Borja pinselt schnell weiter. In zwei Minuten müßte er fertig sein, und Krejna Solomonowna wartet ungeduldig. »Kommen Sie, kommen Sie.« Die Stimme der alten Frau wird immer nervöser. »Lassen Sie das. Die Wand kann auch bis morgen warten, die Möbel nicht. Da steht so ein Sofa, so ein Sofa, reinster Luxus ... Und eine komplette Sesselgarnitur, und Matratzen, nicht mehr ganz sauber, aber sonst – Güteklasse Eins. Sie sind doch nicht mehr der Jüngste, Sie brauchen erst einmal Zeit, um hinzukommen, und dann ist womöglich schon das Beste weg. Genau so etwas ist mir vor drei Wochen passiert. Da hat wer am Strand was abgeladen, und wie ich mit ein paar Kunden dort war, da war keine Spur mehr von den Sachen. Peinlich war mir das.«

Schließlich ist er soweit, wirft den Pinsel in eine Ecke und eilt der Alten hinterher, hinaus in die Hitze. Und ich folge ihm auch jetzt durch jenes Viertel am Meer, dessen Erscheinungsbild mein Gedächtnis in den vielen Jahren mit imaginären Ecken und nichtexistenten Straßendurchbrüchen angereichert hat, vorbei an Häusern und Läden.

Da läuft er nun, den Oberkörper nur mit einem Unterhemd bekleidet. Der Schweiß tropft ihm in die Augen. Einige Schritte hinter ihm humpelt Galja, auch sie herbeibeordert, um »auf Jagd zu gehen«.

Krejna Solomonowna läuft voraus. Das Ziel ist schon in Sichtweite. Ein süßlicher Geruch sticht Borja in die Nase, wird stärker. Dieser Gestank der Abfälle scheint sich in der glühendheißen Luft zu verfestigen, Form anzunehmen.

Da ist es schon: Plunder. Ein Bett. Matratzen. Stühle ohne Sitze. Tischplatten. Tische mit nur zwei und drei Beinen. Das von Krejna Solomonowna erwähnte Sofa, leinenbezogen, mit gelb-braun-weißem Muster und einem großen, braunen Fleck in der Mitte der Sitzfläche. Eine Sesselgarnitur. Ein Fernseher. Bücher. Schränke. Alles am Straßenrand, ein großer Haufen, Teil einer endlos scheinenden Schmutzkette, die eine Barriere zwischen den geparkten Autos und dem Gehsteig bildet. Die Müllabfuhr streikt, doch Krejna Solomonowna hat auch hier den Durchblick und weiß, daß der Streik vorüber ist und daß am nächsten Tag sowohl der Müll als auch die Kostbarkeiten abgeholt werden.

Borja und Galja stürmen sofort zum Bett. Es scheint zwar – einige Flecken deuten darauf hin –, daß ein Hund darauf gepinkelt hat. »Was soll's«, sagt Borja, »man kann es ja wieder säubern, und außerdem ist sogar eine Matratze dabei, das allein spricht schon dafür, es zu nehmen ... Wenn unsere Freunde in Leningrad wüßten, wo wir unsere Möbel herhaben«, fügt er einige Augenblicke später hinzu.

»Sehen Sie doch nicht immer alles so negativ, Boris Mojsejewitsch«, sagt Krejna Solomonowna. »Schauen Sie doch, was Amerika für ein reiches Land ist. Glauben Sie, bei uns hätte jemand so etwas einfach auf die Straße gestellt?«

Wie alle Emigranten hat Borja seinen Freunden und Verwandten lange Briefe nach Rußland geschickt. Mit Stolz hat er die wunderschöne Wohnung beschrieben, die, wie alles in Amerika, geräumig und komfortabel ist. Natürlich hat er auch seine wunderbaren, modernen Möbel erwähnt ...

Zwei Frauen streiten sich um eine kleine Kommode. »Ich habe sie als erste gesehen, ich trage sie jetzt zu mir nach Hause!« schreit die eine.

»Was heißt – Sie tragen sie jetzt nach Hause? Die gehört mir! Ich habe sie zuerst gesehen, schon heute morgen!« protestiert die andere.

»Na, dann hätten Sie sie doch gleich mitgenommen, wenn Sie sie gesehen haben ... Sonst kann ja jeder kommen ...«

»Leicht gesagt – gleich mitnehmen. Ich bin nicht mehr so jung wie Sie. Für wen halten Sie mich? Da, mein Mann, der wird mir jetzt helfen. Den habe ich erst extra holen müssen. Am Morgen hatte er keine Zeit.«

»Ach, was redest du noch mit ihr«, sagt der Mann, »los, pack an! Zum einfach so Herumstehen und Diskutieren ist es zu heiß.«

»Das werden wir ja sehen. Das lasse ich nicht zu!«

»Was läßt du nicht zu? He? Na? Was ist?«

Borja hört nicht mehr hin. Er nimmt das Bett auf der einen, Galja auf der anderen Seite, und sie schleppen es davon.

»Das Dreckstück ist aber verdammt schwer«, keucht Borja, »und schaukeln tut es auch noch.«

Krejna Solomonowna ist rührend um die beiden besorgt: »Vorsicht, da ist ein Gehsteigrand, Galina Abramowna, passen Sie auf, da ist wieder ein Sack voller Unrat.«

Leute tauchen auf, Bekannte, Nachbarn, und auch ich sehe die beiden um die Ecke biegen, komme gerade vom Meer, war an diesem Nachmittag am Strand.

Die Leute kommentieren wohlwollend:

»Aaah! Sie also auch schon!«

»Nur weiter so, es ist ja nicht mehr weit!«

»Na, so ein tolles Bett! So eins hätte ich auch gern.«

»Los, Alter, weiter! Keine Müdigkeit vortäuschen. Vorwärts! Du keuchst ja so, als wärst du hundert.« Das ist natürlich Ljowtschik, wer sonst.

Die anderen schimpfen, versuchen ihn fortzujagen.

»Paßt auf, bald fällt er hin!« schreit der widerliche Giftzwerg, der sich nicht vertreiben läßt. »Und dann steht er vielleicht gar nicht mehr auf.«

Jemand gibt ihm eine Ohrfeige.

»Wo ist nur die Schwiegermutter, das alte Biest?« murmelt Borja, ohne Ljowtschik zu beachten. »Krejna Solomonowna, Sie haben doch gesagt, sie sei schon unterwegs. Ach was, soll die Alte doch der Teufel holen!«

Die Leute um ihn herum reden, doch nimmt er sie kaum mehr wahr. Er muß sich auf das Tragen konzentrieren, und das wird eine von Schritt zu Schritt größere Qual. Die Zeit scheint stehengeblieben zu sein. Die Hände schmerzen. Und überall ist dieses alles ertränkende, grelle Licht. Vom Schweiß halb geblendet, scheint es ihm, als ginge er über die spiegelglatte Oberfläche eines Sees, links und rechts nur Wasser, endlos weit, bis an den Horizont. Menschenleer. Er beginnt gelbe Flecken zu sehen, und die Sonne schlägt wie mit einem tonnenschweren Hammer unaufhörlich auf ihn ein. Er schüttelt den Kopf, atmet tief durch, und die reale Welt kehrt langsam zurück.

Da erscheinen, hinter einer Mauer aus Licht und Dunst, schwankend zuerst, die roten Backsteingebäude mit geschlossenen Fensterläden, die halbverrosteten Eisenkonstruktionen der Feuerleitern. Wie Riesenschiffe auf hoher See schwanken die Gebäude vor seinen Augen, kommen nur langsam wieder zur Ruhe. Auch die Geräuschkulisse ist plötzlich wieder da, laut, fast an der Grenze des Erträglichen. Ein Lastwagen fährt vorbei, die Leute reden immer noch, begutachten die »Beute«, und Krejna Solomonowna ist einen Augenblick vor, im nächsten wieder hinter ihm, um zu überprüfen, ob das Bett auch tatsächlich all die Vorzüge aufweist, die ihr angeblich schon auf den ersten Blick aufgefallen sind.

Ich sehe, wie Onkel Borja stolpert und fällt. Als er wieder aufgestanden ist, hat er ein wutverzerrtes Gesicht. Galja fragt, ob er sich verletzt habe. Er stößt sie von sich. »Laß mich!« schreit er. »Bin halt hingefallen, kann passieren. Laß uns gehen.«

»Na, entschuldige, ich wollte dir ja nur helfen.«

Borja gibt dem Bett einen Tritt. »Das Ding war für die Mülldeponie bestimmt«, sagt er, »und dort gehört es auch hin. Von dir laß ich mich nicht unterkriegen! Doch nicht von so einem widerwärtigen, schmutzigen Mistding wie du!«

»Was ist denn los mit dir? Was regst du dich so auf?«

»Wieso? Wer regt sich auf? Es geht mir glänzend, was hast du denn gedacht, ich habe mich noch nie so wohl gefühlt, ich wünsche mir nichts sehnlicher, als dieses Bett zu tragen. Es ist gut für die Armmuskulatur, vielleicht nehme ich dabei noch ein paar Gramm ab. Wenn du nur mit anpackst, dann geht alles viel schneller und macht noch mehr Spaß.«

»Ich mag nicht, wenn du so redest«, sagt sie.

Er hebt ein Ende vom Bett hoch, sie das andere, und sie schleppen wieder, kommen an jener Stelle vorbei, wo ich mich vor wenigen Stunden mit Borja unterhalten habe.

Von einem Augenblick auf den anderen scheint sich Borja stärker zu fühlen. »Es ist ja wirklich nicht mehr weit«, sagt er, »nur mehr ein Häuserblock, und ich habe gedacht, ich schaff's nicht …«

Da rutscht die Straße plötzlich seitlich weg, die Häuser versinken im Boden, ganz kurz, für einen Augenblick, rast ein hellblauer Streifen an ihm vorbei, dann stürzt ihm die Sonne ins Gesicht …

Wir umringen ihn, versuchen ihn hochzuheben, wir, die zahlreichen Nachbarn, Freunde, Bekannten. Wir, die Zuschauer. Auch ich dränge mich vor, ziehe an seinem Arm. Jemand versucht es mit Mund-zu-Mund-Beatmung. Alle reden, schreien durcheinander, nur Ljowtschik steht abseits und ist ungewöhnlich still.

Die Rettung wird verständigt. Aber es ist zu spät.

Der Leichnam wird weggetragen.

Die heulende Galja, die lamentierende Krejna Solomonowna werden weggeführt.

Etwas später – die vorabendliche Schwüle hat sich in ihrer lähmenden Stille wieder über den Ort gelegt – schaue ich aus dem Fenster unserer Wohnung und sehe zwei Menschen kommen, einen Mann und eine Frau, vielleicht ein Ehepaar. Und sie tragen es schnell davon, das Bett.

IX. Der illegale Leser

Nach außen hin wirkt die *Boston Public Library* mehr wie ein Theater. Prunkvolle Stuckdekorationen und Erker zieren die Fassade des viergeschossigen Bauwerks. Hinter einer kleinen Parkanlage steht es eingeklemmt zwischen gesichtslosen Hochhäusern aus Glas und Beton. Über dem monumentalen Haupteingang befindet sich eine von Säulen getragene Galerie, auf der Edgar Allan Poe, Walt Whitman, Henry Longfellow, James Fenimore Cooper und Mark Twain, zu weißem Marmor erstarrt, die literarische Ewigkeit verkörpern.

Im Inneren des etwa 1910 erbauten Gebäudes herrscht nüchterne Sachlichkeit. Im Lesesaal stehen moderne, weißlackierte Tische. Die Gänge zwischen den Bücherregalen, schmal und mit Neonlicht beleuchtet, erinnern ein wenig an Straßenunterführungen oder U-Bahnschächte. In die einst hohen Räume hat man Zwischengeschosse, Trennwände und Treppen eingebaut. Der Weg führt labyrinthartig an endlosen Bücherregalen vorbei, in denen, nach einem schwer durchschaubaren Buchstaben- und Zahlensystem geordnet, Tausende von Büchern stehen.

Die Bibliothek gehört für mich bald zu den faszinierendsten Orten der Stadt. Nachdem ich monatelang beinahe täglich während der großen Schulpause in den Büchern der Schulbücherei geschmökert hatte, hat man mich schließlich an die Stadtbibliothek verwiesen. »It's the best library you've ever seen in your life«, hat mir die Lehrerin gesagt. »We've got wonderful libraries here in the States … The best in the world.« Letzteres habe ich ihr nicht geglaubt. Daß etwas das Beste, Schönste und Größte auf der Welt sei, habe ich in Amerika schon zu oft gehört. Mein Geschichtslehrer hat sogar, ohne einen Hauch von Ironie, behauptet, die USA seien »the richest and most democratic country of the universe«. Aber er hat zugegeben, nur einmal in seinem Leben im Ausland gewesen zu sein – in Kanada.

Diesmal hat die Lehrerin recht, eine so große Bibliothek habe ich tatsächlich noch nie gesehen. Die Zweigstelle der Wiener Städtischen Bücherei in der Brigittenau hat aus nur zwei Räumen bestanden, und die ältere Bibliothekarin war recht selten hilfsbereit oder gar freundlich. Einmal hatte ich gefragt, ob sie für mich vielleicht russische Bücher bestellen könnte. »Woos?« hatte die Frau gemurmelt und mich zuerst entgeistert, dann belustigt angeschaut. »Wüst mi' pflanz'n?«

Es war das einzige Mal in drei Jahren, daß ich sie grinsen sah.

Nach etwa einer Stunde habe ich das Buchstaben- und Zahlensystem durchschaut und mir zwei Musikkassetten der Gruppe Abba und einige Bücher ausgesucht: eine Geschichte des amerikanischen Bürgerkriegs, einen Erzählband von O. Henry, von dem ich einiges schon in russischer Übersetzung gelesen hatte, und ein Buch mit dem Titel *Eine Reise nach Quebec,* das ich nur deshalb genommen habe, weil auf dem Umschlag eine Postkutsche abgebildet ist. In meinen Phantasien bin ich oft ein Adeliger, Diplomat oder Offizier des 18. Jahrhunderts, der eine abenteuerliche Postkutschenfahrt unternimmt. Gern hätte ich mir das Buch mit dem vielversprechenden Titel *Sex: Von der Sehnsucht zur Erfüllung* ausgeliehen, zumal darin dem Leser das Thema nicht nur mit Erläuterungen, sondern auch durch anschauliches Bild- und Photomaterial nahegebracht wurde. Doch schon als ich es aus dem Regal nahm und darin blätterte, glaubte ich, jemand schaue mir die ganze Zeit über die Schulter.

Die Entlehnstelle befindet sich in der Vorhalle. Die Bibliothekarinnen erinnern mich ein wenig an Polizistinnen, denn sie tragen hellblaue Blusen mit Brusttaschen, weißen Kragen und weißen Knöpfen sowie Namensschilder rechts oben an der Brust.

Die älteste der drei Frauen, Ms. Ryan, eine äußerst korpulente Endvierzigerin, hat ein Profil, dem man, wie mein Vater sich wohl ausdrücken würde, ihre »Zugehörigkeit zum leidgeprüften und seit zweitausend Jahren verfolgten Volke« deutlich ablesen kann. Ihre Bewegungen sind sanft und geräuschlos wie die einer Katze und langsam wie in Zeitlupe. »Wie geht es Ihnen heute?« fragt sie jeden Leser mit einem breiten Lächeln, während sie die Buchkarten in die dafür vorgesehenen Laden legt, und erhält fast immer dieselbe Antwort: »Oh, sehr gut, danke!«

Ms. Freeman, eine attraktive, dunkelhäutige Dame, ist viel kommunikativer. »Da haben Sie eine gute Auswahl getroffen«, sagt sie zum Beispiel. »Schöne Bücher. Das eine hier habe ich selbst gelesen. Ein wirklich ausgezeichneter Krimi ...«

Ms. Carducci, die Jüngste, kontrolliert und stapelt die zurückgegebenen Bücher auf einen Bücherwagen.

Ungeduldig warte ich in der Menschenschlange vor der Entlehnstelle. Endlich bin ich an der Reihe, lege die Bücher auf den Tisch und erkläre, ich sei das erste Mal da.

»Schön!« sagt Ms. Ryan. »Ich sehe, du hast dich zurechtgefunden.« Ich nicke.

»Ich hätte dich auch durch die Bibliothek führen können«, meint sie und lächelt.

»Nicht nötig.«

»Wo kommst du her?« fragt sie. »Du hast einen kleinen Akzent, obwohl du gut Englisch sprichst.«

»Aus Rußland.«

»Ah! Meine Großeltern kommen auch aus Rußland. Aus Berditschew. Sie sind schon vor dem Ersten Weltkrieg nach Boston gekommen ... Wir haben übrigens auch russische Bücher, auch Bücher zu jüdischen Themen, falls dich das interessiert, und auch eine ganze Abteilung für Neuzuwanderer. Überhaupt, wenn du irgend etwas brauchst, wende dich einfach an mich.«

Sie lächelt mir freundlich zu, gibt mir ein Blatt mit der Auflistung der Vorschriften zur Benützung der Bibliothek und ein Formular, das ich ausfüllen soll. *Antrag auf Ausstellung eines Bibliotheksausweises der Boston Public Library,* lese ich. *Name. Adresse. Telephonnummer* ... Der nächste Punkt ist ... Ich erschrecke. Nein! Ich werde all diese interessanten Bücher nie lesen können. Enttäuschung und Wut steigen in mir auf. Am liebsten würde ich schreien und fluchen.

Sozialversicherungsnummer!

Ich muß meine Sozialversicherungsnummer angeben. Wieso habe ich nicht schon früher daran gedacht?

Eine Sozialversicherungsnummer habe ich nicht, obwohl wir schon seit etwa einem Dreivierteljahr in Amerika sind. Nach New York sind wir nun in Boston gelandet, weil hier Freunde von Mutter leben und uns ihre Unterstützung zugesichert haben. Doch unser Antrag auf Einwanderung ist in erster und zweiter Instanz abgelehnt worden, und der Berufungsantrag liegt, mit wenig Chancen auf eine für uns erfolgreiche Abwicklung, beim Obersten Gerichtshof des Staates Massachusetts. Selbstverständlich hat niemand von uns eine Sozialversicherungskarte, jenen kleinen, unscheinbaren Ausweis, der in Amerika einen Menschen erst zum gleichberechtigten Mitglied der Gesellschaft macht. Daß ich, ohne im Besitz einer Sozialversicherungskarte zu sein, in die Schule gehen darf, ist nur einer Verkettung glücklicher Umstände und der Nachlässigkeit der Bostoner Schulverwaltung zu verdanken.

Der Kugelschreiber zittert in meiner Hand.

»Was ist denn los?« fragt Ms. Ryan, nimmt mir das Blatt aus der Hand, überfliegt es. »Kennst du deine Sozialversicherungsnummer nicht?«

Ich schüttle den Kopf.

»Hast du irgendeinen Ausweis mit?«

Wieder schüttle ich den Kopf.

»Wir brauchen außerdem ein Photo von dir. Für den Bibliotheksausweis.«

Nun bin ich den Tränen nahe.

»Ach ja, und deine Eltern müssen den Ausweis dann noch unterschreiben.«

Nun ist alles aus. Nie wird mir Vater die Benützung einer Einrichtung erlauben, für die man die Sozialversicherungsnummer angeben muß. Ich fühle mich wie damals vor drei Wochen, als die begabteren Schüler der Allston High School vom Direktor an die viel renommiertere Boston University High School empfohlen worden sind.

»Du bist doch ein kluger Bursche. Warum verzichtest du auf diese tolle Chance?« hat mich der Klassenvorstand gefragt. »Die Boston University High bietet die beste Vorbereitung fürs College. Sag das deinen Eltern!« Aber ich habe nur verlegen zu Boden geblickt, die Hände in die Hosentaschen gesteckt und zu Fäusten geballt.

Ich schiebe die Bücher über die Tischfläche zu Ms. Ryan. »Ich komme einfach ein anderes Mal wieder«, sage ich leise. Ich muß wohl besonders armselig geklungen und ausgesehen haben, denn Ms. Ryan schmunzelt und meint, ich könne in drei Wochen, wenn ich die Bücher zurückgebe, alles Nötige nachbringen. »Wir wollen dem armen Kind doch O. Henrys Erzählungen nicht vorenthalten«, sagt sie. Ms. Ryan stellt mir einen provisorischen Entlehnschein für drei Wochen aus und ermahnt mich, auf die Bücher und Kassetten achtzugeben.

Als ich im Bus sitze, streichle ich beinahe zärtlich die Plastiktüte, in der sich meine »Beute« befindet. Da liegt also etwas, das mir von Rechts wegen gar nicht zusteht und nun doch für ganze einundzwanzig Tage mir gehören soll.

Der Bezirk am westlichen Rand von Boston, in dem wir wohnen, wird von manchen im Scherz »mixed area« genannt, weil dort Schwarze, Puertoricaner, Italiener und Juden zu Hause sind. Im Zentrum, dort, wo sich die beiden wichtigsten Straßen kreuzen, herrscht in den italienischen Läden sowie zahlreichen Imbißbuden und Fast-Food-Restaurants rege Geschäftigkeit bis tief in die Nacht hinein. Der Parkplatz vor dem Supermarkt ist ein beliebter Treffpunkt von Jugendlichen – und von Dealern für das »kleine Geschäft« mit Marihuana und Haschisch.

Hier habe ich, zitternd vor Aufregung, meine erste und einzige Haschischzigarette geraucht: in einer finsteren Ecke des Parkplatzes, zwischen einem abgestellten Lkw-Anhänger und der Laderampe des Supermarkt-Kühlhauses. Schon nach wenigen Zügen ging ich in die Knie. Der Anhänger kippte seitlich um und drückte mich an die Wand. Der Himmel begann sich zu verdunkeln und explodierte schließlich in mehreren Farben vor meinen Augen. Eine rötlich-braune Brühe, mein Mageninhalt, ergoß sich auf den brüchigen Asphalt ... Ich habe beschlossen, es bei dieser einmaligen Erfahrung zu belassen.

Biegt man vom »Center« in eine der Seitengassen ein, stört nichts mehr die Ruhe des Bezirks. Den ein- bis zweigeschossigen Holzhäusern, mit ihren zu überwucherten Rasenflächen verkommenen Gärten, sind die gutbürgerlichen Bewohner vergangener Zeiten längst abhanden gekommen. Zwischen den Holzzäunen sind Wäscheleinen gespannt. In den aus Wellblech und alten Brettern zusammengezimmerten Garagen hantieren die Besitzer an ihren Fahrzeugen.

Wir wohnen in jenem Teil des Bezirks, wo die Monotonie der sich meilenweit hinziehenden Holzhäuser von einer Reihe soliderer Bauwerke und Industrieanlagen unterbrochen wird. Ich stoße die metallene Tür unseres Hauses auf und stehe im finsteren Flur. Die Bücher verstecke ich unter der Kellerstiege. Vater soll nichts von meinem subversiven Bibliotheksbesuch erfahren. Während des Tages werde ich ohnehin keine Zeit haben, mich mit den Ursachen und dem Verlauf des amerikanischen Bürgerkriegs zu beschäftigen, denn an den Nachmittagen bin ich mit der Übersetzung von Briefen aus dem Russischen ins Englische beschäftigt.

Seit die amerikanischen Behörden den Einwanderungsantrag meiner Eltern abgelehnt haben, verfaßt Vater seitenlange Briefe, in denen er zu erläutern versucht, weshalb wir in den USA leben möchten und anderswo nicht leben können. Die Briefe werden an Senatoren, Abgeordnete, Behörden und Institutionen verschickt. Einer geht sogar an den Präsidenten der Vereinigten Staaten, ein anderer an den Gouverneur des Staates Massachusetts. Die Übersetzungen tippe ich auf einer alten Schreibmaschine, die meine Eltern in einem Gebrauchtwarenladen im Center um nur fünf Dollar erworben haben. Der Schreibmaschine fehlt der Buchstabe »e«. Der Hebel ist abgebrochen, die Taste hängt durch. Das »e« füge ich mit schwarzem Tuschstift in den Text ein. Als Belohnung für meine Arbeit gibt es für mich am Abend Schokolade oder Pudding zum Nachtisch.

Die ersten Briefe werden von Vater Zeile für Zeile kontrolliert. Doch sein Englisch ist zu mangelhaft, um die Qualität meiner oft freien Übersetzungen beurteilen zu können. Schon bald prüft er nur noch die Adresse am Briefkopf. »Ich vertraue dir«, sagt er, »du bist ja schon fast fünfzehn und weißt, worum es geht.«

Ich weiß, worum es geht, und beschließe, Vaters Gedanken durch eigene anzureichern. Ich verlasse mich auf mein Gefühl für das richtige Maß.

»Meine Frau«, schreibt Vater zum Beispiel, »ist Mathematikerin und Physikerin. In Rußland, Israel und Österreich hat sie für renommierte wissenschaftliche Institute, Banken und Elektronikunternehmen gearbeitet. Zweifellos wird sie auch in Boston einen angemessenen Arbeitsplatz finden, wenn sie erst eine Arbeitsbewilligung hat.«

Diese Sätze werden, wie mir scheint, Mutter nicht gerecht. Ich überlege, blättere lange im Wörterbuch.

»Meine Frau«, übersetze ich, »ist Mathematikerin und Physikerin, weltweit anerkanntermaßen die größte Kapazität auf ihrem Gebiet. In Rußland, Israel und Österreich hat sie für die renommiertesten wissenschaftlichen Institute, die größten Banken und Elektronikunternehmen gearbeitet. Zweifellos wird sie in Boston nicht nur einen angemessenen Arbeitsplatz finden, sondern eine einmalige Bereicherung für die Stadt, den Staat und das Land darstellen.«

An einen jüdischen Abgeordneten zum Kongreß des Staates Massachusetts hat Vater geschrieben: »Sie als Jude werden verstehen, daß wir in einem Land wie Österreich, der Heimat Hitlers, nicht leben können und wollen. Auch heute noch gibt es viele Antisemiten in diesem Land.« Dies entspricht meiner Ansicht nach nicht ganz der Wahrheit, denn Österreich wird »auch heute noch von Antisemiten, alten Nazis, Ausländerfeinden und sonstigen Verbrechern regiert«, teile ich dem Abgeordneten in der englischen Endfassung mit.

Meine Gedanken machen immer gewagtere Kapriolen, die Phantasie rast im Galopp. Vaters trockenem Stil setze ich die Kraft des Ausdrucks entgegen. Aus »unverständigen Beamten« werden »gleichgültige, ignorante, phantasielose und dumme Bürokraten«, das »schwierige Emigrantendasein« mutiert zum »bitteren Elend des Emigrantenschicksals«. Oft springe ich auf, laufe im Zimmer auf und ab, gestikuliere, zeichne imaginierte Figuren in den Raum, setze mich wieder hin, hole tief Luft, bin auf eine mir selbst nicht ganz erklärbare Weise glücklich. Dieses Glücksgefühl verläßt mich auch dann nicht, wenn ich die Texte ins reine schreibe und abtippe. Langsam kreist mein Zeigefinger über der Schreibmaschine, bleibt manchmal reglos über der Tastatur hängen, während ich die Augen schließe und mir vorstelle, wie der Adressat den Brief liest, wie er, erschüttert von unserem Schicksal, zum Telephonhörer greift und die Einwanderungsbehörde anruft...

Doch stattdessen kommen regelmäßig sehr knappe Antwortschreiben, die allesamt mit »Wir bedauern...« beginnen.

Vater ist in letzter Zeit ganz still geworden. Er sitzt stundenlang im Lehnstuhl, den er am Sperrmüll aufgelesen hat, starrt aus dem Fenster oder liest Zeitung. Wenn ich von der Schule heimkomme, schaut er oft nicht einmal in meine Richtung. Manchmal habe ich den Eindruck, er fürchtet, ich könne seine Gedanken lesen. Die russischen Brieforiginale legt er mir nach dem Mittagessen wortlos auf den Schreibtisch.

Mutter arbeitet dreimal in der Woche bis tief in die Nacht in der Küche einer Fast-Food-Kette. Wie zwei andere Frauen, die aus Mexiko stammen und ebenfalls keine Arbeitsbewilligung haben, verdient sie zwei Dollar fünfzig die Stunde, siebzig Cents unter dem gesetzlichen Mindestlohn. Wenn sie nach Hause kommt, liege ich meist schon im Bett, höre ihre Schritte und wie das Licht an- und wieder ausgeknipst wird. Keine Gesprächsfetzen dringen mehr zu mir. Die heftigen Diskussionen vergangener Monate haben aufgehört. Bald ist wieder absolute Stille eingekehrt, unterbrochen nur von den Motorgeräuschen vorbeifahrender Lastkraftwagen, die zu einer nahegelegenen Fabrik unterwegs sind.

Ich hasse diese Stille, hasse dieses diffuse Gefühl aus Angst und Schuld, das mich überkommt, wenn Vater nicht mehr mit mir spricht. Ich weiß, daß er mein Zimmer durchsucht und die Tagebücher liest, so wie er es in all den Monaten zuvor getan hat. Ich sehne mich nach seinen rechthaberischen Phrasen, seinem Jähzorn. Doch dem Schweigen kann ich nichts entgegensetzen. Es ist eine Strafe, die ich nicht verdient habe.

Wenn die Eltern eingeschlafen sind, öffne ich das Fenster und schleiche über die Feuerleiter hinunter in den Hof und von dort zur Kellerstiege. Bald liege ich wieder im Bett, habe die kleine Tischlampe eingeschaltet und höre den Kanonendonner von Gettysburg, die Worte von General Lee und die Schüsse auf Präsident Lincoln. Erst als es draußen hell zu werden beginnt, bringe ich die Bücher zurück in ihr Versteck.

Drei Wochen später stehe ich wieder vor dem Eingang zur Bibliothek. Unschlüssig steige ich von einem Fuß auf den anderen. Mit wachsender Verbitterung betrachte ich die Gesichter der Vorbeigehenden. Diese Unbeschwerten, Selbstzufriedenen, diese Sozialversicherungskarteninhaber!

Ich werde die Bücher auf den Tisch legen und wortlos wieder gehen, um keine Fragen beantworten zu müssen.

Aber entgegen meinen Erwartungen erkennt mich Ms. Ryan sofort: »Ach, unser kleiner Emigrant aus Rußland.« Ms. Freeman fragt mich, ob ich Vergnügen bei der Lektüre hatte. »Wir bräuchten noch deine Sozialversicherungsnummer«, sagt Ms. Ryan beiläufig.

Es gibt kein Entkommen. Ich kann mich nicht bewegen. Die Füße sind wie am Boden festgewachsen.

»Bist du krank?« fragt mich Ms. Carducci. »Du siehst so blaß aus.«

»M-m«, murmle ich und schüttle den Kopf.

»Deine Hände zittern ja«, bemerkt Ms. Ryan. »Ist dir kalt an diesem warmen Tag oder nimmst du vielleicht Drogen?« Sie lacht.

»Jetzt laß doch das arme Kind in Ruhe«, meint Ms. Freeman. Sie schiebt mir das Anmeldeformular, auf dem ich meine Schrift erkenne, über den Tisch und deutet mit dem Finger auf die noch nicht ausgefüllte Stelle.

Ich bringe es nicht fertig, einfach zu gehen. Eine passende Ausrede fällt mir auch nicht ein. Also fülle ich die Leerstelle schnell aus. Es ist eine Zahl, die ich mir leicht merken kann, eine Kombination der Geburtsdaten meiner Eltern.

»So schnell auswendig gelernt?« scherzt Ms. Ryan.

»Jeder Mensch kennt seine Sozialversicherungsnummer«, meint Ms. Carducci. »Es ist das erste, was ein Immigrant lernen sollte.«

»Hast du das Photo dabei?«

Ich reiche ihr ein Automatenphoto.

»Auf diesem Bild siehst du ja wie ein Verbrecher aus.« Ms. Ryan zeigt das Photo den anderen, und auch Ms. Freeman und Ms. Carducci bestätigen, daß ich wie ein Verbrecher aussehe. »Ein wenig lächeln hättest du schon können.«

Wenn sie nur wüßten! denke ich. Ach, wenn sie nur wüßten, würden sie solche Scherze nicht machen.

Wenig später halte ich den gelben Bibliotheksausweis in Händen. Mein Bild erinnert wirklich an ein Fahndungsphoto. Darunter steht die falsche Sozialversicherungsnummer.

»Ein Erziehungsberechtigter muß noch unterschreiben«, sagt Ms. Freeman.

Doch das ist das geringste Problem. Vaters Unterschrift kann ich fälschen.

In dieser Nacht kann ich nicht schlafen. Polster, Bettlaken und Decke sind naßgeschwitzt. Ich stelle mir vor, wie die Polizei an unsere Wohnungstür klopft. Jeden Augenblick kann sie kommen. »Du hast eine falsche Sozialversicherungsnummer angegeben! Das ist ein schweres Vergehen!« wird mich der Polizeibeamte anschreien. »Mitkommen!« Bestimmt wird man mich für einige Wochen ins Gefängnis sperren und die Eltern abschieben. Dann wäre ich völlig allein, gewalttätigen Kriminellen zur Massenvergewaltigung ausgeliefert, die Eltern in Österreich, Israel oder anderswo.

Bei jedem Motorengeräusch zucke ich zusammen. Ist dies das Polizeiauto? Ich wälze mich im Bett. Bitte, laß es nicht geschehen! denke ich, nicht ganz im klaren darüber, an wen diese Bitte gerichtet ist, denn ich bin in meinem Leben nie religiös gewesen. Laß es nicht geschehen, und ich werde mir einen Beruf im Sozialbereich wählen und mein ganzes Leben nur für andere Menschen da sein. Vielleicht werde ich Arzt und gehe nach Afrika, um leprakranke Kinder zu heilen. Dieser Gedanke beruhigt mich ein wenig. Ich habe mit Gott, an den ich nicht glaube, ein faires Geschäft abgeschlossen.

Am Morgen dröhnt mein Kopf, die Augen schmerzen. Mir ist schwindlig und ein wenig übel.

Die Tage vergehen, aber die Polizei kommt nicht. Allmählich schwindet meine Angst, wird der Schlaf länger, werden die Alpträume seltener. Langsam beginne ich zu glauben, daß mein Vergehen ungesühnt bleibt, und ich muß an die Worte meiner Großtante Moira aus der ukrainischen Kleinstadt Schmerinka denken, von der Mutter oft erzählt: »Ich bitt' dich, keine Frage, Verbrechen lohnt sich, aber nur für anständige Menschen.«

Für Ms. Ryan und ihre Kolleginnen bin ich zweifellos ein anständiger Mensch, denn sie werfen bloß einen flüchtigen Blick auf die gefälschte Unterschrift meines Vaters, und dann geschieht etwas Hochoffizielles, das mir beinahe die Illusion verschafft, ein gleichberechtigtes Mitglied der großen amerikanischen Völkerfamilie zu sein: Ms. Ryan nimmt den großen Rundstempel der Bibliothek und macht mit zwei Handbewegungen ein gelbes Stück Papier zum Ausweis meiner Identität.

Wenn ich genug Mut und die notwendige Portion Frechheit besäße, könnte ich mit diesem »Dokument« sogar zu *Dunkin' Doughnut's* im Center gehen und mich um einen Wochenendjob als Verkäufer bewerben. Ich könnte behaupten, meine Sozialversicherungskarte zu Hause vergessen zu haben, und stattdessen den Bibliotheksausweis vorzeigen.

Aber ich bin nicht mutig.

Dabei könnten wir das Geld gut gebrauchen, denn vor zwei Tagen hat Mutter ihre Arbeit verloren. Als sie nach Hause kam, hätte sie eigentlich gar nichts erklären müssen. Ihrem Gesicht war die schlechte Nachricht deutlich abzulesen.

»Das Arbeitsinspektorat und die Einwanderungsbehörde machen jetzt verschärft Kontrollen in den Betrieben.« Wie immer, wenn es um Katastrophen ging, klang Mutters Bericht sachlich und emotionslos. »Meinen Kollegen in Roxbury haben sie hopsgenommen, hat der Filialleiter gesagt. Der Boden wird mir zu heiß unter den Füßen. ›Lieber zahle ich einer Puertoricanerin, die legal im Land ist, einen halben Dollar mehr und kann in der Nacht wieder ruhig schlafen‹ – so seine Worte.«

»Und was jetzt?« Auch Vater wirkte überraschend ruhig.

»Was soll sein? Es sieht schlecht aus.« Mutter hatte sich in den Sessel gesetzt, in dem sonst Vater die Tage verbrachte. »Kannst du mir Wasser bringen?« bat sie mich. »Meine Kehle ist so trocken.«

Als ich mit dem Glas in der Hand wieder ins Wohnzimmer zurückkam, hatte sie einen Notizblock aus der Tasche geholt, in den sie mit Kugelschreiber in drei durch Doppelstriche voneinander getrennten Reihen Zahlen eintrug.

»Ich habe mir auf dem Nachhauseweg schon alles durchgerechnet«, erklärte sie. »Wenn wir davon ausgehen, daß ich keine neue Arbeit finde, haben wir, gesetzt den Fall, daß wir in der Wohnung bleiben, aber sehr bescheiden leben, noch Geld für sieben Wochen. Das ist die erste Kolonne. Unten steht das Datum, an dem wir endgültig pleite sind. Wenn wir die Wohnung aufgeben und zum Beispiel zu unseren Freunden ziehen, reicht es unter Umständen noch für vier Monate, und wenn wir wider Erwarten eine billigere Absteige in Roxbury oder in South Boston finden, na sagen wir für hundertfünfzig Dollar im Monat, sind wir erst in genau zweieinhalb Monaten völlig mittellos.«

Mutter schob das Notizbuch über den Tisch zu Vater hinüber und erklärte, daß es natürlich verschiedene Mischformen dieser drei Varianten gebe, was folgerichtig den Bankrott-Termin verändern würde. »Wenn wir zum Beispiel annehmen, daß wir nicht schon morgen, sondern erst in drei Wochen aus der Wohnung ausziehen …«

»Hör auf! Hör auf damit!«

Ich sah überrascht auf. Schon seit langem hatte ich Vater nicht mehr so laut schreien gehört. »Überleg dir lieber, wie du eine neue Arbeit findest.«

»Wie denn, bitte? Ein so einmaliges Glück wie bei dieser Fast-Food-Kette hat man kein zweites Mal.« Nun schrie auch sie. »Such *du* dir doch eine Arbeit!« Es war wie früher. Die Eltern waren wieder die alten. Sie stritten.

»Ich? In meinem Alter? Ohne Sprachkenntnisse? Wer soll mich denn als Schwarzarbeiter einstellen? Ich bin auch völlig ungeschickt bei sowas, das weißt du doch.«

»Und ich bin gut genug für die Drecksarbeit?«

»Wie soll's denn nun wirklich weitergehen?« Vater wirkte ratlos. So kannte ich ihn kaum. Fragend sah er Mutter an, so als könnte ihr mathematisch-klarer Verstand den notwendigen Ausweg fehlerfrei kalkulieren. Doch Mutter sagte nur leise: »Ich weiß nicht.« Es klang beinahe wie ein Todesurteil.

»Hier in Amerika haben wir keine Chance, und nach Österreich können wir wohl auch nicht zurück, nachdem unsere Fremdenpässe abgelaufen sind. Allenfalls bleibt Israel als letzter Ausweg.«

»Kommt nicht in Frage! Zweimal Israel ist genug!«

In diesem Augenblick ging ich aus dem Zimmer. Das folgende, mir längst bekannte Phrasenspiel wollte ich nicht mehr hören.

Während ich das Bibliotheksgebäude verlasse, muß ich ständig an dieses Gespräch zurückdenken. Meinen Ausweis halte ich in der Hand. Ob ich es bei *Dunkin' Doughnut's* vielleicht doch versuchen sollte? Aber eigentlich habe ich keine Lust, Verkäufer zu werden. Ich habe keine Angst, obwohl ich eigentlich Angst haben sollte. Der Oberste Gerichtshof des Staates Massachusetts wird unseren Einwanderungsantrag ablehnen. Das steht fest. Sich noch Hoffnungen zu machen wäre kindisch. Und ich bin kein Kind mehr. In Amerika erwartet uns die Illegalität. Arbeit um einen Bettellohn. Kein College, keine Universität, nicht einmal eine Lehre. Mutter sagt, ich solle mir nicht allzu viele Gedanken über die Zukunft machen. Es werde sich alles zum Besseren wenden: »Der Narr fällt immer auf die Füße.« Damit meint sie Vater.

Vielleicht kehren wir tatsächlich nach Israel zurück. Ich weiß nicht, ob ich das will. Ich weiß längst nicht mehr, was ich wirklich will. Manchmal mache ich Runden durch den Bezirk und stelle mir vor, ich sei anderswo, in einem fernen Land, dessen Namen ich nicht wissen möchte.

Ich setze mich vor der Bibliothek auf eine Parkbank und beobachte den Verkehr auf der Schnellstraße, die Obdachlosen, die in den Mistkübeln wühlen, ein Pärchen am Straßenrand. Zwei junge Leute, die sich angeregt zu unterhalten scheinen. Was sie einander zu sagen haben, kann ich nicht hören, sehe nur, wie sich ihre Lippen bewegen.

Ein Hund hebt die Hinterpfote und pinkelt zum Baum neben der Parkbank. Es ist ein schmutziger kleiner Köter mit zotteligem Fell, das ihm beinahe die Augen verdeckt. In seinen Bewegungen, seinem Blick, seinem ganzen Gehabe wirkt er gleichmütig, ja abgebrüht wie jemand, dem die Außenwelt nicht mehr viel anhaben kann. Ich strecke die Hand aus, um den Hund zu streicheln. Er macht einen Schritt zurück und knurrt.

»Hab keine Angst«, sage ich dem Hund, »bleib da. Glaubst du etwa, ich wolle dir etwas antun?« Der Hund schaut mich fragend an und bleibt stehen.

»Bist *du* glücklich in Amerika?«

Der Hund hat sich hingesetzt und kratzt sich mit der Hinterpfote am Ohr. Seine Schnauze streckt er in die Höhe, blickt konzentriert, so als würde er über meine Frage nachdenken.

Am Tag, bevor ich drei Wochen später die *Boston Public Library* das nächste Mal aufsuche, ziehen wir aus der Wohnung aus. In der Schule habe ich mich krank gemeldet, um beim Umzug zu helfen, doch stattdessen schleiche ich mich am Vormittag davon.

»Wie? Jetzt willst du spazierengehen? Jetzt?« Mutter ist fassungslos.

»Du bist verrückt! Du bist ein Egoist! Wenn du nicht schon fast fünfzehn wärst, würde ich dich verprügeln!« schreit Vater. »Ich warne dich, ich kann es immer noch tun, auch wenn du schon groß bist!«

Die Proteste der Eltern prallen von mir ab wie von einer Gummiwand. Ich sehe die halbgefüllten Koffer und Taschen im Vorraum stehen, beobachte, wie der Inspektionsblick meiner Mutter von Ecke zu Ecke gleitet, sehe ausgeräumte Schränke, deren Inhalt sich auf den abgezogenen Betten türmt, Küchengeschirr, notdürftig in Plastiktüten verpackt, offene Türen, verstellte Eingänge – es ist wie vor einem dreiviertel oder vor einem Jahr, wie vor fünf, vor sechs, vor acht Jahren … ein gewohnter Anblick. Ich kann nicht atmen, muß hinaus, weg von diesem Ort der Verwüstung und des Aufbruchs. Ich will nicht mehr.

Gereizt redet Mutter auf mich ein, während sie die große, beigefarbene Reisetasche füllt. Vater verstellt mir den Weg zur Tür.

»Ich habe meine Sachen schon fertiggepackt!« schreie ich. »Was ist da auch zu packen, wir haben sowieso kaum was und schmeißen dann auch noch die Hälfte weg. Das war immer schon so.«

»Gut, das nächste Mal wirst du einen zusätzlichen Koffer zwischen die Zähne nehmen«, höre ich Mutters Stimme. »Sind ja auch noch jung und kräftig, deine Beißerchen.«

»Nächstes Mal? In Ordnung!« sage ich und klappere einige Male mit den Zähnen. »Aber jetzt gehe ich spazieren. Was soll ich noch hier!?«

»Du könntest uns helfen und zum Beispiel die Toilette putzen, damit wir die Wohnung in einem ordentlichen Zustand übergeben können. Was soll sonst der Vermieter von uns halten… Es ist für uns alle nicht leicht!«

»Nein! Was der Vermieter denkt, ist mir scheißegal.« Ich stoße Vater beiseite, stürze aus der Wohnung, drehe mich im Flur um. Vater steht in der Tür, eher niedergeschlagen als wütend. Auf seiner Stirn glänzen Schweißperlen. »Gegen Mittag bin ich zurück.« Heiser und tief hat meine Stimme geklungen, fast wie die eines Erwachsenen.

Auf der Straße atme ich tief durch. Die Beklemmung löst sich wie ein böser Tagtraum. Die offenen Reisekoffer werden irgendwo weit hinter mir zugeklappt, während der Bus mich nach Downtown, in die Innenstadt trägt…

Wir verlassen Boston, doch ist der Aufbruch trotzdem noch kein richtiger. Der Weg führt uns nur einen Kilometer weiter, in die Nachbargemeinde, nach Brookline. Dort wohnen unsere Freunde Ludmila und Nathan Fischler mit ihrem achtzehnjährigen Sohn Alex und Nathans Vater, dem über neunzig Jahre alten Schlojmo Fischler. Mutter kennt Nathan seit über zwanzig Jahren. Einst Studienkollege ihres Bruders, hat er ihr lange Zeit den Hof gemacht, doch Mutter hat sich für Vater entschieden, und Nathan hat Ludmila geheiratet. Er ist trotzdem »ein Freund der Familie« geblieben.

Die Fischlers sind vor drei Jahren nach Amerika eingewandert. Nathan, von Beruf Ökonom, war in Leningrad in der Verrechnungsabteilung eines großen Unternehmens als leitender Angestellter tätig. In Boston hat er in der Zweigstelle einer Versicherungsgesellschaft eine Stelle als »Calculating Officer« annehmen müssen. Jeden Tag berechnet er mit einem Taschenrechner Anzahl und Summe aller in Massachusetts eingetretenen Schadensfälle. Die Ergebnisse trägt er, geordnet nach Verwaltungsbezirken und Gemeinden, in einen vorgefertigten Statistikbogen ein. Dies sei eine Arbeit, für die seine Englischkenntnisse ausreichten, hat er uns erklärt. Ludmila, in Leningrad Mittelschullehrerin für Geschichte und russische Literatur, besucht, aus Mangel an Alternativen, einen staatlich geförderten Graphiklehrgang und läßt sich zur technischen Zeichnerin ausbilden.

Den Fischlers haben wir es zu verdanken, daß wir in Boston überhaupt Fuß fassen konnten. Als wir ein Jahr zuvor aus New York hierher übersiedelt waren, hatten sie uns bei sich aufgenommen, bis wir eine eigene Wohnung gefunden hatten, und nun ziehen wir wieder zu ihnen. Es wird eng werden.

»Nathan hat ein so weites Herz, daß die halbe Welt darin Platz hätte«, sagt Mutter. »Sein Herz ist wie eine grenzenlose fruchtbare Ebene. Schlecht, daß auch seine Frau es nicht immer schafft, Zäune zu ziehen und Gräben auszuheben, um die Elefanten fernzuhalten.«

Zwei Stunden bin ich durch die Straßen von Boston gewandert. Als ich gegen Mittag wieder zu Hause bin, schlägt mir eisiges Schweigen entgegen. Koffer und Taschen stehen transportbereit im Vorraum. Die Eltern sitzen auf dem Sofa, steif und bewegungslos wie zwei altägyptische Statuetten. Sie brauchen nichts zu sagen, um mir das Gefühl zu vermitteln, daß ich schlecht und egoistisch gehandelt habe.

Ich beginne mich zu entschuldigen. »Ich werde so etwas nie wieder tun«, sage ich. Aber die Eltern reagieren nicht auf meine Worte.

»Es ist nämlich so«, erkläre ich, »als ich aus dem Haus gegangen bin, wollte ich einfach raus. Erst als ich in der Stadt war, habe ich nachgedacht ...«

»Weißt du was«, unterbricht mich Mutter. »Halt einfach den Mund.«

Um dreizehn Uhr kommt der Vermieter, ein seriös aussehender Herr mit ergrauten Koteletten, und macht eine Inspektionstour durch die Wohnung. »Mhm«, murmelt er in jedem Zimmer, schnalzt mit der Zunge, nickt. »In Ordnung. Sehr schön ... Wie schade, daß Sie ausziehen! Sie waren meine sympathischsten und anständigsten Mieter. Sie haben ja keine Ahnung, welche Schwierigkeiten ich mit diesen Puertoricanern habe. Warum wollen Sie überhaupt weg?«

»Wir übersiedeln nach Philadelphia«, erklärt Mutter. »Mein Mann hat dort einen guten Job gefunden.«

»Dann viel Glück«, sagt der Vermieter, während er die Wohnungsschlüssel entgegennimmt. »Ich war einmal in Philadelphia. Es ist wirklich eine schöne Stadt.«

»Bist du verrückt geworden?« fragt Vater halblaut, als wir das Gepäck die Stufen hinuntertragen. »Wie kommst du auf Philadelphia? Wir ziehen doch nur einige hundert Meter weiter nach Brookline. Was ist, wenn er uns in einer Woche auf der Straße sieht?«

»Mir gefällt der Name der Stadt. Philadelphia – das erinnert mich irgendwie an Torte.«

»Deine Torte kann uns teuer zu stehen kommen.« Vater spricht schnell, gereizt, aber immer noch halblaut, so als könne der Vermieter oben in der Wohnung, die nicht mehr die unsere ist, die auf Russisch geführte Konversation hören und verstehen.

»Ach, hör doch auf!« Mutter stellt die Koffer vor dem Haustor ab, um zu verschnaufen. »Deine Paranoia nimmt von Jahr zu Jahr immer abstrusere Formen an. Langsam frage ich mich, warum ich mich darüber immer so geärgert habe, anstatt mich über dich lustig zu machen … Wie kann uns dieser Mensch denn schaden? Was hätte ich ihm denn sagen sollen? Die Wahrheit?«

Ich weiß, was nun folgen wird: Vater wird Mutter einen langen Vortrag über die Schlechtigkeit des Menschengeschlechts halten, über die gefährliche Lage, in die uns ein scheinbar ganz harmloser Zeitgenosse bringen kann. Mutter wird darauf erwidern, daß wir Rußland schon vor zehn Jahren verlassen haben und daß sich Vater immer noch so benehme, als würde er vom KGB observiert. Doch zu meiner Überraschung brummt Vater nur: »Ach was! Es ist doch ohnehin schon alles egal«, nimmt die beiden großen Koffer, hebt sie stöhnend hoch und macht sich schnaufend auf den Weg nach Brookline, dem Schild entgegen, auf dem steht: *You Are Now Crossing The County Line.*

Der Rucksack, den ich trage, zieht mich nach hinten, so als

würde mich ein Riese mit unsichtbarer Hand niederdrücken, um seine Macht zu demonstrieren. Die Riemen schneiden in mein Fleisch, als wären sie aus dünnem Draht. Im Rucksack liegt die Schreibmaschine, auf der ich seit einiger Zeit schon keine Briefe mehr schreibe. Ich zähle die Schritte. Zwei Schritte – ein Meter. Nur noch zehn, nur noch fünf Minuten.

Um nicht wehleidig zu werden, denke ich an die mehrgeschossige Betonkonstruktion der Stadtautobahn, die sich wie eine häßliche Narbe durch die Innenstadt von Boston zieht. Unter diesem tösenden Monster riecht es immer nach Alkohol, Urin, Erbrochenem und Unrat. Zwischen Glasscherben und den Abfällen eines nahegelegenen Marktes haben Obdachlose aus Kartons und Holzkisten eine eigene kleine Stadt errichtet ... Zumindest ist mir erspart geblieben, ihnen in der Nacht Gesellschaft leisten zu müssen. Keine Frage: ich habe Glück.

Wir müssen dreimal läuten, bevor uns Ludmila Fischler öffnet. Schon an ihrem Gesichtsausdruck und der gebrochenen Stimme merke ich, daß etwas nicht in Ordnung ist. »Kommt rein«, flüstert sie. »Seid herzlich willkommen. Wir freuen uns, daß ihr da seid.« Es klingt wie eine Grabesrede.

Wir bringen unsere Sachen ins Wohnzimmer. Die gesamte Familie Fischler ist versammelt. Nathan, ein Mann um die Fünfzig, erinnert durch sein Äußeres eher an einen Schwergewichtsboxer als an den sanften, schüchternen Mann, als den ich ihn kenne. Diesmal jedoch geht er schnellen Schrittes im Zimmer auf und ab, wirkt angespannt, so als wäre er tatsächlich ein Boxer kurz vor einem wichtigen Entscheidungskampf. Alex sitzt mit nacktem Oberkörper, barfuß und nur mit blauweiß gestreiften, etwas zu engen Shorts bekleidet, auf dem Sofa. Daß Alex halb nackt ist, erstaunt mich ein wenig, legen die Fischlers doch so viel Wert auf korrekte Kleidung und höfliche Umgangsformen. Und tatsächlich herrscht ihn seine Mutter an: »Du könntest dich wenigstens anziehen, wenn Gäste kommen.« Doch Alex ist das erklärte Enfant terrible der Familie. Fast könnte man glauben, die gedrückte Stimmung sei auf seine Weigerung zurückzuführen, ein Hemd anzuziehen.

»Seht ihr!« schreit Nathan. So laut habe ich ihn noch nie erlebt. »Man glaubt, er ist erwachsen, und dabei benimmt er sich wie ein Zehnjähriger.« Er wendet sich Alex zu: »Andere Menschen haben richtige Probleme, haben kein Dach mehr über dem Kopf.« Er streckt seinen rechten Arm aus und zeigt auf uns. »Aber deine sogenannten Probleme spielen sich nur im Kopf ab. Eselskopf! Machst alles, um deine Eltern zu ärgern. Herrgott, hast du nicht gehört, was Mutter gesagt hat? Jetzt zieh dir endlich ein Hemd an!«

Wir sind so erstaunt über diesen ungewöhnlichen Empfang, daß wir unser Gepäck mitten im Wohnzimmer abstellen und uns nicht von der Stelle rühren. »Es stört uns doch nicht, wenn Alex kein Hemd anhat«, murmelt Mutter. Ihr Blick gleitet etwas ratlos von Nathan zu Ludmila, zu Alex und zu Großvater Schlojmo, der wie jeden Tag regungslos im Sessel hinter dem runden Wohnzimmertisch sitzt und Pfeife raucht. Er jedenfalls ist ordentlich gekleidet – Anzug und Krawatte. Ich weiß, daß er fast blind ist und so schwach, daß er sich kaum noch bewegen kann. Das Ankleiden muß für ihn jeden Morgen eine Tortur sein. Er ist schmal und erinnert mich ein wenig an eine eingetrocknete Zitrone, die vorgibt, ein Mensch zu sein.

»Was ist denn eigentlich los?« fragt Vater.

»Sind wir vielleicht ungelegen gekommen?« setzt Mutter fort. »Sollen wir uns vorläufig doch nach einer anderen Bleibe umschauen?«

»Nein!« schreit Nathan. »Auf keinen Fall. Warum sollt ihr darunter leiden, daß mein Sohn ein Dummkopf ist.«

»Natürlich bleibt ihr da«, sagt Ludmila.

»Einen Gast darf man nicht abweisen«, meint Großvater.

»Setzt euch doch hin«, sagt schließlich Alex. »Entspannt euch und genießt das Schauspiel. Das ist besser als Radio und Fernsehen zusammen.«

»Idiot!« knurrt Nathan. »Dieser blöde …«

»Um Gottes willen, Nathan, was ist los?« unterbricht ihn Mutter.

»Unser Sohn hat uns heute früh mit einer sensationellen Neuigkeit beglückt«, erklärt Nathan. »Er hat sich freiwillig zur Armee gemeldet. Für drei Jahre!«

»Ich gehe zu den *Marines*«, korrigiert ihn Alex. »Das ist etwas ganz anderes als die Army. Die Marines sind eine Eliteeinheit.«

»Der arme Junge«, schluchzt Ludmila.

Meine Eltern starren Alex an, als wäre er ein Geschöpf aus dem Weltall. Sie sagen nichts. Sogar Vater, der doch immer zu allem einen Kommentar abgibt, fällt nichts Passendes ein.

»Warum tut das Kind nur sowas?« fragt Ludmila. »Warum nur?«

»Seit Stunden versuche ich euch das zu erklären«, sagt Alex. »Aber ihr hört mir ja nicht zu.«

»Wir verstehen diesen Unsinn nicht!« schreit Nathan. »Wie kann man so etwas überhaupt begreifen?«

Alex zuckt mit den Achseln und zwinkert mir zu, so als wollte er sagen: »*Wir* beide, wir verstehen uns!« Tatsächlich kenne ich die Beweggründe, weiß schon seit Wochen von seinen Plänen. »Ganz im Vertrauen« hatte er mir das Geheimnis anvertraut. Ich mußte ihm mein Ehrenwort geben, vorläufig mit niemandem darüber zu sprechen.

Ich erinnere mich noch gut daran, wie Alex sich im großen Wandspiegel, der im Vorraum hängt, eine Zeitlang schweigend betrachtet und mich plötzlich gefragt hat: »Wen siehst du?«

»Uns beide!« antwortete ich. Er seufzte verärgert, faßte mich ungeduldig am Arm. »Schau mich an!« befahl er. »Wen siehst du? Was bin ich?« Ich starrte auf sein Abbild im Spiegel: ein gutaussehender junger Mann mit dunklem Teint, dünnen, wie mit einem Pinsel gezogenen Augenbrauen, einer schmalen Adlernase und braunen Augen. »Ein cooler Typ?« murmelte ich, nicht ganz sicher, ob er gerade das hören wollte.

»Unsinn!«

»Ein Emigrant, der sich nicht unterkriegen läßt?«

»Ach, hör doch auf.«

»Ein Jude?«

»Sieht man es mir wirklich so an?« Er strich sich mit dem Zeigefinger über die gebogene Nase.

»Nein … eigentlich … nicht so sehr … Vielleicht ein klein wenig, aber es ist nicht der Rede wert …«

Das Spiel wurde mir unangenehm.

»Was für einen Menschen siehst du?«

»Also ich glaube, du bist ganz O.K.«

»Nein! Eben nicht!« Er hob triumphierend den Zeigefinger und wandte sich vom Spiegel ab. »Ich bin eben nicht O.K. Ich bin schwach. Ich habe weder Kraft in den Knochen noch die notwendige Stärke des Charakters. Schon als Kind haben mich die anderen geprügelt. Wenn mich jemand Saujud genannt hat, habe ich nur milde gelächelt, hatte Angst zuzuschlagen. Keine Selbstachtung! Keine Selbstdisziplin! Kein Wille!«

War es möglich, daß Alex, der sich damit brüstete, schon mit mehreren Frauen geschlafen zu haben, der so wunderbar schweinische Witze erzählen konnte, Lieder von Wladimir Wysotzki sang und dazu Gitarre spielte, mir das Pokerspielen beigebracht und mit dem ich meinen ersten Schluck Whisky getrunken hatte, daß dieser Alex, dieser tolle Typ, den ich so bewunderte, etwas derartiges von sich behaupten konnte? War das völlig uncool oder umgekehrt – der Inbegriff von Coolness, die Überdrübercoolness schlechthin? Weil mir nichts Besseres einfiel, begann ich zu grinsen und zu kichern.

»Ja, lach nur. Du magst mich jetzt verachten und das Ganze komisch finden. Du bist erst vierzehn. Aber wenn man achtzehneinhalb ist, wird es Zeit, dem Leben eine klare Richtung zu geben. Mit eiserner Faust. So.« Er ballte seine Rechte und hielt sie mir vors Gesicht. »Bei den Marines, da machen sie einen Menschen aus mir. Stahlhart werde ich zurückkommen. Jetzt bin ich noch fast ein Kind. Nach der Grundausbildung werde ich ein Mann sein.«

Und er zeigte mir tatsächlich eine Broschüre mit dem Titel *How a Kid Becomes a Man: The Way of a Marine Recrute.*

»Was haben wir nicht alles auf uns genommen! Und nur für ihn!« schreit Nathan. »Als wir die Sowjetunion verlassen haben, dachten wir uns: Gott sei Dank muß er nicht zum Militär, braucht sich nicht mit antisemitischem Abschaum und primitiven Unteroffizieren herumzuschlagen. Wir haben ihm Afghanistan erspart. Und was macht dieser Idiot? Er meldet sich freiwillig! Freiwillig!«

Alex sitzt, die Beine lässig überkreuzt, im Sofa und grinst. Manchmal schielt er zu mir herüber, zwinkert mir immer wieder zu.

»Die Marines sind nicht die Rote Armee!« wirft er ein. »Wir kämpfen für die Freiheit.«

»Oooch!« stöhnt Nathan. »Womit hab' ich das verdient? Ich hab' einen Idioten großgezogen. Was hab' ich nur falsch gemacht? Verstehst du denn nicht, daß alles derselbe Scheiß ist? Au. Mein Herz. Mein Herz.«

»Jetzt siehst du, was du angerichtet hast«, schreit Ludmila. »Du weißt, daß dein Vater herzkrank ist. Du bringst ihn endgültig ins Grab.«

»Ihr werdet noch einmal stolz auf mich sein!« sagt Alex.

»Oooch!«

»Moment mal«, mampft plötzlich Großvater Schlojmo mit seinem zahnlosen Mund, »darf er denn als sowjetischer Staatsbürger überhaupt zur amerikanischen Armee?«

Die Gespräche verstummen, und alle schauen Großvater an, dessen Gesicht hinter dem bläulichen Pfeifenrauch verschwimmt.

»Wieso sowjetischer Staatsbürger?« frage ich.

»Also Vater!« schreit Nathan. »Halt du dich da bitte raus. Hast du vergessen, daß wir schon seit drei Jahren in Amerika sind?«

»Ach so?« murmelt der Großvater und kratzt sich das Kinn.

Einen Augenblick herrscht Stille, dann wendet sich Nathan wieder seinem Sohn zu: »Hast du dir überlegt, du halbdebiles Individuum, daß du Emigrant und Jude bist? Glaub ja nicht, daß es keinen Antisemitismus in Amerika gibt.«

»Bei den Marines sind alle gleich: Schwarz und Weiß, Christen, Juden, Moslems, Buddhisten, ganz egal wer. Da gilt nur die Leistung und eine patriotische Grundeinstellung.«

»Oooch!... Und wenn es Krieg gibt? Dann schießt du auf deine ehemaligen Schulkollegen, wie? Deine Freunde!«

»Ich habe drüben keine Freunde mehr! Das ist vorbei. Ich habe mein früheres Leben aus meinem Gedächtnis gelöscht. Mein richtiges Leben beginnt erst jetzt.«

Nathan bricht in Tränen aus und flüchtet ins Schlafzimmer. Ludmila folgt ihm. Unwillig geht Alex den beiden nach. Nur Großvater Schlojmo scheint unberührt von der allgemeinen Stimmung, stopft seine Pfeife neu und beginnt zu erzählen, wie er 1916 als Soldat an der Brussilow-Offensive teilgenommen hatte und verwundet in österreichische Gefangenschaft geraten war. Doch sein Bericht wirkt unzusammenhängend, die Stimme wird immer leiser, bis wir ihn nicht mehr verstehen können.

»Da sind wir ja in etwas hineingeraten«, sagt Mutter. »Der arme Nathan. Die arme Ludmila. Und wir haben ihnen jetzt gerade noch gefehlt.«

Doch die Fischlers unternehmen alles, um bei uns nicht das Gefühl aufkommen zu lassen, wir seien nicht willkommen. Ein opulentes Mahl wird zubereitet. Alex fehlt. Jeden Abend verbringe er mit seinen Freunden, erklärt Nathan, komme manchmal erst in den Morgenstunden heim.

Ludmila hat Pelmeni gekocht – Teigtaschen mit Fleischfüllung. Zum Nachtisch gibt es Piroggen mit Marmelade, Zimtschnecken und Kompott. Nathan macht eine Flasche halbsüßen Rotweins auf, von dem er weiß, daß ihn Mutter gern trinkt, bringt einen Toast aus: »Daß sich alles zum Besseren wende und wir auch im nächsten Jahr und in zehn Jahren hier in Boston zusammensitzen.« Meine Eltern trinken ihre Gläser leer und kommentieren den Satz nicht weiter. Den Rest des Abends dreht sich das Gespräch ausschließlich um Alex.

»Zumindest kann er nachher, wie alle ehemaligen Soldaten, drei Jahre kostenlos die besten Universitäten des Landes besuchen«, sagt Mutter.

»Wenn er im Zinksarg heimkommt, hat er auch nichts mehr

davon«, flüstert Nathan, beginnt zu zittern, wird bleich, hält sich den Mund zu und läuft auf die Toilette.

Die Couch im Wohnzimmer läßt sich zu einem schmalen Bett auseinanderziehen, so daß meine Eltern darauf gerade noch Platz haben. Für mich wird ein Klappbett aufgestellt. Großvater, der bis jetzt im Wohnzimmer geschlafen hat, muß übersiedeln. Nathan und mein Vater tragen sein Bett in Alex' Zimmer.

Als gegen Mitternacht das Licht ausgeschaltet wird, unterhalten sich meine Eltern und ich noch eine Zeitlang leise im Dunkeln.

»Wir sollten so schnell wie möglich von hier wegziehen«, sagt Vater.

»Wohin?« fragt Mutter. »Ich möchte nicht unter der Brücke übernachten.«

»Daß sich dieser Dummkopf Alex ausgerechnet jetzt zu den Marines melden muß«, flüstert Vater und seufzt. »Und Kopfschmerzen hab' ich auch noch.«

»Wart nur ab, was dein kluger Sohn sich alles einfallen läßt, wenn er erst größer ist. Da wirst du noch viel stärkere Kopfschmerzen haben.«

»Ich gehe nicht zur Armee«, sage ich. »Ich bin ja nicht blöd.«

»Siehst du«, sagt Vater. »Mein Sohn ist ein vernünftiges Kind, wirklich reif für sein Alter.«

»Was bleibt ihm auch anderes übrig«, sagt Mutter. »Aber alles hat seinen Preis. Auch er wird diesen Preis zahlen müssen.«

Ich höre nicht mehr zu. Vorsichtig strecke ich mich auf dem Klappbett aus, kann lange nicht einschlafen, lausche dem leisen Ticken der Uhr an der Wand und Vaters regelmäßigem Schnarchen. Der Mond scheint mir ins Gesicht. Die Eisenkonstruktion stöhnt unter meinem Gewicht. Ich sinke ein, fühle mich wie in einer schlecht befestigten Hängematte, versuche mich so wenig wie möglich zu bewegen. Alex und die Marines interessieren mich plötzlich nicht mehr.

In den langen Nächten denke ich oft an Sveta, eine Schulkollegin, Emigrantin aus Kiew. Sie ist zwei Jahre älter als ich und somit für mich unerreichbar. Dennoch träume ich von ihren prallen Brüsten, von ihrem rötlichbraunen Schamhaar, das ich nie gesehen habe, das aber bestimmt rötlichbraun ist, von ihren großen blauen Augen, die mich verzückt anschauen, während sie unter mir liegt und seufzt. Ich umarme den Polster, und er verwandelt sich in Sveta. Ich reibe meinen Penis am Bettlaken ... Aber auch das ist jetzt ganz und gar unmöglich auf diesem quietschenden, altersschwachen Klappbett, das jeden Augenblick zusammenzubrechen droht.

Ein Satz geht mir nicht aus dem Kopf, ein Satz, den ich zuerst wie verhalten in der Ferne höre, der aber immer lauter wird, den Raum ausfüllt: »Ich will nicht mehr! Ich will das alles nicht mehr! Will nicht! Nicht mehr! Nie mehr! Ich ... will ... das ... alles ... nicht ... mehr ... ...«

Jemand rüttelt an meinen Schultern. Ich fahre hoch, schaue mich verwirrt um. Großvater Schlojmo steht in einem kobaltblauen Nachthemd vor mir. »Du hast im Schlaf geschrien«, sagt er. »Und, stell dir vor, ich war jetzt am Klo und finde nun nicht mehr zurück in mein Bett, es ist doch die ganze Zeit hier gestanden.«

Am nächsten Tag hole ich mir in der Bibliothek ein Buch zur Geschichte der US Marines. Es trägt den Titel *In the Name of Honor and Glory* und hat einen glänzenden Einband in den Nationalfarben Blau, Rot und Weiß.

»Du willst zu den Marines?« fragt mich Ms. Ryan und schmunzelt. »Schaust aber noch ein bißchen schmächtig aus. Ich weiß nicht, ob sie dich nehmen. Mußt noch viel trainieren und Gemüse essen.«

Ich spüre, wie mir das Blut ins Gesicht schießt.

»Schaut, schaut, unser kleiner Emigrant wird zum Patrioten«, sagt Ms. Carducci, »so ist es nun mal – die Neuen sind immer die Besten.«

Ms. Freeman nimmt mich wie immer in Schutz und meint, man solle mich doch in Ruhe lesen lassen, was ich wolle.

Außerdem sei ihr Cousin Leutnant bei den Marines. Über die Marines lasse sie nichts kommen.

»Du willst uns doch nicht vorwerfen, daß wir unamerikanisch sind«, sagt Ms. Ryan mit gespielter Empörung. »Wir doch nicht! Wenn man vor den Baseballübertragungen die Nationalhymne spielt, stehe ich immer von der Fernsehcouch auf und presse meine patriotische Rechte an mein patriotisches Herz, das irgendwo unter diesen Fettschwarten schlägt.«

Während sich Ms. Freeman beleidigt abwendet, stammle ich verlegen: »Das ist nicht für mich. Das ist, weil ein Freund von mir zu den Marines möchte, und ich wollte ...«

»Ja, ja, das sagen sie immer, und ein paar Jahre später sieht man sie mit Tonnenbizeps und Bürstenhaarschnitt«, fällt mir Ms. Carducci ins Wort. »Manche sind ganz hübsche Burschen, sympathisch und nicht unerotisch, zumindest solange sie den Mund nicht aufmachen.«

Ich ziehe mit dem Buch ab. Dumme Weiber, denke ich. Denen werde ich's noch zeigen. Irgendwann. Auf einmal wird mir klar, daß ich während des ganzen Gesprächs nicht mehr an die Sozialversicherungskarte gedacht habe.

Ich setze mich auf eine Parkbank und beginne im Buch zu blättern. *Fighting for the Free World in Corea* lautet eine der Kapitelüberschriften. Ich blättere weiter: Photographien junger Männer in Tarnanzügen, die ihre Maschinenpistolen in die Höhe halten. Ich kann nicht verstehen, was daran erstrebenswert sein soll. Uniformierte und Waffen habe ich in Israel genug gesehen.

Jeden Tag wird in Fischlers Wohnzimmer generalstabsmäßig unsere Zukunft geplant. Unsere Abschiebung steht so gut wie fest.

»Ob uns Österreich wieder aufnimmt, ist noch nicht gewiß«, sagt Vater. »Nach Israel gehe ich nicht zurück ... Aber es gäbe vielleicht noch eine Chance, ein Wagnis wäre es allerdings schon ...«

Während Vater spricht, steht er in der Mitte des Wohnzimmers wie ein antiker Redner vor der Volksversammlung.

Wochenlang war er still, so als hätte er jeglichen Lebenswillen verloren. Seit jedoch die Energie auf schier wunderbare Weise zu ihm zurückgekehrt ist, möchte er allen davon etwas abgeben.

Mutter sitzt auf dem Sofa. Sie schaut Vater milde lächelnd an, aber es ist, als würde sie durch ihn hindurchsehen. Ludmila fertigt am Zeichentisch ihre Arbeiten für den Graphiklehrgang an. Sie hat sich an Vaters Monologe gewöhnt und beachtet sie nicht weiter, wirft manchmal nur ein »Du hast sicher recht« oder »Ich bin ganz deiner Meinung« ein. Nathan zieht sich bald ins Schlafzimmer zurück. »Ihr wißt schon, mein Herz«, murmelt er verlegen und greift sich mit beiden Händen an die Brust. »Ich muß mich kurz hinlegen.«

Ich versuche nicht hinzuhören, denn ich lese ein Buch über Alexander den Großen, das ich mir in der Bibliothek ausgeliehen habe. Wie schön wäre es, zweitausend Jahre in der Geschichte zurückreisen zu können, um sich an der Seite dieses Mannes eine neue Heimat zu erobern. Nur Großvater, mit der Pfeife im Mund, ewig qualmend, bringt Vater mit Fragen wie »Warum bekommen Sie denn kein Visum, wenn Sie ein qualifizierter Akademiker sind?« oder »Also, in unserem sowjetischen Vaterland braucht niemand eine Arbeitsbewilligung« manchmal aus dem Konzept.

»Wir könnten nach Washington fahren und vor dem Weißen Haus in Hungerstreik treten«, sagt Vater. »Wir werden die großen Zeitungen und Fernsehstationen informieren.«

Ich lege mein Buch beiseite und betrachte prüfend sein Gesicht. Ob er das wirklich ernst meint?

»Schau mich nicht so an«, sagt er zu mir. »Schließlich bist du es, der mit den Journalisten reden wird. Du mußt inzwischen schon gut Englisch können. Wozu liest du sonst deine Bücher.«

Daß ich die Bibliothek besuche, wissen meine Eltern inzwischen. Kurz nachdem wir zu den Fischlers gezogen sind, habe ich es ihnen erzählt, daß ich die Sozialversicherungsnummer und Vaters Unterschrift gefälscht habe, natürlich nicht.

»Darf man denn das? Einfach auf die Straße gehen und demonstrieren?« fragt Großvater plötzlich. »Was werden denn die Behörden dazu sagen?«

»Wir sind nicht mehr in Rußland«, antworten alle im Chor.

»Ach ja!« Großvater schlägt sich mit der Hand auf die Stirn und beginnt seine Pfeife neu zu stopfen.

Vater setzt seine Überlegungen fort: »Eine weitere Möglichkeit wäre, einfach die Koffer zu packen, nach New Hampshire oder Vermont zu fahren und illegal über die Grenze nach Kanada zu gehen. Kanada ist ein liberaleres, ein europäischeres Land als die USA. Die Behörden sind toleranter. Vielleicht klappt es dort besser.«

Jetzt wendet sich sogar Ludmila von ihrem Zeichentisch ab. »Ich möchte mich ja nicht einmischen«, sagt sie schüchtern, »aber ich halte das nicht unbedingt für sehr klug.«

Mutter fügt nach einigem Nachdenken hinzu: »Tod durch die Kugeln einer Grenzpatrouille wäre andererseits ein logischer und stimmiger Schluß für unsere Familienodyssee.«

»An der kanadischen Grenze wird nicht geschossen«, sage ich.

»An allen Grenzen wird geschossen«, widerspricht Großvater. »Ein Land, das seine Grenzen nicht scharf bewacht, hat keinen Respekt vor sich selbst.«

Ehe Vater etwas erwidern kann, hält Ludmila plötzlich ein mit blauer Tinte dicht beschriebenes Blatt Papier in die Höhe. »Übrigens wollte ich euch noch sagen, daß heute ein Brief von Alex aus Muddy Corner gekommen ist. Ich möchte ihn euch vorlesen.«

Muddy Corner liegt am Fuße des Appalachengebirges in North Carolina. Seit zwei Wochen ist Alex dort Rekrut.

Liebe Eltern, lieber Großvater! liest Ludmila, während sich Vater erschöpft neben Mutter auf das Sofa fallen läßt.

Nun bin ich schon seit zehn Tagen in unserem Ausbildungscamp, und es geht mir sehr gut. Ihr braucht Euch also überhaupt keine Sorgen zu machen. Die Verpflegung ist ausgezeichnet, die Kameraden sind sehr nett und die Vorgesetzten sehr korrekt. Wir schlafen in einem großen Schlafsaal für fünfzig Personen. Das stärkt das Zusammengehörigkeitsgefühl und den gegenseitigen Respekt. Wir sind ein wild zusammengewürfelter Haufen. Dwight zum Beispiel ist Collegeabsolvent, Unternehmersohn und kommt aus Sacramento in Kalifornien. Bob dagegen, ein Bursche aus Idaho, kann nicht einmal lesen und schreiben, und wenn man Witze erzählt, versteht er meist die Pointe nicht. Am Anfang hatte ich zwar mit einigen Schwierigkeiten. Einer nannte mich sogar Kommunistenschwein, weil ich aus Rußland stamme. Ich versuchte ihm zu erklären, daß ich Regimegegner und Emigrant bin, aber er kannte diese Worte nicht. Doch man ließ mich bald in Ruhe, denn ich bin der persönliche Schützling unseres Ausbildners, des Sergeant Bromley. »Hört zu, ihr Arschlöcher«, hat er den anderen erklärt. »Dieser Fischler ist russischer Jude. Ich hatte noch nie einen Juden unter meinen Rekruten und schon gar nicht einen aus Rußland. Wer ihm nur ein Haar krümmt, den bringe ich um.« Ich bin überhaupt eine berühmte Persönlichkeit hier im Camp. Sogar der Leiter, General Thomas Arnold, hat mir beim Antrittsappell extra die Hand geschüttelt und gesagt: »Ich glaube, daß Sie mehr als alle anderen hier verstehen, daß Rußland das Reich des Bösen ist. Ich bin davon überzeugt, daß Sie ein guter Soldat werden.« Ich war sehr stolz, daß mich der General persönlich gelobt hat.

Die Ausbildung ist sehr hart. Zapfenstreich um sechs, Morgenappell, zehn Minuten Frühstück, dreißig Sekunden Klogang. Dann geht es zum morgendlichen Fünfmeilenlauf, dann Geräte- und Waffenübungen. Genaueres kann ich nicht sagen: Geheimhaltung – Ihr versteht! Mittagessen um zwölf. Anschließend theoretischer Unterricht im Belehrungsraum, kleinere Gefechtsübungen. Um sieben ist Abendessen und dann Feierabend. Natürlich müssen wir noch unsere Uniformen und Gewehre putzen. Am Abend spielen wir Karten oder unterhalten uns, wenn wir noch die Kraft dazu haben. Aber eigentlich gewöhnt man sich hier schnell an alles. Und die großen Prüfungen stehen uns ja noch bevor. In einem Monat Fallschirmspringen und am Ende der Ausbildung ein simulierter Giftgasangriff. Da müssen wir alle in die Gaskammer …

Ludmila legt den Brief weg. Mit einem Papiertaschentuch wischt sie sich die Tränen aus den Augen. »Der arme Junge!« schluchzt sie. »Der arme Junge!«

Am 5. Oktober 1981 müssen meine Eltern und ich um genau sieben Uhr morgens im Warteraum der Einwanderungsbehörde erscheinen. Man wird uns »in Gewahrsam nehmen«, wie es offiziell heißt, zum Flugplatz befördern und in ein Flugzeug Richtung Österreich setzen. Schon sind unsere Sachen gepackt, schon hat Ludmila einen selbstgebackenen Kuchen, Brote mit Butter, Käse, Wurst oder Marmelade und viele Abschiedsworte für die Reise vorbereitet. Nathan hat Mutter Geld angeboten, doch sie hat abgelehnt. »Das wäre ja noch schöner«, sagt sie. »Du hast doch selber so wenig. Wir müßten dir etwas dafür zahlen, daß wir so lange bei dir wohnen durften.« Ich habe mich von meinem Freund Wolodja und allen anderen Bekannten schon verabschiedet. Alle außer den Fischlers glauben, mir stehe keine Abschiebung, sondern nur eine Übersiedlung nach Philadelphia bevor. Ich werde ihnen aus Wien schreiben und die ganze Wahrheit erzählen.

Schon sind Boston und Brookline Vergangenheit, habe ich meinen letzten Spaziergang durch das Viertel gemacht, liebgewonnenen Straßen, Ecken und Gebäuden Lebewohl gesagt.

Am Nachmittag des 4. Oktober suche ich zum letzten Mal die *Boston Public Library* auf. Ich möchte meine Bücher zurückgeben.

Es ist kalt. Keine Spur vom Indian Summer, wenn die Bäume im herbstlich klaren Licht sich bunt schmücken. Ein Platzregen stiehlt mir den letzten Blick auf die Fassade der Bibliothek und die Marmorgrößen des amerikanischen Geistes. Die nasse Brille verzerrt die Welt ins Ungefähre und Silhouettenhafte.

Im Inneren des Gebäudes taste ich mich mit zaghaften Schritten zur Entlehnstelle.

»Da ist ja unsere Mrs. Thompson«, höre ich Ms. Ryans Stimme.

»Sieht aber noch jung aus für ihr Alter.« Ms. Carduccis Stimme.

»Jahrgang 1899 und schaut aus wie ein fünfzehnjähriger Bursche. Würde gerne wissen, wo sie sich liften läßt.« Das ist jetzt Ms. Freeman.

»Vielleicht verwendet sie ja eine besondere Gesichtscreme und eine aus geheimen Kräutern gemischte Body-Lotion. Das Rezept hätte ich gern.« Wieder Ms. Ryan.

Schnell setze ich die mit dem Zipfel meines Hemdes geputzte Brille wieder auf. Das Neonlicht zerfällt in unendlich viele Splitter. Die Gesichter der Bibliothekarinnen verschwimmen, fügen sich wieder zusammen. Ich bin völlig verwirrt, fühle aber, daß Gefährliches und Unangenehmes auf mich zukommt. Im Bauch zieht sich etwas zusammen.

»Jetzt haben wir dich erschreckt, wie?« Ms. Ryans Stimme hat immer noch den ironischen Ton von vorhin.

»Ich erkläre dir, was passiert ist. Wir haben vor kurzem unsere jährliche Routinekontrolle durchgeführt und die Daten aller neuen Leser überprüft ...«

Wenn es etwas gibt, was ich an diesem Tag nicht erwartet habe, so war es das. Ich spüre, wie mein Mund trocken wird. Etwas Schweres, Unförmiges, das vor einem Augenblick noch etwas so Selbstverständliches wie meine Zunge war, klebt an den Zähnen. Nun ist der Schwindel also doch aufgeflogen und ich komme ins Gefängnis, wo sexhungrige Kriminelle schon sehnsüchtig auf meinen Hintern warten. Ohne Zweifel ist das der Preis für das große Glück, das ich bis jetzt gehabt habe. Während der vierzehn Monate in Amerika bin ich niemals ausgeraubt oder niedergeschlagen worden. Auch dem voraussehbaren Leben im Elend als Illegaler konnte ich entgehen. Aber, wie Mutter zu sagen pflegt: Nichts im Leben ist umsonst. Für alles muß man einmal bezahlen ...

»... und mußten feststellen, daß du dich bei deiner Sozialversicherungsnummer geirrt hast. Wir haben uns damals schon gewundert, daß du sie so schnell auswendig gelernt hattest ...«

»Denn du bist ganz bestimmt«, sagt Ms. Carducci, »nicht Mrs. Susan Thompson, geboren 1899 in Baton Rouge, Louisiana, wohnhaft in Oklahoma City, farbig, Mutter von fünf Kindern. Oder?«

»N ... nein«, stammle ich.

»Mit solchen Dingen ist nicht zu spaßen, sonst bekommst du noch Schwierigkeiten«, erklärt Ms. Ryan, und nun lachen alle drei und mit ihnen all jene, die hinter mir in der Schlange stehen.

»Das nächste Mal wollen wir deine Sozialversicherungskarte sehen!« Vergeblich versucht Ms. Ryan ihrer Stimme die nötige Strenge zu verleihen. »Und hier ist das Formular für die Änderung. Deine Eltern müssen es unterschreiben. Hast du verstanden?«

Ich falte das Papier zusammen und stecke es in meine Manteltasche.

»Schau doch, wie bleich der Arme ist«, sagt Ms. Freeman. »Er glaubt wohl, wir würden ihn jetzt mit Haut und Haaren auffressen.«

Gelächter. Ich lege die Bücher auf den Tisch, stammle hastig ein paar Abschiedsworte und mache mich auf den Weg zur Tür. Nur schnell hinaus, denke ich, bevor sie es sich anders überlegen.

»Willst du dir denn heute nichts ausleihen?«

»Nein, nein, das nächste Mal!«

Ich bin schon am Portal.

»Und vergiß nicht«, schreit mir Ms. Ryan nach, »wir möchten unbedingt deine Karte sehen, du altes Mädchen aus Oklahoma.«

»Selbstverständlich!« rufe ich zurück. »Das nächste Mal bringe ich sie ganz bestimmt mit!«

X. Nachprüfung

Die beiden Beamten am Flughafen Wien-Schwechat stempelten die Pässe ab und geleiteten uns durch die Zollhalle in die Freiheit.

»Ich bin auch einmal in Amerika gewesen«, sagte der ältere der beiden Beamten. »In New York.«

Nachdenklich blätterte er im Reisepaß meines Vaters ein paarmal vor und zurück. »Aber Wien ist schöner«, fügte er einen Augenblick später hinzu.

»Es gibt keine Stadt wie Wien«, sagte der andere Beamte.

»Was wollten Sie überhaupt in Amerika – ohne gültige Papiere?« fragte der Ältere. »Was haben Sie sich dabei gedacht?«

Mutter gab eine banale Antwort.

Ich war müde, wollte nur schlafen. Nichts mehr denken. Nichts mehr sagen. Nichts mehr erklären müssen.

Als wir in Wien ankamen, belief sich unser Vermögen auf etwa dreitausend Schilling. Vom Flughafen fuhren wir mit dem Bus zum Westbahnhof, ließen unsere vier Koffer und zwei Rucksäcke in der Gepäckaufbewahrung und gingen in die Stadt.

Es war ein schöner Herbsttag. Fensterscheiben und Vitrinen spiegelten die Sonnenstrahlen wider. Das Licht stahl den grauen Häusern, deren abweisende Fassaden nur selten von Balkonen und Terrassen unterbrochen wurden, ihr düsteres Aussehen, und die Straßenbahnen zogen mit einem fröhlichen Bimmeln an mir vorüber. Die Menschen waren noch sommerlich gekleidet, lachten, unterhielten sich laut, gingen ihren Beschäftigungen nach, als sei nichts geschehen. So freundlich hatte mich Wien noch nie empfangen. Es war wie im Traum, und ich hatte das Gefühl, daß diese Stadt sich über mich lustig machen wollte.

Wir fanden ein kleines Hotel unweit der Mariahilfer Straße. Das Zimmer koste 425 Schilling die Nacht, wurde uns mitgeteilt. Wir konnten uns also ausrechnen, wie lange unser Geld reichen würde.

Meine Eltern riefen ihre Wiener Bekannten an.

»Ich habe euch von Anfang an gewarnt«, sagte Mutters Freundin Rita. »Ohne ein gültiges Visum nach Amerika zu fahren! Was für ein Wahnsinn! Das wird euch eine Lehre fürs Leben sein.« Nach einer Pause fügte sie hinzu: »Aber schön, daß ihr wieder da seid.«

»Letztendlich«, erklärte uns Rita, als wir sie einige Tage später besuchten, »ist es doch gleichgültig, wo man lebt. Man hat seine vier, fünf Freunde, und auf die kommt es an. Die guten Freunde findet man überall.«

»Nur daß man im Leben leider nicht nur mit guten Freunden zu tun hat«, erwiderte Mutter.

Am Abend unseres ersten Tages in Wien klopfte jemand heftig an die Tür unseres Hotelzimmers. Der Mann von der Rezeption entschuldigte sich für die Störung. Er habe sich geirrt. Das Zimmer koste nicht 425, sondern 525 Schilling. Vater versuchte zu protestieren, wurde laut, rang nach Worten. Seine Halbsätze in einer Mischung aus Deutsch, Englisch und Russisch kamen abgehackt und kaum verständlich daher. Der Mann von der Rezeption, ein Ausländer, der Deutsch mit deutlichem Akzent sprach, musterte Vater mit sichtlichem Widerwillen. »Ich kann Sie nicht verstehen«, sagte er.

»Wir müssen uns auf den ausgemachten Preis verlassen können«, übersetzte ich für Vater. »Dieser Preis ist auch draußen auf dem Aushang angeschrieben.«

»Zahlen Sie oder ziehen Sie aus«, meinte der Mann trokken und wiederholte den Satz auf Englisch.

Am nächsten Tag zogen wir zu einem befreundeten Ehepaar in den zweiten Wiener Gemeindebezirk. Der Mann, ein ehemaliger Arbeitskollege von Mutter, erklärte, daß im selben Haus in wenigen Tagen eine kleine Wohnung frei werde. Die Miete sei mit zweitausendfünfhundert Schilling im Monat moderat.

Wir hatten wieder einmal Glück gehabt.

Am gleichen Abend führten die Eltern mit mir ein Gespräch, »um die Dinge ins rechte Licht zu rücken«.

Er habe alles versucht, um mir eine bessere Zukunft zu ermöglichen, erklärte Vater. Sein ganzes Leben lang seien grundsätzliche Überlegungen für sein Handeln bestimmend gewesen. Er sei Idealist, strebe nicht nach den Freuden des kleinen Alltagsglücks. Die Sehnsucht nach Karriere und Reichtum sei in seinem Denken zu keinem Zeitpunkt vorherrschend gewesen. Daß er im Westen nie eine seiner Qualifikation entsprechende Arbeit gefunden habe, sei für ihn immer ein nebensächliches, nie das wesentliche Problem gewesen.

Mutter lächelte und schwieg.

Er habe sich zur Emigration aus der Sowjetunion entschlossen, beteuerte Vater, weil er mir jene antisemitischen Erfahrungen ersparen wollte, mit denen er tagtäglich konfrontiert gewesen sei. Er habe Israel verlassen, um mir ein friedliches und gesichertes Leben zu ermöglichen. Er habe Österreich den Rücken gekehrt, weil er bei jedem älteren Mann auf der Straße annehmen mußte, dies könne der Mörder seiner Großmutter und jener zahlreichen anderen Verwandten sein, die während der deutschen Besatzung umgekommen waren. Warum sollte er mich dem Leben in einem Land aussetzen, auf dem die Vergangenheit laste wie ein bleiernes Gewicht? Die österreichischen Juden wüßten zumindest, wofür sie litten. Schließlich seien sie in diesem Land zu Hause, auch wenn es manche ihrer nichtjüdischen Mitbürger nicht wahrhaben wollten. Als Ausländer und Juden seien *wir* hingegen doppelt fremd. Sogar die einheimischen Juden sähen uns nicht als ihresgleichen an. Es sei schon schlimm genug, einer Minderheit anzugehören, aber Minderheit innerhalb einer Minderheit?

Vater erinnerte mich an seine erfolglos gebliebenen Versuche, Aufenthalts- oder Einreisegenehmigungen für die Niederlande, für Norwegen, Belgien, Großbritannien, Australien und viele andere Länder zu erwirken. In Amerika, habe er geglaubt, seien alle Einheimischen einmal fremd gewesen. Umso schneller werde der Fremde zum Einheimischen. Nicht sein Versagen sei Grund für die Abschiebung gewesen, erklärte er, sondern die widrigen Umstände, das Unverständnis der Bürokraten, die restriktive Einwanderungspolitik...

Ich schwieg und wartete auf das Ende der Belehrung. Vaters Argumente waren mir von unzähligen vergleichbaren Gesprächen bekannt. Während Vater sprach, sah er zu Boden, stellte seine Sätze schnell und mit lauter, aufgeregter Stimme in den Raum, so als müßte er seine Sicht der Wirklichkeit gegen einen imaginären Feind verteidigen. Mit einem Stofftaschentuch wischte er sich den Schweiß von der Stirn.

Vater spreche immer von sich, als meine er die ganze Familie. »Er läuft mit dem Kopf mehrmals gegen die Wand«, sagte Mutter, »bevor er zugibt, wie schmerzvoll das ist, und versteht, daß die Wand stärker ist als er. Nie kommt er auf den Gedanken, eine Tür zu suchen.«

»Vielleicht hat deine Mutter recht. Wenn du erwachsen bist, wirst du es besser machen«, sagte Vater. »Ich bin überzeugt, daß du Österreich verlassen wirst. Ich und deine Mutter, wir sind einfach schon zu müde, zu alt. Wir schaffen es nicht mehr. Es wird auch für dich nicht leicht sein, in einem Land der Kinder und der Enkel von Nazis zu leben, von denen viele immer noch so denken wie die Väter und Großväter. Du wirst schon sehen.«

»Also, in der Schule«, murmelte ich, »wurde ich mehrmals als blöder Russe, aber nur ein einziges Mal als dreckiger Jud beschimpft.«

»Du solltest vielleicht irgendwann einmal deinen Vornamen ändern. Deiner klingt viel zu slawisch. Mit Manfred oder Roland bist du sicher besser dran,« riet Mutter.

Damals erlebten wir die Hilfsbereitschaft unserer Freunde. Rita bot Mutter tausend Schilling an. Diese weigerte sich, das Geschenk anzunehmen, erklärte, daß sie die Großzügigkeit anderer nicht ausnutzen wolle. Um die erste Monatsmiete und die Kaution für die Wohnung bezahlen zu können, hatte Mutter ihre wenigen Schmucksachen verpfändet, die noch aus Rußland stammten. Als sie zu Hause ihre Handtasche aufmachte, fand sie darin Ritas tausend Schilling.

Eine andere Freundin brachte immer, wenn sie zu Besuch kam, Taschen voller Lebensmittel mit – Brot, Butter, Wurst, Käse, Milch, Konserven. Proteste nutzten nichts. Ehe Mutter die Sachen zurückgeben konnte, hatten Vater und ich schon zu essen begonnen.

In den ersten Nächten, die wir in unserer neuen Wohnung verbrachten, schliefen wir zu dritt auf einer Couch, die die Vormieter zurückgelassen hatten. Bald jedoch war die Wohnung mit alten Möbeln ausgestattet, die unseren Freunden gehörten, welche wundersamerweise allesamt zu jenem Zeitpunkt ihre Wohnungen neu einzurichten gedachten und sich auf diese Weise der überschüssigen Möbelstücke »entledigten«.

Wir wurden eingekleidet und mit allem versehen, was für einen Haushalt unbedingt notwendig ist – Geschirr, Besteck, Töpfe und Pfannen, Putzmittel, Handtücher, Bettzeug …

»Daß es so weit kommen mußte«, seufzte Mutter bitter, schüttelte den Kopf und sah Vater vorwurfsvoll an. »Wir leben von den Almosen anderer. Meinen Eltern in Rußland werde ich von alledem nichts schreiben. Sie würden sich in Grund und Boden schämen.«

Vater, sonst nie um eine Antwort verlegen, schwieg diesmal.

Nach einigen Wochen fand Mutter Arbeit in einem großen Unternehmen. Nacheinander besuchte sie alle Freunde und Bekannten, um ihnen die geliehenen Gegenstände zurückzugeben. Natürlich wollte keiner seine Geschenke wiederhaben.

Vater nahm eine Stelle als Hilfsarbeiter in einer Lagerhalle an. Die anderen Arbeiter fanden es amüsant, einen Akademiker zum Kollegen zu haben. »Heh! Herr Doktor!« riefen sie ihm zu. »Mach schneller mit den Kisten! Da kannst du dir nicht so viel Zeit lassen wie beim Lösen von mathematischen Aufgaben.«

Eines Tages packte Vater die Wut. Er würde es ihnen schon zeigen, dachte er. Schließlich hatte er in Rußland während der Sommerferien als Student einige Male in einer Fabrik gearbeitet und war nicht weniger kräftig gewesen als alle anderen. An diesem Tag verlud Vater die Kisten so schnell, daß die anderen nicht nachkamen. Aus der Lagerhalle in die Lastautos. Aus den Lastautos in die Lagerhalle. Aus dem vorderen Bereich der Halle in den hinteren. Aus dem hinteren in den vorderen. Auf die Regale hinauf, von den Regalen herunter. Er vernahm die verwunderten Ausrufe der Arbeiter: »Was ist denn mit unserem Doktor plötzlich los? Will er einen Weltrekord im Schleppen aufstellen, der Herr Doktor?«

Am nächsten Tag erkrankte Vater und konnte nicht mehr zur Arbeit gehen. Bluthochdruck. Atemnot. Herzbeschwerden. Wenig später mußte er kündigen. Er hat seitdem keine neue Arbeit gefunden.

An einem Morgen im Oktober, eine Woche nach unserer Ankunft, begleitete mich Mutter durch den Wiener Augarten in die alte Schule. Der Direktor empfing uns in seinem Büro, studierte das Zeugnis für die vierte Klasse, die ich eineinhalb Jahre zuvor in Österreich abgeschlossen hatte, und das High-School-Zeugnis aus Amerika.

Ich solle in die Fünfte gehen, meinte er. Das amerikanische Zeugnis werde in Österreich nicht anerkannt.

»Was? Soll er ein Jahr verlieren?« rief Mutter. »Kommt nicht in Frage.«

Der Direktor schaute überrascht auf. Seinem breiten, roten Gesicht war die Verärgerung anzumerken. »Er ist nicht der einzige«, sagte er. »Außer den Repetenten gibt es in der Fünften viele Schüler, die so alt sind wie er, weil sie einfach später eingeschult worden sind. Ein Jahr ist nicht wirklich ein Verlust.«

»Ich möchte, daß er in die Sechste geht«, ließ sich Mutter nicht beirren.

»Gut«, sagte der Direktor und zuckte mit den Achseln. »Aber er muß innerhalb eines Schuljahres für alle Fächer der fünften Klasse Prüfungen ablegen, in den Hauptfächern in schriftlicher und in mündlicher Form.«

Ich bekam weiche Knie und sah Mutter ängstlich an. Doch ihr war es ernst. Ich ergriff ihre Hand. Verschone mich, wollte dieser Händedruck mitteilen, erlasse deinem Sohn diese große Bürde.

»Wenn er es nicht schafft, verliert er eben zwei Jahre«, drohte der Direktor.

»Er wird kein Jahr verlieren«, erklärte Mutter. »Nicht mein Sohn.«

Dann sagte sie zu mir auf Russisch: »Es ist natürlich deine Entscheidung. Wenn du in die Fünfte willst, werde ich es respektieren. Aber ich bin davon überzeugt, daß du die Aufgabe erfolgreich meisterst. Ich wäre sehr stolz auf dich, wenn du in die Sechste gehst. Bis jetzt hat in unserer Familie noch nie jemand ein Schuljahr verloren, weder ich noch dein Vater, noch deine Tanten, Onkel oder Großeltern.«

Ich gab mich geschlagen.

Mein Tagesablauf sah nun folgendermaßen aus: Ich wachte um sechs oder halb sieben Uhr morgens auf, lernte etwa eine Stunde im Bett, frühstückte und ging in die Schule. In den Pausen lernte ich weiter. Nach dem Mittagessen gönnte ich mir eine halbe Stunde Pause, in der ich meist las oder einen Spaziergang durch den Augarten unternahm. Dann machte ich die Hausaufgaben und lernte anschließend wieder für meine Nachprüfungen. Abendessen war um sieben oder halb acht. Danach lernte ich noch bis zehn, las eine halbe Stunde und ging schlafen. Am Sonntag stand ich etwas später auf, büffelte aber meist den ganzen Tag durch.

Um es mir leichter zu machen, hatten die Eltern beschlossen, vorerst keinen Fernsehapparat zu kaufen. Nichts sollte mich ablenken. Nur ein Radio wurde mir zugestanden. Es war das Geschenk einer Bekannten meiner Mutter – ein voluminöses Röhrenungetüm, Baujahr 1959. Während ich das Geheimnis zu ergründen versuchte, das hinter den imaginären Zahlen verborgen lag, oder die Gesetze der Mechanik studierte, dröhnte dumpf und mit leichtem Krachen aus dem Lautsprecher des Museumsstücks: *Lost in Cambodiaa-a-a, ohohohohohohoohoho* oder *In the jungle, the mighty jungle, the lion sleeps tonight …*

Ich lernte wie ein Besessener. Der Lernstoff füllte mein Leben aus, so daß ich weder Müdigkeit noch Hunger, weder

Schmerzen noch Krankheit wahrnahm. Daß mir der Rücken weh tat und die Brillen bald zu schwach wurden, kümmerte mich nicht. Ich registrierte kaum, ob es Tag oder Abend war. Die Fenster gingen auf einen nicht mehr als fünf Meter breiten Innenhof, so daß ich die Rückwand des Nachbarhauses im Blick hatte. Wenn ich mich aus dem Fenster beugte und mit den Augen weit oben, wo sich die Dächer der beiden Häuser fast zu berühren schienen, den Himmel suchte, konnte ich um die Mittagszeit die Sonne sehen. Wann immer ich mich an den Schreibtisch setzte, knipste ich die Tischlampe an und blendete die Außenwelt aus.

Die Lehrer bewunderten meinen Mut und Fleiß und machten es mir bei den Nachprüfungen nicht allzu schwer. Die Mitschüler folgten dem Lernmarathon mit einer Mischung aus fassungsloser Bewunderung und offen zur Schau getragenem Abscheu vor dem »Streber«. Nur in Englisch war ich von Anfang an eine anerkannte Kapazität. Vor der Englischstunde begegnete man mir immer mit Respekt, denn ich war gern bereit, Hausaufgaben zu korrigieren.

Sonst hatte ich in diesen Monaten kaum Zeit, mich mit meinen Mitschülern abzugeben. Nur zweimal ließ ich mich auf ein längeres Gespräch ein. Ein großer, dicker Schüler mit Militärhaarschnitt, der eine Karriere beim Bundesheer plante, hatte behauptet, Hitlers Rußlandfeldzug sei ein Präventivkrieg gewesen und die Rote Armee habe mehr Kriegsverbrechen begangen als die Wehrmacht. Ich stritt eine ganze Pause lang mit ihm, bis er schließlich sagte: »Du bist ein hartnäckiger Russe. Mit dir kann man nicht reden. Lern lieber weiter für deine Prüfungen.« Er überlegte kurz, zögerte einen Augenblick: »Außerdem bist du Jude. Du kannst solche Sachen nicht objektiv beurteilen.« Und er fügte schnell hinzu, um keine Mißverständnisse aufkommen zu lassen: »Ich kann das ja gut verstehen, nach allem, was die Nazis den Juden angetan haben. Aber das war die SS. Der einfache deutsche Soldat hatte mit sowas nichts zu tun.«

Ein anderes Mal ging es darum, ob die russischen Soldaten in Wien nach dem Krieg aus Klomuscheln getrunken hatten, wie jemand behauptete, oder nicht. Meine Proteste wurden nicht akzeptiert. »Nimm doch nicht immer gleich alles persönlich«, hieß es. »Mußt du nicht außerdem für die Lateinprüfung lernen? Wir lenken dich sicher ab.«

Gelächter.

Während ich Lateinvokabeln paukte, hätte ich am liebsten das Buch weggelegt, wäre auf sie zugegangen, hätte ihnen erklärt, daß ich keineswegs so bin, wie sie glauben, daß alles nur ein Mißverständnis sei, nur die Folge unglücklicher Umstände und des Ehrgeizes meiner Mutter, die es nicht ertragen hätte, wenn ich ein Jahr verloren hätte, und die mir unentwegt einredete, als Ausländer und als Jude müsse ich einfach besser, klüger, fleißiger sein als die anderen.

Natürlich hätte ich den Mitschülern etwas derartiges nie erzählen können. Darüber, wie die US-Beamten mit uns umgegangen waren, hätte ich hingegen gern gesprochen, über die Briefe, die ich in den Wochen und Monaten davor für meine Eltern aus dem Russischen ins Englische übersetzt hatte, über die zahllosen Termine bei der Einwanderungsbehörde und über die Dolmetschertätigkeit, über das Leben als illegaler Einwanderer im vermeintlichen Land der Freiheit, über das ständige Auf-der-Hut-Sein. Wenn ich es hätte ausdrücken können, hätte ich erklärt, wie die Bilder in der Erinnerung ineinander übergehen, die Zuordnung schwer machen, sich verdichten zu einem einzigen Gefühl der Zwischenwelt. Über dieses Gefühl hätte ich gerne mit ihnen gesprochen.

Aber ich verstand, daß dies nicht möglich war. Die anderen interessierten sich für Bodybuilding, Fußball, Autos, Diskothekenbesuche, Popmusik und die Vorzüge neuer Stereoanlagen. Da konnte ich nicht mitreden.

Schülern und Lehrern hatte ich erzählt, wir seien deshalb ein Jahr in den USA gewesen, weil Vater – leider erfolglos – versucht habe, für sein auf Russisch geschriebenes Buch einen Exilverlag zu finden. Ich wundere mich bis heute, daß mir jemand diese Erklärung abgenommen hat.

»Nun ja, wenn man sich den Luxus leisten kann, einfach für ein Jahr nach Amerika zu fahren. Ja, dann ...« hatte mein

Geographielehrer verkündet und gegrinst. »Ich könnte das nicht.«

Und ich hatte mich zu schämen begonnen, dafür, daß ich gelogen hatte, wie es mir die Eltern aufgetragen hatten, dafür, daß ich wie ein vermeintliches Luxusgeschöpf aus reichem Hause dastand, und dafür, daß ich die Wahrheit, sogar wenn ich es wollte, nicht über die Lippen brachte. Die Wahrheit zu sagen wäre mir irgendwie unanständig vorgekommen, so als würde ich nach dem Mitleid und der Betroffenheit der anderen heischen.

Eines Tages nahm ich mir vor, mit niemandem mehr zu sprechen. Nur wenn mir jemand direkt eine Frage stellte, gab ich Antwort. Einige Male war ich von den Mitschülern ausgelacht worden. Für eine ungeschickte Formulierung. Für den Versuch, andeutungsweise etwas zu erzählen, was sie nicht hören wollten und nicht verstehen konnten. Dafür, daß ich ein Streber war. Für die fremden Bücher, die ich las. Für die alten Hosen, ausgetretenen Schuhe und billigen Hemden, die ich trug. Ich beschloß also, niemanden mehr zu beachten und zu schweigen, umgab mich mit einer Aura des Geheimnisvollen, Unnahbaren. Glaubte ich zumindest. Wenn ich mich bei den Eltern über die Mitschüler beschwerte, hieß es meist: »Gib dich mit diesen Dummköpfen nicht ab. Schließlich bist du klüger, begabter und reifer als sie. Denk an deine Zukunft. Denk an die Matura.«

Ich dachte an die Matura und schwieg weiter.

Das viele Lernen überlagerte zeitweise die Erinnerung an die Zeit in Rußland, Amerika, Italien, Israel, den Niederlanden und wo ich sonst überall gewesen war, ertränkte sie in Buchstaben und Jahreszahlen, Logarithmen und Deklinationen, ließ mich die nächtlichen Flüge und Eisenbahnfahrten vergessen, verscheuchte die Sehnsucht nach einer besseren Welt. Die bessere Welt war immer anderswo gewesen, in einem fernen Land des Glücks. Seit meiner frühesten Kindheit hatten die Eltern von diesem Land gesprochen. Dort war ich zu Hause, an einem Ort, wo es keinen Alltag gab. Doch dieses ferne Land war nun, wie einst Atlantis, im Meer versunken.

Das Land des Glücks fand ich in der fernen Vergangenheit, im alten Griechenland, im klassischen Athen. Von Judentum, Rußland oder Amerika wollte ich nichts mehr wissen.

Als ich siebzehn war, hatte ich bereits unzählige Geschichtsbücher über Griechenland gelesen, außerdem Thukydides, Herodot, Plutarch, Platon und Aristoteles, die Stücke von Aischylos, Sophokles, Euripides und Aristophanes, die Hauptwerke der Vorsokratiker, Stoiker und Epikureer und natürlich Homers *Ilias* und *Odyssee.* Fast jede zweite Woche ging ich in die Stadtbücherei, um Nachschub zu holen.

In meiner Vorstellung war ich ein Bürger Athens, der unter Säulenhallen wandelte und mit guten Freunden über Politik, Philosophie und die neueste Theateraufführung sprach. Meine Mitschüler waren mir ergebene, immer hilfsbereite Sklaven. Die Lehrer – Freigelassene, in der sozialen Hierarchie weit unter mir stehend – gaben mir Privatunterricht. In wenigen Jahren würde ich als Feldherr in den Peloponnesischen Krieg ziehen und als gefeierter Held zurückkehren. Ich beschloß, Altgriechisch zu lernen und die Gegenwart nur dann wahrzunehmen, wenn es sich nicht mehr vermeiden ließ. Im Geiste würde ich fortan das Leben eines reichen Griechen führen.

Jeden Morgen brachte ich der Göttin Pallas Athene vor dem imaginären Hausaltar ein imaginäres Opfer dar. Dann ging ich zur Schule, selbstverständlich nicht ins Gymnasium, sondern ins Gymnas*ion,* wo ich mich mit jungen Männern meines Standes im sportlichen Wettkampf üben und über einen Text von Homer unterhalten würde. Die Augartenmauer, an der mich der tägliche Schulweg vorbeiführte, war die Stadtmauer Athens.

Zwei Jahre lang spazierte ich durch die Straßen der griechischen Metropole, besuchte die Akropolis, den Hafen von Piräus, disputierte mit Sophokles über die menschliche Seele, über Tugend und Charakter, gründete mit Platon eine große philosophische Akademie, vermittelte meinen Freund Aristoteles als Lehrer in das kalte und unwirtliche Makedonien, wo er dem Königssohn Alexander Zivilisation beibringen sollte, und erhielt von dessen Vater Philipp ein herzliches Dankschreiben. Ich bestieg den Leuchtturm von Alexandria, machte eine Kurzvisite in Karthago, belagerte zusammen mit Alkibiades Syrakus und wurde schließlich Stoiker. Mannhaft ertrug ich die Wogen des Schicksals, seien es nun schlechte Noten, die Hänseleien der Mitschüler oder die Depressionen und Wutanfälle meines Vaters, der, enttäuscht über sein Leben und seine gescheiterten Emigrationsversuche, die Tage meist zu Hause im Bett verbrachte. Was konnte mir das alles anhaben! Ich war schließlich Philosoph und außerdem ein geachteter Bürger von Athen.

Mit siebzehn Jahren verliebte ich mich in eine Mitschülerin. Sie erwiderte meine Gefühle. Schnell sagte ich Griechenland Lebewohl und kehrte nach Österreich zurück.

Als ich die letzte Nachprüfung für die fünfte Klasse erfolgreich bestanden hatte, war März 1982. Ich hatte den Stoff eines Schuljahrs in fünf Monaten bewältigt. Als Belohnung ging Vater mit mir ins Kino. Der Softporno *Caligula und Messalina* sei für einen Jugendlichen in meinem Alter genau das richtige, befand Vater. Außerdem würde ich mich ja ohnehin für die Antike interessieren. »Jugendfrei ab sechzehn Jahren« stand auf dem Plakat. Doch der Türsteher würdigte mich keines Blickes. Für mein Alter sah ich schon recht erwachsen aus.

Auf der Leinwand kopulierten die Römer zwischen antiken Vasen, in luftigen Innenhöfen unter Palmen, am Meeresstrand oder in luxuriös eingerichteten, mit Brokat, Gold- und Silberschmuck überladenen Schlafzimmern. Die Wände waren mit bunten Fresken verziert, die erotische Szenen darstellten. Offenbar hatte der amerikanische Regisseur Photos der Ausgrabungen von Pompeji und Herculaneum studiert. Eunuchen, Sklavinnen und Gladiatoren gehörten genauso zum exotischen Ambiente wie Vestalinnen und die ersten Christen. Die deutschen Synchronstimmen quakten, als hätten die Römer alle einen längeren Studienaufenthalt in Germanien – in

Düsseldorf, Mönchengladbach oder Gelsenkirchen – hinter sich: »Guck mal, Portia. Die Sonne ist schon aufgegangen. Bei Jupiter und Juno, heute habe ich wieder dieses Kribbeln im Unterleib. Ich brauche einen Mann. Ich gehe mal in den ersten Stock hoch und ziehe meine schönste Tunika an. Dann lauf ich mal rüber zum Forum und schau, ob ich Tiberius finde.«

Die Römerinnen und Römer stöhnten. Mit ihnen seufzte sehnsüchtig das Publikum im Kinosaal. Vaters Augen glänzten. Er schmunzelte und konnte seinen Blick nicht von der Leinwand losreißen. Mir aber wurde bald langweilig. In meinen Phantasien und feuchten Träumen war Sex immer viel aufregender gewesen als das, was diese verschwitzten, sich monoton bewegenden Leiber in den ewig gleichen Stellungen vorführten. In meinem Schreibtisch lag, gut versteckt, das Bild einer Frau in einem langen, enganliegenden Kleid mit Schlitz, so daß man neckisch Knie und Oberschenkel erkennen konnte. Diese Frau im Geiste zu entkleiden fand ich viel erotischer, als die bundesdeutsch redenden amerikanischen Römerinnen zu betrachten. Außerdem bemerkte ich, daß auch die älteren Römer alle schneeweiße Zähne hatten, obwohl es doch damals, wie ich genau wußte, noch keine Zahnärzte gab.

»Also, mein Sohn«, sagte Vater nach der Vorführung, »jetzt hast du also gesehen, was Sex ist.«

Und ich beteuerte, daß mir der Film sehr gut gefallen habe. Ich wollte doch Vater nicht enttäuschen.

XI. Ritas Vater

Ich wähle Ritas Nummer, muß nicht lange warten, höre ihre Stimme: »Ja?« Ich nenne meinen Namen, und sofort ertönt das Besetztzeichen. Überrascht bleibe ich noch einige Augenblicke mit dem Hörer in der Hand stehen. »Aufgelegt«, sage ich, als ich wieder das Wohnzimmer betrete. Meine Eltern und Großmutter, die aus Rußland zu Besuch gekommen ist, blikken erstaunt zu mir auf. Da läutet das Telephon.

Sie weint.

»Rita? Rita, was ist denn los? Warum hast du aufgelegt? Warum seid ihr nicht gekommen?«

»Mein Vater … Mein Vater.«

»Was ist mit deinem Vater?«

Wieder nur Schluchzen.

»So sag doch was! Soll ich Mutter bitten, daß sie zu dir kommt?

»Er ist im Krankenhaus«, sagt sie mit gebrochener Stimme.

Wenige Minuten später macht sich Mutter auf den Weg zu Rita. Vater und ich versuchen Großmutter zu trösten. Ritas Vater ist ein Jugendfreund von ihr, ein entfernter Verwandter, im selben Stedtl wie sie geboren und aufgewachsen. Großmutter hat ihn schon seit Jahrzehnten nicht mehr gesehen, seit 1926, dem Jahr, als sie, auf der Suche nach dem vermeintlichen Glück in der Großstadt, ihre weißrussische Heimat verließ, um nach Leningrad zu übersiedeln.

»Zweitausend Kilometer bin ich geflogen«, sagt Großmutter, »vierzig Jahre lang hat Mendl in jedem Brief beteuert, daß es ihm gut gehe. Sogar das KZ hat er überlebt. Und gerade an dem Tag, an dem wir uns wiedersehen sollen, kommt er ins Krankenhaus.«

»Mach dir keine Sorgen«, sagt Vater. »Rita übertreibt immer maßlos. Es ist ganz bestimmt nichts Ernstes.«

Vater ist sichtlich verärgert. Er mag Rita nicht. Vielleicht ist er auch einfach nur besorgt, müde, überfordert. Ich weiß, daß ihn Großmutters Besuch aus einer bequemen Ereignislosigkeit herausgerissen hat. Und nun: die vielen Gäste, die Spaziergänge, die Stadtbesichtigungen. Viel lieber würde er sich mit einem guten Buch ins Bett legen oder fernsehen.

Großmutter erzählt, wie schon vor einer Stunde und am Vortag, wie sie und Ritas Vater vor mehr als fünfundsechzig Jahren getrennt wurden, erinnert sich an das Jahr 1921, als die polnisch-sowjetische Grenze festgelegt und der Fluß, der mitten durch das Städtchen floß, plötzlich unüberwindbar wurde. Die alte Holzbrücke, früher im Herzen der Stadt gelegen, wurde auf beiden Seiten mit einem dreifachen Stacheldrahtzaun gesichert. Vor einem in der Brückenmitte errichteten Häuschen zogen Grenzposten auf. Die Gebäude direkt am Wasser mußten geräumt werden. Mendl sei zu jenem Zeitpunkt fast noch ein Kind und auch sie selbst noch ein ganz junges Mädchen gewesen. Das Haus von Mendls Familie habe auf der anderen Seite des Flusses gestanden, im polnischen Teil.

Zu Beginn der zwanziger Jahre durften sich die Bewohner des sowjetischen und des polnischen Teils der Stadt zu festgesetzten Zeiten auf der Brücke treffen. Man unterhielt sich, am Schranken stehend, der die Grenze markierte. Einige Auserwählte hatten Sondergenehmigungen, die es ihnen erlaubten, sich in das Holzhäuschen zu begeben. Dann war unter den Augen zweier Grenzsoldaten – eines Angehörigen der polnischen Streitkräfte und eines Rotarmisten – sogar ein schüchterner Kuß möglich. Nachdem diese Freizügigkeiten einige Jahre nach Kriegsende stark eingeschränkt worden waren, blieben, bei gutem Wetter und Windstille und für jeden im Umkreis gut hörbar, nur noch die lautstarken Gespräche über den Fluß: »Mojschee!« »Rivkaa!« »Gratuliere zum Nachwuchs!« Oder: »Ist die Mischpoche wohlauf?« Oder: »Masel Tov, möge euch ein langes Leben beschieden sein.« Oder: »Was macht die Parnusse?« Oder: »Onkel Izik hat diesen Winter drei Zähne verloren.« Solange es um Alltägliches ging, wurden die Gespräche geduldet.

Nur Schmuel Perelman, Vorsitzender des Ortssowjets, versuchte hartnäckig, wenn auch lange Zeit erfolglos, diesen Kontakt mit dem »Land des Klassenfeindes« zu unterbinden. Durch Zufall erfuhr Großmutter von einem Gespräch zwischen Perelman und dem Tschekisten David Bergmann aus der Kreishauptstadt. Wer ihr davon erzählt hat, wisse sie nicht mehr. Jedenfalls soll Perelman gesagt haben: »Unsere Juden sind unzuverlässig, sind von ihrer Herkunft her alle kleinbürgerlich. Soviel man einen Wolf auch füttern mag, zieht es ihn trotzdem in den Wald, sagt das Sprichwort. Man sollte härter durchgreifen, jede laute Unterhaltung auf der Straße verbieten.« Und Bergmann, ein alter Bolschewik, soll geantwortet haben: »Die Partei weiß schon, was sie zu tun hat, Genosse Perelman. Bleiben Sie nur wachsam auf Ihrem Posten. Übrigens soll Ihr eigener Onkel ja auch drüben sein.«

Großmutter hatte Mendl einige Male auf der Brücke getroffen. Er ging damals ins jüdische Gymnasium im nahegelegenen Hauptort der Wojwodschaft, wo er nicht nur Hebräisch lernte, sondern auch in die Geheimnisse der Thora eingeweiht wurde, während sie eine weißrussische Gesamtschule besuchte und ihre jiddische Muttersprache zu verachten begonnen hatte.

Was war geblieben? Erinnerungsbrocken: Zuneigungsbekundungen über den Schranken, schnell übermittelte Grüße, Nachrichten aus einer immer fremder werdenden Welt. Noch bevor Großmutter nach Leningrad übersiedelt war, zog Mendls Familie nach Warschau.

Nach dem Krieg, erzählt Großmutter, habe sie ihr weißrussisches Stedtl wieder besucht, das kein *Stedtl* mehr war, denn die meisten Juden waren von den Nazis ermordet worden. Großmutters Eltern waren tot und der Onkel väterlicherseits und die Großtante mütterlicherseits und viele andere auch; tot waren sogar Perelman und Bergmann, schon 1937 als Volksfeinde liquidiert. Die Grenze war dreihundert Kilometer Richtung Westen gewandert. Nur die alte Holzbrücke stand noch, über die der Fluß nun freizügig in beide Richtungen überquert werden konnte. Aber der Stadt waren die Bewohner abhanden gekommen, die sich darüber hätten freuen können. Mendls Haus war halb verfallen, die Türen aus den Angeln gehoben, die Möbel gestohlen, das Dach eingestürzt. Mendl selbst war längst in Wien, war, nach den Jahren im Ghetto, nach Auschwitz und den Nachkriegspogromen in Polen, auf dem Weg nach Palästina, wo er nie ankommen sollte …

Mutter kommt erst abends wieder heim. Müde läßt sie sich neben Großmutter auf das Sofa fallen. Drei Stunden habe Rita auf sie eingeredet, erzählt sie, habe geschwankt zwischen Verzweiflung, Resignation und Tatendrang, habe ins Allgemeine Krankenhaus fahren wollen, wo sie erst am Vormittag gewesen sei und wo ihr Vater, lebensgefährlich verletzt, auf der Intensivstation liege.

Was denn geschehen sei, möchte Großmutter wissen. Ein Unfall?

Das könne sie nicht sagen, erklärt Mutter, zuckt mit den Achseln: »Ihr wißt doch, wie Rita ist. Sie macht sich das Leben so schwer, daß sie mit der Zeit wirklich zu glauben beginnt, es sei so kompliziert.« Nein, Rita habe sich geweigert, über das Vorgefallene zu sprechen. Es liege, habe Rita erklärt, im Interesse des Vaters, wenn sie über die Vorkommnisse des Vortages Stillschweigen bewahren würde.

»Eine sonderbare Geschichte«, meint Großmutter. »Da stimmt doch was nicht.«

»Ein Selbstmordversuch?« fragt Vater und schaut Großmutter an, als wäre sie dafür zuständig, den Seelenzustand von Ritas Vater zu ergründen. Großmutter winkt ab. Zu religiös sei Mendl immer gewesen, um einen solchen Schritt zu wagen. Ganz egal, wie schlecht es ihm auch gehen möge, ganz egal, wie sehr er vielleicht unter den Erinnerungen an Ghetto und KZ leide, unter Ängsten, Verfolgungswahn oder Neurosen: Selbstmord sei nicht sein Stil. Nein. Sie könne diese Theorie mit Sicherheit ausschließen.

Vielleicht ist er von Rechtsradikalen verprügelt worden, überlege ich.

Die »Rechtsradikalentheorie« scheint mir die plausibelste Erklärung zu sein, denn Ritas Vater ist gläubig, trägt immer eine Kippa oder einen Hut und hat seinen jiddisch-polnischen Akzent nie verloren. Wenn er mich anruft – einmal im Jahr, zu meinem Geburtstag –, grüßt er, was mich nicht wenig belustigt, meist mit: »Schalom Rav.« Und ich antworte, wohl ziemlich unkorrekt: »Grüß Gott und auch Ihnen ein herzliches Schalom«, um sogleich hinzuzufügen: »Ach, oh je, man darf ja den Namen des Herrn nicht aussprechen.«

»Du solltest dich mehr mit der Religion deiner Väter beschäftigen, junger Mann«, sagt er dann und tadelt mich vorwurfsvoll in einer Mischung aus Jiddisch und Deutsch: »Wos bist du fir an Jid, der wo grißt wie a Funktioner vun der ÖVP. Soll ich dir Hebräischunterricht geben? Mach ich ganz ohne Geld. Hebräisch ist die älteste lebende Sprache der Welt, dreitausend Jahre alt.«

Dieses Angebot habe ich nie in Anspruch genommen.

Ich stelle mir vor, wie dieser kauzige Mann einer Gruppe von Rechtsradikalen in die Hände fällt, wie sie ihm etwas Provokantes, etwas Beleidigendes sagen und er in seiner Mischung aus Jiddisch und Deutsch eine Antwort von »entwaffnender« Naivität gibt, die die Angreifer noch mehr reizt. Je nervöser er wird, desto stärker bedient er sich – obwohl er fehlerfrei Deutsch kann – seiner Muttersprache, des Jiddischen. Oft verwendet er ganz bewußt dieses Mischmasch aus Deutsch und Jiddisch.

»Die Neonazis haben ihn niedergeschlagen«, erkläre ich, »und er als alter Mann hat sich nicht wehren können. Die Stimmung gegen Juden in diesem Land …«

Mutter unterbricht mich: »Du bist ja schlimmer als Rita. Wie sie siehst auch du alles durch die jüdische Brille. Jedes selbst noch so kleine Mißgeschick wird bei euch gleich zu einem antisemitischen Akt. ›Au, Sie stehen auf meinem Fuß, Sie Antisemit … Ich habe zwanzig, nicht fünfundzwanzig Deka gesagt. So eine Antisemitin, will mir das Geld aus der Tasche ziehen …‹ Wer weiß, vielleicht hat ihn ein Auto angefahren, vielleicht ist er auf einer Bananenschale ausgerutscht, vielleicht ist er von der Treppe oder sogar einfach nur von der Klomuschel gefallen und hat sich dabei verletzt.«

»So etwas traue ich Mendl durchaus zu«, sagt Großmutter und erzählt, daß er früher, als Kind, verträumt durch die Gassen geschlendert sei, als würde er in der Luft über den spitzen Dächern und Schornsteinen der Holzhütten schweben, entrückt in magische Welten, die nur ihm allein zugänglich waren, und daß er erst wieder auf den Boden und in die banale Wirklichkeit zurückgefallen sei, wenn er in die Rillen stieg, die die schweren Lastwagen in die Erde gegraben hatten, und stolperte, wenn er auf einer Eisplatte ausrutschte oder, durch ein lautes »Mendeleee!« seiner Mutter aus dem Tagtraum gerissen, verwirrt um sich schaute. Er sei fast jeden Tag um vier Uhr morgens aufgewacht, erzählt Großmutter weiter, während Eltern und Geschwister noch schliefen, habe die Kerze angezündet und gelesen. Schon als Kind ein weltfremder Bücherwurm.

»Ja, vielleicht hat er auf der Toilette die Thora studiert«, überlegt Vater, »an einer besonders schwierigen Stelle ist er dann aus- oder eigentlich abgerutscht und dann ...«

»Hör auf, ich hasse es, wenn du so redest«, ruft Mutter aus der Küche, wo sie das Geschirr abwäscht.

Großmutter, die Vaters Worte gar nicht wahrgenommen zu haben scheint, spricht weiter: »Wir haben uns regelmäßig gesehen, bis 1921 die Grenze gezogen wurde, die unser Stedtl in zwei Teile teilte ...«

An dieser Stelle läßt Mutter das Geschirrtuch fallen und eilt zu Großmutter, hilft ihr hoch, was gar nicht so einfach ist. Schwer atmend und nur mit meiner Hilfe kommt Großmutter wieder auf die Beine, während Vater ihr den Stock bringt. Wir würden die Geschichte von der Teilung des Stedtls auswendig kennen, erklärt Mutter.

»Tatsächlich?« murmelt Großmutter. »Ich hätte schwören können, daß ich noch nicht davon gesprochen habe. Aber ...«

»Du mußt jetzt schlafen«, sagt Mutter zu Großmutter, und Vater nickt erleichtert.

Rita besucht uns am nächsten Tag. Sie hat dunkle Ringe unter den Augen, die Augen selbst, mit jenem unnatürlichen Glanz zweier durchwachter Nächte, wirken noch größer unter den dünnen Augenbrauen, das Gesicht schmaler, das Kinn spitzer. Sie trägt eine dunkelblaue Bluse, einen blauen Rock, blaue Schuhe, weiße Strümpfe – in der Art der orthodoxen Jüdinnen, obwohl Rita längst nicht mehr gläubig ist. Die Bluse hat sie in der Früh wohl schnell und gedankenlos zugeknöpft, so daß der Stoff sich an einigen Stellen bauscht. Dies erschreckt mich, kenne ich doch Ritas pedantische Art. Der Großmutter drückt sie beiläufig eine Bonbonniere in die Hand. Nein, Deutsch spreche die Großmutter nicht, nur Russisch, Weißrussisch und etwas Polnisch, wie jeder aus der ehemaligen Grenzregion, und Jiddisch natürlich. Doch, Polnisch verstehe sie schon, erklärt Rita, nur sprechen könne sie es nicht, weil die Eltern sie zwar immer Polnisch angeredet, aber eine Antwort in korrektem Deutsch erwartet hatten. Das Kind sollte es leicht haben, sich sprachlich schnell integrieren.

Wie es Mendl gehe, fragt Großmutter in einem stark russifizierten Polnisch. Er sei weiterhin auf der Intensivstation, erzählt Rita, es gehe ihm nicht gut. Zugelächelt habe er ihr und mit dem Kopf genickt, aber bleich sei er, habe viel Blut verloren. Er liege mit fünf weiteren Patienten im Zimmer, in einem Bett, das direkt am Fenster stehe. Das Fenster sei die ganze Nacht über offen gewesen. Jetzt huste er. Und eine Erkältung wäre das Schlimmste, was ihm passieren könne. Sie habe mit der Schwester gesprochen, ihr eine Schachtel erlesener Pralinen gegeben, ein kleines Geldgeschenk gemacht. Ganz reizend und freundlich sei sie gewesen, und die Schwester habe versprochen, den Vater zu verlegen, sobald ein Bett frei werde. Weg vom Fenster.

Anschließend habe sie sich zum Oberarzt begeben und sei vor der blaulackierten Bürotür kurz stehengeblieben, habe in ihre Handtasche gegriffen, das Kuvert befühlt, die Türklinke in die Hand genommen und dann doch innegehalten, das Kuvert wieder herausgeholt, nachgezählt und noch einen Tausender hineingelegt. Sicher ist sicher. Im Büro seien Pflanzen herumgestanden und weiche, mit schwarzem Leder bezogene Sessel. Es habe nicht nach Krankenhaus gerochen. Der Oberarzt, ein gepflegter älterer Herr, habe ihr erklärt, dem Vater gehe es den Umständen entsprechend. Eine Folgeoperation sei notwendig. Da habe sie gesagt, sie sähe es gerne, wenn der Herr Oberarzt die Operation persönlich vornehmen würde. Das Kuvert habe sie ganz langsam, aber wie selbstverständlich über den Tisch geschoben. Der Oberarzt habe sich bedankt und das Kuvert in eine Schreibtischschublade gelegt. Dann sei er aufgestanden und habe sie zur Tür begleitet, ihr den Arm um die Schulter gelegt, sie Kindchen genannt, obwohl sie doch die Vierzig schon überschritten habe, und versichert, sie brauche sich um den Herrn Vater keine Sorgen zu machen, im Wiener Allgemeinen Krankenhaus sei er in den allerbesten Händen.

Großmutter, der ich Ritas Worte, mehr schlecht als recht, simultan ins Russische übersetzt habe, sagt plötzlich empört: »Also bei uns wäre so etwas nicht möglich«, wobei sie mit »uns« die Sowjetunion meint, und fügt schnell hinzu, bevor man ihr wieder das Wort entziehen kann: »Bei uns sind die Ärzte nicht bestechlich. Manchmal hat man es schwer, einen Krankenhausplatz zu bekommen, aber daß es üblich wäre, einem Arzt...«

»Ich liebe meinen Vater sehr. Ich tu alles für ihn!« sagt Rita. Und mein Vater mutmaßt, ob es nicht günstiger gewesen wäre, dem Oberarzt das Geschenk erst *nach* der Operation zu überreichen. Denn jetzt, da er den Zusatzgewinn schon eingesteckt habe... Rita unterbricht ihn: »Ihr habt alle keine Ahnung!« schreit sie. »Ihr wißt nicht, wie das läuft. Ihr seid doch lange genug in Wien, seid nicht erst gestern aus Rußland ausgewandert. Ihr müßtet doch eigentlich verstehen...« Dann bricht sie in Tränen aus, und meine Mutter führt sie ins Nebenzimmer, nachdem sie uns einen strengen Blick zugeworfen hat, so daß wir es vorziehen, die beiden allein zu lassen.

Ich begleite Rita hinunter zu ihrem Wagen, den sie liebevoll »Stupsi« nennt. Stupsi ist ein dunkelgrüner VW-Golf und steht in Ermangelung eines Parkplatzes direkt vor dem Haus, etwa hundert Meter weiter um die Ecke. In einer Plastiktasche trage ich den Topf mit den Resten jenes »Gefilte Fisch«, den Großmutter zubereitet hat und den Rita hätte essen sollen, den sie aber mit dem Hinweis, sie habe keinen Hunger, stehengelassen hat. Ich muß daran denken, wie Großmutter mit dem Hammer auf den Fisch eingeschlagen hat, den wir nicht tot, sondern nur in betäubtem Zustand gekauft hatten, wie er uns vom Küchentisch gehüpft ist und wie Großmutter schließlich flehentlich die Hände zusammengeschlagen und gemurmelt hat: »Also, liebes Fischlein, sei so gut, stirb endlich.« Und der Fisch ist gestorben.

Ich stelle den Topf in Stupsis Kofferraum. Bevor Rita in den Wagen steigt, umarme ich sie. Ich zögere einen Augenblick, dann frage ich doch: »Mir kannst du es ja sagen. Ich werde es auch niemandem weitererzählen. Was ist deinem Vater tatsächlich passiert? Was ist die Geschichte seiner Verletzung?«

»Das ist doch nicht wichtig«, sagt sie. »Es gibt keine Geschichte.«

Von der Straßenbahnstation sind es zehn Minuten zu Fuß über den kiesbestreuten Weg, der durch die begrünten Innenhöfe eines Gemeindebaus aus der Zwischenkriegszeit und eine kleine Parkanlage zu den Wohnblöcken aus den fünfziger Jahren führt, um die seit gut einem Jahrzehnt die Stadtautobahn einen Bogen macht, durch eine Schallschutzmauer von der Wohngegend getrennt, aber trotzdem gut hörbar. Das Haus hat noch keine Gegensprechanlage. Ich fahre in den sechsten Stock hinauf, betätige die Drehklingel unter dem Schild *Rita Grünfeld*.

Ein Monat ist vergangen. Ritas Vater hat die zweite Operation gut überstanden, befindet sich auf dem Weg der Besserung, ist aber immer noch im Krankenhaus.

Rita empfängt mich freundlich. Sie ist wieder tadellos gekleidet, die Wohnung ist, wie immer, sauber und ordentlich, das Tischtuch von einem so makellosen Weiß, daß die Augen schmerzen.

Auf dem Wohnzimmertisch steht schon der Tee auf dem Stövchen bereit. In einer kleinen Glasschüssel liegen drei Keksstücke. Es ist Samstagnachmittag, die Sonne spiegelt sich in den Untertassen aus Augartenporzellan und im lackierten, beigefarbenen Bilderrahmen, in dem eine alte Photographie von Ritas Vater steht. Er hat lange Zeit Hebräisch an der Fakultät für Judaistik unterrichtet. Das Bild hat einer seiner Studenten gemacht.

Als ich Rita vor mehr als zehn Jahren kennenlernte, hätte sie den Schabbat noch eingehalten. Den Tee hätte ich mir wohl selber zubereiten müssen. Etwas anderes hätte ihr Vater, der die Räume der schützenden Wohnung »in dieser feindlichen Welt« noch seltener verlassen hat als sie, bestimmt nicht geduldet. Jahrelang hat Rita ihrem Vater zuliebe das brave jüdische Mädchen gespielt, obwohl ihr Glaube, wie sie mir erzählte, schon sehr früh erschüttert wurde. Als Siebzehnjährige habe sie in einem Kaffeehaus einen Schinken-Käse-Toast bestellt, lange gezögert, ihn schließlich aber doch gegessen und auf den Blitzschlag gewartet, die gerechte Strafe Gottes. Doch offensichtlich hatte Gott an diesem Tag Besseres zu tun.

Während mir Rita Tee einschenkt, erinnere ich mich, daß auch ihr Vater mit zunehmendem Alter die Gebote freizügiger auszulegen begann. Eine Szene aus meiner Kindheit fällt mir ein. Meine Eltern und ich waren damals noch israelische Staatsbürger, und Mutter brauchte, aus Gründen, die mir entfallen sind, dringend die Übersetzung einer auf Hebräisch abgefaßten Urkunde. Mutter ging zu Ritas Vater, der in seinem Nebenjob Dokumente aus dem Hebräischen übersetzte, und nahm mich mit. Es war Samstag, und am Sonntag mußte Ritas Vater verreisen.

Ritas Vater war über den Besuch meiner Mutter nicht sonderlich erfreut. Er hatte es sich auf dem Sofa bequem gemacht, den dicken Wälzer eines Thorakommentars in Händen, so wie es sich für einen rechtschaffenen und gebildeten Juden gehört. Ich erinnere mich, wie er in eher sanftem und ironischem Ton Mutters Ignoranz in religiösen Fragen beklagte. Seufzend, leise und unverständlich etwas auf Jiddisch murmelnd, legte er das Buch beiseite, setzte sich auf. »Junger Mann, komm her«, sagte er zu mir, strich mir mit den Fingern der rechten Hand durchs Haar, fragte: »Nu, wos mocht dos jinge Leben?«

»Alles O.K.«, sagte ich, und er lächelte mir zu, nickte und wies mit dem Finger auf die unterste Schublade seines Schreibtischs. »Hol dir von dort eine Kippa«, wies er mich an. »Sei zumindest in meinem Haus ein richtiger kleiner Jude.«

»Und bring ja nichts durcheinander, mach nichts kaputt«, fügte Mutter hinzu.

»Was soll er da schon kaputtmachen«, sagte Ritas Vater und lachte. Ich ließ mir das nicht zweimal sagen und begann die zahlreichen, teilweise mit kunstvollen Stickereien verzierten Kippas ganz ungeniert aus der Lade zu räumen. Bald lagen sie alle in Reih und Glied wie Brotkanten auf dem Schreibtisch. Mutter empörte sich, während Ritas Vater nur meinte: »Lassen Sie ihn doch! Er wird schon das Passende für sich finden. Jeder Mensch hat seine individuelle Note.« Ich entschied mich schließlich für eine weiße Kippa mit goldener Stickerei.

Während ich vor dem Spiegel posierte, überflog Ritas Vater die hebräische Urkunde, seufzte, sah auf die Uhr, wieder auf die Urkunde, wieder auf die Uhr: es war früher Nachmittag. »Na gut«, sagte er. »Eigentlich darf ich ja am Schabbat nicht arbeiten. Aber weil Sie es sind und es so dringend brauchen, wird mir Gott sicher verzeihen, das eine Mal. Im KZ habe ich natürlich auch am Samstag gearbeitet, aber das war etwas anderes. Schauen Sie, wir schließen einen Kompromiß: Ich übersetze diesen Text, werde aber nicht selber schreiben, sondern Ihnen diktieren. Ich werde die schwierigen Wörter buchstabieren, damit Sie keine Fehler machen. Im Arbeitszimmer steht eine Schreibmaschine. Wenn Sie fertiggetippt haben, ist die Sonne sicher schon untergegangen und somit der Schabbat vorbei. Dann kann ich ja unterschreiben und meinen Stempel draufsetzen.«

Als wir uns verabschiedeten, schenkte mir Ritas Vater die Kippa.

Ich sitze Rita gegenüber und denke an ihren Vater, den ich eigentlich kaum kenne, obwohl er ein entfernter Verwandter von uns ist, der einzige, den meine Eltern in Wien ausfindig machen konnten.

Ohne Zweifel, überlege ich, ist der alte Mann Opfer eines antisemitischen Übergriffs geworden. Ghetto, KZ und die Pogrome in Polen hat er überlebt, um Jahrzehnte später von ein paar Halbstarken fast totgeschlagen zu werden. Aber schließlich ist 1987, nachdem Waldheim zum Bundespräsidenten gewählt worden ist, vieles wieder möglich, was vor einigen Jahren noch undenkbar gewesen wäre.

Warum hätte es mir Rita auch verschweigen sollen, wenn ihr Vater von der Leiter gefallen, vor ein Auto gelaufen oder in einen offenen Schacht gestürzt wäre? »Nur das Offensichtliche, das auf der Hand Liegende ist unaussprechbar, besonders für Rita, die ohnehin etwas sonderbar und menschenscheu ist und die jede Kleinigkeit aus der Fassung bringt ...« Ich freue mich über diesen Satz, der mir so spontan eingefallen ist. Meine Vermutungen verdichten sich immer mehr zur Gewißheit. Nun glaube ich alles verstanden zu haben. Soll doch jemand von meinen nichtjüdischen Freunden noch einmal sagen, der Antisemitismus in diesem Land sei ein marginales Phänomen.

Rita erzählt, sie habe unbezahlten Urlaub nehmen müssen, denn sie könne nicht arbeiten, weil sie doch die meiste Zeit zwischen dem Krankenhaus und ihrer Wohnung pendle. Unentwegt müsse sie an ihren Vater denken. Wen habe sie denn außer ihrem Vater, dem sie – auch er habe seine Schwächen, keine Frage – das meiste im Leben zu verdanken habe.

»Und was ist mit deiner Mutter?« frage ich.

»Meine Mutter war eine sehr liebenswerte Frau. Ihren Tod habe ich sehr bedauert. Aber sie besaß bei weitem nicht die Reflexionsebene meines Vaters.« Nur mit dem Vater habe sie schon als Kind ernsthafte Gespräche führen können, die für ihre Entwicklung immens wichtig gewesen seien, erklärt Rita. Mit viel Geduld, Geschick und Ironie habe der Vater ihr Interesse an der Welt zu wecken verstanden, habe sie nicht nur mit der jüdischen Religion, sondern auch mit jüdischer Kultur, Moral, Ethik und Philosophie vertraut gemacht. Vor allem jedoch sei er immer der gütigste Mensch gewesen, den man sich vorstellen könne. Jetzt gelte es, sich für all das erkenntlich zu zeigen, was er für sie getan habe. Nur sie allein könne ihm helfen. Wenn sie nicht tagtäglich mehrere Stunden im Krankenhaus verbracht und dort nach dem Rechten gesehen hätte, wäre er wohl längst gestorben. Rita hat Tränen in den Augen.

»Hast du nicht einen Bruder, der ja auch ...«

»Laß meinen Bruder aus dem Spiel. Der ist für sowas denkbar ungeeignet, würde nur mehr kaputtmachen als helfen. Bei praktischen Dingen nicht zu gebrauchen. Nein, nein, ich kann mich um Vater besser kümmern. Außerdem ist mein Bruder beruflich unterwegs. Und egozentrisch war er schon immer.«

Kühl und herzlos seien die Menschen und hätten sie allesamt enttäuscht, erklärt Rita. Ihre Freundinnen hätten nur Worte des Mitleids und gute Ratschläge auf Lager. Hilfe bei alltäglichen Dingen habe ihr niemand angeboten. »Ich hätte jemanden gebraucht, der für mich einkaufen geht, der mir die Wohnung putzt, der die Nacht hier an meinem Bett verbringen würde. Ich habe genug von Dampfplauderern.«

»Ja, hast du jemanden darum gebeten?« frage ich.

»Um derartiges kann man nicht bitten. Es wird einem angeboten oder nicht. Auch du hast mich enttäuscht.«

»Ich dachte, du wolltest allein sein.«

»Ja, ja, das sind die üblichen Rechtfertigungen und Floskeln, Erklärungen dafür, daß man nichts getan hat, nichts tun möchte, nie etwas tun wird.«

Pause.

»Es ist so vieles zusammengekommen in letzter Zeit«, sagt sie. »So als hätte ich keinen Boden mehr unter den Füßen.«

Wieder Pause.

Sie stellt den Teekessel auf den Herd, wechselt das Tischtuch, in das ich Teeflecken gemacht habe, richtet vor dem Spiegel ihre Frisur, bringt Kuchen und Schokolade. Die drei Keksstücke habe ich schon aufgegessen.

Ich sitze Rita gegenüber und denke an die Zeit zurück, als ich sie noch regelmäßig besucht habe. Ich war damals sechzehn. Freunde in meinem Alter hatte ich keine. Rita war die einzige, die es verstand zuzuhören. Sie nahm mich ernst. »Es ist ja außer meinem Vater und meinem Bruder kaum mehr jemand von meiner Familie übriggeblieben«, erklärte sie mir einmal. »Ich bin froh, daß deine Eltern und du aus Rußland hierher gekommen seid.« Sie nannte mich ihren kleinen Neffen.

Zwei- oder dreimal im Monat ging ich zu Rita. Auch damals schon standen Tee und Kuchen immer bereit. Ritas Vater blieb meist in seinem Zimmer, so daß ich ihn fast nie zu Gesicht bekam. Wenn ich zu erzählen begann, unterbrach sie mich selten. »Bei deiner Mutter klingt die Geschichte anders«, warf sie manchmal ein. »Ich frage mich nur, warum sie sich das alles so lange gefallen ließ.«

Bevor ich heimging, mußte sie mir versprechen, keinem Menschen, nicht einmal ihrem Vater, vom Inhalt des Gesprächs zu erzählen.

»Die hat nichts Besseres zu tun, als sich mit einem Sechzehnjährigen abzugeben«, höhnte mein Vater.

»Na und? Was dagegen?« brummte ich.

»Was erzählst du ihr denn alles?« fragte er mich. »Wohl, wie schlimm dein Vater ist. Das will sie doch hören. Ich weiß ja, was sie von mir hält.«

»Warum sollen wir ausgerechnet über dich reden? Wir haben interessantere Themen«, antwortete ich gereizt.

»Such dir doch endlich jemanden in deinem Alter«, sagte er.

»Vielleicht ist er ja in sie verliebt«, überlegte Mutter. »Rita ist ja durchaus eine attraktive Frau.«

»So ein Blödsinn!« schrie ich und spürte, wie ich rot wurde.

Ich sitze Rita gegenüber. Sie schluchzt, hält sich die Hände vors Gesicht, und ich weiß nicht, was ich sagen soll, weil es vielleicht auch nicht viel zu sagen gibt. »Ich habe mich immer so verausgabt«, lamentiert Rita. »Immer für andere. Wenn die Nachbarin, die kleine Fette von nebenan mit dem häßlichen Hund, Probleme mit ihrem Lebensgefährten hat, dann kommt sie zu mir. Irgendwann schlägt er sie noch einmal tot, dieser Mann. Dann höre ich mir das alles an, aus guter Nachbarschaft und weil es sich gehört. Ich gebe ihr Ratschläge, rede ihr gut zu, versuche sie dazu zu überreden, daß sie endlich Schluß macht mit diesem Schläger.«

»Du bist eben ein guter Mensch«, sage ich.

»Guter Mensch?« Die Ironie hat sie nicht registriert. »Glaubst du, diese Frau hätte nur einen Finger für mich gerührt, als es mir schlecht ging? Nur ein paar Worte des Bedauerns, nicht mehr.«

»Ich gebe mich mit Nachbarn nie ab.«

»Mein Vater hat immer gesagt: Sei nett zu deinen Nachbarn, und sie gewähren dir vielleicht Zuflucht, wenn es das nächste Mal losgeht.«

»Warten auf das nächste Pogrom«, murmle ich, und sie nickt und verzieht den Mund nun doch zu einem ganz verhaltenen Lächeln.

»Aber er hat auch immer gemeint«, sagt sie, »ich solle den andern nie wirklich trauen. Wer weiß, was sie denken, was sie gegen dich im Schilde führen ... Mein Vater ist eben ein gebranntes Kind.«

»Es lebe der Optimismus!« sage ich und bereue die Worte sogleich. Ich hätte lieber den Blick senken sollen und schweigen.

»Wärst du nach mehreren Jahren KZ noch ein Optimist?« Jetzt senke ich wirklich den Blick und sage nichts mehr.

Rita erzählt, daß sich keiner vorstellen könne, wie furchtbar es für ihren Vater sein müsse, in dieser Klinik zu liegen, unter all den alten Nazis, Weltkriegsteilnehmern, Antisemiten und »sonstigen Gojim«. Nur ihren Bemühungen sei es zu verdanken, daß »dieser alte Mann mit seiner jüdischen Visage« nicht längst böse Erfahrungen gemacht habe. Auch deshalb habe sie die Stationsschwestern, den Arzt und alle Patienten im Zimmer mit kleinen und größeren Geschenken überhäuft, habe mit allen, selbst mit dem Neunzigjährigen, der im Sterben liege, lange Gespräche geführt. Österreich sei ein gefährliches Land geworden. Sogar in Deutschland fühle sie sich sicherer, erklärt Rita.

Ich widerspreche ihr. Sie leide an Paranoia. Daß man sie im Kaffeehaus nicht sogleich bedient habe, liege sicherlich nicht an ihrem »jüdischen« Aussehen. Kein Grund, nie mehr ins Kaffeehaus zu gehen. Natürlich kenne ich die Äußerungen, die auf der Straße fallen. Natürlich wisse ich, daß die alten Männer in den Gasthäusern sitzen und sich mit ihren Kriegserlebnissen brüsten. Natürlich sei mir bekannt, daß in Österreich in den Jahrzehnten nach dem Krieg viele Nazis freigesprochen worden sind.

Natürlich.

Ich verstehe.

Sie könne das alles nicht so gelassen sehen wie ich, sagt sie. Sie sehe schwere Zeiten auf uns Juden zukommen. Sie traue sich kaum mehr aus dem Haus, nehme die Welt fast ausschließlich durch das Fernsehen wahr.

»Eben!« sage ich, beginne wieder von Paranoia und unzulässigen Übertreibungen zu sprechen, vielleicht weil mir ihre Art, immer alles schwarz zu sehen, auf die Nerven geht, vielleicht auch, um sie so lange zu provozieren, bis sie endlich über den »Unfall« ihres Vaters spricht, mir die Geschichte von den Rechtsradikalen, die ihn zusammengeschlagen haben, entgegenschleudert.

»Du glaubst, ich übertreibe, du glaubst, ich habe zuviel Angst, ich sei paranoid? Möglicherweise hast du recht. Aber du kannst mich auch nicht wirklich verstehen. Du kommst aus Rußland. Deine Eltern waren nie im KZ. Du bist nicht mit diesen Geschichten aufgewachsen.«

Ich weiß, worauf sie anspielt. Oft genug hat sie es mir erzählt.

Als Rita noch ein kleines Mädchen war, fanden in der Wohnung ihrer Eltern regelmäßig Treffen mit Freunden und Verwandten statt – alles Überlebende des Holocaust. Die meisten von ihnen stammten aus Polen und waren Ende der vierziger

Jahre nach Österreich gekommen. Da war Ritas Tante Krejna mit einer häßlichen Narbe im Gesicht, die vom Peitschenhieb eines SS-Mannes stammte – sie starb Anfang der sechziger Jahre. Oder Onkel Schmul, der aussah wie ein Vogel und immer mit den Händen fuchtelte, als würde er mit den Flügeln schlagen. Er starb etwas später als Tante Krejna. Der korpulente, zynische Grobian Isaak Rivkin, der Rita immer kleine Geschenke, Spielzeug oder Süßigkeiten, mitbrachte. Er starb zu Beginn der achtziger Jahre. Als Kind habe ich ihn einige Male gesehen. Schließlich Daniel Cohn, der beste Freund von Ritas Vater, der heute im jüdischen Altersheim in Wien ein kümmerliches Dasein fristet und keinen mehr wahrnimmt außer Rita, die er für seine Schwester hält, welche im Krieg umgekommen ist.

All diese Menschen versammelten sich in der Wohnung, keiner kam mit leeren Händen, und es wurde getrunken, so daß schließlich alle angeheitert, aber nie wirklich betrunken waren, und Isaak Rivkin erklärte jedes Mal, wobei er mit der Faust auf den Tisch schlug: »So, heute reden wir nicht mehr *davon!*« Und alle nickten und pflichteten ihm bei, und das Gespräch begann immer sehr heiter über Alltägliches und Berufsprobleme, Wohnungsnot und Familienzerwürfnisse, und die Heiterkeit verflog sehr bald, und keine Viertelstunde verging, bevor nicht jemand doch *davon* zu sprechen begann, und somit war der Abend ohnehin schon gelaufen. Rita verkroch sich in eine Ecke zwischen Schrank und Wand und hörte gebannt zu.

Ritas Vater beteiligte sich nie an den Gesprächen, ließ nur hin und wieder eine Bemerkung fallen über die Zeit *davor* und die Zeit *danach,* doch konnte man sich auf seine Äußerungen einen Reim machen, wenn man verstand. Dabei strich er sich mit der rechten Hand immer öfter und immer schneller durch die dichten Haare, die manchmal büschelweise an seinen Fingern hängenblieben, und kippte den Schnaps immer schneller hinunter, ohne jemals den Grad an Trunkenheit erreichen zu können, den er sich wohl wünschte.

Bald kannte Rita alle Konzentrationslager, Selektionen, Lagerkommandanten, Kapos, Transporte und Greueltaten auswendig. Manchmal dachte sie, sie sei selbst dabeigewesen.

Ich sitze Rita gegenüber, während sie über ihre Ängste spricht. Die Zeitebenen, Erlebtes und Gehörtes, Reales und Vorgestelltes beginnen sich zu vermischen.

»Warum erzählst du mir nicht endlich, was mit deinem Vater geschehen ist?« frage ich nun doch und bin selbst ein wenig überrascht über meine Worte. »Warum gibst du nicht einfach zu, daß er von Rechtsradikalen zusammengeschlagen worden ist, anstatt auf Umwegen nur so allgemein über Antisemitismus und deine Ängste zu reden?«

Ich erschrecke. Warum habe ich das gesagt? Hatte ich mir nicht fest vorgenommen, den »Unfall« nicht zu erwähnen?

»Ach, das ist es also, was du glaubst?« Sie schreit. »Ausgerechnet *dir* fällt so etwas ein! Wer von uns beiden ist denn jetzt paranoid?«

»Ist meine Vermutung also richtig?«

»Das geht dich nichts an.«

»Wenn du ein Geheimnis aus der Sache machst, werden sich die Leute erst recht weiß Gott was denken. Du schadest ja nur deinem Vater damit.«

Jetzt weiß ich, daß ich zu weit gegangen bin. Ritas Gesicht verzerrt sich, ihre Lippen zucken. Sie hat die Augen geschlossen, atmet schwer.

»Warum läßt du mich nicht einfach in Ruhe«, sagt sie leise, »und akzeptierst, daß ich über bestimmte Dinge nicht reden möchte. Du bist herzlos. Du suchst ja nur die Sensation, um sie dann mit wohligem Schaudern weitererzählen zu können: ›Wißt ihr schon, was Herrn Grünfeld passiert ist? Furchtbar!‹«

Pause.

»Du bist eigentlich kein richtiger Jude«, sagt sie. »Hätte ein richtiger Jude so unsensibel sein können? Hätte er so etwas gesagt? Du weißt doch, wie schwer ich es im Augenblick habe. Und du fährst mit dem Messer noch zusätzlich in die Wunde und drehst fünfmal um.«

Rita erklärt mir, ich sei wie alle russischen Juden, die sich so bereitwillig assimiliert haben und so ihrer eigentlichen Wurzeln verlustig gegangen sind. Mir fehle die Wärme jüdischer Zusammengehörigkeit, der jüdischen Familie, die bedingungslose Treue jüdischer Freundschaft, die jüdische Sensibilität, das Taktgefühl.

»Deine Eltern und du, ihr seid wie die Gojim«, sagt Rita. »Gut zu haben bei Sonnenschein, bei Gewitter und Regen zu vergessen.«

Die Kälte der Gojim.

Sie argumentiere wie eine Antisemitin, werfe ich ihr vor, nur mit umgekehrten Vorzeichen. Nicht alle Juden seien so warmherzig wie ihr Vater.

Schweigen.

»Mein Vater hat aus mir aber immerhin eine *richtige* Jüdin gemacht«, sagt sie. »Indem er damals, nach der Teilung des Stedtls, in Polen geblieben war, hatte er die Chance, seine jüdische Identität zu bewahren. Aber was bist du?«

Ich sage schnell, was ich auch allen anderen in vergleichbaren Situationen erkläre: »Für mich ist Judentum eine Schicksalsgemeinschaft. Die jüdische Leidensgeschichte ist auch meine Geschichte. Die Nazis hätten mich genauso umgebracht wie einen orthodoxen Juden.«

Ritas Mundwinkel wandern langsam, wie von unsichtbaren Fäden gezogen, nach oben. Die Haut um den Mund legt sich in Falten. Ein bitteres, künstliches Lächeln.

»So? Du definierst also das Judentum nach den Nürnberger Rassegesetzen?«

»Ja, was soll ich denn deiner Ansicht nach tun?« Ich bin laut geworden.

»Studiere die Religion deiner Väter«, sagt sie. »Geh in die Synagoge, triff dich mit Juden, die etwas von der Kultur ihres Volkes verstehen. Du hast ja von den christlichen Ritualen, Weihnachten, Ostern oder wie das sonst alles heißen mag, mehr Ahnung als von den jüdischen. Fast alle deine Freunde sind Nichtjuden.«

»Ich kann mich nicht selbst belügen«, sage ich. »Die jüdischen Rituale sind mir grad so fremd wie die christlichen.«

Sie seufzt, steht auf, um das Licht einzuschalten. Es ist inzwischen Abend geworden. Durch das Fenster sieht man die Scheinwerfer der Fahrzeuge, die auf der Stadtautobahn unterwegs sind. Rita geht ins Bad, dann in die Küche, kommt aber ohne weitere Süßigkeiten zurück. Sie macht auch keinen neuen Tee. Ein sicheres Zeichen dafür, daß der Besucher sich langsam verabschieden soll.

»Es ist schon tragisch«, sagt Rita, nachdem sie sich wieder gesetzt hat, »Russen durftet ihr nicht sein, richtige Juden seid ihr keine mehr, Gojim aber auch nicht.«

»Es gibt nur Menschen«, sage ich. »Diese Einteilung in Juden, Gojim, Inländer, Ausländer, Europäer, Nichteuropäer kotzt mich an.«

»Es gibt Menschen und Leute«, sagt sie. »Richtige Menschen gibt es nur wenige.«

»Und zu welcher Kategorie gehöre ich dann?«

»Du? Du gehörst zu den Leuten. In ganz besonderem Maße zu den Leuten.«

Ich schleiche mich davon. Meine Gefühle sind diffus. Das schlechte Gewissen läßt sich nicht beruhigen.

Eine Woche später besuchen meine Eltern, Großmutter und ich Ritas Vater im Krankenhaus. Das Wiener Allgemeine Krankenhaus ist zu jener Zeit ein altersschwaches Gebäude mit abblätterndem Verputz. Die Fenster erinnern an Schießscharten. Festungsartig schützt die Außenmauer die gesunde von der kranken Welt. Einen halben Kilometer weiter stadtauswärts errichtet die Stadt Wien einen neuen Gebäudekomplex, seit Jahren schon.

Im begrünten Innenhof sitzen die Kranken meist einzeln und still auf den Bänken. Über einem Tor, das an einen Lieferanteneingang erinnert, ist die Aufschrift *Kleiderkammer* zu lesen. Weiter unten, in kleineren Buchstaben, steht: *Kleider von Verstorbenen hier abzuholen.* Im Halbdunkel des Innenraums sieht man Mäntel, Hosen, Hemden, Blusen ordentlich sortiert in bis über den Rand gefüllten Holzkisten liegen. Es riecht nach Naphthalin und Feuchtigkeit.

In dem langen, von Neonlicht beleuchteten Gang bellt eine Lautsprecherstimme, dirigiert nach einer undurchschaubaren Ordnung Ärzte und Schwestern in OP's und Stationen. Türen, die die endlosen, durch den ganzen Gebäudekomplex laufenden Korridore unterteilen, pendeln ständig vor und zurück.

Wir nehmen auf einer Holzbank Platz, mit dem Gesicht zur Tür in Grau, auf der eine ovale metallene Plakette angebracht ist. Die eingravierte vierstellige Zahl zeigt an, daß wir endlich den richtigen Ort gefunden haben.

Kurze Zeit später erscheint Rita und stellt uns der Oberschwester vor, die uns wieder auf den Platz an der Wand verweist: Besuchszeit erst in zehn Minuten. Großmutter ist außer Atem und murmelt etwas vor sich hin. Das Krankenhaus erinnere sie an ein Lazarett, in dem sie während des Krieges ihren Bruder besucht hat. Ihre Augen blicken in die Vergangenheit.

Als die zehn Minuten um sind, versperrt uns Rita den Weg. Ihr Vater, erklärt sie, wolle nur die Großmutter sehen. Meine Eltern versuchen zu protestieren. Ritas Ton wird schärfer, bestimmter. Es ist aussichtslos, mit ihr zu diskutieren. Von Rita gestützt, humpelt Großmutter ins Krankenzimmer und schließt die Tür hinter sich ... Eine halbe Stunde später kommt sie wieder. Noch gebückter als zuvor. Weiß im Gesicht.

Rita verabschiedet sich und geht zurück zu ihrem Vater.

»Wie geht es ihm?« fragt Mutter.

»Den Umständen entsprechend gut«, antwortet Großmutter.

»Hat er dir erzählt, was mit ihm passiert ist?« fragt Vater.

Sie nickt langsam.

»Nun erzähl doch endlich«, dränge ich.

»Es gibt keine Geschichte«, sagt Großmutter.

XII. Abfahrt

Wien an einem Herbsttag des Jahres 1993. Mariahilfer Straße. Stoßzeit am späten Nachmittag. In der Straßenbahn stehen die Menschen dicht gedrängt. Kaum Luft zum Atmen.

Ob ich den Zug wohl rechtzeitig erreichen werde? Noch drei Stationen bis zum Westbahnhof. Zehn Minuten vielleicht. Normalerweise müßte es sich ausgehen. Aber mit diesem tonnenschweren Koffer, bei dem außerdem noch der Griff gerissen ist, so daß ich ihn auf die Schulter nehmen muß? Ich weiß gar nicht, wie ich es geschafft habe, ihn bis zur Straßenbahnhaltestelle zu schleppen. Und jetzt noch der lange Weg von der Haltestelle bis zum Bahnhofsgebäude.

Ich hätte mir natürlich ein Taxi nehmen können. Aber offensichtlich hatte ich es nötig, mich zu plagen. Den Streß habe ich wohl auch gebraucht. Jetzt fällt mir vielleicht der Abschied von Wien nicht so schwer. Dabei habe ich oft mit dem Gedanken gespielt, diese Stadt zu verlassen, habe mich auf einen solchen Augenblick gefreut. Wenn sich Träume erfüllen, gönnt man sich Angenehmeres.

Möglicherweise liegt es daran, daß die Reise nicht weit genug geht. Nur bis Salzburg. Das sei gar kein Umzug, habe ich mir in den letzten Tagen einzureden versucht, praktisch keine Veränderung, und obendrein sei Wien nur drei Fahrstunden entfernt. Also sind weder Freundeskreis noch regelmäßige Spaziergänge in einer gewohnten Umgebung in Gefahr. Warum zwinge ich mich dann, diesen Koffer zu schleppen, und habe kein Taxi genommen?

Der Westbahnhof sei für die Westösterreicher der schönste Ort in Wien, habe ich mir sagen lassen. »Diese Bauerntrottel, was verstehen die schon von der Großstadt«, widersprechen meine Wiener Freunde. Kein Mensch wird übrigens bezweifeln, daß der Westbahnhof abgrundtief häßlich ist. Ich glaube, es gibt keinen häßlicheren Kopfbahnhof in Europa. Grazile Betoneleganz im Stil der beginnenden fünfziger Jahre, österreichische Schule; viel Licht, Glas und einladende Hallen, die einem, zugegeben, die Abfahrt leicht machen. Das wirkt auf die Menschenmassen beschleunigend.

Meine Lebensgefährtin wohnt in Salzburg, hat einen guten Job, den sie nicht aufgeben möchte. Das kann ich verstehen. Es ist klar, daß ich nach Salzburg gehe und nicht sie nach Wien. Schließlich habe ich so viele Ortswechsel hinter mir, einer mehr oder weniger, was macht das schon.

Es ist wie befürchtet: Alle zehn Meter muß ich stehenbleiben und verschnaufen. War es wirklich notwendig, auch noch die Schreibmaschine in den verfluchten Koffer zu packen? Von den vielen Büchern ganz zu schweigen. Was mache ich, wenn das Ding mitten auf dem Weg auseinanderbricht?

Die Eltern hatten jahrelang gehofft, ich würde Wien verlassen, doch nun waren sie nicht gerade erfreut über meinen Entschluß.

»Du gibst eine solche Arbeit auf, eine *solche* Arbeit«, sagte Vater. Sein ganzer Körper sackte in sich zusammen. Er bemühte sich sichtlich, leidend zu wirken. Dann drehte er sich weg und seufzte. Er war immer schon ein guter Schauspieler. Ich wußte, daß es sich nur um ein Vorspiel gehandelt hatte, daß er demnächst zu brüllen anfangen würde.

»Du verläßt Wien?!« Nun ging es los. Vaters Stimme bebte. Er wurde rot, begann zu schwitzen. »Du verläßt Wien, die einzige Stadt in diesem gottverdammten Kleinstaat, wo man unter Umständen noch leben kann, und gehst nach Salzburg, in die tiefste Provinz, zu einer Frau, die aus dem tiefsten Tirol stammt. Ich sehe dich schon mit Tirolerhut.«

Sogar Mutter, die sich nur selten Wutanfälle oder sonstige Gefühlsausbrüche erlaubte, wurde an diesem Abend laut, sprach davon, daß ich mein Leben wegschmeißen würde für nichts und wieder nichts. Alles, was ich aufgebaut hätte, würde ich für immer zerstören.

Vater setzte nach, indem er darauf hinwies, daß ich Jude sei. Es wäre schon schwierig genug, im antisemitischen Wien zu leben. Aber die österreichische Provinz sei noch chauvinistischer als die Hauptstadt. Letztere habe zumindest einen Hauch von Internationalität. Außerdem sei ich Immigrant, ein sogenannter naturalisierter Österreicher, eigentlich ein Fremder, und nur in einer Großstadt könne man es sich leisten, ein Fremder zu sein. Und sie, die alten Eltern, ließe ich nun allein, nach allem, was sie für mich getan hätten. In jedem Fall handle ich hirnlos, überstürzt, zumal ich in Salzburg nicht einmal eine neue Arbeit hätte.

Als ich erwähnte, daß ich für einige Zeit als Hausmann leben könnte, war Mutter entsetzt: »Um Gottes willen, nur das nicht! Dieses furchtbare Wort! Nimm es gar nicht in den Mund! Das wäre dein Ende! Mir wird ganz schlecht, wenn ich das höre. Du siehst, was aus deinem Vater geworden ist. Er ist nun schon seit zehn Jahren ohne Arbeit.«

Ich würde ja nicht nur Geschirr spülen und Boden kehren, erklärte ich.

»Was kannst du dort, in dieser Kleinstadt, mit deiner zusätzlichen Freizeit denn schon anfangen.« Vater machte eine wegwerfende Handbewegung. »Du wirst keine Arbeit finden und dich nur langweilen. Ein Leben vom Taschengeld der Freundin. Beschämend! In jedem Fall ist es ein Abstieg. Der Abstieg in die Provinz!«

Natürlich verstand ich die Haltung meiner Eltern. In Rußland war es immer ein großes Privileg gewesen, in einer der beiden Metropolen Moskau oder Leningrad leben zu dürfen. Die Lebensmittelversorgung war dort besser als sonstwo im Land. Für sowjetische Verhältnisse aß der Moskauer oder Leningrader erlesene Speisen, die der durchschnittliche Provinzbewohner gerade vom Hörensagen kannte. Nur in einer großen Metropole konnte der Kolchosbauer, der seinem Dorf den Rücken kehrte, eine gutbezahlte Arbeit finden. Nur in Moskau oder Leningrad konnte der aufstrebende Akademiker Karriere machen, der Künstler reüssieren, der Intellektuelle ein adäquates Umfeld finden. Doch der Zuzug in die Metropolen war stark beschränkt. Für einen Südrussen oder einen Bewohner Sibiriens war Moskau oft so fern und sagenhaft wie heute für einen Schwarzafrikaner Deutschland oder Frankreich.

Ich versuchte meinen Eltern zu erklären, daß in Zeiten schwindender Distanzen und allumfassender Kommunikationsmöglichkeiten die Grenzen zwischen Stadt und Land, Metropole und Provinz von geringerer Bedeutung geworden seien. Die Eltern winkten ab. Das sei ihnen alles zu theoretisch. Eine Großstadt sei eine Großstadt und eine Kleinstadt eine Kleinstadt. Daran würden auch der Intercity und der Computer nichts ändern.

Ähnliches mußte ich mir von guten Bekannten und Freunden anhören, die allesamt das provinzielle Dasein beklagten, das mich erwartete. Rita entsetzte sich am meisten. Sie selbst sei zwar nie in Salzburg gewesen, wüßte aber einiges über diese Stadt, habe Bekannte, die aus Salzburg stammten. Deren Schilderungen seien sehr aufschlußreich gewesen.

Einige Jahre zuvor hatte Rita Streit mit meinen Eltern und mir gehabt, hatte uns aus ihrem innersten in den zweiten und somit weniger wertvollen Freundeskreis verbannt. Nun war ich in den dritten Freundeskreis abgestiegen.

»Warum schimpfst du so über die sogenannte Provinz?« fragte ich. »Ausgerechnet du! Du kommst aus deiner Wohnung nie heraus. Was weißt du schon von der Welt …«

»Was soll das heißen?« widersprach sie. »Laß mir meine Lebensweise. Ich habe meine Bücher, meinen Fernseher, meine Zeitungen, mein Radio. Kürzlich sah ich einen Beitrag über Ravenna. Da konnte ich die Mosaiken so nah und so genau betrachten wie kein Tourist, der die lange Anreise auf sich genommen hat, um dann wenige Minuten in einer Kirche zu verweilen. Warum sollte ich also verreisen?«

Besonders an den Menschen würde ich zu leiden haben, wurde mir prophezeit. Ein Bekannter, der aus Wattens in Tirol stammt, hat das so erklärt: »In Wien findest du Menschen mit dem unterschiedlichsten Hintergrund. Es ist wie ein bunter Teppich, und du kannst dir die Farbe aussuchen, die du brauchst. In einer kleinen österreichischen Stadt, etwa in Wattens, ist alles einfarbig.«

Mit dem Wagerl geht es leichter, so kann ich den Koffer bis zum Zug bringen, am besten zu einem Großraumwagen, da ist mehr Platz ...

»Achtung! Zug fährt ab!«

Hütteldorf liegt hinter uns. Bald tauchen wir in die hügelige Landschaft des Wienerwaldes ein. Ich mag diesen Teil Österreichs, unter anderem weil es hier nicht jene hohen Berge gibt, die in Zukunft meinen Horizont einengen werden.

»Wien und die Umgebung von Wien gehören sicherlich zu den schönsten Gegenden Österreichs«, schwärmt eine Bekannte, die bald nach ihrer Matura aus dem vorarlbergischen Lustenau nach Wien übersiedelt ist. Vielleicht seien es die Unterschiede, die Wien so anziehend machten, behauptet die Bekannte, und das meine sie nicht nur landschaftlich.

»Nicht von ungefähr waren gerade die Wiener so gute Nazis. Denn wenn man so viele Wurzeln hat ...« sage ich.

»Mußt du bei allem immer nur die dunklen Seiten sehen?« ärgert sie sich. »Immer wenn es dir gerade in den Kram paßt, kommst du mit Nazis und Holocaust. Gib deinem Herzen einen Stoß! Spring doch einmal über den eigenen Schatten!«

Ich stelle mir vor, wie mein Herz in einem großen Bogen über meinen Schatten fliegt.

Etwas Positives hat die Übersiedlung nach Salzburg allemal. Diese Stadt hat nichts mit all den Erinnerungen an früher zu tun, an Kindheit, an Emigration. In Wien werden die Straßen manchmal zu eigentümlichen Lebewesen, die sich verwandeln, als wären sie zeitfressende Monster, und plötzlich bin ich wieder das Kind in einem feindlichen Umfeld, umgeben von Menschen, deren Sprache und Denkweise ich nicht verstehe. Längst abgerissene Gebäude erstehen, Gesichter aus der Vergangenheit ziehen an mir vorbei. Ich suche das Vertraute und stoße auf jene beklemmenden Gefühle, die mich immer heimsuchen, wenn ich sie am wenigsten erwarte. Salzburg hingegen ist eine friedliche und beruhigende Kulisse aus Stein und Berg und Wald, geschichtslos, nur gegenwärtig.

Immer schneller gleiten die eintönigen Felder vorbei, die

kleinen Dörfer, die sich wie verschämt um die Kirchtürme kauern. Die Hügelkette rutscht nach links ab und wird schließlich eingeebnet. Ich schlafe ein.

»Meine Damen und Herren, wir erreichen in Kürze Linz Hauptbahnhof. Läjdieß änd Schäntlmään, wie will schoatli bi erreiwing et Linz.«

Wo, wenn nicht in Wien, sei ich zu Hause, wird mir von meinen Freunden erklärt. Sogar den Dialekt beherrschte ich perfekt. Ich aber muß dann immer an ein Erlebnis aus meiner Studentenzeit denken:

Ein dunkelhäutiger, mit starkem Akzent Deutsch sprechender Fahrgast steigt in Wien in die Straßenbahn ein, kämpft verzweifelt mit dem Fahrscheinautomaten, der sich als tükkisch erweist, wendet sich an den Fahrer. Dieser beginnt zu erklären: »Also, zuerst müssen Sie den Knopf drücken, dann erst die Münzen reinschmeißen ...« Die Straßenbahn steht, die Fahrgäste werden unruhig, denn es ist früh am Morgen, Stoßzeit. Ein Mann beginnt über die Ausländer zu schimpfen, die »nicht einmal Straßenbahnfahren können«. Einige Male schon habe ich in vergleichbaren Fällen still zugehört und mich nicht eingemischt. Jetzt widerspreche ich, beschimpfe den schimpfenden Fahrgast, nenne ihn einen Rassisten. Mein Kontrahent schimpft zurück, immer heftiger wird das Wortgefecht, bis mich der andere am Ärmel zupft und sagt: »Heast, mir san doch beide Wiener, mir san hier z'haus. Wos brauch ma uns streiten wegen an Ausländer?«

Sie würden sich freuen, wenn ich nach Paris oder Amsterdam oder Montreal übersiedelte, hatten meine Eltern gesagt. Aber Salzburg?! Eine Beziehung könne nie so wichtig sein, daß man deswegen eine Stadt wie Wien verlasse und eine gute Arbeit aufgebe. Außerdem sei es immer schon üblich gewesen, daß die Frau zum Mann zieht und nicht umgekehrt. Die besten Jahre meines Lebens würde ich in einer trostlosen Kleinstadt vertrödeln.

»Du kennst doch das alte russische Sprichwort«, sagte Mutter (zum wievielten Mal schon?): »Man soll den Wein im

Becher trinken, solange er noch gut und süffig ist. Solange es sich lebt, soll man leben, zwei Leben gibt es nicht!«

Im Russischen reimt sich das zu einem schönen, kleinen Knittelvers. In den letzten Jahren war er mir oft in den Sinn gekommen. Ich fuhr jeden Morgen zur Arbeit und am Abend wieder heim, immer mit der Straßenbahnlinie »J«. Jeden Tag sah ich die grauen Häuser an mir vorbeiziehen, sah dieselben Gestalten, die so grau wirkten wie die Häuser und stolz verkündeten, sie seien schon seit 1974, seit 1967, seit 1955 in der Firma. Eine ältere Dame aus der Materialverwaltung fuhr mit derselben Straßenbahn zur Arbeit wie ich, seit 1958 jeden Tag mit der Linie »J«. Und sie wird es auch die verbleibenden drei Jahre bis zu ihrer Pensionierung tun, wenn sie nicht der Schlag trifft oder sonst etwas Unvorhergesehenes passiert. Da hatte ich die alptraumhafte Vision, im Jahre 2030 immer noch mit derselben Straßenbahnlinie auf derselben Strecke tagaus, tagein unterwegs zu sein. Am nächsten Tag ging ich ins Personalbüro und kündigte, vorzeitig, einige Wochen vor dem ursprünglich geplanten Termin.

In Wirklichkeit beneidete ich diese Frau. Denn um Straßenbahnen ging es nur vordergründig und um graue Häuser schon gar nicht, und was die Menschen betrifft – die meisten sind ohnehin überall grau, und es wäre anmaßend zu glauben, ich sei anders. Diese Frau brauchte sich zumindest über ihre Zugehörigkeit keine Gedanken zu machen. Sie hatte ihren festen Platz in der Welt. Ich aber mußte ständig an meine Phantasien als Jugendlicher denken, an meine Sehnsüchte nach dem fernen Kanada oder Australien.

Alles, hatte ich einmal gedacht, würde anders sein in jenen großen, schönen Ländern, wo die Antisemiten nur die Kinder von Antisemiten und, in seltenen Fällen, von Gelegenheitsmördern sein könnten und nicht die Kinder von Antisemiten und professionellen Massenmördern. Und schließlich gebe es dort einen berechtigten Stolz auf die eigene Geschichte, von der nur siebzig Prozent tabuisiert seien und nicht neunzig Prozent wie hierzulande.

Am Tag vor meiner Abfahrt rief mich Vater in der Arbeit an. Er weinte. Seine Worte waren undeutlich, und ich verstand nur den Satz: »Geh nicht!«

»Wir sprechen uns am Abend«, murmelte ich hastig. »Jetzt kann ich nicht reden. Ich muß mich von allen meinen Kollegen verabschieden, und zum Chef muß ich auch. Es ist nicht der richtige Zeitpunkt für ...«

Ich preßte den Hörer noch ans Ohr, als er schon aufgelegt hatte. Dann zögerte ich einen Augenblick, wählte seine Nummer, doch er hob nicht ab.

Bevor ich nach der Arbeit zu den Eltern fuhr, kaufte ich eine Pralinenschachtel, einen Blumenstrauß und eine Packung von Vaters Lieblingstee. Aber Mutter war allein in der Wohnung.

»Er ist doch sonst immer da, wenn ich heimkomme. In den letzten fünfzehn Jahren ist es kein einziges Mal vorgekommen, daß er nicht zu Hause gewesen wäre.«

Sie betrachtete prüfend mein Gesicht und fragte, ob wir gestritten hätten. »Er wollte dich doch anrufen heute. Oder?«

»Warum hätten wir uns streiten sollen?«

»Du kannst dir gar nicht vorstellen, wie ihn deine Übersiedlung nach Salzburg mitnimmt. Er spricht nur mehr davon. Ich komme müde von der Arbeit, und da wartet schon dein Vater auf mich mit einem langen Monolog ... Eigentlich bin ich froh, wenn er einmal nicht da ist. Sehr froh sogar. Soll er doch bis Mitternacht durch die Stadt irren, wenn's ihm Spaß macht.«

Doch sie schaute besorgt auf die Uhr.

»Heute früh war er ziemlich verzweifelt. Hat die ganze Nacht nicht geschlafen. Und alles wegen dir.«

Eine Zeitlang saßen wir schweigend einander gegenüber und warteten.

»Wenn er Freunde oder Bekannte hätte, dann könnte ich irgendwo anrufen«, sagte sie schließlich.

Plötzlich wußte ich, wo Vater war. »Ich geh ihn suchen«, sagte ich. Mutter erklärte mich für verrückt. Schon als Kind hätte ich nicht logisch denken können, sei ein Träumer und

Phantast gewesen. Wo sollte ich Vater in einer Millionenstadt finden können?! Wien sei schließlich nicht Salzburg … Ich hörte kaum noch hin, lief aus der Wohnung.

Die Straßenbahn kam nicht. Ich ertrug es nicht mehr zu warten, hastete zur nächsten Haltestelle und dann zur übernächsten. Schließlich nahm ich ein Taxi. Ich fuhr zum Augarten, weil ich wußte, daß Vater den Park mochte und dort immer noch manchmal Spaziergänge machte, obwohl meine Eltern schon vor Jahren eine Neubauwohnung in einem anderen Teil von Wien bezogen hatten.

Kreuz und quer bin ich durch den Park gelaufen, ohne Vater finden zu können. Ich mußte daran denken, wie er mich als Kind auf seine Spaziergänge mitgenommen hat. Augarteneingang Wasnergasse, dann weiter zum runden Flakturm, zur Porzellanmanufaktur am anderen Ende des Parks, zurück zum Gaußplatz, durch den ganzen Bezirk über die Jägerstraße und den Wallensteinplatz bis zur Brigittakirche und dann wieder nach Hause. Vielleicht war er ja auch jetzt auf der alten Route unterwegs?

»Ich werde ihn mindestens dreimal im Monat besuchen kommen«, dachte ich am Gaußplatz.

»Ich bin erwachsen, ich lebe mein Leben, ich darf mich nicht so erpressen lassen«, dachte ich in der Jägerstraße.

»Hauptsache, es ist ihm nichts passiert«, dachte ich am Wallensteinplatz.

Am Brigittaplatz schwor ich mir, die Eltern ein halbes Jahr lang nicht zu besuchen. »Er muß das lernen!«

Verzweifelt schaute ich mich um. Kein Vater in Sicht. Vor der Brigittakirche war eine kleine Grünfläche. Ich ließ mich auf eine Bank fallen, dachte daran, wie Vater am Telephon geweint hatte, sprang wieder auf und machte mich auf den Weg zu jenem Haus, in dem wir zwanzig Jahre zuvor gewohnt hatten.

»Nun hast du mich dort, wo du mich haben wolltest!« schrie ich. »Einen netten letzten Abend, das hab' ich mir vorgestellt. Aber nein!«

Einige Passanten schauten in meine Richtung: Ich hatte auf

Russisch geschrien. Immer wenn ich in die Brigittenau komme, wechsle ich automatisch die Sprache.

Ich bog in die Rauscherstraße ein. Hier war die Straßenbahnstation, wo wir damals immer in die Linie Fünf einstiegen, um zum Westbahnhof zu fahren. Gegenüber von unserem alten Haus befand sich eine Telephonzelle. Ich rief bei meinen Eltern an.

»Ja, hallo«, hörte ich Vaters Stimme.

»Na Gott sei Dank!« Ich vergaß all die versöhnlichen und klugen Worte, die ich Vater sagen wollte. »Wo, zum Teufel, bist du gewesen?« brüllte ich stattdessen.

»Was schreist du so?« Er sprach ganz ruhig. »Ich war spazieren. Im Augarten.«

Ich bin schon über zwei Stunden unterwegs, unerbittlich bewege ich mich auf Salzburg zu, und mit jeder Minute wächst mein Unbehagen. Haben sie nicht alle recht, diese wohlmeinenden Freunde? Eigentlich habe ich von Anfang an gewußt, daß sie recht haben. Wie kann ich nur so dumm sein? Wer übersiedelt schon freiwillig von Wien nach Salzburg?

Nun werde ich also ein peripheres Dasein führen, denke ich, werde nicht wie bisher jederzeit in Theater, Kinos, Ausstellungen, Buchhandlungen und Bibliotheken gehen, keine interessanten, außergewöhnlichen Menschen mehr treffen können ... Plötzlich muß ich lachen. Ich bin tatsächlich zum Österreicher geworden, besser gesagt, zum Wiener. Ich muß Wien verlassen, um zu begreifen, daß ich im Laufe der Zeit alle Vorurteile dieser Stadt übernommen habe – die Selbstgefälligkeit, Überheblichkeit, Egozentrik und narzißtische Haßliebe, die Verachtung der »Provinz«, ein Minderwertigkeitsgefühl gegenüber dem Ausland und nostalgische Verklärung der einstigen Bedeutung als Metropole. Und erkenne auch in diesen Überlegungen die in Österreich gängigen Klischees über Wien und fühle mich noch wohler, daß ich sie übernommen habe und insgeheim an sie glauben muß und vielleicht nach längerem Aufenthalt in Salzburg über den Wasserkopf Wien schimpfen werde und über die Präpotenz der Wiener. Die

Schönheit der Berge, die Gesundheit der Natur werde ich dann preisen und mich freuen über die Herzlichkeit der Menschen, die so anders sind als die anonymen Großstädter. Und in der Übernahme all dieser leicht nachvollziehbaren Denkmuster erkenne ich erst, wie heimisch ich geworden bin in diesem Land.

Der Zug fährt auf einer kurvenreichen Strecke zwischen Wallersee und Salzburg durch einen dichten Fichtenwald. Dann wechseln Wiesen, Industrieanlagen und Einkaufscenter mit der Eintönigkeit von Einfamilienhäusern ab. Das Ganze hat ein nur wenig urbanes Erscheinungsbild. Auf der Zielgeraden zum Salzburger Hauptbahnhof unterqueren wir die Trasse der ersten auf österreichischem Boden gebauten Autobahn. An einem der Pfeiler erkenne ich ein Reichsadlerrelief aus Beton. Daneben die Jahreszahl: 1939. Das Hakenkreuz im Inneren des Ringes, den der Adler in seinen Klauen hält, ist notdürftig herausgemeißelt worden.

Als ich aussteige, atme ich tief durch. Ich schleppe den Koffer die Stufen hinunter, durch die Bahnhofshalle, vorbei an Sandlern (»Tschuldigung der Herr, derf' i' Sie wos frogn?«), hinaus aus dem Gebäude, zu den Taxis auf dem Platz vor dem Bahnhof, der, wie so viele Bahnhofsplätze in Österreich, Südtirolerplatz heißt. Da erinnere ich mich an die Bemerkung meines Vaters über den Tirolerhut, und im nächsten Augenblick fällt mein Blick auf ein Geschäft, in dem Trachten verkauft werden. Ich lasse den Koffer kurz stehen, gehe in das Geschäft und kaufe mir den erstbesten grünen Hut mit Feder. Holloraitulijöötuliahiii.

Inhalt

Umschlaggestaltung: Constanza Puglisi und Klaus Meyer, München
Umschlagfoto: Arthur Tress, Cambria
Satz: Fotosatz Rizner, Salzburg
Druck: Wiener Verlag, Himberg bei Wien

Printed in Austria

ISBN 3-216-30455-8